徳間文庫

罠に落ちろ

影の探偵'87

藤田宜永

徳間書店

目次

プロローグ　劇的な再会

影乃(かげの)は、ミニクーパーの助手席に座って煙草を吸っていた。

ハンドルを握っている雪永久(ゆきながひさし)の横顔をちらりと見た。クラッチが滑ったことに気づいたのだ。ギアチェンジも心なしかスムースではない。

国鉄の名称が〝ＪＲ〟に変わり、スーパースターのマドンナやマイケル・ジャクソンが初来日した一九八七年のことである。

渋谷を出発したふたりは西新宿を目指していた。

十月の初旬。まだ午後五時半を回ったばかりだったが、辺りはすでに夜の匂いに包まれていた。

道は空いていて、目につくネオンも少ないのは日曜日だからである。

車に乗り込んですぐに、雨曇りの空が崩れた。雨脚はそれほどではなかったが、風が強いものだからワイパーの動きが忙しい。

雪永久は元ジャズピアニスト。普段は必ず音楽をかけて車を運転する。大半はジャズを

流すのだが、中森明菜の大ファンで、彼女のカセットテープもよく聴いている。しかし、

その夜は、一切、音はなかった。ラジオも消されたままだ。

「雪さん、緊張してますね」

「そうか？」

「この程度のことでビビる、あんたじゃないでしょうが」

銃撃戦に巻き込まれても臆病風を吹かせなかった雪永にしては様子がおかしい。

雪永がショートピースに火をつけた。「手違いがないか心配でな。女の言うことを鵜呑みにするのはやっぱり……」

「誘ったのは、雪さん、あんたですよ」

「お前を巻き込んだことをちょっと後悔してる。その前にやることがあったんじゃないかって気がしてる。何か嫌な予感がして」

影乃は鼻で笑った。「今更、取りやめるわけにはいかないでしょうが」

「まあな」

影乃はがらりと話題を変えた。「雪さんは、日曜の夜は何してるんです？」

「何してるって言われてもなあ……。中年男の一人暮らしなんてわびしいもんだよ」

「エロビデオでも観てる？」

「たまには借りる。だけど、今は『独眼竜政宗』を毎週欠かさず視てるよ。渡辺謙って役

者、なかなかいいよ。演技に深みがある」

「雪さん、原田芳雄のファンじゃなかった?」

「もちろん、今でも彼のファンだよ」雪永のぴんと張り詰めた頬がかすかにゆるんだ。

「お前、あの大河ドラマ、全然、視てねえのか」

影乃は黙って首を横に振った。

「あのドラマには原田芳雄も出てるんだよ」

「今夜だけ、渡辺謙と原田芳雄の気分でコンビを組みましょう」

「意味、分かんねえよ」

影乃は肩をすくめて見せた。雪永が目の端で影乃を見た。双方の口許(もと)に笑みが浮かんでいた。

風が一段と強くなって、フロントグラスに雨滴が激しく跳ねた。

ミニクーパーは明治通りから甲州街道を左折した。そして、ＫＤＤＩビルの角を右に曲がった。

かつて淀橋(よどばし)浄水場だったところは、七〇年代に入ってから、次々と高層ビルが建ち、周辺地区を巻き込んで大きく変貌(へんぼう)した。しかし、ＫＤＤＩビルの隣は空き地のままだった(現在の新宿モノリス)。かつてはこの辺に、東京スターレーンズというボウリング場があったのを影乃は思い出した。

京王プラザホテルを過ぎ、ミニクーパーは青梅街道まで進んだ。信号が赤になった。左が新宿署である。雪永が首を巡らせて警察署に目を向けた。瞳に不安の色が波打っていた。

「大丈夫ですよ。あの子が嘘を言ってるとは思えない」

「分かってるけど……」雪永は正面に視線を戻したが、シフトノブに乗せた手がもどかしそうに動いていた。

影乃はまるで違うことを考えていた。

その年の八月に一緒に組んで事件を解決した唐渡美知子という女探偵の事務所がすぐ近くのビルにある。

事件が決着をみた後は、一度も会っていない。事務所を持たないモグリにも等しい探偵の影乃とは違って、美知子は、ちょっと名前の知れた売れっ子である。今頃、彼女は、バブル景気にも後押しされて、金になる事件の調査で東奔西走、忙しく動き回っているに違いない。

信号が青に変わった。ミニクーパーは青梅街道を突っ切り、細い道に入った。

いよいよ目的地が近づいてきた。

小さなビルやアパート、そして飲食店が混在している一角である。労災会館を越えると斜め左に天理教の建物が見えてきた。新宿署の名称が淀橋署だった頃、この辺りは柏木町と呼ばれていた。都市開発が進んだことで、西新宿などという味気ない町名に変わったのだ。

目的地は天理教の建物を越えて右に入った路地にある。車が、一台やっと通れる細い道。駐車スペースなどあるはずもない。

影乃は、路地を越えた数メートル先にあるビルの前に車を停めさせた。

雨は降り続いている。

雨乞いなどしているはずもなかったが、影乃にとっては都合のいいお湿りだった。傘が顔を隠してくれるのだから。

影乃も雪永も黒っぽいレインコートを着ている。懐には手袋とマスク、そして、ニット帽が突っ込んである。飛び出しナイフをポケットに忍ばせているのは影乃だけだった。

ふたりはサングラスをかけ、車を降りた。雪永が大きなコウモリ傘を開いた。

背丈はさしてない雪永だが、横幅がある。最近、とみに腹が出てきたようだ。一方の影乃はスリム。一見すると華奢だが、鍛えているので筋肉が程よくついている。

雪永と相合い傘で路地に入った。赤い傘をさした女と擦れちがった。傘の柄が触れただけで絡まれるのでは、と怯えたのか、傘をすぼめ、女は躰を小さくして去っていった。

そのまま行けば、区立淀橋第一小学校（現在の区立西新宿中学校）にぶつかる。

茶を売る店があり、その前が医院だった。

谷内義光は医院の隣に住んでいる。建物の名前は第一サンライトマンション。しかし、低層マンションの上に、谷内の住まいは一階の奥。陽の光を浴びるような暮らしはしていないだろう。

埃っぽいエントランスを通りすぎ、廊下を左に進んだ。

一〇三号室が谷内の部屋である。

辺りの様子を窺いながら、ニット帽を被り、マスクで口を覆った。白いものの混じった雪永の縮れた髪が帽子で隠された。しかし、サングラスをかけ、マスクをしても、使い古したキャッチャーミットのような丸顔が細面に変わることはなかった。

革手袋を嵌めた影乃の右手がチャイムのボタンを押した。しかし、応答はない。もう一度押したが結果は同じだった。

この時間に、谷内は家で娘を待っているはずだ。可愛い娘に会えるのに出かけるはずはない。影乃の眉根が険しくなった。

エントランスに人の気配がした。顔を見られたくない。

影乃はドアノブを回してみた。開いた。廊下に足音が響いている。ドアを大きく開いて姿を隠し、先に雪永を中に入れた。

ドアを閉めると、ドアスコープから廊下の様子を窺った。谷内の部屋に近づく者はおらず、ほどなくドアの鍵が開けられる音がした。

室内は暗かった。三和土の前は細い廊下になっていて、左にドアがあった。廊下の突き当たりのドアには磨りガラスが嵌まっている。

「谷内さん」影乃は声を殺して呼びかけた。

しかし、室内は静まり返ったままである。

「煙草でも買いに出かけたんじゃないのか」雪永が影乃の耳元で言った。

それには答えず、影乃は内鍵を閉めてからスニーカーを脱いだ。雪永も影乃に従った。

磨りガラスの嵌まったドアを開けた。

カーテンは閉まっている。電気のスイッチを押した。

蛍光灯が、独特の間抜けな音を立てて点った。

「ああ、やっぱり……」影乃の後ろに立っていた雪永が呆然としてつぶやいた。

灰色のソファーの向こうに、人が倒れていた。まず目に入ったのは足だった。男に違いない。

影乃はマスクとサングラスをコートのポケットに押し込んでから男に近づいた。仰向けに倒れた男の頭はテレビの前にあった。

影乃は目を背けた。

首を刺されたか、切られたかしたらしい。大量の血が噴き出した跡があり、首元に血だまりができていた。瞳孔が開いている。

写真で見た谷内義光に違いなかった。

影乃は跪き、谷内の躰に触れた。足や手が冷たくなっている。

「死んでるのか。心肺停止ってことは……」雪永が喉の奥から搾り出したような声で訊いてきた。

影乃は雪永を見ずに首を横に振った。「死後硬直がすでに始まってる」

「どれぐらい前に死んだんだ」

「そんなこと俺に分かるか」

死斑が見られた。死斑は普通、死んで三十分前後で現れるようだ。だが、出血死の場合は、もう少し遅くなると聞いたことがある。

「俺たちは恵理に嵌められたんだな」

「あんたはすぐにここを出て、恵理に連絡を取ってくれ」

「お前はどうするんだ」

「何か犯人に繋がる手がかりがないか探ってみたい」

「俺も手伝う」

「車も長く停めておかない方がいい。早く行って」

「分かった。傘、置いてくよ」

「うん」

「店にいる。何時でもいいから連絡してくれ」

玄関に向かった雪永の後を追った。

「運転、気をつけてくださいよ。こういうことがあった後は、そうだな、チェット・ベーカーのけだるいトランペットが気持ちを落ち着かせてくれますよ」

「選曲は俺がやる」雪永はむっとした顔を影乃に向けてから、マスクを外し、ニット帽も脱いだ。それからドアに耳を当て、廊下の音を確かめてから、さっと部屋を出ていった。

再び内側から鍵をかけ、影乃は死体のところに戻った。

谷内は、黒いVネックのセーターに灰色のズボン姿だった。前ポケットにはキーホルダーが入っていた。少し躰を動かし、後ろポケットも探った。何も入っていなかった。腕時計も、ネックレスもブレスレットのような貴金属も身につけていない。

立ち上がり、周りを見回した。

テレビの画面や襖（ふすま）にまで血が飛び散っている。

六畳ほどの日本間には、ベージュ色の安手のカーペットが敷かれていた。ソファーと椅子（いす）の三点セットは、五反田辺りにある家具の安売り屋で買ったような代物（しろもの）だった。ガラス製のテーブルは横に曲がり、カーペットの上には灰皿、吸い殻、新聞、雑誌、ペン立て、そして何種類もの筆記用具が転がっていた。吸い殻はすべてセブンスター。パッケージも近くで見つかった。

キャビネットの上には、パイオニアのミニコンポとレコードプレーヤーが置かれ、隣の棚にはレコードとCDが収められ、バーボンやジンの酒瓶が並んでいる。

コンポの電源が入り放しだった。スピーカーの上に、スタニスラフ・ブーニンのCDが載っていた。演奏曲目はすべてショパンだった。

殺される直前に聴いていたかどうか分からないが、谷内はクラシック好きだったのかもしれない。

血の飛び散った襖を開けた。そこは寝室だった。几帳面な男だったらしく、ベッドには掛け布団がきちんとかかっていた。荒らされた様子はない。

小物入れなど、調べられるところはすべて見てみたが、腕時計も財布もなかった。

物取りの犯行？

谷内がやっていたとされていることを考えると、首を傾げるしかなかった。

部屋に入って右手奥がキッチンだった。気になることは何もない。

カーテンの隙間から外を覗いてみた。小さな家が建っていたが、灯りは点っていなかった。

犯人は返り血を浴びている可能性が大である。

廊下にあるドアを開けた。そこは洗面所とバスルームだった。

洗面台は乾いていたが、足元の敷物には湿り気が残っていた。ふと見ると敷物の端に缶バッジのようなものが落ちていた。拾ってみた。缶バッジではなかった。ペンダントである。だが鎖はついていない。直径二センチほどの金色のペンダント。輪っかを躰に巻いた動物みたいな可愛いマスコットが描かれている。その下に〝ＥＸＰＯ'85〟と書かれていた。

一昨年、つくば万博が開かれた。博覧会の正確な名称は知らないが、かなり話題になっていた。その時のグッズかもしれない。

ペンダントを拾った場所に戻した時、敷物の奥にくしゃくしゃに丸められた紙が見つかった。

上質な薄青い紙を拡げてみた。

『森島あゆみ　プロフィール、1954年長野県生、1974年　第一武蔵女子美術短期大学卒、1975年　同大学専攻科修了……』

森島あゆみはガラス工芸家だった。大学の助手を経て、七九年に軽井沢に工房を持ち、現在に至るまでに、何度かデパートやホテルで個展を開いていた。

得意なのは吹きガラス。波のように流れるシャープな作品を目指しているという作者の言葉の後に、工房の住所が記されていた。

影乃は要点だけ書き留め、再びくしゃくしゃに丸めて元に戻した。

いずれ警察が捜査に乗り出すだろう。現場の状態を変えるような真似はしたくなかった。

電話が鳴った。

居間に戻った影乃は受話器を外した。だが、口は開かない。

「谷内……どうした?」のど飴をプレゼントしたくなるような、ががら声が訊いてきた。

「彼は出かけました」

「あんた、誰だ」

「山口から出てきた親戚です。今夜、ここに泊めてもらうことになったんです」

「………」

「帰りはかなり遅いって言ってました」

「そうか。ありがとよ」

男はそう言い捨てると電話を切った。落ち着き払った感じからすると、四十代は越えていそうである。

受話器を元に戻すと電気を消した。そして、雪永同様、廊下の様子を窺ってから、谷内の部屋を後にした。

コウモリ傘をさし、濡れそぼった道を小学校の建つ通りに向かった。そこを左に曲がり、青梅街道に出てからタクシーを拾った。

渋谷に戻り、東急文化会館の前でタクシーを降りた。公衆電話から雪永の経営するバー

『ピアノラ』に電話を入れたが、誰も出なかった。手帳を取りだした。

あらかじめ調べておいた蔵主喜一郎の自宅にかけた。

「蔵主さんのお宅だね」

「そうですが」若い男の声が答えた。ややぞんざいな口調である。

「今日の午後八時から八時半頃にかけて、邸に泥棒が入る。狙いは会長の書斎の金庫だ。すぐに警察に知らせろ」

「え？　あなたは……」

「そんなことはどうでもいい。ともかくすぐに会長と相談して早く手を打て」

「悪ふざけか。いい加減にしろ！」男は電話を叩き切った。

時間は七時十五分すぎだった。

影乃は近くの喫茶店に入った。

電話に出た男の口振りからすると、当主の蔵主喜一郎に知らせもしないに違いない。蔵主家ではダンスパーティーが開かれている最中。くだらない電話のことなど耳に入れて、雇い主の機嫌を損ねるようなことはしないだろう。

警察に通報しようかと思ったが止めた。谷内が殺されていたことで、恵理という女の言ったことの信憑性に疑いを持たざるを得なくなった。本当に蔵主家の金庫が、今夜狙われているかどうか怪しいものである。

蔵主グループの会長とは面識などない。遣り手の大金持ちの金庫がやられようがやられまいが、影乃の知ったことではない。

しかし、気になる。谷内という男の見るも無惨な死体が脳裏をよぎったのだ。

熱いコーヒーを飲み、煙草を二本吸ってから、影乃は再びタクシーに乗った。

行き先は高級住宅街として知られている青葉台。そこに蔵主グループの会長、蔵主喜一郎の邸がある。

影乃が青葉台を目指していた頃、女探偵、唐渡美知子は蔵主邸の二階にあるオーディオルームにいた。防音装置が施され、総額、一千万はくだらないと思える機器が鎮座し、ゆったりとした黒革のソファーや赤い肘掛け椅子が置かれている。黒い壁には、ターナー風の水彩画が飾ってある。島が描かれた風景画。所有者と作品の存在感を合わせて考えるとおそらく本物だろう。サイドテーブルの卓上ランプはアールヌーボー調のもので、その周りにも、値の張りそうな調度品が無造作に並んでいた。

美知子はアールヌーボーの装飾品は好みではない。しかし、この部屋には馴染んでいると思った。

美知子と相対しているのは、当主の喜一郎だった。

骨太のがたいの大きな男にはタキシードがよく似合っていた。浅黒い角張った顔。顔のパーツの配置が絶妙のバランスを保っている。六十七年の歳月を生きてきた証であるシワも、そのバランスを崩すものではなく、むしろ、風格を演出する好材料となっていた。しかし、決して派手な顔立ちではない。切れ長の目、鼻梁が高いほっそりとした鼻、そして薄い唇は、隙のない酷薄な印象を人にあたえている。野太い声だが、時々、その声がつんと立った鼻を通って鋭くなる。その響きが得体の知れなさに拍車をかけていた。下唇の右下に大きな黒子がある。その黒子だけが、酷薄なイメージを和らげはしていたが大勢に影響はなかった。

　実際、蔵主喜一郎の評判は決してよくない。

　蔵主グループはホテルやゴルフ場を経営しているが、本体は土地開発業である。いわゆる彼はデベロッパーなのだ。

　かなり阿漕なやり方で地権者から土地を取り上げてきたという噂は昔からあり、マスコミに叩かれたことも何度かあった。

　しかも艶福家でもあり、何人もの女を愛人にし、結婚歴は三回。現在の妻、広美は喜一郎と三十二歳、歳の離れた元ダンス教師である。最初の妻は自殺している。二番目の妻は離婚係争中に、心臓発作で急死した。

　今度の調査に、美知子の事務所を選んだのは喜一郎自身だった。

どのようにして美知子のことを知り、白羽の矢を立てたのかは知る由もないが、顧問弁護士を通じて、依頼をしてきたのである。

喜一郎に会いに出かけようとした時、助手の玉置康志（たまおきやすし）が冗談半分でこう言った。

「気をつけてくださいよ。いきなり押し倒されるかもしれませんから」

「あなたにボーナスが弾めるような仕事にありつけそうだったら、うんと色気を振りまいてくるわ」

喜一郎とは日比谷公園の脇（わき）の道に停めてあるベンツの中で会った。普段は運転手つきの車に乗っているらしいが、時々、車庫に眠っている車を自分で運転し、首都高をぶっ飛ばすのだと笑って言っていた。

当然のことだが、喜一郎は、隣に座った美知子の膝（ひざ）に手を置くようなことすらしなかった。しかし、美知子に向けられた眼差（まなざ）しには雄のニオイがした。

探偵を雇ったと周りに知られたくない喜一郎は、美知子に偽名を使い、職業は不動産業ぐらいにしておいてくれ、と頼んだ。

連絡を取る時、美知子は、滝沢（たきざわ）エステートの滝沢良枝（よしえ）と名乗ることにした……。

その夜も、美知子は不動産業者として、邸を訪れた。パーティーを抜けた喜一郎は、美知子をオーディオルームで待っていた。盗み聞きされる心配がない場所を彼は選んだらしい。

美知子は、二週間行った調査結果を記したファイルを彼に渡し、要点を口頭で伝えた。

「よく短い間にそれだけのことを調べ上げてくれました。ありがとう」喜一郎が、細い目をさらに細めて微笑(ほほえ)んだ。

「お役に立てて嬉(うれ)しいです」

「やはり、私の勘は当たってたね」喜一郎は、M字に禿(は)げ上がった髪を撫(な)でつけながらつぶやくように言った。

美知子は答えようがないので黙っていた。

「請求書、用意してありますか」

美知子はビジネスバッグから封筒を一通取りだした。

封筒を手に取った喜一郎が美知子を見た。「随分、分厚いんだね」

「経費等々、細かく明記しておきましたから。どうぞ、ご覧になってください」

喜一郎はそれには答えず、封筒をテーブルに置き、ふうと息を吐いた。

「それでは、私はこれで」

「もう少しいてください」

「でも、パーティーが」

喜一郎は薄い唇を横にきゅっと引いた。立派な大きな歯が顔を覗かせた。入れ歯？　いや、本物に違いない。

「あれは女房のパーティーだ。若いダンサー連中も呼ばれてる。私がいない方が、女房は心おきなく愉(たの)しめるんだ」ややあって、喜一郎の頬が引き締まった。「実はね……」

喜一郎の言葉を妨(さまた)げたのは、壁に取り付けられた赤いランプだった。

喜一郎は舌打ちして立ち上がると、電話機に向かった。

その少し前、影乃は蔵主邸の前でタクシーを降りた。

三階建ての洋館。白い外壁には木の梁(はり)が走っている。赤い瓦(かわら)はスペイン風である。

正門の脇に守衛室があった。中にはふたりの制服姿の男がいた。

影乃は守衛室に近づいた。

影乃の相手をした守衛は決して若くはなかったが、躰は大きく、粋がった若造が何人かかってきても負けそうもない男だった。

「警備責任者を呼んでくれ」影乃が守衛に言った。

「はあ？」

「早くしろ」

「警備責任者なんていない。お宅は何者なんだ」守衛が気色(けしき)ばんだ。

「影乃っていう者だが、そんなことはどうでもいい」影乃は腕時計に目を落としてから、守衛に視線を戻した。「この邸が窃盗団に狙われている可能性がある。八時から八時半の間、ダンスパーティー中にやる予定らしい。もう賊は侵入してるはずだ。早くしないと、あんた、工場の守衛に転職しなきゃならなくなるぜ」

「帰れ。これ以上、妙なこと言うと警察を呼ぶぞ」

「そうした方がいい。すぐに一一〇番しろ」

守衛は影乃に気圧され、躊躇いつつ受話器を取った。

影乃はコウモリ傘をさしたまま、煙草に火を点けた。


「何の用だ」喜一郎は不機嫌そうに受話器に向かって言った。「……窃盗団?……カゲノ?……そんな人間は知らん。そいつ、頭がおかしいんじゃないのか」

カゲノ……。美知子は喜一郎に鋭い視線を走らせた。

「……追い返せ」

喜一郎が電話を切った。

「会長、何かあったんですか?」美知子が訊いた。

「この邸を、窃盗団が狙ってる。しかも、もう賊は侵入してるかもしれんと言いにきた奴がいてね。そんな戯言を言いに、わざわざ邸まで来るなんて、どう考えてもまともな人間じゃない」

「その男がカゲノと名乗ったんですか?」

喜一郎が目の端で美知子を見た。「君に心当たりがあるのか」

「私の知り合いかもしれません」

「君の知り合い？」

「同じ探偵仲間で、世話になったことのある人です。だとしたら、ガセネタじゃないと思います。私に声を聞かせてください」

「分かった」喜一郎は内線電話で守衛室を呼び出した。「私だ。すぐにその男を電話に出せ……。カゲノさん？……ちょっと待って」

受話器を渡された美知子が名前と職業を名乗った。

「おう。さっき君のことを考えてたよ。あんたが、この邸の警備をしてるのか」

「別件でお邪魔してるんです。で、窃盗団というのは……」

「話は後だ。俺を中に入れてくれ。狙われてるのは二階の会長の書斎の金庫らしい。警察にも事情を伝えた方がいい」

美知子は、影乃の言ったことを喜一郎に伝えた。喜一郎は守衛に、影乃を中に通すように命じた。そして、オーディオルームを出ようとした。

美知子が喜一郎の腕を摑(つか)んだ。「会長、危険です。影乃さんがくるまで待ってください」

「もう八時を回ってるぞ」

「それより、執事に影乃さんをここまで案内させてください。この邸、初めての人は必ず迷子になりますから」

喜一郎は不満げな顔をした。主導権を他人に握られ、言いなりになるのが不本意なのだろう。しかし、不承不承とはいえ、美知子に従い、再び内線電話の受話器を取り上げた。

門が自動的に開いた。影乃はアプローチを玄関まで急いだ。大きな玄関扉は半ば開いていた。仕立ての良さそうな黒いスーツを着た背の高い初老の男が影乃を迎えた。

右奥の廊下の方からラテンナンバーが聞こえてきた。玄関ホールに置かれた猫足のソファーに三十代と思える男と、その母親のような年齢の女が煙草を吸っていた。この邸に相応しくない、身なりが悪い影乃を怪訝な顔で見つめていた。

影乃は執事についてゆるやかに螺旋を描いた階段を上がった。

オーディオルームに通された。執事もその場に残った。

美知子と目が合った。

「お久しぶりです」美知子が頭を下げた。

美知子にウインクしてから、影乃は喜一郎に目を向けた。「挨拶は後ほど。書斎はどちらですか？」

「警察に事情を伝えてあるから、刑事がすぐに飛んでくる。後は彼らに任せればいいだろう」

大事な物が盗まれてしまうかもしれないのに、喜一郎は落ち着き払っていた。

「警察が来る前に逃げられてしまうかもしれませんよ」

喜一郎は渋面を作ったまま口を開かない。

事件性があるかどうか分からない。それでも蔵主家からの通報だから、かなりの数の警官がやってくるだろう。

「会長、私が保証します。影乃さんは役に立つ方です」美知子がきっぱりと言ってのけた。

「ここを出て左に真っ直ぐに進んでください」喜一郎は影乃と目を合わさずに言った。

「奥の右手の部屋です。でも、今のところ何も起こってないようだがね」

「ここにいたら、爆弾が落ちてきても気づかないでしょう。書斎の内鍵、外から開けられますか？」

「うん」

「チェーンはついてます？」

「ついてる」

「鍵を貸してください」

「さて、どこに置いたかな。普段、閉めてないから」

「私が一本お預かりしています」執事がそう言って、部屋を出ていった。

時間がどんどんすぎていく。

喜一郎が葉巻に火をつけた。「信じられん。何かの間違いじゃないのか」

「かもしれませんが、俺の得た情報では、そういうことになってます。金庫には札束がうなってるんですよね」

喜一郎が勝ち誇ったような顔で、影乃を見た。「中は空だ」

なるほど。道理で落ち着いてられるわけだ。

執事が戻ってきて、鍵束を影乃に渡した。書斎と書かれた小さなプレートのついた鍵を握り、影乃はオーディオルームを出た。

守衛たちが階段を上がってくるところだった。階下からリズミカルな音楽が聞こえてくる。パーティーに参加している人間は何も知らず、ダンスに興じているのだろう。

影乃は廊下を奥に進んだ。壁には油絵が至る所に飾られていた。

右奥のドアの前に立つとドアに耳を当てた。それから守衛のひとりに耳打ちした。

「中に人がいる。窓から逃走する可能性があるから裏に回ってくれ。裏に着くまでにどれぐらいかかる？」

「五、六分」先ほど、影乃と話した守衛が答えた。

「急げ」

守衛たちが音を立てずに去っていった。

影乃は再びドアに耳を当てた。

「……まだか、早くしろ」

「開いたよ」

そんな会話が聞こえてきた。

影乃は時計に目を落とした。大事をとって七分待つことにした。

ドアノブをそっと回した。開かなかった。鍵穴に鍵を差し込み、そろりそろりと回した。チェーンもかけられているとみた方がいいだろう。開錠されたドアのノブを回し、影乃はドアに体当たりを食らわした。チェーンが吹っ飛び、ドアが大きく開いた。

三人の男が書斎にいた。三人とも目出し帽で顔を覆っている。ひとりだけしゃがみ込んでいた。

一瞬、三人は金縛りにあったように身動きが取れなかった。窓のひとつが大きく開いていた。

背の高い男が懐に手を入れた。小振りのオートマチックの銃口が影乃に向けられた。

影乃は素早く壁に躰を隠した。銃声がした。廊下の壁に飾られていた油絵に当たった。

赤子を抱いた女性の乳房に穴が開いた。

「逃げろ！」

その声を聞いて、再び書斎に目を向けた。

小柄な男が窓から飛び降りようとしていた。

「銃を持ってる奴がいる。気をつけろ！」影乃は待機している守衛に伝えようとして叫んだ。

音楽が鳴り止んだ。

ふたりの男がこちらに向かって走ってきた。ごま塩頭の男が無線機で指示を出していた。通報を受けて警察がやってきたらしい。

「裏口が二箇所あるそうだ。使用人に聞いて出入口を固めろ」

影乃に先に近づいてきたのは若い刑事だった。色白でかすかに頬が赤い。

「ひとりが拳銃を持ってる」

そう言ってから、影乃はまた書斎を覗いた。

しゃがみこんでいた男が窓から飛び降りるのを躊躇っている。背中の曲がり具合からするとかなりの歳らしい。

拳銃を持った男が、他の窓を開けようとしていた。

若い刑事が拳銃を抜いた。回転式のコルト45。牛でも殺せる大型拳銃なので、俗に〝牛殺し〟と呼ばれているものだ。

「警察だ。動くな！」

若い刑事の声を銃声が呑み込んだ。運良く弾は逸れた。

紅顔の美少年のなれの果てのような刑事は、怖じ気づいてしまったのか、後々、正当な発砲だったのか、調査されるのが嫌だったのか、引き金を引かない。

影乃は、警官から銃を奪い取りたくなった。

再び書斎を覗く。

窓から飛び降りるのを躊躇っていた男の姿はもうなかった。

窓の外に身を乗り出した背の高い男は、ゆっくりと躰を起こした。

「銃を捨てろ！」ごま塩頭の刑事が叫んだ。

背の高い男は、背中をこちらに向けたまま、喘ぐような声を出した。そして、銃口を自分の口の中に向け、両手で握り直した。

「止めろ！」

ごま塩頭の刑事の声に、銃声が重なった。

口内で弾が発射されたにもかかわらず、凄まじい音がした。首の付け根辺りから、水道管が破裂したかのように大量の血が噴き出した。衝撃で男の躰が飛んだ。

周りは血の海である。

ごま塩頭の刑事が先に書斎に飛び込んだ。紅顔の刑事はしばしその場を動けなかった。

影乃は背中を壁に当て、天井を仰ぎ見た。

たった数時間の間に、凄惨な死に様に二度も遭遇するとは。

他の刑事たちが駆けつけてきて、書斎に入っていった。影乃もそれに続いた。

金庫は引き戸の奥の壁に設置されていた。扉は開いていた。中は空のようだ。犯人たちが何かを持ち去った？　いや、喜一郎が言った通り、最初から空だったのだろう。

死体に近づいた。すでに目出し帽ははぎ取られていた。ごま塩頭の刑事が傷の状態を調べていた。

死んだ男は細面だった。耳がやたらと大きい。瞳孔が開いていて、猛禽類のような目をしていた。

即死のはずだが、警察はまず人命救助を優先するから、すでに救急車が呼ばれているだろう。

引き金を引かなかった紅顔の刑事が影乃に気づいた。「すぐにここから出て」

影乃は言われた通りにした。

美知子が廊下に立っていた。

「会長は？」

「オーディオルームよ」

「あんたと俺が会うと大事件が起こるな」影乃が火の点いていない煙草をくわえたままぼそりと言った。

「一体、どうやって」

「清くも汚れた仕事を引き受けたせいさ」

そんなことを言われても、反応できる者はいないだろう。しかし、影乃は冗談を言ったわけではなかった。

パーティーに出ていた人間たちが下で騒いでいた。彼らもかなりの時間、足止めされるだろう。

サイレンの音が聞こえた。応援部隊がやってきたらしい。

実況見分が始まった。影乃は、話せることだけを話した。コートのポケットには飛び出しナイフが入っている。しかし、影乃の身体検査が行われる心配はない。

鑑識が書斎に入り、階下からも慌ただしい気配が伝わってくる。

ふたりの刑事が影乃を取り囲んだ。

ごま塩頭の背の低い男は警部補で、名前は塩崎（しおざき）といった。小猿のような潤（うる）んだ大きな目の男だった。定年までにそういくらもない歳に見えた。もうひとりは、引き金を引かなかった紅顔の男だった。名前は岸部（きしべ）という。見た目は若そうだが、影乃と同様、三十代後半に思えた。

影乃はふたりの刑事と共に、書斎の手前の部屋に入った。そこは書庫だった。天井まで本棚である。図書館のような部屋のど真ん中に丸いテーブルが置かれ、椅子が四脚、きちんと収まっていた。

一輪の薔薇（ばら）の花が活けられた細身の花瓶の隣に灰皿が置かれてあった。

「あなたのおかげで、犯人を逮捕できました。ありがとうございます」塩崎が柔和な笑みを浮かべて礼を言った。

「もうひとりが、ああならなければよかったんですけどね」

塩崎は、小さなティッシュの袋を取りだした。サラ金が街頭で配ったものらしい。鼻を思い切りかんだ後、彼がまた口を開いた。

「影乃さんの下のお名前は？」

「本名じゃありません」

「ほう」塩崎が好奇の目で影乃を見つめた。

影乃は本名を伝え、前科があることも教えた。殺人罪で九年服役した過去は隠せない。

「そうですか。あなたみたいに正直に話をしてくれる人ばかりだと手間が省けるんですがね」そこまで言って、警部補はまた鼻をかんだ。

鼻の頭がビー玉でも埋め込んだように丸く膨れている。それは鼻をかみすぎたせいでそうなったのではなく生まれつきのようだ。

「本名はご内聞に。今はただの影乃で通ってますから」

塩崎が小さくうなずき、メモに目を落とした。「影乃さんの事務所は道玄坂ですよね」

「実は電話帳に載っているのは、正確に言うと私の事務所じゃなくて、友人の経営するバーの住所です」

「じゃモグリ」塩崎の目が鋭くなった。しかし、それは一瞬のことだった。また柔和な笑顔が戻ってきた。「いや、免許がいらない商売ですから、モグリということはありませんな。失礼しました」

「事務所にできるような住まいではないので、その友人に頼んでそうさせてもらっているんです」

「なるほど」

岸部は一言も口を開かない。

「で、今回の事件のことですが、情報はどこから入手したんですか？」

「それは言いたくないですね。私も探偵です。何人か情報屋を持ってます。刑事さんたちと同じようにね」

「気持ちは分かります。ですが、事件の全容解明のために協力してくれませんか。お願いしますよ」塩崎が下手に出てきた。

影乃は、ふたりの刑事を交互に見て、大きく首を横に振った。

塩崎がまた鼻をかむ。

「影乃さん、何か後ろ暗いことしてる。だからしゃべれない。そんなことはありませんよね」岸部が軽く顎を上げ、偉そうな口調で言った。

影乃は岸部に視線を向けた。指に挟んだ煙草の煙がゆらゆらと立ち上っていた。

岸部も負けじと睨み返してきた。

凶悪犯に発砲できなかった気の小さい男が、相手が前科者と分かって居丈高になっている。上等じゃないか。影乃は紅顔の刑事から目を離さなかった。根負けしたように、岸部が視線を逸らした。

「犯人は捕まり、盗まれたものがあったとしても持ち去ることはできなかったはず。情報源がはっきりしないことを、相手側の弁護士に突かれても、問題なく奴らふたりはムショ送りになるでしょう。事件を未然に防ごうとした俺には、もう少し丁重な態度を取るべきじゃないんですか」

塩崎が大きくうなずいた。「ごもっともです。ですが、背後関係を調べるためには、できましたら、お話ししていただきたい。情報源は依頼人だと理解してよろしいんでしょうか」

「或る調査の過程で、今日の事件のことが耳に入った。日時場所等々を知ったから、俺はここに電話をして、警察を呼べと言ったんですがね。しかし、電話に出た相手は、俺の言ったことをイタズラだと決めつけ、まったく取り合ってくれなかった。だから、ここに来たんです」

「その時点で警察に通報するのが筋でしょうが」岸部が突っかかってきた。

「訳の分からないたれ込みよりも、この邸の人間が通報する方が、警察も真剣になって動く。この邸の当主は蔵主喜一郎ですよ。警視総監が陣頭指揮を執ってもおかしくはない人ですからね」影乃は皮肉な笑みを口許に溜め、短くなった煙草を灰皿に捻り潰した。

　それからも刑事たちの質問は続いた。岸部はほとんど口を開かず、敵意に満ちた目で影乃を見ているだけだった。塩崎は終始、おだやかな調子で話していた。

　唐渡美知子との関係も訊かれた。

「同業で、一緒に仕事をしたことがあります。彼女がここにいなかったら、俺は門前払いを食らわされていたでしょう」

　住所と電話を教えざるを得なくなった。影乃は、雪永以外に知っている人間がほとんどいないねぐらを刑事たちに伝えた。

「……でも、滅多に家にはいません。俺に用がある時は、電話帳に載ってる番号にかけてください」

　影乃に対する事情聴取は三時間に及んだ。解放されたのは午前一時を回っていた。

　書庫を出る時、影乃が岸部に訊いた。「どうして撃たなかったんです？」

「発砲するのは最後の最後です」

　影乃が鼻で笑った。「相手の脚でも撃っていたら、捕らえられたのに」

　顔がさらに赤くなった。

「あの状況で引き金を引かないんだったら、〝牛殺し〟なんか署の神棚にでも置いておいた方がいい」

「何だと！」

摑みかかろうとした岸部を塩崎が止めた。

影乃は刑事たちに背を向け、書庫を後にした。

招待客は全員、帰宅したのか、一階ホールは静まり返っていた。後片付けをしている人間の姿も見られなかった。

執事がどこからともなく現れた。「影乃様、もしもお疲れでなければ、会長がお目にかかりたいとのことですが」

「会長はどこに？」

「ご案内いたします」

レスラーが三人、手を繫いで歩いても窮屈さなどまるで感じない広い廊下を奥に進んだ。天井は、トランポリンを愉しめそうなくらいに高かった。

大広間に入った。壁際に丸テーブルが並んでいて、キャンドルが載っていた。ディスコでしか見たことのない巨大なスピーカーが置かれている。

蔵主喜一郎が破産したら、この邸はホテル業者が買い取り、大広間では東京見物にやってきた田舎者が、カラオケのマイクをくわえるようにして歌っている。そんな愚にもつかない想像が影乃の脳裏をよぎった。

ガラス戸の向こうに目を向けた。緑色のパラソルがプールの周りに等間隔に並んでいる。パラソルは閉じていた。気の早い業者が、クリスマスを先取りして、鉢植えのモミの木を用意したみたいに見えた。

ただ一本だけ、パラソルが開いていて、そこに喜一郎の姿があった。

ガラス戸を恭しく開けたところで執事は音もなく去っていった。

激しく降っていた雨は、霧雨に変わっていた。木立を抜ける風が、プールの水を優しく舐めて、影乃の髪を軽く乱した。

影乃が喜一郎に近づくと、彼は腰を上げ、影乃を迎えた。

「大変、世話になったね。お礼を申し上げます」喜一郎が頭を下げた。

喜一郎はシャンパンを飲んでいた。同じものでいいかと訊かれたので、影乃は黙ってうなずいた。グラスはすでに用意されていた。

喜一郎はプールに向かって座っていて、影乃はその左側の椅子を引いた。

喜一郎が影乃のグラスにシャンパンを注いだ。

「乾杯……いや、献杯だね」喜一郎がグラスを持ち上げた。

影乃もそれに従った。そして、シャンパンで喉を潤した。

「これは、極上のシャンパンなんですよ。いつコルクを抜こうかと思っていたが、今夜が一番相応しい気がして」

「死んだ男のためだったら、不二家のシャンパンでも、もったいない気がしますがね」

喜一郎の口許に笑みが射した。「私は、シャンパンという飲み物が嫌いなんだ」

「私も苦手です。日持ちのしない派手な女みたいで」

「まったくだな」

喜一郎に葉巻を勧められたが、影乃は断ってハイライトに火をつけた。

「被害はなかったんですか？」

「申し上げたはずだ。あの金庫は空だって」

「犯人に心当たりは？」

「私を嫌い狙っている奴が多すぎて、答えようがないね。捕まった男のひとりは金庫破り専門の爺さんで、腕を買われて、この犯行に加わったそうだ。もうひとりも、死んだ男に金で雇われた窃盗の常習犯だと聞いた。どうやら死んだ男が主犯だったらしい」

書斎の金庫には金ではなくて、極秘の書類が中に入っている。そう睨んでの犯行だったのかもしれない。だとすると、彼らに犯行を命じた人物がいるに違いない。

「唐渡さんとはよく仕事をしてるんですか？」

「八月に一度、彼女に頼まれ、協力しただけです」

喜一郎がじろりと影乃を見た。「失礼を承知でお訊ねするが、ふたりはできてるのかな」

「そう見えました？」

喜一郎は葉巻をくゆらせ、プールの方に目を向けた。「君の名前が出た時、彼女の心にさざ波が起こり、大きな胸がさらに膨らんだような気がしたものですから」

「立派な胸に指を触れたこともないですよ。彼女は戦友のようなものです」

「戦友か」喜一郎が遠くを見るような目をした。

「こっちも失礼を承知で言いますが、会長は愛人を何人も作ってきた強者。唐渡さんにも公私を問わず援助してるってことですか？」

「それはない。ちょっとした仕事を頼んだだけです。だが、私も男だから、女として見てたことは認めるがね。あくまで探偵と依頼人の関係でしかない。だが〝戦友〟というのは、寝食を共にすることも……」

「こっちも色恋抜きです。唐渡美知子は、日向を歩いている探偵で、俺は事務所も持ってない裏方ですからね」

「影の探偵ね。洒落のつもりで、影乃って名乗ってるのか」

影乃はそれには答えず、曖昧な笑みを浮かべ、グラスを空けた。

庭の方から物音がした。影乃は目を凝らした。喜一郎も訝っている。

木立の間を縫って姿を現したのは若い女だった。

緊張が解けた喜一郎は、背もたれに躰を預けた。「私の女じゃないよ。娘の美帆だ」

喜一郎の娘はアニマルプリントのタイトなミニスカートに、フライトジャケット風の革ジャンを羽織っていた。ストレートのロングヘアーが風に揺れていた。

「びっくりするじゃないか」

「プールにいるって聞いたから。こっちから回る方が早いもの。ラジオで知って飛んできたのよ。大丈夫だったの？」

「何とか生きてる。こちらはね、影乃さんと言って……」

喜一郎が、娘に影乃を紹介した。

「蔵主美帆です」

勝ち気そうな大きな瞳が影乃をじっと見つめた。

くっきりとした二重瞼が長い睫毛で守られている。唇は厚ぼったく、眉は太くて濃かった。それに合わせるかのように、アイラインの線もしっかりと引かれている。小さな唇は、不平不満しか口にしたことがないように突き出ていた。鼻は母親似なのか小さかった。やや胡座をかいているが、小顔の美帆の魅力を削ぐものでは決してなかった。

美帆はテレビや映画の制作会社に勤め、趣味でロックバンドを組んでいるという。

喜一郎が影乃に世話になったことを美帆に教えた。

「パパの部屋で人が死んだって聞いたけど」

「書斎で犯人がピストル自殺を図ったんだよ」

「ふたり目の自殺者が、この家で出たのね」美帆は、事もなげに言い、煙草に火をつけた。

「何という不謹慎なことを言うんだ」喜一郎が口早に怒った。

「私、本当のことを言っただけ」美帆は何が悪いのだと言わんばかりの目で父親を睨み付けた。

世間の常識やモラルは、使用人が一手に引き受けている。蔵主家はそんな家のようである。

影乃はグラスを空けた。「私はそろそろ」

「お引き留めして申し訳なかった。本当にありがとう」

「それでは」

立ち上がった影乃を喜一郎が呼び止めた。懐から封筒が取り出された。

「少ないが、私の気持ちだ。受け取ってくれたまえ」

「そんなお気遣いは必要ありません」

「いいから、受け取っておけばいいじゃない」美帆がさらりと言ってのけた。

影乃はにっと笑った。「お嬢さんの言う通りですね。じゃ、遠慮なく」

影乃は分厚い封筒をトレンチコートのポケットに押し込むと、大広間に向かって歩き出した。

パラソルの下の親子は口を開かない。風が止み、プールの水面も落ち着いている。蔵主家は、惨劇があったことが嘘のように静まり返っていた。

一　新たな依頼

　影乃は道玄坂でタクシーを降り、道頓堀劇場のある脇道に入った。そして、昭和二十年代からある、インドカレー屋の前を通りすぎ、路地の奥に進んだ。低層の雑居ビルが肩を縮めるようにして建ち並んでいる路地には、カラオケで熱唱する男の声が聞こえていた。

　影乃は雪永久の経営するバー『ピアノラ』の、立て付けの悪いドアを開けようとした。だが、その手が止まった。

　中からピアノの音が聞こえてきた。レコードやＣＤではない。影乃は煙草に火をつけ、演奏に聴き入った。

　マル・ウォルドロンの『レフト・アローン』に違いなかった。弾いているのは雪永の他には考えられない。

　影乃は蔵主家を出た直後、店に電話を入れた。雪永は店にひとりでいた。あれからどうなったのか、彼は知りたがったが、何も言わずに影乃は店に向かったのだ。

とうの昔にプロの世界から退き、場末の飲み屋で酔客を相手にしている雪永が、ピアノを弾くことは滅多にないことだ。店の片隅に放置されたかのように置かれている、傷だらけのアップライトピアノには常に鍵がかかっている。

乾いた哀感の漂う『レフト・アローン』は、エンディングを迎えることもなく、中途で終わった。その後に聞こえてきたのは、高いキーを叩く音だけだった。調律をしているような感じである。

影乃はドアを引いた。

背中を丸めてピアノの前に座っていた雪永は振り向かない。

影乃は断りもせず、カウンターの内側に入り、I・W・ハーパーのボトルとタンブラーを手に取り、スツールに座った。グラスに酒を注ぎ、ほんの少し喉に流し込んだ。

「雪さんの『レフト・アローン』、初めて聴いたよ」

雪永は、酒の入ったグラスと煙草を持ってピアノを離れ、壁に取り付けられたビニール製の長椅子に躰を投げ出した。

十四、五坪の店。長椅子の前にはテーブルと椅子が並んでいて、トイレの脇にカラオケ装置が置かれている。

「どうしたんです？　あんたがピアノの蓋の鍵を開けた。ってことは、胸ん中の鍵を開けたってことと同じに思えるんですがね」

「陰気な雨とあの男の死に様のせいだ」

影乃は煙草に火をつけ、片肘をカウンターについた。「で、恵理って女、見つかったんですか？」

「今はまだ新宿署にいるだろう。署を出たらここに連絡が入る」

影乃はまたグラスを口に運んだ。

今回の件で雪永に応援を頼まれたのは、一週間ほど前のことだった。

客が店に連れてきた若い女がジャズシンガーで、彼女は雪永のことを知っていた。時々、ユニットを組むベーシストから話を聞いていて、その男から雪永の古いレコードを借りて聴き、感激したという。

ライバルたちよりも、立ち勝(まさ)っていた頃の話を雪永はしない。だが、若い女に無邪気に、昔の演奏を褒(ほ)められたものだから、悪い気はしなかったろうし、難しい顔をするのも大人(おとな)げない。雪永は恵理を優しく受け止めたのだろう。

それがきっかけで、恵理はしょっちゅうこの店に顔を出すようになったという。そんな或る夜、店でふたりだけになった折、雪永に、悩み事を打ち明けられた。

恵理の父親は窃盗罪の前科のある男で、一年ほど前に刑務所を出た。しばらくは大人しく大田区にある小さなプレス工場で働いていたが、円高不況でリストラされた。

何もしないでぶらぶらしている父親が、またぞろ悪い仲間の誘いに乗るのではと恵理は心配していた。

その不安が現実のものとなった。

父親の部屋に遊びにいき、帰ろうとした際、電話が鳴った。まさにドアを開けようとしていた恵理は、部屋を出る振りをして、電話の内容を盗み聞いた。悪巧みの相談だということは、父親の話し振りから容易に窺い知れた。

父親は最初は嫌がっていたが、最後には仲間に加わることを承知した。確認する意味があったのだろう、犯行場所、日時を復唱した。話の内容から、父親の役割は逃走用の車の運転手だと分かった。使う車は、相手が用意すると言ったようだ。

若い頃、三度の飯よりも車が好きで、進駐軍が戦後に持ち込んだＭＧでレース紛(まが)いのことをやっていたこともあったという。そのＭＧは、仲間と盗んだもので、それが発覚し、父親は逮捕された。二度目に捕まった時も信用金庫を襲った窃盗団の運転手だった。

捕まったのは二度だけだが、余罪はいくつかあるようだ。

父親が受話器を置いた瞬間、恵理は部屋に飛び込んだ。そして、絶対に片棒を担ぐな、と必死で父親を説得した。やったら、自分が警察にチクるとまで言ったが、父親は聞く耳を持たず〝うるさい、口を出すな、義理があるんだ〟と怒ったそうだ。

恵理の苗字は谷内である。つまり、首から血を流して死んでいた男が、恵理の父親なのだ。

止める方法がない恵理は、犯行当日、父親を二、三時間でいいから、部屋から出さないようにしてほしいと雪永に頼んだ。

雪永は何とかしようと言い、影乃に相談したのである。

「説得できないとなれば、実力行使に出るしかないな」そう言ったのは影乃だった。

偽装監禁。事情が知れても恵理の父親が、警察に訴えるはずはない。監禁した後、犯行が行われている間、見張っていて、時間がすぎたら、そのまま放置して部屋を出る。頃合いを見計らって恵理が父親の部屋を訪ね、父親を自由にする。

そういう筋書きだった。

逃走用の車の運転をするだけの谷内は、どこで待つかだけ下調べし、犯行直前に、用意された車で青葉台に向かう予定だったらしい。長々と高級住宅街に車を停めておく方がリスクが高いと踏んだのだろう。

影乃たちが谷内を監禁しようとする時間に、標的が不在では話にならない。

恵理は、あの時間に、あのマンションに行くことを父親に承知させた。そうやって引き留めておく計画だったのだ。

〝清くも汚れた仕事〟と影乃が美知子に言ったのは、そういう意味だったのである。

影乃の報酬は二十万。短い時間ですむ偽装監禁。割りに合う仕事だったが、こうなってみると、貧乏クジを引かされたと笑うしかなかった。

「雪さん、恵理に会ってはいないんだね」

「電話で話しただけだ。彼女、俺の電話を待って、父親のマンションに行くことになってたろうが」

「俺たちのこと、口止めしてあるんでしょうね」丁寧な言葉遣いだが、語気は鋭かった。

「当然だよ」雪永が力なく答えた。「口を酸っぱくして言ってある」

恵理は約束を守った。でなければ、とっくの昔に、雪永は警察に引っ張られているはずだ。

影乃は煙草に火をつけた。ダウンライトに煙がゆるゆると絡みついた。「恵理っていくつでしたっけ」

「二十三だ」

「雪さんとは三十近く、歳が離れてるんですね」

「俺は、あの子に惚れちゃいないよ」雪永が口早に言った。

「父親の心境ですか？」

「まあ、そんなところだ。恵理は、初めてのCDを出すことが決まってる。今、その吹き込みの最中なんだ」

「親父が殺されたから、発売が延期になるなんてことあるんですか？」

「ないとは思うが、彼女の気持ちを考えるとやり切れん」雪永はグラスを空けた。そして、影乃の隣に腰を下ろした。「すまなかった、お前を巻き込んじまって」

「もうすんだことですよ」影乃は雪永の肩を軽く叩いた。

気を取り直したのか、雪永の目に生気が戻ってきた。「で、あれからお前はどうした？」

「それがね……」影乃の口から溜息が漏れた。「また、首から血を吹き上げて死んだ人間を目撃することになりました」

雪永は目を瞬かせただけで言葉はなかった。

影乃は、まず蔵主家で起こったことを話した。雪永は酒棚を見つめたまま、黙って影乃の話を聞いていた。

「……そこで、何と唐渡美知子に会いましたよ」

「彼女、パーティーに出席してたのか」

「いや、仕事できてたそうです」

雪永が首を軽く捻った。「仕事？　パーティーの開かれている日曜日の夜にか」

「蔵主喜一郎が個人的な調査で、彼女を雇ったらしい」

沈黙が流れた。

雪永がグラスにバーボンをなみなみと注いだ。「で、谷内の部屋を調べて何か分かったか？」

「徹底的に調べる時間はなかったけど、気になるものは見つけましたよ」影乃は、男からの電話も含め、雪永に話した。

「つくば万博の記念ペンダントね」雪永の眉が引き締まった。「普通の大人が身につけるもんじゃないな」

「俺もそう思う」影乃は腕時計に目を落とした。

午前三時少し前だった。

「恵理と会うのは明日にするか」雪永が言った。

「いや、待ちましょう」

『ピアノラ』のピンク電話が鳴ったのは、それから十分ほど後のことだった。

「今、どこ？」雪永が訊いた。「……影乃とふたりでいる」

影乃が雪永に近づき、電話を代わってほしいと、手で合図を送った。雪永は言われた通りにした。

「とんだことになったね」影乃は名前も名乗らず、開口一番そう言った。

恵理は口を開かなかった。

「話を聞きたいけど、一眠りしてからにする？」

「いえ。今からそちらに行きます」やや掠(かす)れていたが魅力的な声が、きっぱりとそう答えた。

「君はどこに住んでるの？」

「恵比寿です」

影乃は家に戻るように言った。恵理とは、彼女の自宅で会うことにしたのだ。マンションの場所を詳しく訊き、電話を切った。

影乃は、恵理がここに来るのを避けたかった。警察が恵理を監視している可能性があるかどうかは分からない。だが、不測の事態に備えておきたかったのである。

「抜かりないね」雪永の頰がかすかにゆるんだ。

「俺たちには〝前〟がある。用心するに越したことはない」

雪永久は、過去に大麻で二度捕まっている。

影乃と雪永は、少し時間をおいてから恵比寿にタクシーで向かった。

恵比寿駅の西口に着くと、公衆電話から恵理の部屋に電話した。彼女はすでに帰宅していた。

影乃と雪永は、喫茶店『ルノアール』を越えた角を左に曲がり、線路沿いの道をアメリカ橋の方に向かって歩いた。その先にサッポロビール恵比寿工場がある。

ボウリング場を越え、ゆるやかな坂道を上った。左側に金網が張られていて、その向こうには線路が敷かれている。

恵理は線路沿いのコーポの二階奥の部屋に住んでいた。

コーポに近づく際、影乃は辺りに目を配ることを忘れなかった。一台も車は停まっておらず、歩いている人間もいなかった。

雪永がチャイムを鳴らした。小柄な女の子がドアの間から顔を覗かせた。

「散らかってますけど」

恵理は目を伏せたままそう言い、影乃たちを部屋に通した。

ボーダー柄のカットソーに、スリムなジーンズを穿き、黒いカーディガンを羽織っている。

ワンルームだが、広さはかなりあった。ベッドの置いてある場所は、オフホワイトのブラインドを天井から垂らし、上手に隠している。壁は黒。モノクロの大きなポスターが貼ってあった。往年の歌姫、ビリー・ホリデイのポスターだった。花飾りで髪を飾ったビリー・ホリデイは、大きな瞳を虚ろに開いていた。隅の方に電子ピアノが置かれ、レコードやCDが床に堆く積まれている。

影乃たちを黄色いソファーに座らせた恵理は床に腰を下ろし、膝小僧を抱き、うなだれた。ロングソバージュの髪が床に垂れた。

見たところ灰皿はなかった。恵理は煙草を吸わないようだ。

「本当に大丈夫か」雪永が恵理を覗き込むようにして訊いた。

恵理はうなずいたが、顔は上げなかった。

「こちらが、友人の影乃だ」

恵理が躰を起こし影乃に目を向け、消え入るような声で挨拶をした。

眉が濃く、目鼻立ちがくっきりとした女だった。鼻の頭の丸みがビリー・ホリデイにちょっと似ている。

影乃は自己紹介してから、優しく声をかけた。「さっそくだけど、質問していいかな」

「はい」

「警察ではどんなことを訊かれた?」

「お父さんが最近何をしてたかとか、変わった様子はなかったかとか、最後にあのマンションに行ったのはいつだったとか、私が夜、何をしてたかとか……そんなことです。私、もちろん、おふたりのことは一切、話してませんし、お父さんが窃盗団の運転手をやりそうだったことも教えてません」

「刑事の方から、誰かの名前を出してこなかったか」

恵理は首を横に振った。

雪永は口をはさまずに、ふたりのやり取りを聞いていた。

「君は、お父さんが電話で話しているのを聞いて、止めたそうだけど、お父さんは義理があるからやると言って、君の反対を聞き入れなかった。間違いないね」

「ええ。いくら止めても聞いてくれませんでした」恵理の感情が高ぶってきた。

「昨日、いや、一昨日、君は日曜日の午後六時頃にマンションに行く、とお父さんに電話で告げたんだね」

「ええ」

「それからは話してない？」

「話してません」

「その電話の時、お父さん、君がくるのを嫌がってなかった？」

「嫌がってました。でも、私が、とても重大な話がある。三十分でいいから時間がほしいと言ったら、承知しました」

影乃は少し間をおき、また口を開いた。「森島あゆみって女のこと聞いたことある？」

恵理の表情が硬くなった。「刑事さんにも同じ質問されました。影乃さん、誰なんです、その人」

影乃が肩をすくめた。「俺も知らない。洗面所に丸められた紙が落ちてた。そこに書いてあった名前なんだ」

「じゃ、影乃さん、ＥＸＰＯ'85って書かれたペンダントも見てるんですね」

影乃は黙ってうなずいた。

「お父さんのものかな」と雪永。

「違うと思います。だって、八五年って、お父さん、刑務所の中でしたから」

そう言ってからまた恵理は膝小僧を抱いた。

枕木（まくらぎ）を叩く電車の音が聞こえてきた。始発の時間がきたようだ。

「お父さん、刑務所に入る前から、あの西新宿のマンションに住んでたの？」影乃が訊いた。

「いいえ。捕まった時は西荻（にしおぎ）のマンションに私と一緒に住んでました」

「お父さんの知り合いで、名前を知ってる人いる？」

「家に来た人はいません。お父さん、私には知り合いを会わせたくなかったんでしょう」

恵理はちょっとふて腐れたような調子で言った。

「電話で、名前を聞いたことは？」

「記憶にないです」

「お父さんが刑務所に入ってる時、郵便物は向こうに転送されてた？」

影乃が続けて恵理に質問をした。

「いいえ。お父さんが捕まってから、私、中野に引っ越し、それから半年前にここに移ったんです。でも、お父さんに手紙がきた覚えはありません」

「年賀状とかは？」

「それは何通かきてました。私が転送届を出してましたから」

「お父さんが出所した後、彼に渡した？」

「忘れてました、そんなこと」

影乃の目が鋭くなった。「じゃ、ここに置いてあるってことだね」

「あると思います」恵理は立ち上がり、目隠しに使っていたブラインドを上げ、押入のドアを引いた。それから段ボールを取りだし、それを持って戻ってきた。

手紙類が、その中に輪ゴムで留められ保管されていた。

「これだけですけど」

谷内義光宛ての葉書はたった三通しかなかった。

いずれも年賀状で、昭和六十年、元旦と印刷されていた。

一通目は西荻の電気屋、二通目は新宿のスナック、そして三通目は中島洋一という人物からのものだった。

〝元気かい？　こっちは新鮮な空気が吸えるようになったよ〟

市販されている年賀状に、ミミズの走ったような字でそう書かれていた。

〝新鮮な空気が吸える〟

おそらく、出所できたという意味だろう。

差出人の住所は江東区亀戸一丁目十八の×、桜山アパート二号室。

恵理が雪永に目を向けた。「影乃さんも煙草吸うんですよね」

影乃がにやりとした。「気にしなくていいよ。将来のビリー・ホリデイの喉を痛めたくないから」

「いいんです。私、中学の時から吸ってましたから」

「で、高校の時にはもう止めたのか」影乃が口許に笑みを溜めた。

「ええ」恵理は再び腰を上げ、キッチンから皿を持ってきて、テーブルに置いた。

「これ使ってください」

影乃はハイライトを取りだしたが、口にはくわえもしなかった。雪永も吸う様子を見せなかった。

「中島洋一って男からの年賀状、警察に見せた方がいいね。手がかりになるかもしれないから」影乃が言った。

「他に俺たちに話しておきたいことはない？」雪永が恵理に訊いた。

恵理が首を横に振った。

「さて、俺たちは」影乃が言った。

恵理が影乃に視線を向けた。「お父さんを殺った奴、見つけてください」

「俺は無料奉仕はしない」

雪永が影乃を睨みつけた。丸く膨れた顔が三角になりそうなくらいに怒っている。しかし、影乃は動じる様子すらみせなかった。

「お金なら払います」

「高いよ」影乃が冷たく言い放った。

「お金を借りる当てならあります」

「影乃、お前はやらんでいい。俺がやるから」雪永が声を荒らげた。

「雪永さん、ありがとう。でも、いいです。他の探偵に頼みますから」目を伏せた恵理は泣き出した。

「影乃、費用は俺が立て替える。だから、調査しろ。俺の頼みがきけないはずないだろう」そう言ってから、雪永は恵理の隣に座り、軽く彼女の背中に手をおいた。「俺が何とかするから」

影乃は煙草に火をつけた。そして、窓を開けた。しかし、すぐに閉めた。

「どうした？」雪永が訊いた。

「線路沿いにワゴン車が一台停まってる。さっきはいなかった」

「車が停まってるぐらい……」

「ライトは消え、エンジンもかかってない。だけど、車内で光が見えた。おそらくライターの光だろう」

影乃は迅速だった。吸いかけの煙草を消すと部屋から飛び出した。階段を駆け下り、建物の陰からワゴン車の様子を窺った。

ワゴン車に向かって黒っぽい服装をした男が走ってゆくのが見えた。かなり距離があった。それでも影乃は追った。

男が後部座席に飛び込むと、ワゴン車は勢いよくアメリカ橋の方に走り去った。

影乃は足を止め、坂を上ってゆくワゴン車を見つめていた。

車種はおそらくトヨタのタウンエースだろう。だがナンバーは読み取れなかった。

恵理の部屋に戻った影乃は、何があったか淡々とした調子でふたりに話した。

「恵理さん、恋人は？」

「いません」

「誰かと揉めてることは？」

「ないです」

「影乃、お前が調査しろ。じゃないと、もう二度と事務所代わりに店を使わせねえぞ」雪永が強い口調で言った。

「恵理さん、君が監視されてたのか、俺たちが尾けられてたのかは分からないが、お父さんの死には深い謎があるようだ。明日から気をつけて行動して」

「変な意味じゃなくて、その……」雪永がおずおずと言った。「うちにしばらく泊まってもいいよ」

「いいえ。私、ここにいます」

影乃は改めて煙草に火をつけ、再び窓を開けた。

かすかに空が白み始めていた。品川方面に向かって走る電車が目に入った。

くわえ煙草のまま、影乃は肩越しに恵理に目を向けた。「君の頼み、引き受けた」

「調査料は必ず」

「いらない。借金してまで用意された金なんか受け取れない」

「でも……」

影乃は、恵理に薄く微笑んだ。そして、父親宛ての年賀状をコートのポケットに押し込むと、雪永に目で合図を送った。

「今日の予定は？」立ち上がった雪永が恵理に訊いた。

「何もありません」

「午後、また来る。宅配業者だろうが何だろうが、絶対にドアを開けるなよ」

恵理がこくりとうなずいた。

影乃と雪永は恵比寿駅に向かって歩き出した。電車の行き交う本数も増えた。

「費用は俺が何とかする」雪永が言った。

「あんたに恩を返すのをすっかり忘れてた。いい機会が巡ってきましたよ」

「今頃になって気づくとはな」雪永がにやりとした。「お前って奴は……」

影乃はそれには答えず、明るくなった空を見上げ、生あくびを嚙み殺しながら、コートのポケットに手を突っ込んだ。

札束の入った封筒の厚みが指に伝わってきた。

雲間から時おり弱い陽射しが顔を覗かせていたが、すっきりとした空模様とは言えなかった。

美知子は翌日の午前中、原宿の自宅マンションですごした。

蔵主家で起こった窃盗未遂事件は、新聞でもテレビでも大きく報じられていた。

現場でピストル自殺を図った男は穴吹慎次と言い、歳は四十二歳。窃盗の前歴があった。

逮捕されたのは浜名徳太郎と松本実。浜名は六十五歳。以前は鍵屋を経営していたという。松本実は三十二歳。暴力団の元準構成員で、穴吹と組んで窃盗を繰り返していたらしい。

計画は事前に第三者に漏れ、或る探偵の通報により発覚した、とだけ書かれていて、影乃の名前や本名は、美知子の読んだ新聞には記されていなかった。

同じ社会面に西新宿のマンションで起こった殺人事件が報じられていた。斬殺されたのは谷内義光という五十三歳の無職の男だった。事件の第一発見者は長女（二十三）。動機や犯人像は、今のところまるで分かっていないようだ。

事件が起こったのは、美知子の事務所から目と鼻の先。そうでなかったら、読み飛ばしていただろう。

睡眠はたっぷりと取ったので、躰が重いという感じはしなかった。しかし、昨夜の騒動が尾を引いていて、座り心地の悪い椅子に腰掛けているような落ち着かない気分だった。

美知子も事情聴取を受けた。当然、本当の職業を刑事たちに告げた。偽名を使って蔵主とコンタクトしていたのは、喜一郎の指示によるものだとも教えた。しかし、依頼内容については自分の口からは話せないと突っぱねた。窃盗事件とは無関係だということだけははっきりと言っておいたが。依頼内容に関して、警察は深く突っ込んではこなかった。

影乃との関係も訊かれた。同業で世話になったことのある人だが、よくは知らない。美知子はそう答えた。言ったことに嘘はない。

喜一郎から依頼されたことは素行調査だった。息子の房男（ふさお）には付き合っている女がいる。その女の生活振りを調べ、報告してほしいというものだった。

女の名前は羽生潤子（はにゅうじゅんこ）。歳は美知子と同じ三十二歳。結婚歴はない。職業はナレーター・コンパニオン。展示会やイベントで製品の説明をし、販売を促す仕事である。フリーのアナウンサーに似ている職業と言っていいだろう。

潤子は派遣会社に属し、主催者側のオーディションを受け、合格すると仕事が回ってくる。

美知子は助手の玉置康志と一緒に二週間、潤子を監視した。住まいは麻布十番にあるマンションだった。

監視している間、潤子が仕事をしたのは一度だけ。健康食品の説明会が、南青山にある小さなイベントホールで開かれた時だけである。

その時の潤子は、清楚なビジネススーツを着、化粧も控え目だった。地味なこけしのような顔立ちで、品のいいお嬢様風の女である。

蔵主房男とは三日に一度のペースで会い、デートをした日、房男は潤子の家に泊まるのが常だった。

しかし、潤子は房男と会わない夜もよく外出した。

男女数名と食事を摂る。フェラーリやマセラティに乗った男が迎えにきて、芝浦のディスコに出かける。六本木や南青山のバーにひとりで出かけ、出てくる時には連れがいて、そこから飲み屋のハシゴをする。そんな暮らし振りだった。

夜遊びをする時の潤子の服装はすこぶる派手で、ボディコンスーツの彼女の後ろ姿を振り返り、彼女の尻を、濡れた目で舐めるように見た男はひとりふたりではなかった。

潤子の相手をしている男たちはすべからく成金のニオイがし、中には、ショルダーホンで、これみよがしに電話をかけ、六本木の交差点を颯爽と歩く輩もいた。

美知子は、潤子が会っているような男たちとは、お茶一杯、飲みたくないと思った。その中には、蔵主房男も含まれていた。

潤子は、仕事の時や房男と会っている時とは違った顔を持ってはいたが、フェラーリ男やショルダーホン男を家に連れ込んだり、一緒にホテルに消えたりしたことはなかった。明け方まで遊びほうけていても、必ず家に戻っていった。

〝やっぱり、私の勘は当たってたね〟

昨日、蔵主家のオーディオルームで報告書に目を通した喜一郎はそう言った。

潤子が浮かれた女で、蔵主グループの御曹司である房男を狙っている、と早々に結論づけたらしい。

しかし、誘ってくる男たちと遊んでいるからと言って、房男に愛情がないとは言い切れない。玉の輿に乗りたいという思いがあるにしても、この程度の振る舞いをもって、潤子が悪い女だと決めつけることは、美知子にはできなかった。

自分に会っていない時は家にいろ。殿方はそう相手の女に言いたいのだろうが、男たちに注目されるうちは、輝いている自分を見せたいと女が思っても何の不思議もない。むろん、美知子は、そんな意見を喜一郎に披露しはしなかったが。

報告書には事実しか記されていない。それを依頼人がどう判断しようが、それは調査人の知ったことではない。どう思うか訊かれれば話は別だが。

あの事件のせいで、使用人たちにも、美知子が探偵だったことが知れたろう。そのことは、あの邸に住んでいる家族の耳にも入るはずだ。

昨日、房男は韓国に出張中だった。戻ってくるのは今日である。父親が、秘密裏に女探偵を雇ったと知ったら、おそらく潤子のことを調べさせたのではないかと疑うだろう。そういう勘が働かないようだったら、実業家としても大成せず、房男の代で、蔵主グループは凋落（ちょうらく）の一途を辿（たど）るに違いない。

しかし、何であれ、喜一郎に依頼された件は、これで終了した。後は報酬が振り込まれるのを待つだけである。

化粧をしながら、美知子は影乃のことを考えた。

八月に起こった事件（第一作目『影の探偵』）からさして時間をおかず、しかもあのような緊迫した場面で再会することになった。美知子は深い縁を感じた。

影乃が、蔵主家で起こった窃盗事件を事前に知っていたことに興味が募った。話ぐらいは聞かせてもらいたい。夜になったら、雪永久の店に電話を入れることにした。

美知子が西新宿にある事務所に着いたのは午後二時少し前だった。

事務所を常時預かっているのは石黒初美（いしぐろはつみ）。彼女は単なる電話番というわけではない。美知子の秘書といっていい存在で、スケジュール管理も経理も彼女が一手に引き受けている。歳は二十八歳。夫はコンピュータ技師で、ふたりは航空ショーで知り合ったという。

去年の暮れ、トム・クルーズ主演の『トップガン』という映画が話題を呼んだ。初美は、その映画に感激し、F-14トムキャットという戦闘機について、美知子に熱く語った。

美知子はジェット戦闘機にも、その手の映画にもまるで興味がない。００７は観て愉しいが、どちらかというとアクションものよりも、心理映画の方が性に合う。

しかし、人の趣味にとやかく口を出すようなことはしない。初美の上手な聞き役に徹した。

コンピュータの導入を初美に勧められている。ここ最近、パーソナル・コンピュータの話題がにわかに浮上してきた。ハッカーに関する報道も珍しくなくなった。

だが、今のところ、コンピュータを購入する気はない。いずれは、必要不可欠なものになりそうだが。

初美に昨日の一件を話していた時、助手の玉置が戻ってきた。彼は、浮気調査を依頼したいというご婦人に会いに、荻窪の自宅まで行っていたのだ。

「どうだった、仕事取れた?」美知子が訊いた。

「取れたんですけど、その奥さん、ちょっと妄想癖がある感じがしました。やってみなきゃ何とも言えませんけどね」

浮気調査の場合は、そういう依頼人は珍しくない。夫がゲイだと言い張って、美知子に調査をさせた妻もいたくらいである。夫は麻雀に狂っていただけだった。かまってもらえない寂しさが不安を誘い、不安が想像力を刺激し、挙げ句の果てに、妄想が雲霞のごとく脳に拡がり、おかしくなるのである。

玉置が煙草をくわえながら、窓辺に立った。

「所長、ちょっと気になることがあるんですが」

「何？」美知子は玉置の背中に視線を向けた。「昨日、ここからすぐのところで殺人事件が起きましたよね」

「新聞で読んだけど、それがどうかしたの？」

「死んだ男の写真をテレビのニュースで視たんですけど、顔に見覚えがあるんです」

「どこで見たの？」

「羽生潤子を監視していた時です」

美知子の顔色が変わった。

玉置が肩越しに美知子を見た。頬がゆるんでいる。「絶対そうかと訊かれたら、自信はないんですが」

美知子は回転椅子から離れ、玉置の隣に立った。

美知子の事務所は青梅街道沿いに建つビルの七階にある。

美知子は玉置の視線を追った。

ビルの脇を走る細い道沿いにもビルが建っているが、高層のものはない。ビルの向こうには小さな民家が集まっている。その先に淀橋第一小学校が見えた。

「その男が殺されたマンションって、あの小学校の近所なんですよね」

「そんなことはどうでもいい。で、斬殺された男は、羽生潤子に接触したの？」

「四谷で中年男と夕方、会っていたという報告はしましたよね。その男に似てるんです」

「初美さん、調査ファイル出して」

「はい」

調査ファイルを手にした初美が、来客用のソファーに腰を下ろした。美知子はファイルを受け取ると、ページを繰った。

九月二十四日、木曜日の午後。玉置がひとりで潤子の監視尾行をやっていた。

午後四時四分、マルタイは自宅を出て、タクシーで四谷に向かった。そして、新宿通りを北に一本入ったところにある商店街の喫茶店で男と会っている。

〝……五十代と思える男性。瘦せていて撫で肩。身長は一七三ぐらいと推定される。髪はやや縮れ毛で、目は大きい。顔色はやや茶褐色がかっていて不健康そうに見える。

マルタイは一時間ほど、その男と一緒だった。時々、笑みを浮かべていて、深刻ぶった様子は感じられなかった。男の煙草はセブンスターのようだが、確認は取れず。五時七分、男と別れたマルタイは徒歩で、派遣事務所へ。五時十五分、派遣会社のあるビルに入る。喫茶店を出た男は四谷駅の方に向かう……〟

潤子が契約している派遣会社は、文化放送の近く、新宿区若葉町一丁目のマンション内にある。

潤子の行動を探れと言われたが、彼女が会っている人間の写真はいらないとのことだった。息子の付き合っている女の行状を知りたいだけの喜一郎にとっては、女が一緒にいる人物が誰かということには興味がなかったのだろう。

隠し撮りは常にうまくいくとは限らないし、夜は暗視カメラを使うしかない。わざわざリスクを冒（おか）してまで依頼人にサービスすることなど、美知子は端（はな）っから考えていなかった。

玉置康志は美大を中退している。歳は二十七歳。家業が傾き、学費が払えなくなった彼は、アルバイトニュースで知った或る探偵社でバイトを始めた。しかし、その探偵社の所長と気が合わず、テレビの失踪人（しっそうにん）調査で知名度を上げた唐渡美知子リサーチに、飛び込みで働かせてほしいと言ってきた。特技は？　と訊いたら、似顔絵と答えた。

モンタージュ写真よりも似顔絵の方が、相手の特徴をより摑んでいることが多い。それが決め手となって彼を雇うことにしたのだ。

似顔絵を描く人間が、潤子が会っていた男と、斬殺された人物が似ているというのだから、かなりの信憑性のある話に思えた。

「きっと同一人物ね」美知子がさらりとした調子で言い切った。

「いやあ、断定するのは」玉置が首を傾げた。

「あなたが、自信なさげに言った時って、大体、当たってる」

美知子はそう言って、片頬に笑みを溜めた。玉置が照れくさそうに笑い返した。

美知子が事務所で、そんな話をしていた頃、影乃は京橋にいた。

谷内の部屋の洗面所で拾った紙に書かれてあった軽井沢の電話番号にかけた。そして、名前と職業を教え、用件を口にした。

「娘は東京です。京橋の画廊で個展をやってます」

影乃は画廊の名前を訊いた。母親は教えてくれたが怪訝そうだった。

「今朝、新宿署の刑事さんからも電話がありましたよ。あゆみが何か……」

「いえ。彼女には何の関係もありません」

警察の動きは予想がついたのでまったく驚かなかった。

森島あゆみの個展会場は、明治屋の裏手にあった。小さな画廊である。

花瓶や器、キャンドル立てといった普段使いできそうな作品が展示されていた。コバルトブルーと深い赤を基調とした作品が多かった。

影乃が画廊に入った時、老夫婦が展示品を買っているところだった。黒縁眼鏡をかけた中年男が手続きをしていた。

「あなたの作品、本当に素敵。いっぱい集めたいわ」夫人が、男の隣に立っていた女に言った。

「ありがとうございます。まだまだ挑戦したい作品がありますので、今後ともよろしくお願いします」女が深々と頭を下げた。

森島あゆみは、色気のまるでない痩せた背の高い女だった。髪を三つ編みにし、臙脂色のジーンズに黒いタートルネックのセーターを着ていた。工房で溶け出したガラスと格闘している姿が容易に想像できるラフな恰好が、却って、客に好印象をあたえている気がした。

老夫婦が画廊を出ていった。

影乃が女に近づいた。「森島あゆみさんですよね」

「ええ」

「個展の最中に、申し訳ないが、ちょっとお時間を拝借したいんですが」影乃はそう言って、名刺をガラス工芸家に渡した。

そこに書かれている住所と電話は、雪永の店のものである。住所の後に『ピアノラ』としか書かれていないので、誰もバーだとは思わない。

「ご用件は？」

影乃は、メモ帳を開き、谷内のところで拾った紙の色、書かれていたことを口にした。

森島あゆみの頬から笑みが消えた。「午前中、警察の人が同じことを訊きにきました。亡くなった谷内さんとかいう人の家の洗面所に落ちていたそうですね」

影乃は大袈裟に首を傾げてみせた。「それは知りませんでした。で、あの薄青い紙に印刷された紹介文は、どんな時にお使いなんですか?」

「作品をお客様にお送りする時は、必ず紹介文を入れるようにしてるんです」

「いつも薄青い紙を使ってます?」

「最近は使ってません。あの色の紙を使ったのは、二年ほど前のことです。谷内って人、殺されたそうですが……」

「その人と知り合いではないんですね」

「聞いたこともない名前です。あなたは、あの事件とは……」

「まったく無関係です。依頼人の夫が、愛人にあなたの作品を贈ったらしいんです。でも、その相手が誰なのか分からない。その人のご主人、ここだけの話、何人もの女の人と付き合ってるようなんです」

「ちょっとすみませんけど、そういう話はここでは」中年男が、眼鏡のツルを神経質そうに触りながら口をはさんできた。

森島あゆみが男に目を向けた。「お客様のいない時だから、いいです」

後ほど改めて会うよりも、この場でさっさとすませてしまいたいと森島あゆみは思ったのだろう。

「どれぐらい、その薄青い紙を使った紹介文、世に出回ってます?」

「刑事さんにも同じこと訊かれましたけど、刷ったのは百枚です。でも、半分以上、六十枚ほど残ってました」

「あの薄青い紙を使って紹介文を刷った頃の、購入者リストはお持ちですか?」

「あると思いますけど、軽井沢に戻らないと」

「警察には教えるでしょうから、そのついでに私にも」

森島あゆみはまっすぐに影乃を見て、首を横に振った。「警察の方にもお断りしました。無闇やたらとお客様のことを他人に漏らすことはできません」

影乃は大きくうなずいた。「その通りですね。もう少しこちらの調査が進んだ段階でまたご連絡します。あなたにもお客さんにも迷惑がかからないようにしますから」

若いOL風の女が個展会場に入ってきた。森島あゆみは顔を作り、影乃を無視して、客に挨拶をした。

影乃は森島あゆみと中年男に礼を言い、画廊を後にした。

タクシーを拾った。向かう先は江東区亀戸である。

影乃は煙草に火をつけた。

紹介文は四十枚ほど、作品を買った人間の手に渡っているようだ。二年前の顧客リストが手に入れば、虱潰しに当たることができるのだが、先ほどの森島あゆみの態度からすると、彼女に、うん、と言わせるのはかなり難しそうだ。警察も断られたらしいが、事は殺人事件。このまま引き下がるとは思えない。しつこく揺さぶりをかけられたら、警察にはリストを提出するだろう。それはそれでいい。影乃は警察と張り合って、出し抜こうなどという気はまったくないのだから。

あの手の紹介文を後生大事に保管しておく人間は稀だろう。丸めて捨てたものが何らかの理由で偶然、谷内の洗面所に転がっていたということか。

ざっと見たところ、谷内の部屋にはガラス工芸品は見当たらなかった。

現場で閃いたことが当たっている気がした。

犯人はあらかじめ着替えを用意して犯行に臨んだ。返り血を浴びた衣服を、洗面所で脱ぎ、用意してきたバッグ或いは袋から、着替えを取り出した。その際、中に入っていた、あの紹介文とつくば万博の記念ペンダントが、衣服と一緒に出てきて、床に落ちた。血は犯人の顔や手にも飛び散っていたはず。まず犯人は衣服を脱いでから洗面をしたに違いない。それから新しい衣服を取り出し、代わりに脱いだものやタオル類を詰め直した。のんびりと鼻歌混じりでやったとは思えない。かなり慌てていて、ペンダントや丸められた薄青い紙が床に落ちたことに気づかず、部屋を出ていった。影乃は、あのふたつの品物が犯人の遺留品だと確信を持った。

京葉道路から明治通りに入り、高速七号小松川線の手前でタクシーを降りた。

年賀状を出した中島洋一のアパートは貨物専門の越中島支線の近くにあった。

表札に中島と出ていた。

ノックをすると髪にカーラーを巻いた女が出てきた。

「中島洋一さんのお宅ですよね」

「あんた誰？」女はのっけからつっかかってきた。

「影乃って言います。彼のムショ仲間の友人でね」

「仲間の友人？　嘘でしょう。あんたがムショ仲間じゃないの」

影乃はにやりとした「どっちでもかまわないけど、中島さんは？」

「いないよ」

女がドアを閉めようとした。影乃はドアの縁を押さえ、それを阻止した。

「面倒はごめんだよ」

「だったら、今、どこにいるか教えてくれ」

「駅前のパチンコ屋じゃないの」

女がまたドアを閉めようとした。影乃は露骨に部屋の中を覗き込んだ。

「ちょっとあんた失礼ね。いないものはいないんだよ」女が声を荒らげた。

卓袱台(ちゃぶだい)の上に湯飲みがふたつ置かれているのが目に留まった。ひとつは半ば柱に隠れて見えなかったが、両方からかすかに湯気が上がっていた。

「殺された谷内義光について聞きたい。警察に話しても金にならないが、俺に話すと福沢諭吉が拝(おが)めるぜ」

影乃は、女にではなく、部屋の中に言葉を放り込んだ。
人の気配がした。だが、姿は見えない。

二　蔵主家のゴタゴタ

殺された谷内義光に年賀状を出した中島洋一が部屋に隠れているのは間違いなかった。

しかし、声をかけてもなかなか姿を現さない。

「中島さん、上がらせてもらうぜ」影乃は靴を脱ぎ始めた。

「ちょっと、あんた、どういうつもり？」応対に出た女が影乃の肩に手をかけた。

影乃は女を見てにかっと笑った。「見上げたもんだ。男のために躰を張ってくれる女なんて、もうとっくに死滅したと思ってたよ」

「聡子、上げてやれ」部屋の中から男の声がした。観念した色が声に滲んでいた。

影乃は部屋に入った。襖を背にして、背の高い細面の男が立っていた。彫りが深く、西洋人の血が入っていそうな美男だった。黒いジーパンに灰色のトレーナー姿。髪はやや長めである。四十五、六にはなっていそうだが、爺さんになっても、女が世話を焼きたくなるような感じのやさ男だった。

「中島洋一さんだね」影乃が訊いた。

「何の用だ」

「座って話そうぜ」

洋一が女に目を向けた。「聡子、ちょっと出かけてくる」

「あんた」女が心配げに男を見つめた。

「今夜はウナギにしよう。八べえまで足を延ばして買ってくるよ」

「じゃ、ついでにヨーグルトも買ってきて」

「ブルガリアでいいんだよな」

女が小さくうなずいた。

中島洋一は茶色のブルゾンを引っかけ煙草と財布をポケットに突っ込むと玄関に向かった。影乃は洋一の後について外に出た。

「マメじゃないと、ヒモは務まらないもんだよな」

影乃の言葉に反応はなかった。

越中島支線のガードを潜ろうとした時、貨物列車がやってきて、枕木を叩いて小名木方面に走り去った。

ガードを抜けた角に公園があった。洋一はそこに入っていった。

滑り台やブランコなどの遊具が設置されていた。少年がふたり、ブランコで遊んでいた。

子供たちに母親らしい女が近づいた。「もうおうちに帰るのよ」

少年たちはしぶしぶブランコを降り、女と共に公園を出ていった。

日暮れが迫っていた。キンモクセイの香りが風に乗って運ばれてきた。

洋一はベンチに躰を投げ出すようにして座った。

貨物線の赤いトラスト橋が見えた。橋の上に高速七号小松川線を横切っている。橋が窮屈そうだった。美観を無視して、狭い敷地に建て増しを繰り返した家を見るような思いがした。

「あんた、何者だい？」洋一が口を開いた。

「探偵だよ」

「谷内さんが殺されたのは知ってるが、俺は何も関係ない。誰があんたを雇ったんだ」

「娘だ」

「娘って、歌手のタマゴのか」

「他に娘がいるのか」

「いないと思う」洋一が煙草に火をつけた。

「あんた、谷内のムショ仲間だよな。何で入った？」

洋一の右眉がつり上がった。「いいじゃねえか、俺のことは」

軽くうなずいてから、影乃も煙草を取りだした。それから、谷内について話せることだけを口にした。

「……昨夜、蔵主喜一郎の邸で騒動があったよな。谷内は、あの金庫破りで運転手をやる予定だった」

洋一が躰を起こし、影乃の顔を覗き込んだ。「本当か。谷内さん、足を洗うって言ってたんだけどな」

「元旦に、今年は日記をつけようって心に決めても、続けられる奴はそうはいないさ」

洋一が躰を元に戻した。

「蔵主の邸に押し入った奴で、あんたが知ってるのはいるか」

洋一はにやりとし、影乃の方に掌（てのひら）を差し出した。「慶應大学の創設者の顔が拝めるんだろう？　五万で何でも話す」

「ふざけるな。いいネタだったら三万払ってやる。ヒモは金欠の方が、女が心配せずにすむ。ともかく、先に俺の質問に答えろ」

「三万で手を打つ。先払いだ」

こんなことで時間を取られても意味はない。影乃は一万円札を三枚、洋一の手に握らせた。

「ピストル自殺した穴吹と谷内さんは、これまでも一緒に何度かヤマを踏んだらしい……」

「穴吹は暴力団員か」

穴吹慎次は暴力団員だったことはないが、親戚に、鷲川組の幹部がいて、つかず離れずの関係を保っていたという。

鷲川組は赤坂に本部を置いている広域暴力団である。

「穴吹たちがこれまでどんなヤマを踏んだか、詳しいことを知ってるか」

「手荒な押し込みをやってたようだよ。銀座のクラブの売り上げを狙ったこともあったって聞いてる。他には、よくある事務所荒しもやってたみたいだけど」

銀座のクラブに押し入ったり、事務所荒しをやっていた窃盗団が、今回は、日本有数のデベロッパー、蔵主喜一郎の金庫を狙った。単なる窃盗事件とは思えない。裏で糸を引いていた人間がいたか、組織があったと考えた方がいいだろう。

「今、話に出た穴吹の親戚の名前は？」

「知らないが、恐喝でパクられ、今はムショに入ってるらしい」

「で、谷内ってどんな人間だったんだ」

「根っからのワルじゃなかったよ。府中（刑務所）で知り合ったんだけど、俺が苛められると、中に入って収めてくれるような人だった」

「谷内には、トラブルを収めるだけの力があったってことか」

洋一が遠くを見つめるような目をした。「静かな人で、ムショで威張りくさるようなことのできる男じゃなかった。不思議な人でね、彼が中に入ってくれると殺気立った暴力団員も、〝お前が言うんなら、引いてやるよ〟って大人しくなった。殺されるようなことをする人間じゃなかったけどな」

「穴吹の他に付き合ってた人間を知ってるか？」

「あの人の口から名前が出たのは穴吹だけだった」

「あんたは窃盗団とも暴力団とも関係なさそうだが、ムショ暮らしをしてる。あんたがやってたことは詐欺。違うか？」

「ほう」洋一の眉根がゆるんだ。「洞察力があるね。元警官かい、あんた」

「警官をやってたら、洞察力なんか身につかなかったよ」

　洋一の頬がゆるんだ。「言うね、あんたも」

「で、どんな詐欺をやった？」

「俺は人を騙す気はなかった。結果的に詐欺になっちまっただけさ。本当だよ」

「詐欺師は全員、そう言う。自分が詐欺をやってるって自覚がないのが詐欺師の特徴。だから女も嵌まる。結婚詐欺は何回ぐらいやった。以前、パイロットに化けて女を騙してた奴も外人っぽい顔をしてたな」

「俺の爺さんはアメリカ人だよ」洋一はちょっと自慢げに言い、影乃から目をそらした。

「谷内が、あんたに穴吹の話をしたのには何か訳があったのか」

「気が合ったからだろうよ。さっきも言ったが、谷内さん、足を洗い、大田区の町工場で働いてた。その静かな暮らしを乱そうとしたのが穴吹だった。俺が最後に飲んだ時、谷内さん、酔ってその話を俺にした。彼は、その辺のスタントマンよりも運転が上手だったから、穴吹は手放したくなかったんだろうよ。谷内さん、運転免許証を返納したいとまで言ってた。だから、本気で足を洗う気だったと思う」

それが穴吹の仕事を手伝うことになった。何か大きな理由があったはずだ。

「最後にあったのはいつだ？」

「九月の初め頃だ」

「あんたら、しょっちゅう会ってたのか」

「いや、二、三ヶ月に一度ぐらい飲んでただけだ」

「谷内のマンションに行ったことは？」

「外で会ってた」

「付き合ってた女はいたのか？」

「そんな話はでたことなかったな」

「谷内はクラシックが好きだったらしいね」

「ああ。運転する時は必ずクラシックを聴いてるって言ってたな」

ＥＸＰＯ'85のことやガラス工芸作家の名前を出してみたが、洋一はまるで知らないようだった。谷内からもそんな話は聞いたことはないとも答えた。

「他に気になることはないか。あんたも谷内を殺（や）った奴をはっきりさせたいだろうが」

洋一が煙草を地べたに捨て、スニーカーで揉み消した。「昼頃、妙な奴がふたりやってきて、谷内から預かったものはないかって訊かれた」

「何か預かったのか」

「あいつらにも言ったけど、俺は何の話をしてるのかさえ分からなかった」

「そいつらはすんなり引き下がったのか」

「俺は無事で、ここであんたと話してるじゃないか」洋一がにっと笑った。「谷内さんから送られてきたものがあったら、知らせてほしいって言って帰っていった。一体、谷内さんは何をやったんだい？」

「それを調べてるんだ。で、相手はどこに知らせろと言ったんだ」

「六本木にある『ゾナール』ってディスコの城田（しろた）って黒服に電話をして、伝言を残せと言って、ディスコの番号をメモしておいていったよ」

「そいつらは車で来てたか」

「ああ」

影乃の目が鋭く光った。「トヨタのタウンエースか」

「あんた、水晶玉でも覗いてるのか」

「仕事に精進してると、女神が微笑んでくれるんだよ。で、やってきた男たちは名前を名乗ったのか」

「いや」

「どんな風貌だったか教えてくれ」

「ひとりは口髭を生やした中年男で、薄い茶の金縁のサングラスをかけてた。猿顔だったね。もうひとりは、耳の尖った、目の細い若造だった。若いのは一言も口を開かなかった。中年は妙に丁寧な口調でしゃべってたが威圧感はあった。カタギじゃないのは請け合うよ」

細い糸が切れずに繋がった。三万の値打ちはある情報だった。

「もういいだろう。ウナギ屋、亀戸天神の近くにあるんだ」

影乃は洋一と共に公園を後にして、亀戸駅まで一緒に歩いた。辺りはすっかり夜の色に染まっていた。

京葉道路に出たところで、影乃は洋一に名刺を渡した。「また何かあったら、そこに電話くれ。俺はほとんど不在だが、連絡は取れるようになってる」

洋一が手に取った名刺に目を落とした。「あんた、新聞に出てた探偵か？」

影乃はそれには答えず、軽く手を上げ、洋一から離れた。そして、道路に飛び出し、空車に手を上げた。

午後七時すぎ、唐渡美知子はまだ会社に残っていた。助手の玉置康志は、気乗りがしない浮気調査のために五時すぎに事務所を出ていき、石黒初美は少し前に退社した。

近所のマンションで斬殺された谷内義光なる人物が、〝唐渡美知子リサーチ〟の調査対象だった羽生潤子と会っていた。玉置からもたらされた情報は確かなものだとは言えないが気になってしかたがなかった。

蔵主喜一郎の耳に入れておく必要があるかもしれない。ことは殺人事件なのだから。しかし、裏の取れていない情報を、ただでさえ潤子のことをよく思っていない喜一郎に教えるのはいかがなものか。今の段階で、そこまで探偵社の人間が立ち入るべきではないのでは。美知子は迷いつつ、事務所を出る支度を始めた。

影乃の連絡先となっているバー『ピアノラ』はまだ開いていない時間だ。一旦、家に戻り、夕食を摂ってから連絡を取ることにした。

すべての電気を消し、ドアを開けようとした時、電話が鳴った。留守番電話機能が働き、本日の業務を終了したことを告げている。

美知子は足早にデスクに戻り、受話器を取った。

「もしもし、唐渡美知子リサーチですが」

「蔵主だが」威厳のある低い声がそう言った。

「今晩は。報告書に腑に落ちない点でもありましたでしょうか？」

「いや。費用は今日、振り込んでおいた。今から時間を取れるかね」

「ええ」

「近くまできてる。そこで待っててくれないか」

「分かりました」

美知子は電気を点け直し、お湯をわかし、いつでも温かい飲み物を淹れられるようにした。

昨夜、事件が起こる直前、喜一郎は美知子を引き留め、何か言おうとしていたのを思いだした。

ほどなくインターホンが鳴った。ドアスコープを覗いた。やってきたのは蔵主喜一郎だった。

「どうぞ」

喜一郎は紺色のトレンチを着、度入りのサングラスをかけていた。脱いだコートを預かると、「飲み物は何が……」と訊いた。

「おかまいなく」

そう言われたが美知子はミルクティーを用意した。

その間、喜一郎は窓辺に立っていた。「小綺麗で素敵な事務所だね」

「ありがとうございます。お座りになって」

ソファーに尻を落とした喜一郎は灰色の上着のボタンを外し、足を組んだ。

「どうぞ」美知子はミルクティーを勧めた。

「ありがとう」

「この近くで打合せでも」

「京王プラザで人に会ってた」そう言ってから喜一郎はティーカップを手に取った。「折り入ってまたお願いがあるんだが」

「どんなことでしょう」

「煙草いいかな」

「どうぞ、私も吸いますから」

喜一郎はキャメルを上着の懐から取りだした。美知子はデスクの上に置いたハンドバッグを開けた。

「ロスマンズを吸ってるんですか。なかなか趣味がいいね」喜一郎が野太い声で言い、目を細めて微笑んだ。

美知子は元の席に戻った。

喜一郎がねめるように美知子を見つめた。「あんたは綺麗だね」

美知子の目がきつくなった。「会長……」

「そう怒らんで。新たな依頼の申し込みにきただけだから」喜一郎は少し間をおいてこう言った。「私の長男を探してほしいんだ」

「詳しい話を聞かせてください」

「ペンと紙を用意して。私の家庭は複雑だからね」鼻にかかった嫌な声がそう言った。

美知子は言われた通りにした。

蔵主喜一郎には三人の子供がいる。

長男の名前は清太郎。最初の妻、紀美子との間に生まれた子供で、現在は行方不明。歳は四十一歳だという。二十五年前、邸で首を括って自殺したのが紀美子である。その一年後、当時、愛人だった里美と再婚。房男と美帆は里美の子供である。里美は心臓マヒで他界したという。

「清太郎さんがいなくなったのはいつ頃のことです」

喜一郎は表情ひとつ変えず、調書でも読み上げるような感じで淡々と話した。

「もう二十年は経つかな」

「会長が家から追い出した？」

「まあ、そういうことになるだろうね」

「理由は？」

「私に反抗的な態度を取った。あいつの母親が自殺したのは、私のせいだよ。だから、清太郎はそのことをずっと根に持ってた」

　女のひとりやふたり、自分のせいで自殺したところで、それがどうした。人を人とも思わない喜一郎がそう考えているのが手に取るように分かった。

「私が清太郎さんだったら、父親をぶん殴って、自分から家を出てますね」

「既婚者だから恋はしないなんていうのは嘘だよ。誰しも心移りはする。あの子には、それなりのことはしてやってたんだがね」

「札束の海で泳がせたんですか?」

　喜一郎が顎を上げ、笑い出した。「君は勝ち気だな。ますます気に入った」

「会長、探偵も時として私情をはさむことがあります。この件、お引き受けしたくないですね」

「じゃ、影乃さんに頼むことにするかな。あの男なら、私情をはさまずに引き受けてくれるだろう」

「だと思います」

「実は、この件、彼にお願いしようと思ったんだが、ふたりが組んでくれたら、それに越したことはないと考えて、ここにきたんだ。日の当たってる探偵と影の探偵が協力してくれれば鬼に金棒だからね」

「清太郎さん、ヤクザの道にでも進んだんですか?」

喜一郎の頬に皮肉そうな笑みが浮かんだ。

「私の話を最後まで聞く気になったようだね」

美知子の目が落ち着きを失った。

「引き受けなくてもいいから、話だけは聞いてくれ」

美知子は黙ってうなずいた。

「私は清太郎と和解したい。あの子のことは本気で可愛いと思ってるんだ」

「お歳をめされて、弱気になったのかしら」

「それもあるかもしれんが、私は会社のことを一番に考えてる。清太郎は、蔵主グループに必要な人間なんだ」

「房男さんがいらっしゃるじゃないですか?」

「あれにすべては任せられん。私の言いなりになってくれるから便利だが、これから先のことを考えると、あいつひとりじゃとても保たない。私に刃向かうだけの気力のある男は、風向きさえ変えることができれば蔵主家のためになる」

「清太郎さんと房男さんの関係はどうなんです?」

「いいわけないだろう。美帆だって清太郎のことを嫌ってる」

美知子は煙草を消し、喜一郎を見つめて薄く微笑んだ。「会長はトラブルが大好きなんですね。泳いでないと死んでしまうマグロみたい」

「それは違ってる。利害が一致すれば、私情を捨て手を握ることはできる。一流の野球選手同士は、大概、仲が悪い。だが、嫌いな相手が逆転ホームランを打ち優勝できたとする。そんな時、ライバルも心から喜び、興奮するものだ。ビジネスという戦場でも同じことが言える。清太郎と房男がうまくいく保証はない。だが、ともかく、清太郎が見つからんことには始まらない」

「見つけ出す手がかりはあるんですか？」

「六、七年前、新宿三丁目にある『柚木』という飲み屋で見たという人間がいた。清太郎を探そうと思い立った時、電話帳で調べてみたが『柚木』なんて店は出てなかった。おそらく潰れたんだろうよ」

喜一郎が鞄の中から、封筒や厚い雑誌を取り出した。

雑誌の背表紙が目に入った。高校の同窓会名簿だった。附箋が貼ってあるところが一箇所あった。

封筒の中身は、若い頃の清太郎の写真だった。

きりっとした美男。鼻梁の高いところが父親にそっくりだった。しかし目はまるで違う。くっきりとした二重瞼に守られた瞳は大きい。唇は厚くもなく薄くもなかった。長髪。ジーンズにペイズリー柄のシャツを着ている。他の写真にも目を通した。笑うと眉が八の字になるくせがあるようだ。八重歯があった。

同窓会名簿を手に取った。三年ほど前に刊行されたものだった。附箋の貼られている部分を開いた。

清太郎は或る大学の付属高校を卒業していた。エスカレーター式に大学にいったのだろう。かなり優秀な高校だということは、卒業生の就職先を見れば一目瞭然（りょうぜん）だった。大手銀行、証券会社、商社、建設会社、保険会社の名前がずらりと並んでいた。自営業者の卒業生もいる。しかし、住所も職業も載っていない人間も何人かいた。

清太郎の場合、職業欄は空白だったが、蔵主家の邸の住所が掲載されていた。清太郎が不在でも、彼宛ての郵便物は届いていたということだ。

「清太郎さんの友人で記憶に残っている人はいます？」

「ふたりぐらいは覚えてる」喜一郎はペンを手にして、その人物の名前に丸をつけた。ひとりは新聞社に勤めていて、もうひとりは音楽家と書かれていた。

喜一郎が美知子を上目遣いに見た。「引き受けてくれるんだね」

「期間は？」

「とりあえず一ヶ月」

「影乃さんを使いたいんですね」

「清太郎は汚れた世界で生きてるかもしれないからね」

「これまで警察の厄介になったことはないようですね。なっていたら、マスコミが騒いでたでしょうから」

「それだけはほっとしてるよ」

「影乃さんの出番はないような気がしますけど」

「彼と組むのが嫌なんですか？」

「そんなことはないですけど」

「だったら私の我が儘を聞いてください」

「お高くつきますよ」

喜一郎は鼻で笑って、肩を軽くすくめた。

愚問。承知で言ってみただけだ。

「契約書は……」

「そんなもの後でいい」

「写真と名簿、お借りしていいんですね」

「もちろん。影乃さんには私からも電話する」

美知子は腕時計に目を落とした。八時を回っている。テーブルの端に置かれた電話機を引き寄せ、バー『ピアノラ』にかけた。

「雪永さん、お久しぶりです。唐渡美知子です」

「ああ、あんたか。影乃に連絡を取りたいんだね」

「ええ」

「今、あいつ、仕事で駆けずり回ってるから、すぐにコンタクトを取るのは難しいだろうな」

「じゃ、伝言してください。新しい依頼の件で会いたいと」

「新しい依頼ね」雪永の声が曇った。

「時間が取れないのかしら」

「俺が答えることじゃないけど、相当大変そうだから」

ひょっとすると影乃は蔵主家で起こった事件の調査を始めたのかもしれない。いや、そんなはずはない。影乃は依頼人のいない仕事に手を出すはずはないのだから。

美知子が電話を切ると、喜一郎が鞄の中からまた封筒を取りだした。

「とりあえず百万、用意してきた。足りなくなるだろうから、その時はまた言ってください」

「あのう……」

「何でしょう」

「いや、またうちを使っていただいてありがとうございます」美知子は頭を下げた。

羽生潤子と殺された谷内義光のことが喉まで出かかったが口にはしなかった。

「清太郎が見つかったら、息子に接触する前に私に連絡をください。じゃないと雲隠れされてしまうかもしれませんから」

そう言い残して、喜一郎は事務所を出ていった。

ソファーに腰を下ろした美知子は煙草に火をつけ、ハイヒールを脱ぐと、テーブルの上に足を載せた。

和解を求める父親が、行方の分からない息子を探してほしいという依頼は、さして珍しいものではない。しかし、今回のケースは、裏があるような気がしてならない。疑う根拠は何もない。あるとしたら、喜一郎が得体のしれない怪物だということだけである。

ティーカップを洗い始めた時だった。

再びインターホンが鳴った。

ドアスコープを覗いた。サングラスをかけた若い女が立っていた。

「どちら様でしょうか？」

「喜一郎の娘、美帆です」

美知子の眉根が険しくなった。「ちょっと待ってください」

美知子はテーブルの上に載っていた同窓会名簿などを急いで片付け始めた。

ドアが開く音がした。喜一郎が出ていったばかりだったので内鍵は閉まってなかったのだ。

美帆の視線が同窓会名簿に注がれていた。

美知子は、名簿と金の入った封筒を机の引き出しに入れた。

美帆は革ジャンに両手を突っ込んだまま、事務所を見回していた。左腕にルイ・ヴィトンのバッグをぶらさげている。

「驚いたでしょう?」美帆は軽い調子で言った。

「蔵主さんのお嬢さんだと証明できるものはあります?」美知子は冷たい口調で訊いた。

「私の態度を見れば分かるでしょう? パパと私とで、どっちの態度がでかいか争ってるのよ」美帆がからからと笑った。

「証明できるものを見せてください」

美帆はバッグを開け、免許証を取りだした。そして、デスクの前に立っていた美知子に投げた。

「偽造だなんて難癖つけないでね」

喜一郎の娘、美帆に違いなかった。生年月日を見た。先々月、三十になったばかりだった。

「で、ご用のむきは?」

美帆はそれには答えず、先ほどまで父親が座っていた場所に腰を下ろした。

美知子は彼女の前まで移動したが、座らなかった。

「パパがさっきまでここに来てたのは知ってます。何の用だったの?」

「そんなこと教えられません」

美帆が身を乗り出し、美知子をまっすぐに見つめた。「唐渡さん、パパと寝た?」

「くだらない質問をしにきたんだったら帰って」美知子は強い口調で言った。

「兄さんのことできたみたいね」

「………」

「今、引き出しに片付けたの、清太郎の同窓会名簿でしょう」

「なぜ、お父さんの後をつけてまで、ここに来たの?」

「あなたとの関係を知りたかったから。妻が主催したパーティーの最中に、外に音が漏れないオーディオルームでふたりきりで会ってた人だもの」

「理由は聞いてないの?」

「房男兄さんの恋人、羽生潤子の素行調査」

美知子は小さくうなずいた。「家族に秘密にしておきたかったから、お父さん、私に偽名を使うことを要求したたし、他人に話が漏れない部屋で私の報告を聞いた。それだけのこと。女性の素行調査には女探偵は必要不可欠でしょう?」

「まあね、女子トイレにまで男は入れないもんね」

「あなたは、お父さんの浮気に腹を立ててるの?」

美帆が鼻で笑った。「まさか。うちの家庭が複雑なのは知ってるでしょう」

「よく知らないわ」

美帆はバッグから煙草を取りだし、火をつけた。「本当にパパと寝てないのね」

「寝てても、あなたに、はい、と言うわけないでしょう?」

「だよね」美帆が思いきり、煙草の煙を吐いた。

「もう帰ってくれない？　依頼人じゃない人と無駄話をしてるほど、私、暇じゃないの」

「韓国から帰ってきた房男兄さん、パパと大喧嘩したのよ」

「自分の付き合ってる女の素行調査を父親がやったと知ったら、誰だって激怒するでしょうよ」

「パパ、清太郎を探して呼び戻す気かしら。だったら許せない。私が、あいつを家から叩きだしてやる」美帆の声が上擦り、ヒステリックになった。

美知子は彼女の前に腰を下ろした。灰皿におかれた美帆の煙草から煙が立ち上っている。

「上のお兄さんとの間に何かあったのね」

美帆はうなだれ、口を噤んでしまった。

「話したくないんだったら、話さなくてもいいのよ」

美帆は躰を背もたれに倒した。「私が、今の邸に住むようになったのは三歳の時からなんですけど、それから数年は私、清太郎さんにすごく懐いてたのよ。房男兄さんにも彼は親切だった。でも、私が十歳になった頃、私に変な手紙をポーチや、机の引き出しに入れるようになったんです。〝好きです〟とか〝お嫁さんにしたい〟とか〝いっしょにお星様をみたい〟とか」

「お医者さんごっこは？」

「それはなかったけど、よく躰を触られた。でも、最初のうちはこっちも懐いてたから、キスごっこぐらいしてたけど、その手紙をもらってからは気持ちが悪くなってきて」

「その話を両親にしたのね」

「ええ。パパが激怒して、清太郎を殴ったり蹴ったりして、清太郎はあばら骨を骨折したそうよ。卑怯にも清太郎は、やってないと言い張り、私たちの母親を罵倒するようなことを口にしたって聞いてます」

「清太郎さんは一九四六年生まれだから、二十一になってたのね。その時、お父さんに追いだされたの？」

「そうよ。まだ学生だったから、生活費の面倒はみてたみたいだけど、二度と邸に近づくなって言ってたのは、私自身が耳にしたわ」

「あなたのお母さんは今も生きてるの？」美知子は惚けて訊いた。

「離婚裁判の途中で心臓マヒで死んだわ」

「離婚の原因はやっぱり、お父さんの……」

「そうよ。お手当を渡してる女がいることが分かったの。それで私のママが激怒して、弁護士を立てたのよ」

「その女って今の奥様ではないわよね」

「あれは違う。もっと後にパパが家に引き入れた女よ」

「お父さん、余罪が他にもありそうね」

「あるに決まってる」

「外に子供はいないのかしら」

「いないと思う」

美知子は目の端で美帆を見た。「どうなんでしょうね。隠し子がいてもおかしくないと思うけど」

「パパは人を人とも思わない性格だから、そういうことでも隠さないの。だから、そういうことはないと思う」

おそらく美帆の見解は当たっているだろう。

「唐渡さん、清太郎を見つけたら、私に教えて」

「どうして?」

「だから、言ったでしょう。私、あいつを家に入れないようにしたいのよ」

「そういうことはお父さんと話すことじゃないの」

美帆は小狡そうな目を美知子に向けた。「清太郎探しを引き受けたことが、私にバレたと知ったら、パパ、あなたをクビにするかもしれないわよ」

「そうなったらそうなったよ」美知子は平然とした調子で答えた。

「嫌にあっさりしてるのね」

「依頼人がクビだと言ったら、クビになるしかないでしょう」

美帆はがらりと調子を変えてこう言った。「じゃ、探してる振りをして、お金だけもらえば」

「それって詐欺よ」

「探偵だから、これまでも危ない橋を渡ってきたんでしょう？」

「あなたの味方をしても、私、一文の得にもならない」

「お金ならあるよ」

「でしょうね」美知子は煙草に火をつけた。「あなた、お父さんのこと好き？」

美帆が鼻で笑った。「好きなわけないでしょう。でも、憎んではいないよ。ああいう怪物だから、尊敬するところもあるし、私の生活を保障してくれているのはパパよ。パパの評判の悪さぐらい、私だって知ってる。そのことで嫌な思いもした。パパはきっと裏で何かやってきたに決まってる。でも、そんなの実業家なら当たり前のことでしょう？」

「清太郎さんが戻ったって、あなたのお小遣いが減ることはないと思うけど」

美帆がきっとした目で美知子を睨んだ。「そういう問題じゃないの。房男兄さんだって黙ってないから、家に波風が立つ。蔵主家の平和のためにも、清太郎を見つけ出してほしくないの」

三十歳にしてはちょっと幼稚なところのある女だが、頭の回転は悪くないようだ。

まず、父親と愛人関係があるかどうか単刀直入に訊いて、相手の様子を見、それから、名簿を目にしたことで勘を働かせ、探りを入れてきた。

「美帆さんは仕事してないの？」美知子は話題を変えた。

「してますよ。テレビや映画の制作会社に勤めてます」

「制作会社にね」

「そんなに意外な顔しないでもいいでしょう？」

「女の実業家、今時珍しくないわよね。蔵主グループのどれかの会社に入って、ゆくゆくはお父さんの跡継ぎになる道もあるのに」

「そんなことしたら、私と房男兄さんが仲違いすることになるかもしれないでしょう。私、そういう野心は全然ないの。房男兄さんは、とてもじゃないけど、パパのようにはなれないからちょっと心配だけど、まあ、パパの敷いたレールに乗っていれば、何とかなるでしょう。私、今、友だちとロックバンド組んで、遊んでます」

「リードボーカル？」

「ええ。下手だけど、バンドの金は私が出してるから誰も逆らえない」美帆がくくっと笑った。

「話は分かったわ。これはあなたの家庭の問題よ。後はお父さんと話して」

美帆はふうと溜息をつき、立ち上がった。「しばらくはパパには言わずに様子を見てる。あなたがクビになったら可哀相だもの」

「美帆さん」美知子は人差し指で彼女を指さした。「私の邪魔はさせないわよ」

美帆は何も言わずドアに向かった。そして「また遊びにくるわね」とからかうような調子で言い、事務所を出ていった。

事務所に残ったのは腹立たしげに閉められたドアの音だった。


影乃が再び動き出したのは午前二時を回ってからだった。それまでは穴倉のような自宅で仮眠を取っていた。

家を出る前、バー『ピアノラ』に電話を入れた。雪永は調査の進展具合を知りたがったが、詳しい話はしなかった。午後中、雪永は恵理に付き添っていたという。恵理は嬉しい反面、迷惑がっていた気がしないでもない。唐渡美知子の伝言を聞いた影乃は「分かった」とだけ答えて受話器を置いた。

『ゾナール』にはあらかじめ電話を入れ、城田という黒服を呼び出してみた。応対に出た女に従業員の呼び出しはできないと断られた。痛痒（つうよう）はなかった。働いていることを確認したかっただけなのだから。

影乃は光沢のあるブルーのスーツに黒シャツ姿だった。シャツの胸を開け、髑髏を象ったペンダントを下げ、腕には金の太いブレスレットを嵌めている。ブレスレットは調査費を全額払えなかった依頼人が置いていったものだ。

影乃は鏡で自分の顔を見て笑った。財布が札束とクレジットカードでパンパンの地上げ屋か金融屋だと、本人ですら見間違うほどそれらしく見えたのだ。

ディスコ、いや、今はクラブという言い方の方がお洒落らしいが、ともかく、そういうところにはドレスコードがある。トレーナーやジーパンでは入場できない。一昔前の高級ホテルがそうであったように。ディスコ風情が生意気だとむかつくが、そんなことに抗う場面ではない。

『ゾナール』は六本木七丁目、心臓血管研究所付属病院の近くにあった。防衛庁の正面のビルに入っている『トゥーリア』ほど有名ではないが、人気スポットらしい。

影乃は防衛庁前の交差点をすぎたところでタクシーを降りた。『ゾナール』の前を通りすぎ周りを調べた。スタッフオンリーと書かれたドアがビルの端にあった。

『ゾナール』の入口には、ガタイのいい黒服が立っていた。ヘッドセットマイクをつけている。

影乃はすんなりと中に入れた。ハウスだかユーロビートだか知らないが、四つ打ちのダンスミュージックが、高い天井を突き破るほどの音量でかかっていた。広いフロアーでは、客たちがピョンピョン跳ねるみたいにして踊っている。思ったよりも混んでいた。ウイークデーで、これだけ入るのだから、週末はすごい賑わいなのだろう。光の点滅が激しかった。お立ち台があり、女の子たちがパンツを見せて踊っていた。お立ち台はフロアーの至るところにあるが、それほど広さはない。女たちの尻がぶつかりあって、弾き飛ばされそうな女もいた。

影乃は少し高くなった奥のカウンターに案内された。ウイスキーを頼み、スツールには座らず、カウンターに片肘をついて、煙草に火をつけた。

目の前を黒服が通りかかった。

「ちょっと。城田さん、どこにいる？」

「城田さんはＶＩＰルーム担当です」

中二階にガラス張りの部屋が設けられている。酒で喉を潤してから、バーテンにＶＩＰルームに行きたいと告げた。バーテンが連絡を取った。すぐに案内係がやってきた。

ＶＩＰルームでは十数名の客が飲んでいた。ひとり客が珍しいのか、客たちの視線を浴びた。奥のテーブル席についた影乃は、安めのシャンパンを頼んだ。他の客たちのほとんどがピンドンを飲んでいるようだった。

影乃はシャンパンを飲みながら周りを見た。男客はみな三十代から四十代のようである。

ついている女たちは、この店の常連に違いない。

黒服が出入りしている。その中に城田がいるはずだ。

ピンドンがどんどん空く。客たちは金遣いの荒さを競い合っているみたいだった。

隣の席でふんぞり返っていた若禿げが黒服に言った。「お前も飲め」

「いただきます」

若禿げが、ピンドンのボトルを二本手に取ると、アイスペールの中にどぼどぼと流し込んだ。

「一気だ、一気」

黒服は言われた通りに、アイスペールを両手で持って飲み始めた。唇の端から液体が流れ出した。

「おい、こらっ、こぼすな！」

黒服が酒を飲みほすと、若禿げが、アイスペールの中に札束を投げ入れた。

基準地価が東京で八十五パーセントも上昇し、坪一億の土地も出現したと新聞で読んだ。こういう馬鹿共が出てきてもおかしくはない。影乃自身が、旨味（うまみ）のある仕事にありつけるのも、この異常な好景気のおかげだから文句はないが。

テーブル同士が張り合っているらしい。同じようなことが窓際の席でも起こった。肝臓でも患（わずら）っているような茶色い肌の男が腰を上げた。そして、黒服がアイスペールを空けている間に、彼のズボンのチャックを開け、イチモツを取りだした。

「嫌だなあ、もう」

女たちがきゃあきゃあ騒いだ。

「城田よ、お前、いいチンチンしてんじゃん」男が恨めしそうな声を出した。

影乃は馬鹿騒ぎに感謝した。

城田がアイスペールをテーブルに戻すと、男は床に札をばらまいた。

「チンチン、出したまま拾え」

城田はあさましい恰好で札を拾い、男に礼を言った。

卵型の顔をした小柄な男だった。眉が濃く、目は一重。目立たない顔立ちである。髪は、もみ上げを鋭く切りそろえ、襟足は刈り上げた、いわゆるテクノカットだった。

城田に話しかけることは、ここでは無理だ。影乃は温(ぬる)くなったシャンパンを飲みながら、時間をやり過ごした。

客が退(ひ)け始めたのは午前四時半すぎだった。従業員が外に出てくる時間ははっきりしないが、日が昇ってからだろう。

影乃はタクシーを拾い、チップを弾んで、従業員の出入口を見張った。

空が明るくなった頃、城田が現れた。六本木方面には向かわず、乃木坂の方に歩いてゆく。千代田線に乗るのか、それとも近くに住んでいるのか。タクシーをゆっくり走らせ、後を尾けた。

城田は乃木坂を下ってゆく。地下鉄の入口も通りすぎた。影乃はタクシーをそこで放した。

城田は児童遊園脇の路地に入った。小住宅とアパートが肩を寄せ合っているような地区。城田の住まいは、児童遊園の前にあるアパートだった。外階段を上がってゆく城田に続いて影乃も階段を上がった。

鍵を開けながら、城田が影乃に目を向けた。影乃は城田の部屋を通りすぎた。

ドアが開いた。

影乃は、城田の真後ろに立った。怯(おび)えきった表情で、再び影乃を見た城田の肩に腕を回し、躰をぐいと引き寄せた。

「話がある。中に入れてもらうぜ」

城田が暴れた。が、影乃の力には及ばない。

影乃は城田を部屋の中に無理やり引きずり込んだ。

城田は抵抗を続けたが、影乃から逃れることはできなかった。

六畳ほどの部屋の隅にマットレスが敷かれ、その横に小さな椅子(いす)と丸椅子が置かれている。机に積まれているのは漫画本だった。壁にはかなりの数の衣服がぶら下がっている。姿見に城田の怯えた顔が映っていた。

影乃は城田をマットレスの上に押し倒す。城田は体勢を立て直し、起き上がろうとした。

「じっとしてろ」影乃が低くうめくような声で威嚇した。

影乃の迫力に気圧されたのだろう、城田はマットレスに片手をついたまま動きを止めた。肩で息をし、虚ろな瞳を影乃に向けている。

「素直に俺の質問に答えてくれればすぐに引き上げる」

城田が目を逸らした。

「お前を連絡係にしてる奴がいるよな。そいつのことを話せ」

城田は口を開かない。

「立て」

「…………」

「早くしろ」

城田はやっと言われた通りにした。

「その丸椅子に座れ」

城田は丸椅子に腰を下ろした。「あんたの言ってることが分からない。誰かと間違えてるんじゃないのか」

「怪我をしたら、今夜、オチンチンを見せてチップをもらうこともできなくなるぜ」

影乃が口許に笑みを垂らして、城田に半歩近づいた。

「社長の弟に頼まれた」城田は歯の根が合わない。

「社長って『ゾナール』のか」

城田は小さくうなずいた。

「どんなことを頼まれたか詳しく話せ」

「伝言を受けたら知らせろって言われただけだよ」

「これまで何度メッセンジャーボーイを務めた」

「二回」

「内容を教えろ」

「覚えてないよ、そんなこと」

影乃が薄く微笑んだ。「何が何でも思いだしてもらう。記憶を甦らせる方法はいくらでもあるぜ」

城田は前に垂らした首を軽く右に捻った。「一回目は確か、〝もう少し時間をくれ〟って言ってたと思う」

「電話をしてきたのは男か」

城田が黙ってうなずいた。

「二度目は？」

「〝穴吹に連絡が取れた〟っていう男からの電話だった」

「『ゾナール』の社長と弟の名前を教えろ」

『ゾナール』の社長は梅村元男、弟は木原浩三。苗字が違っているのは、木原は元男の妹と結婚した義理の弟だからだった。

「木原の職業は？」

「木原産業って会社の社長だ」

「職種は？」

「不動産業者だって聞いてる」

「木原とは社長を通じて知り合ったのか」

「いや、木原さん、時々、店に来る。話してるうちに気に入られ、連絡係を頼まれた。それだけの関係だから詳しいことは何も知らない」

「ところで金縁のサングラスをかけ、口髭を生やした中年男って聞いて、思い当たる人間はいるか」

「そんな人間ざらにいる」

「確かに。木原の周りにそんな奴はいるか」

「俺は見たことはない」

「ポケットのものを机の上に出せ」

「え？」

「言われた通りにしろ」

城田は渋々ポケットに手を入れた。財布、赤いハンカチ、百円ライター、ショートホープ、口臭を消すという触れ込みのガム、そして小振りのアドレス帳が机の上に並んだ。

影乃は城田の様子に注意を払いながら、二つ折りの財布の中身を改めた。現金など、影乃にとって必要のないものをマットレスの上に投げてゆく。ＶＩＰルームの客たちの玩具（おもちゃ）になり、チップをもらっているせいだろう、かなりの金が入っていた。財布の内側のポケットの奥からパケが出てきた。

城田の頬（ほお）が赤みを帯びてきた。汗で濡（ぬ）れたのだろう、ズボンの膝（ひざ）で掌（てのひら）をしきりに拭（ふ）き始めた。

「これって胃薬だよな」

影乃の冗談に答える余裕は城田にはなかった。

「クラブの黒服も大変な仕事だな。あんな奴らに弄（もてあそ）ばれなきゃならないんだから」

城田は挑むような視線を影乃に向けた。「あの程度のことなら、いつでもどこでもやってやる。あいつらの御乱行のおかげで金になるんだ」

「こんな胃薬を買ってちゃ、いくら稼いでもおっつかないだろうが」

「貯金もしてる」

「貯めた金をどう使うんだ」

「そんなことあんたに関係ないだろうが」

「余計な質問だったな。悪かった。謝るよ」そう言いながら、影乃は城田の財布とアドレス帳をポケットに押し込んだ。

「何するんだ！」

城田が立ち上がろうとした。

影乃は城田の襟首を取り、引きずり倒した。「今日のうちに郵送するから安心して待ってろ。ここであったことは誰にもしゃべるな」影乃はパケを城田に向かって投げた。「しゃべったって分かったら、お前がシャブをやってるってタレコむ。しばらく止めてても、すぐに手を出したくなるから、結局は捕まる」

城田は倒れたまま影乃を睨んだ。手許に拳銃があったら撃ち殺してやる。そんな目つきだった。

城田のアパートを出た影乃は、タクシーでねぐらに戻った。

三　食えないオヤジ

蔵主喜一郎の新たな依頼を引き受けた美知子は、翌日の午後、丸の内を目指し、愛車のアウディを飛ばしていた。

清太郎と親しかったという第一都日報の記者、石添健太とアポが取れたのだ。石添は電話で、二年ほど前、偶然、清太郎と葉山で会ったと言った。詳しい話を聞きたいから、一時間ほど時間をもらうことにしたのだ。

もうひとり、清太郎の友人だったらしい音楽家は去年、ガンで若くして死んでいた。

同窓会名簿に載っている清太郎の他のクラスメートには、石黒初美が朝から片っ端から電話をかけた。しかし、清太郎の行方を知っているという人間はいなかった。もっとも、すでに引っ越していて、電話番号が変わっている者、不在の者もいたので、すべてを調べ上げたとは言えないが。

昨夜、何度かバー『ピアノラ』に連絡を入れた。影乃には雪永から、伝言が伝わっているはずにも拘らず、梨の礫だった。

石添健太との待ち合わせの場所は社の近くの喫茶店だった。ビルの谷間に吹き惑う風は、一段と強く、美知子の髪を乱した。

髪を気にしつつ喫茶店に入った。店内を見回していると、奥の席に座っていた男が立ち上がった。服装を教えてあったので石添はすぐに気づいたらしい。

名刺交換をすませ、コーヒーを注文した。

石添は文化部の記者だった。小柄で色白。優しい目つきの、いかにも優等生という感じの男である。

「繰り返しになりますが、清太郎さんを葉山で見たのは、二年前の九月なんですね」

「あなたと電話で話した後、記憶をもう一度辿ってみたんです。正確に言うと、葉山と隣接している長者ヶ崎の浜辺で会ったんです」

「その時、話をなさったんでしょう」

「ほんの少しだけですけどね」

「その辺りに住んでたんでしょうか」

「それははっきりしませんが、その可能性はありますね。彼は犬に散歩をさせてました。女と一緒に」

「犬と女性を連れて東京から来たとも考えられますね」

「その通りです」そこで石添は少し考えた。「でも、服装がすごくラフだったんです。スウェットパンツみたいなものを穿いてました。何となくですが、あの辺に住んでるって気がしました」

「仕事は何をしてるか訊きました?」

「英語の技術翻訳をやってるって言ってましたね」

自宅でできる仕事。海辺の住宅街に女と住み、静かな暮らしをしているということか。

「どんな印象を持ちました? 前に会った時よりも窶れてたとか、逆に元気そうだったとか」

「私を見て顔を綻ばせてました。のんびりとやってるって雰囲気でした」

「一緒にいた女性はどんな感じの人でした?」

石添が眉をゆるめた。「よく覚えてません。私が清太郎に声をかけると、犬を連れて遠ざかっていってしまったんです。大きなサングラスをかけてましたね。背は低からず高からず。髪を後ろでまとめてたかな」

「連絡を取り合おうなんて話にはならなかったんですか?」

「彼の住まいや電話番号を訊こうとしたんですが、こっちも或る人と一緒だったんです。その人を待たせるわけにもいかなかったから訊かず仕舞いで別れてしまったんです」

石添の担当は美術。或る画家が葉山の別荘に滞在していたので、彼は取材に行った。画家の希望で、長者ヶ崎の海岸を散歩しながらのインタビューとなったという。

「あそこは夕日が綺麗ですね」美知子が言った。

「その先生、かなり奇抜な絵を描く人なんですが、長者ヶ崎の夕日に刺激された作品も数多くあるんです。私が絵を見た限りでは、繋(つな)がりがあるようにはとても思えないんですけど」

「どんな犬を連れてました？」

「ボルゾイって犬でした」

「ボルゾイね。飼ってる人がそう多くはない犬種だと思いますが、よく分かりましたね」

石添の目が息づいた。「私、大の犬好きなんです。特に大型犬が。今はセント・バーナードを飼ってます」

清太郎が長者ヶ崎近辺に住んでいるとしたら、犬から居所を突き止めることができるかもしれない。

石添が美知子を真っ直ぐに見た。「誰の依頼で清太郎を探してるんですか？」

「それは申し上げられませんが、きちんとした方の依頼です」美知子はコーヒーをすすった。「聞いたところによると、清太郎さん、お父さんともめて家を出たそうですね」

「そうなんですよ。うまくやれば、今頃は蔵主グループの中枢を担って幅をきかせていたはずなのにね」

「なぜ、喧嘩(けんか)したか知ってます？」

「弟と妹に嵌められたって言ってましたけど、詳しいことは聞いてません。蔵主喜一郎ぐらいの艶福家になると、家族間でのもめ事は付きもの。しかたないですね」

「弟さんや妹さんに会ったことはあります？」

「妹には。清太郎、すごく可愛がってたんですよ。だから、妹にまで嵌められたって意味が私にはよく分かりませんでした。その頃、妹ってほんの子供でしたしね」

「石添さんは、いつ頃まで清太郎さんと親しくしてたんですか？」

石添は顎を上げ、しばし黙った。「大学を卒業してから疎遠になりましたね」

「大学を出てから清太郎さんはどこかに勤めたんですか？」

「大学四年の頃から、あいつ、週刊誌のライターをやってたんですよ。九段下にある小さな編集プロダクションでね。そのままそこでしばらく働いてたみたいです」

「あなたは新聞社に入ったから、付き合いが続いていてもおかしくなかったのに」

「僕は入社してすぐに福岡支局に配属になったんです。それが疎遠になってしまった大きな原因かな。僕が東京に戻った時は、清太郎、会社を辞めていて、その後のことはまったく知りません。クラス会でも噂になったんですが、噂すら誰の耳にも入ってませんでした」

「その編集プロダクションの名前、覚えてます？」

「何て言ったっけな……。確か『ディスクローズ』でしたね。秘密や罪を暴くっていう意味ですよ。今から思うと、あの頃の言葉でいうと清太郎はトップ屋だったんですよ」

「トップ屋ね」美知子は感慨をこめてつぶやいた。「懐かしいわね。最近、もう耳にしなくなったから」

「そうですね」相づちを打った後、石添の顔色ががらりと変わった。「そう言えば、あいつ、変なこと言ってました」

「どんなことです？」

「親父がぐうの音も出ないネタを掴みたいって」

「掴んだじゃなくて、掴みたいと言ったんですね」

「ええ。蔵主グループはかなり強引なやり方で業績を伸ばしてきた会社だから叩けば埃が出るとも言ってました」

「本名で週刊誌の記者をやってたのかしら」

「いや、蔵主って名前が珍しいから使ってないって笑ってました。一度、名刺をもらったけど、何て名前で仕事してたかな。中田、中山とかそんな名前だったけど忘れました」

念のために、喜一郎が口にした新宿三丁目にある飲み屋『柚木』のことに触れたが、石添はまったく知らないと答えた。

石添が腕時計に目を落とした。

「時間ですね」

「すみません」

美知子は社に戻る石添と共に喫茶店を出、大通りで別れた。

一度事務所に戻ることにした。

駐車場から車を出し、日比谷通りを左折した。その時、サイドミラーに映った白いセダンが気になった。来た時にも駐車場付近で目にした車に思えた。車種はニッサン・サニーのようだ。特徴のない車だが、嫌な予感が胸をよぎった。

美知子は適当に走ってみることにした。日比谷の交差点をすぎ、内幸町を左に曲がった。サニーは付かず離れず尾いてくる。

美知子は腹を決め、攻めに出ることにした。

アウディを外堀通りの地下駐車場に入れた。通りに沿って長く続く駐車場である。地下二階まで車を進めた。車のいない駐めやすいブロックを避け、二台の車の間にテールから車を入れた。そして、少し時間を置き、車を降りた。サニーが地下二階に下りてくる様子はない。エレベーターで地上に出た。そして、辺りの様子を窺った。

問題のサニーらしき車が日航ホテルの斜め前、京都新聞の入っているビルの前に停まっていた。

美知子はそちらに向かって歩き出した。ナンバーを暗記する。

通りを渡り、並木通りの方に進んだ。サニーからふたりの男が降りてきた。

さてどうするか。武者震いが走った。

一階にポルシェのショールームのあるビルに入った。通り抜けがきくビルだ。美知子は走った。そして、ビルの角で、男たちを待った。

ややあってふたりの男が勢いよくビルから飛び出してきた。

背の低い、出目金の男が美知子に気づいた。虚をつかれたのだろう、肩をそびやかして、その場で足を止めた。もうひとりの太った男も美知子に視線を向けた。

美知子は出目金を睨みつけた。「私に何か用？」

ふたりとも答えない。

美知子は一歩男たちに近づいた。「話があるんだったら聞くわよ」

出目金が太っちょに目で合図を送った。彼らは元来た道を戻ってゆく。美知子は彼らの後ろにぴたりとついた。

ポルシェのショールームのところで、出目金が立ち止まり、美知子に近づいてきた。

並木通りには人影はまばら。ビルの通路には、まったく人気はない。

大都会の繁華街でも時間によっては、人を殺せる場所はいくらでもある。

「失せろ」出目金がぼそりと言った。

「それって、私の台詞よ」美知子は出目金を指で差した。「誰に頼まれたか知らないけど、二度と、こういうことするなって言っておいて」

「ほざいてろ」

出目金は美知子に背中を向け、一目散に駆けだした。太っちょが出目金についてゆく。

美知子は並木通りまで追った。しかし、脚力ではかなうはずもなかった。

外堀通りに出た。サニーの姿は消えていた。美知子は数寄屋橋の交差点近くまで歩いて本屋に入った。ボルゾイが紹介されている犬のムック本を買った。

地下駐車場に入るのが怖くなった。美知子は車をそのままにしてタクシーで事務所に戻った。

事務所に入ると、初美が美知子の方に目を向けた。不安げな目つきである。

客用のソファーに男が座っていた。歳格好は六十ぐらい。

男は読んでいた新聞から目を離し、にこやかに微笑んだ。灰皿に置かれた煙草が煙を上げている。テーブルにピースの缶が置かれていた。

尾行者たちとやり合ったことで興奮していたが、そのことを初美に話すことができなくなった。

「この方が、所長がお帰りになるまで待たせてもらうとおっしゃって」

男が立ち上がった。「田熊（たのくま）昭吾（しょうご）と申します」

「どんなご用件でしょうか」

男は用意していた名刺を美知子に差し出した。

田熊総合研究所、代表、田熊昭吾。事務所は東上野二丁目にあるらしい。

「この名刺だけですと、何をなさってる方なのかさっぱり分かりませんね」

「森羅万象、すべてのことを総合的に研究しております」田熊は太くて澄んだ声で言った。

「ひとつのジャンルで収まるものは世の中にはありません。たとえばですが、哲学と生物学は深い関係を持っている。外国の本が日本語になると、哲学と生物学では、元々は同じ単語なのに訳が違ったりします。そうするとですな、まったく繋がりがないように思えてしまう」

「ちょっと待ってください」美知子は右手を上げ、田熊の言葉を遮った。「興味あるご高説ですが、それを伺って（うかが）いる暇は私にはないんですけど」

「これは失礼。有り体（あ）（てい）に申すなら、物事をいろいろな角度から総合的に調べ、それを『ナマズ内報』という雑誌に書き、販売してるんです」

「うちであなたの雑誌を買えというんですか？」

「いえいえ。まあ、お座りになりませんか」

自分の事務所で我が物顔に振る舞う男に美知子はむっとした。

「今も申し上げましたが、私、忙しいんです」

田熊が目の端で美知子を見た。「蔵主さんのことで」

「出てってください」

田熊は臆する気色すら見せず、初美に言った。「悪いが、君。しばらく遠慮してくれないか」

美知子はかっとなった。

「まあそう怒らずに。聞いて損のない話ですよ」

「秘書を追いだしてまで、聞くような話はろくなもんじゃない。そう思いますけど」

「勝ち気だね、あんたは」

「所長、私、休憩してきます。今日はずっと電話に齧りついてましたから」初美が口をはさんだ。

「秘書が優秀なのは、やはり、所長の器が大きいからでしょうな」

美知子は田熊に圧倒されっぱなしだった。

しかし、初美の一言で冷静さが戻ってきた。

清太郎はトップ屋紛いのことをやっていた時期があったと聞いたばかり。そして、男の口から蔵主の名前が出た。このまま帰してしまうことはないではないか。

「三十分だけ差し上げます」美知子はきっぱりとした口調で言った。

「いいでしょう」

初美が事務所を出ていった。

美知子は男の前に浅く腰を下ろし、彼をじっと見つめた。

茶の背広に黒シャツ。ノーネクタイである。胸板が厚く、背丈もあるから押し出しがいい。太くて長い眉だが物静かな印象をあたえる。目は大きく、笑うと目尻にシワが走り、魚のような形になる。分厚い唇から、並びのあまりよくない大きな歯が飛び出ている。髪はやや長め。インテリヤクザのニオイがした。

しかし、ゴロ雑誌を売って金にしている男のわりには、薄日を宿した空のような瞳は優しく、それなりの品性と妙な色気を感じさせる人物だった。

「私、蔵主グループについて調べてるんですよ」田熊は落ち着き払った調子で言った。

「それで？」

「昨夜、蔵主御大はひとりでここにきた。理由は知る由もないですが、何であれ、あなたを利用する可能性がある」

「どんなふうにです？」

「蔵主グループの蔵主土地開発は上場していないのはご存じでしょう？」

「いいえ。蔵主グループのことなど、私、まったく知りません」

「そうですか」田熊が大きくうなずき、目を細めて微笑んだ。「じゃ、私がお教えしましょう。本体は上場してませんが、傘下のホテル、ゴルフ場などなど五十五社は上場しています。最近、或る人物が、グループ企業の株の買い占めに走ってる。それで蔵主御大は神経をピリピリさせてます。どうやって手を打つかは、まだ掴んでませんが、グループが攻撃されてる最中に、この事務所にやってきた。なぜだろうって疑問に思うのは当然でしょう？」

「私、蔵主さんのプライベートな用件で雇われたことはありましたが、会社の話など一度もしたことないですよ」

「次男の房男の付き合ってる女の素行調査を頼まれたんでしたよね」

美知子は目を瞬(しばた)かせた。「どうしてそんなことをあなたが……」

田熊が缶ピーの蓋(ふた)を開け、新たな煙草を取りだした。「情報収集は私の仕事です。あんな大きな事件があったんですから、探偵として興味が湧(わ)くじゃないですか」

「全然」美知子は肩をすくめて見せた。

「蔵主喜一郎の土地開発のやり方はあくどい。彼のせいで自殺した人間もいる。私は、これまでも不正を働く政治家や実業家を槍玉(やりだま)に上げてきた。今回の標的は蔵主喜一郎なんですよ」

「あなたが正義のために発行してる雑誌って月刊誌なんですか？」

「発行は不定期です」

「さぞやお高いんでしょうね」美知子の口調は嫌味たっぷりだった。

「一年間の定期購読料は六万です。賛助金を払ってくれる会社もあります。高いか安いかは、相手が決めることです」

「蔵主さんも定期購読してるのかしら」

「いいえ」

「定期購読していない人が狙われるってわけですか？」美知子が鼻で笑った。

「そんなことはありません。定期購読者のスキャンダルを書いたことで、暴力団に襲われたこともあります。確かな証拠はないんですがね」田熊は上着を脱ぎ始めた。

美知子があっけに取られている間に、シャツのボタンが外された。

右胸の辺りに長さ十センチほどの傷があった。

「これはね、その時にできたものです。九死に一生を得ました。それが運がよかったのか悪かったのかは、死ぬ間際まで分かりませんが」田熊が口を半開きにして短く笑った。

「あなたのお話、焦点の定まってない報告書みたいですね。で、私に何が言いたいんですか？」

「私のやってることをお伝えしておきたかっただけです。後々、あなたの仕事に役に立つと思いまして」

「私、蔵主さんから、新たな依頼は受けてません」

「それは嘘だ。昨夜、ここに来たのは何か頼み事があったからでしょう？」

美知子は挑むような視線を田熊に向けた。「男と女のことには疎い情報屋のようですね。会長は私を口説きにきたんです」

「うーん」田熊が腕を組んで大きくうなずいた。「なるほど。その点には気づかなかった。あなたぐらいの美人を、あのスケベ爺が放っておくはずはない。これは迂闊だったなあ」

田熊は、すべてお見通しで、馬鹿を装ったのかもしれない。侮れない。美知子は気持ちをさらに引き締めた。

「私、あなたがここにきたことを蔵王さんに伝えるかもしれませんよ」

「そうですね。私、時々、大ポカをやらかすんですよ。いやあ、まいった、まいった」田熊は髪を掻きむしった。

田熊は自分をおちょくっているに違いない。

いよいよ腹に据えかねた美知子は、彼の名刺をポケットに押し込み、立ち上がった。

「あなたにこれ以上、お話しすることはありません。お引き取りください」

田熊が腕時計に目を落とした。「まだ三十分、経ってませんが」

「でも……」

美知子の言葉を遮ったのはチャイムの音だった。美知子はドアスコープに目を当てた。

立っていたのは影乃だった。彼の顔を見ただけで、すっと気分が軽くなった。

「どうぞ」

ゆっくりと入ってきた影乃が足を止めた。「出直してこようか」

「いいんです。今、お帰りになるところですから」

「唐渡さん、私に話したいことができたら連絡ください。私の予感だときっとそうなる気がします。私の雑誌を一部置いていきます」

テーブルに置かれた雑誌は、学生が作る同人誌のような小冊子だった。

鞄(かばん)を手にして立ち上がった田熊が、影乃を見つめた。影乃も目を離さなかった。お互いに感じるものがあるような目つきである。

田熊は影乃に一礼すると事務所を出ていった。入れ違いに初美が戻ってきた。

「何者だい？」影乃が訊いてきた。

「ゴロ雑誌を出してる会社の代表よ」

影乃が美知子の座っていた場所に躰(からだ)を投げ出し、煙草に火をつけた。「初美さん、ドアに耳を立ててたよ。あんたに何かあったらって心配して」

「そうだったの。ありがとう」

「いいえ。でも、変な男ですね、あいつ」

影乃は『ナマズ内報』を手に取った。

「ああいうのがゴロ雑誌やゴロ新聞にはいるものよ。そうでしょう、影乃さん」

影乃は黙ってうなずき、雑誌をテーブルに戻した。そして、連絡できなかったことを美知子に詫(わ)びた。

「雪永さんから聞いたけど、ものすごく忙しいんですって？」

「この近くで殺された谷内って男の娘のために調査してる。蔵主家で起こった事件と谷内は関係があるらしい」

「どういうことなの」美知子は啞然とした顔を影乃に向けたまま彼の前に座った。

「谷内の死体を見つけたのは、実は俺と雪さんだよ」

「まあ」初美が声を上げた。

影乃はこれまであったことを詳しく話した。話し方が簡潔だから、一度聞いただけで頭に入った。ただ想像を絶する展開に驚き、目を白黒させてばかりいたが。

「……今朝、六本木のディスコの黒服を締め上げた」影乃がポケットの中から財布と手帳を取りだした。「初美さん、悪いが、このアドレス帳と免許証をコピーして、すんだら、持ち主に送り返してくれないか。住所を書いたメモはアドレス帳に挟んである」

「相手から奪ってきたんですか？」初美が訊いた。

「数時間、借りただけだ」影乃はにっと笑い、話を続けた。

それまで黙って聞いていた美知子が口を挟んだ。「影乃さん、ちょっと待って。その木原産業の事務所は東上野にあるのね」

「そうだが、何か？」

美知子は田熊の名刺を影乃に渡した。

影乃は名刺を見るなり、満足げな笑みを頬に浮かべた。「田熊総合研究所ね。木原産業と同じビルにある。しかも、同じフロアーだぜ。面白くなってきたな」

城田のアドレス帳を調べたら、ポケットの部分に、木原産業と梅村ファースト・コーポレーションの代表の名刺が収められていた。一眠りし、美知子の事務所に顔を出す前、影乃は木原産業の入っているビルを偵察に行った。

昭和通りに沿って走る高速一号線の上野ランプ近くにタカラホテルがある。木原産業はそのホテルからすぐのところに建つ細長いビルの五階にあるらしい。

「……そのフロアーには三室あって、奥が木原産業の事務所だった。ドアに耳を当ててみたけど、何も聞こえなかった。残りの二部屋のプレートには〝田熊総合研究所〟と書かれてた。何をやってる研究所かは分からなかったけど、ゴロ雑誌だったとはね。で、あの男は何をしにきたんだい？」

「その前に、昨日あったことから話した方がいいと思う」

「ＯＫ」

今度は影乃は目を閉じ、美知子の話を最後まで黙って聞いていた。

今日の尾行者の話が出た時、初美が口を開いた。「どんな男たちだったんです？」

美知子は詳しく語った。

「娘の美帆が誰かに頼んだんじゃないかしら」初美が続けた。

「さっき来た男だって怪しいわよ」

「蔵主喜一郎が昨日、ここに来たことを気にしてる人間が次々と現れるなんて」初美は興奮気味につぶやいた。そしてこう提案した。「所長、車、私が取ってきましょうか」

「大丈夫」

影乃が躰を起こし、目を開けた。「俺が行こう。まだ変なのがいるかもしれないから」

「一緒に行くわよ」

影乃はそれには何とも答えず「田熊って男の言ったことは不可解だな」

「そうなの。私が蔵主に、田熊の言ったことを話すかもしれないって言っても平気な顔してた」

「そのことも織り込みずみで話したってことだな」

「金にするために？」

「そう単純じゃないかも。金庫破りで運転手を務めるはずだった谷内は、事件の真相に繋がる何かを残したようだ。それを木原が探してる」

「木原の裏にも誰かいそうね」

「大した伝言でもないのに、わざわざクラブの黒服を連絡係にしてる。その誰かってのは、よほど用心深いってことだろう。金縁のサングラスをかけ、口髭を生やした男が関係してるようだが、どうせそいつも下っ端のような気がする」影乃はそう言って立ち上がった。

「あんたの車、使わせてもらうぜ」

「一緒に行くって言ったでしょう?」

「連絡するから、ここか自宅で待ってて」

不服そうな顔をした美知子を無視し、彼女からアウディの鍵と駐車券を受け取ると、影乃は事務所を出ていった。


影乃は日航ホテルの前でタクシーを降り、近くの出入口から駐車場に入り、料金を精算し、地下二階に下りた。

照明の鈍い光に照らし出されている通路に、影乃の足音だけが響いている。

周りに注意を払いながら、駐車している車に鋭い視線を走らせ、美知子のアウディに近づいた。白いニッサン・サニーの姿は見あたらない。しかし、アウディの斜め前に駐まっているスバル・レオーネの車内に人が乗っているのに気づいた。

リモコンでドアを開け、車に乗り込んだ。

と同時に、レオーネが急発進し、アウディの行く手を塞(ふさ)いだ。男がふたり降りてきた。

レオーネのエンジン音が通路に響いている。

影乃はドアをロックした。ひとりは太った男で、そいつは助手席の方を、もうひとりは運転席を覗(のぞ)き込んだ。背の低い出目金だった。その男が懐から、拳銃を取りだした。ブローニングに似たオートマチックだった。

出目金がドアを開けようとしたが開かない。

「ドアを開けろ」

影乃は言われた通りにした。

「そっちに行け」

影乃は助手席に移動した。

「お前は誰だ？」出目金が訊いてきた。

「車を取りにいくように言われた人間だ」

「女探偵の仲間だな」

「何でも屋だよ」影乃はおっとりとした調子で応えた。

「女探偵はどうした？」

「生理痛で寝込んでる」

「あいつは何を嗅ぎ回ってるんだ」

「知らんな」

「うろちょろしないで大人しくしてろって言っておけ」

「銃で脅すなんて普通じゃないな。あんたの雇い主のケツに火がついてんのか」

「大きな口を叩くんだな、便利屋のくせに」出目金が上唇を捲れ上がらせ笑った。

「俺がここにひとりで来たと思ってるのか。あんたらの様子を見てる人間が何人もいる」

さらに大きくなった目が、影乃から一瞬、逸れた。影乃は素早かった。拳銃を握った出目金の手を摑んだ。手首をねじり上げ、鼻に拳を沈めた。出目金の後頭部が窓にぶつかった。出目金は影乃を蹴ろうとしたが、距離が近すぎて、だだっ子が暴れているような動きしか取れなかった。手首をさらに捻り上げる。拳銃がハンドルの端にぶつかってから床に落ちた。助手席側にいた男が回り込んで運転席のドアを開けた。躰をドアに預けていたものだから、出目金の上半身が、外に投げ出された。出目金がさらに暴れた。影乃は両脚をしっかり押さえ、外に押し出した。外にいた男が、相棒を抱えた。その時にはすでに拳銃は影乃の手の中に収まっていた。

かすかに足音が聞こえてきた。

レオーネのクラクションが鳴り響いた。

出目金が這うようにして腰を上げると「行くぞ」と相棒に言い、走り出した。

レオーネの後方にカップルが立ち止まっているのが見えた。

男たちが後部座席に飛び込むと、レオーネがタイヤを鳴らして去っていった。

影乃は拳銃をダッシュボードに放り込み、運転席に戻った。アウディの前をカップルが急ぎ足で通りすぎた。

少し間をおき、車をスタートさせた。

外堀通りに出た。さすがに尾行はないようだ。

昨夜、蔵主が美知子の事務所を訪れた。美知子を見張り、アウディを長時間、監視していたのは、そのことを知っての行動に違いない。蔵主の娘、そして田熊昭吾の他にも喜一郎の動きに深い関心を抱いていた人間がいたのかもしれない。

長男、清太郎を捜し出すという美知子の仕事と直接関係があると断定するのは早計だろう。田熊昭吾という男の存在が気になる。

アウディは東上野に向かっていた。

同じ日に二度も同じビルを訪ねることになるとは。

アウディを春日通りにある駐車場に入れ、徒歩で問題のビルを目指した。しかし、先ほどとは違って、興味の対象は田熊総合研究所だった。

ドアがふたつあるが、迷わず右側のドアのチャイムを鳴らした。もうひとつのドアに、マジックペンで矢印が書かれた紙が貼ってあったのだ。

ドアチェーンが外され、ドアが大きく開いた。影乃は一瞬、躰を硬くした。だらりと下がった田熊の右手にオートマチックが握られていたのだ。

田熊が笑った。「本物じゃない。エアガンだよ」

確かに。精巧に出来てはいるが、よく見ると本物ではなかった。

「唐渡さんに何か言われていらっしゃったんですか？」

影乃は首を横に振った。

「どうぞ。散らかってますが」

スチール製の机が四つきちんと向かいあって置かれていた。五つ目の机は窓を背にして、ドアの方に向けられている。壁の棚にはファイルがぎっしりと詰まっていた。

田熊の他に人はいないようだ。

机の下に収まっているべき椅子が後ろに引き出されている。そこに不思議なものが載っていた。発泡スチロールの板に、射撃場で見かける人を象った標的がピンで止められている。

田熊はエアガンをベルトに差し、標的のひとつを床に置いた。

「お座りください」

影乃はその場を動かなかった。

「そんなにじっと見ないでください。私は確かに変わり者だが、頭は確かだ。うまい日本茶があるんだが、飲むかな」

「いただきましょう」影乃は勧められた椅子に座り、煙草に火をつけた。

田熊が茶を用意して戻ってきた。湯飲みをみて、影乃は薄く微笑んだ。「いい器をお使いですね」

「君はなかなかの目利きだな。名前は？」

「影乃で通ってます」

田熊はそっくり返り「ほほう」と素っ頓狂な声を出した。「影の探偵の影乃さんかあ。殺された地上げ屋の斉藤を知ってるだろう?」

「ええ。奴の使ってる札付きと揉めた時に会いましたよ。あの男、殺されたんですか?」

「正確に言うと行方不明だが、殺されたのは間違いない」

影乃は目の前の標的に目を向けた。「日夜、トレーニングに励んでる殺し屋に撃ち殺されたんですかね」

「かもしれんな」田熊が煙草に火をつけた。

「これらの標的、社員たちが帰った後に並べるんですか?」

「違う、違う。社員がどんどん辞めていって、今はひとりもおらん。あまりにも寂しいもんだから、標的を社員代わりに置いてるんだよ」

影乃は鼻で笑った。

田熊の目が鋭くなった。「私が目をつけた悪い奴を、頭に浮かべながら、撃ってる」

「今回は蔵主喜一郎が標的なんですね」

「それは今に始まったことじゃない。昔、政治家に渡る変な金の動きを摑んだが、追いつめるほどの証拠が挙げられなかった」そう言いながら、影乃の隣の標的を撃った。

プラスチック弾が標的の心臓に命中した。

「あんたが影乃さんかあ。撃つべき相手かそれとも同志になるお人か」田熊が銃口を影乃に向けた。

影乃は茶をすすった。「田熊さんが唐渡美知子に近づいた狙いは何なんです？」

「それは彼女から聞いたろう？」

「隣の木原産業って地上げ屋ですよね。社長の木原浩三とは深い繫がりがあるんでしょう？」

「君は私が想像もしてないことを口にする奴だな。いいね、とてもいい。歳を取ると大概のことに驚かなくなる。だから、意外な発言をする若いのと知り合うと嬉しくなるんだ」

「意外性を求めるんだったら、女に任せておけばいいでしょう。昨日言ったことと今日言うことが違っても平気な生き物ですから」

「おっしゃる通りだな。で、唐渡美知子もやはり、同じかな」

「さあ。彼女とはビジネスでの付き合いしかないですから」影乃は組んでいた脚を元に戻した。「木原に頼まれて、唐渡美知子の事務所を訪れたんでしょう？　どういう関係なんです」

電話が鳴った。

「はい、田熊総合研究所です……ああ、君か。今、来客中だ……。うん、そうしてくれ」

電話を切った田熊が煙草をくわえた。煙草の葉が口に入ったらしい。口許を押さえて、異物を吐きだした。

「吸い口を濡らす悪いクセがあるんだよ。そういうクセのある奴はスケベだと言われてるが、私は違うなあ」

影乃は背もたれに躰を倒し、脚を組み、目の端で田熊を見た。

「失礼。話が横にずれてしまったね。木原とは良好な関係だよ。だが、私はあいつのために働いたことはない。あいつは時々、俺の持ってる情報をほしがるが、滅多なことじゃ渡さんよ」

影乃は手の裡(うち)を或る程度見せることにした。先ほどここに来た時、木原がいたら真っ直ぐに攻めようと思っていた。だから、田熊から自分の言ったことが木原の耳に入っても一向にかまわなかった。

「蔵主喜一郎邸の事件で、木原は動いてる。同じ日に、殺された谷内って前科者が、木原がほしがってる情報を持ってたらしい。それをあいつは探してる。田熊さん、これだけ俺がオープンに話してるんですよ。あんたもしゃべってくださいよ」影乃の眉根が険しくなった。

「そんな嫌な目つきをしなさんな。鏡に映った自分を見るような気がするから」田熊が高笑いをした。

食えないオヤジだ。だが、久しぶりに会った面白い男には違いない。

「田熊さんの後ろに大物がついてるってことですよね。総会屋か何かですか?」

「総会屋との付き合いもある。大物も小物も寄ってくる。右も左も、そして亡霊まで。私の雑誌に目を通したかね」

「ざっとね。よく調べてるみたいですね」

「〝みたい〟じゃない。私の雑誌は真実のみしか載せない」

「それにしても妙な雑誌名ですね」

「私はナマズみたいにつかみ所がないって陰で言われてる」田熊がにっと笑った。

食えないオヤジは、政治家、財界人、警察官、銀行員、飲み屋の女などいろいろなところに情報網を張り巡らせているのだろう。

「何であれ唐渡美知子はあんたの協力者にはならないですよ」

「なぜだね。私ほど利用価値のある人間はいないよ」

影乃は黙ってうなずいた。「だけど、蔵主喜一郎は彼女にとって上客。あんたと組むはずないでしょう」

「あの男は女にとって疫病神(やくびょうがみ)だ。早いうちに手を切った方がいい」

「そう伝えておきましょう。ところで、田熊さん、蔵主の長男、清太郎と面識はないんですか？」

田熊が上目遣いに影乃を見、両頬を膨らました。

「知ってるんですね」

田熊は唇を突き出して頬を元に戻した。「またもや私を驚かせてくれた。いいね、君は。ますます気に入った」

「ちゃんと答えて下さいよ」

「昔、私にネタを売りに来た」

「ネタって父親に関することですね」

「身内から出た裏話だから期待したが、大したもんじゃなかった。だが、編集プロダクションを辞めたばかりだと言ってたから、うちにしばらく置いてやった。御曹司がトップ屋紛いのことをやってることに興味が湧いてね」

「役に立つ男でした？」

「それなりに。ドブに顔を突っ込むようなことばかりやってるのに、貴公子然としてる青年でね。そこが長所でもあり短所でもあった。この業界、お笑い芸人の世界によく似てるんだ」

「どういう意味です？」

「今は大学出のお笑い芸人がたくさんいて、おもろいのもいるが、どこか気取っててておもろくない奴が多い。いずれにせよ、あいつらには横山やすしの芸はできんだろうが」

「なるほど」

「田熊さんは何度ぐらい臭い飯を食ったんです？」

「二度捕まったが、刑務所には行ってない。一度目は家宅侵入、二度目は恐喝。だが、いずれも相手が告訴を取り下げた」

「唐渡美知子に、のっけから手の裡を見せた。魂胆があるんでしょう？」

「蔵主グループの株を買い占めてる奴がいて、喜一郎がだいぶ慌ててるって話か」

影乃は黙ってうなずいた。

「あんなものは手土産だ。蔵主は唐渡美知子に新たな依頼をした。表向きの依頼が何であれ、彼女の調査結果は、喜一郎が今、頭を悩ませてる問題と関係がある。私はそう睨んでるんだが、違うかね」

「一介の女探偵ができる調査なんか、たかが知れてる。極々個人的な依頼じゃないんですかね」

「その〝極々個人的な問題〟がだな、大きなことに繋がってることもある。大体、あの男はだな、人を信用しておらん。その点は私に似てる。喜一郎にはふたりの側近がいる。いわゆる、水戸黄門の助さん、格さんみたいなものだ。このふたりもなかなかのくせ者なんだよ。だが、ここ数年、喜一郎との間に亀裂が生じ始めてる」

「次男の房男が幅をきかせてきたからですか？」

「跡継ぎは、先代の側近を排除したがるのが世の常だから、びっくりするようなことじゃないがね」

また電話が鳴った。

「おう、そうか……なるほどねえ……」

影乃は腰を上げ、田熊に近づいた。田熊の表情が硬くなった。

影乃は机の上に置いてあったエアガンを手に取り、標的のひとつに狙いを定め、引き金を引き絞った。

田熊は回転椅子を左右に動かしながら、電話の相手の話を聞いていた。

四　清太郎を探して

田熊にかかってきた電話の内容。影乃にはまるで分からなかった。しかし、裏の裏を知り尽くした男は黙って相手の話を聞いていた。

内密の話かもしれないが、田熊の態度は落ち着き払っている。目の前にいる部外者の存在などまるで気にしていない。見上げたものだと影乃は感心した。

「……分かった。また電話ください……え？……ああ」田熊の目尻がゆるんだ。「あの女は、金だけじゃ無理だ。ハートに火をつけなきゃ、なびかんよ……。健闘を祈る」

田熊は人を食ったような一言を最後に受話器を置いた。

影乃は、エアガンの引き金をまた引いた。標的の心臓に命中した。

「すまなかった。ゴミのような情報も丁寧に聞いてやらんといかんのだよ」田熊が煙草に火をつけた。「何の話をしてたっけ」

影乃は元の席に腰を下ろした。「蔵主喜一郎の側近についてです」

「ああ、そうだったな。ふたりの側近と跡継ぎの房男との関係がよくない」

「側近の名前は？」

「ひとりは総本山、蔵主土地開発の常務、榎木富治。もうひとりは蔵主観光の社長、吉見両一だ。特に吉見が房男を嫌ってる」

「なぜ？」

「吉見は長野県に新しいゴルフ場を造るために土地の買収に乗り出してるんだが、地元の人間の一部が猛反対してる。自然が破壊されるっていう理由で。吉見は強引なやり方で計画を推し進めようとしてるが、房男は反対なんだ。土地の買収は、蔵主土地開発の方でやるって言ってな」

「要するに面子の問題なんですね」

田熊がうなずいた。「男ってのは面子に拘る生き物だからしかたないがね」

「喜一郎は、ふたりの確執に、どう対応してるんですか？」

「息子の顔を立ててはいる」田熊は含みのある言い方をして、煙草の煙を天井に向けて吐きだした。「しかし、あの男の考えてることは読めない。吉見は喜一郎のやり方を踏襲してるから、喜一郎の態度に不満があるらしいが、房男は房男で、吉見を可愛がってる親父が気に入らない。吉見は、そろそろ蔵主家と縁を切りたいって思ってるようだよ」

影乃は目の端で田熊を見た。「蔵主喜一郎の金庫が狙われた件、内部に通報者がいたと俺は思ってるんですが」

「多分、そうだろうが、そのことについても詳しいことは知らない」

「木原のところに出入りしてる人間のこと、田熊さん、多少は知ってるんでしょう？」

「知ってるさ。だが、君に教える義理はない」

影乃は冷たくなった茶を啜（すす）った。「もう一度言いますが、唐渡美知子はあんたの協力者になることはないですよ。だが、俺だったらなれる。喜一郎は俺も雇いたがってるらしいですから」

「そうなると、こっちが渡した情報が唐渡美知子に筒抜けになるね」

「まあね。でも、田熊さんに得られるものがあればいいんでしょう？」

田熊は上目遣いに影乃を見、ゆっくりと煙草を消した。「殺された谷内について詳しく教えろ」

影乃は黙ってうなずき、谷内について要点だけを話した。

「窃盗団のドライバーが大きな秘密を握っていたってのか」田熊は軽く首を傾（かし）げた。

「さっきも言いましたが、あの金庫破りには内通者がいた。しかし、喜一郎の方が一枚上手だった。窃盗団に金庫が狙われていることを喜一郎は事前に知ってたんじゃないですかね」

「その金庫、以前からダミーだったのかもしれないよ」

「いや、穴吹を使った人間は、正確な情報をもとにして、あの夜、邸（やしき）に侵入させたと俺は思ってます」

田熊は目を細めて何度もうなずいた。「実は、私もそう思ってるんだよ」

前言は、影乃がどう答えるか試したものだったらしい。

「唐渡美知子には、今日、尾行がついてた。あんたの差し金ですか?」

「いや」

「相手はかなり荒っぽい連中で、ひとりは中年の出目金だった」影乃は、銀座の地下駐車場で起こったことも教えた。

「私は暴力団とも付き合いはある。だが、奴らから情報を取っても頼み事はしない。そんなことをしたら骨までしゃぶられるからな。私はジャーナリストだよ、君」

影乃は肩をすくめて見せただけだった。

田熊は両肘（りょうひじ）を机につき、両手を組み、そこに顎を載せた。そして、じっと影乃を見つめた。「噂の影の探偵を使ってみるか」

影乃は満足そうにうなずいた。

「あんたは谷内の事件の調査を続け、拾ったネタを私に教えろ」田熊が続けた。「使えるネタだったら金を払ってやる」

影乃が鼻で笑った。「金よりも情報がほしい。俺は『ナマズ内報』みたいな雑誌を出して、魑魅魍魎（ちみもうりょう）の世界を泳ぐ気はまったくないから商売仇（がたき）になる心配はないですよ。ここはフィフティ・フィフティでいきましょう」

「君は今の仕事に不満はないのか」

「身の丈に合った仕事だと思ってます」

「その歳で、達観したようなことを言うところが身の丈に合ってないね」田熊が肩をゆすって笑った。

「交渉成立だと思っていいんですね」

「うん」

「で、木原産業に出入りしてるのはどんな連中なんです？」

「いろんな連中がきてるが、大半は取るに足らない奴らだ。君が興味を持つ相手となるとだな……欽州連合の三次団体、坂巻組の組長、坂巻聡ぐらいかな。木原と坂巻は高校時代の同級生でね」

　欽州連合は関東で一、二を争う大きな組織。しかし、影乃は坂巻組のことはまったく知らなかった。そこで田熊に教えをこうことにした。

「坂巻組は、欽州連合の二次団体、世良田組の下の組織だ。品川に坂巻エクスプレスって看板を出して、倉庫業をやってる。元々はテキ屋系の暴力団で、内部分裂を繰り返した結果、今の形になった。坂巻聡は四代目だ」

　谷内の秘密を追って嗅ぎ回っているのは坂巻組の連中なのか。そうとは限らないが、息のかかった札付きの可能性はある。その線を辿っていくと欽州連合に行き着くのか。よく分からないが、蔵主喜一郎の金庫を狙ったのだから、大きな組織が動いていることだけは確かだろう。

「蔵主グループの会社の株を買い集めてるのは誰なんです?」

田熊は腕を伸ばし、影乃の前に置いてあったエアガンを手に取った。「その話は、またにしよう。私を喜ばせるネタを持ってきたら教えてやる」

「いいでしょう」

駄目元で訊いた影乃にとっては納得のいく答えだった。手の裡を或る程度見せて、食いついてきたら、のらりくらりとする。ナマズの異名を持つ男らしいやり方だ。

影乃は連絡先を教え、腰を上げた。

田熊の太い眉が八の字を描いた。「お互い、裏切りっこなしで」

「俺は正直者で通ってます」

「気が合うね。私もだよ」

影乃と田熊は同時に声にして笑った。

「それじゃ」影乃が立ち上がり、ドアに向かった。

エアガンの引き金が引かれる音がした。影乃の背中に弾が当たった。

「失礼、手がぶれたんだ。歳は取りたくないもんだね」

影乃は田熊を見ずに、右手を大きく上げ、事務所を後にした。

エレベーターが上がってくるところだった。

ひょっとすると五階で停まるかもしれない。

影乃は階段を駆け上がり、階下の様子を窺った。

果たしてエレベーターは五階で停まった。

ベージュのトレンチコートを着た男が、左右に目を配りながら田熊総合研究所のチャイムを鳴らした。

横顔がちらりと見えた。尖った鼻を持つ頬のこけた中年男だった。後頭部が禿げていた。

ドアが開く音がした。田熊は尖った鼻の男に一言も口をきかず、中に通した。

影乃は階段を降り、外に出た。

尖った鼻の男に興味を持ったが、ドアに耳を当てたりして、彼らの話を盗み聞こうとするのは愚の骨頂。尖った鼻の男に、エレベーターの前で誰かに会ったかと訊いているはずだ。答えはノー。田熊は警戒心を募らせるはずだ。

事務所の窓から、田熊は通りを見ている気がした。

影乃は表通りに向かった。影乃の目の前でタクシーが停まり、若い女が降りた。

影乃はそれに乗った。シートに躰を滑り込ませる前、田熊総合研究所の窓に目を向けた。

果たして人影が見えた。

タクシーを降りたのは、タカラホテルの前だった。運転手はあまりの近さにびっくりしたようだが、何も言わず料金を受け取った。

美知子に電話を入れ、話は明日するから引き上げていいと告げた。美知子は、何があったのか知りたがったが、急いでいるからと断った。

「深夜、『ピアノラ』に行っててくれないかしら」美知子が言った。

「何時になるか分からないが、寄るようにする。あんたには、大体のことを話してあるが、雪さんから直に詳しいことを聞いておいてくれ。雪さんの気持ちも含めて」

電話を切ると、影乃は徒歩で、田熊総合研究所の入っているビルの近くまで戻った。車を使うことも考えたが、ない方が相手の動きに合わせやすい場合は多々ある。電車に乗ろうがタクシーを拾おうが何とかなる。自家用車で来ていた場合でも、うまくすればタクシーで尾行できる。

いずれにせよ、ここに、ひとりで行動する探偵の難しさがある。しかし、これまでもそうしてきた。一度や二度の尾行に失敗したとしても、小まめに動いていれば、何とかなるものだ。

影乃はハイライトに火をつけ、問題の人物が出てくるのを待った。

四十分ほどで、ビルから男が出てきた。先ほど横顔を見た人物に違いなかった。

男は自分の影を友として、影乃の立っている方に歩いてきた。

影乃は近くのビルのエントランスに潜んだ。男がビルの前を通りすぎた。様子を窺う。表通りに出るようだ。

十分に距離をおいて尾行を開始した。

その通りは昭和通りに向かって一方通行である。通りを渡った男は路肩に立った。タクシーを拾うようだ。男の前で空車が停まった。男が乗ったのは黄色いタクシーだった。

影乃は車の流れに注意を払いながら、小走りに通りを渡り、やってきた空車を停めた。

運良く、黄色いタクシーは昭和通りのところの信号に引っかかった。

「運転手さん、数台先に停まってる黄色いタクシーを追ってほしいんだ。チップは弾む」

運転手は車を出て、背伸びをした。

信号が青に変わった。

「見えました」ハンドルを握り直した運転手が言った。

問題のタクシーは昭和通りを左折した。

影乃の乗ったタクシーの運転手は運転が上手だった。巧(たく)みに車の間をすり抜け、距離を縮めていった。

「警察の方ですか？」

「モドキだ」そう言って影乃は煙草に火をつけた。

黄色いタクシーは昭和通りを走り続けた。

神田、日本橋をすぎ、三原橋を右折。銀座通りを左に曲がった。

男が路上に降り立ったのはヤマハホールを少し越えたところだった。

影乃は料金に五千円上乗せした。運転手は大層喜んでいた。

男は横断歩道を渡り、花椿(はなつばき)通りに入った。

午後九時半を少し回っている。クラブにでも行くのか。

影乃は辺りを見回し、〝寛(かん)ちゃん〟を探した。影乃が〝飼っている〟ポーターだが、彼の姿はなかった。

花椿通りと並木通りの角にガラス張りの喫茶店がある。男はそこに入っていった。

影乃は喫茶店の前を通り、ちらりとガラスの向こうに目を馳(は)せたが、男を捉(とら)えることはできなかった。

男はすぐに出てきた。連れがいた。背の低い身なりのいい青年だった。手には書類鞄を持っている。

四つ角の辺りで〝寛ちゃん〟を見つけた。

〝寛ちゃん〟は、尖った鼻の男と連れに挨拶(あいさつ)をした。そして、目と鼻の先のビルに一緒に入っていった。

影乃の頬に勝ち誇ったような笑みが浮かんだ。

あのふたりをポーターの〝寛ちゃん〟が知っている。用がなくても、時々、小遣いを渡している。無駄金はこうやって生きるものだ。

〝寛ちゃん〟とは二年ほど前、或る事件の調査中に知り合い、以後、影乃の情報屋になった。ひとりのポーターが、この界隈のことをすべて知り尽くしているわけではないが、クラブ街は狭い。一種の村のようなものだから、古株の〝寛ちゃん〟は情報屋としては最適の人物なのだ。

〝寛ちゃん〟は影乃に頭が上がらない。というのは、店には内緒で、女を三人ばかり飼っていて、裏で売春をやっている。

銀座のクラブホステスをホテルに誘い込むには時間と金がかかる。店で高い金を払っても、事が首尾良く運ばなかった客は悶々としている。そういう客に、女を斡旋しているのだ。大半は地方から出てきた客だが、たまには、股間をすっきりさせないと家に戻れない東京在住の男もいる。

〝寛ちゃん〟の裏稼業は、ポーターをやっていることで成り立っている。

影乃は〝寛ちゃん〟の秘密を突き止めた。店に絶対にバレたくない〝寛ちゃん〟は、影乃の言いなりになるしかなかったのである。

影乃は二万円を財布から取りだし、細かく折って、右の掌の中に隠した。

ビルから出てきた〝寛ちゃん〟に近づいた。

〝寛ちゃん〟が首を引っ込め、揉み手をするような仕草で影乃に近づいてきた。

　髪は天然パーマ。風采の上がらない小男である。前歯が一本欠けている。五十はすぎているだろう。昼間はパチンコで稼いでいるプロだというが本当のところは分からない。本名も知らない。客にはすこぶる愛想がいいが、ぼんやりと通りを見ている時の目は虚ろである。

「お久しぶりです。どうぞ」

「今夜は、『ベル・エ・ベル』じゃないんだ」

「そんなこと気にしないでください」

　一緒にエントランスをエレベーターまで進む。

「今、あんたが相手したふたりの男の名前と職業を教えろ」

「歳のいってる方は鷲見っていう金融ブローカー。若いのは福石証券の本社に勤めてる岩見沢……」〝寛ちゃん〟は周りを気にしながらエレベーターに近づいた。

　二台のエレベーターが六階と八階で停まっていた。

「あんたの個人的な客でもあるのか」

「若い時は、いつでもどこでもやりたがるもんですよね」〝寛ちゃん〟が唇を歪めてにやりとした。

　エレベーターが降りてきた。影乃も周りに目を馳せ、右の掌に収めていた金をそっと〝寛ちゃん〟の左手に握らせた。

　エレベーターの表示板を見上げたまま、〝寛ちゃん〟は左手をジャンパーのポケットに入れた。

「ふたりは『ベル・エ・ベル』だな」

　〝寛ちゃん〟が小さくうなずいた。

「仕事が終わったら例のところに電話をくれ」

　エレベーターが開き、ホステスと客が降りてきた。ほろ酔いの男たちに、ホステスが心もなく愛嬌（あいきょう）を振りまいていた。

　影乃の後ろにサラリーマン風の男が三人並んだ。

　影乃はエレベーターに乗った。

　影乃は最上階にあるショットバーに入った。バーボンをオン・ザ・ロックで頼んだ。

「いってらっしゃいませ」〝寛ちゃん〟が影乃に頭を下げた。

　金融ブローカーだという鷲見は、おそらく田熊に何らかの情報を流しているのだろう。その男が大手の証券マンを接待している。田熊は金融絡みのネタを探しているらしい。そのネタは、蔵主グループの株を買い集めていることと関係しているのか。おそらくそうだろう。

　岩見沢という証券マンが〝寛ちゃん〟の客になったのは、鷲見の紹介に違いない。

　一時間以上、ひとりで飲み、バーを出た。

エレベーターを降りると、〝寛ちゃん〟が客と一緒に立っていた。〝寛ちゃん〟が影乃に会釈をした。影乃は軽く手を上げ、ビルを後にした。

飲んでいるのでアウディを取りに行くわけにはいかない。ダッシュボードには禁制品が放り込まれているのだからなおさらのことだ。

影乃は一旦、穴倉のような自宅に戻った。影乃の住まいを知っているのは雪永だけである。むろん、警察は分かっているが。

場所は渋谷区鉢山町。エレベーターのない低層マンションの細長いワンルームが住まいだ。家具は必要最小限のものしか置かれておらず、調度品は皆無。絵も飾っていない。本や雑誌は部屋の隅に積み上げられている。煙草の煙で黄ばんだ白い壁は寒々しい。ソファーはない。小さなベッドが代用品である。

こんなところに依頼人を呼べるわけはないが、電話番号ぐらい公開してもよさそうなものだ。が、探偵と言っても、キナ臭い事件やトラブルの処理が主な仕事だから、不測の事態を考え、秘密にしているのである。

影乃はシャワーを浴び、一休みすると部屋を出た。

バー『ピアノラ』までは歩いていった。着いたのは午前一時すぎだった。

カウンター席に美知子が座っていて、目の前に立っている雪永と話していた。

美知子以外に客はいなかった。

「やっと現れたな」雪永の片頬がゆるんだ。

影乃はバーボンの水割りを頼んだ。

「雪永さんと情報交換してました」美知子は飲みさしのビールを口に運んだ。

「今度の調査は錯綜しすぎていて焦点が絞りにくい」そう言ってから、影乃はハイライトに火をつけ、これまでの流れを、改めて口にした。

蔵主喜一郎の金庫が狙われた。だが、その金庫は最初から空だった。

谷内は、その犯行が行われる際、運転手を務めるはずだったが、その前に殺されてしまった。死んだ谷内が何らかの秘密を握っていて、それが表沙汰になることを恐れている人物がいる。木原産業の社長、木原浩三が一枚噛んでいるのは間違いない。

一方、喜一郎の次男、房男の恋人、羽生潤子は谷内と四谷の喫茶店で会っていたらしい。

喜一郎は、美知子に新たな調査を依頼した。長男の清太郎を探してほしいというのだ。

喜一郎がひとりで美知子の事務所を訪れたことを、娘の美帆が知り、美知子に会いにきた。しかし、喜一郎の行動を摑んでいたのは、美帆だけではなかった。得体のしれない情報屋、田熊昭吾、美知子の監視を始めた連中も喜一郎の動きに多大なる関心を持っているようだ。

田熊の事務所と木原産業は同じビルの同じフロアーにある。

田熊は蔵主グループの株を買い集めている人間がいると事もなげに美知子に話した。意図はまるで分からない……。

そこまでしゃべった影乃はグラスを空けた。

「のっけから百鬼夜行の様相を呈してるってことだな」雪永がつぶやくように言った。

「だけど、私が依頼されたことは、房男の恋人の素行調査と、長男捜しよ。それだけ取り上げたら、よくある依頼なのに……」美知子が口をはさんだ。

「すべてが繋がっているかどうかは分からないが、よくある家庭問題ではなさそうだな」と影乃。

「お前が、唐渡さんの代わりに、彼女の車を取りにいったまでは聞いたが、それからどうした？」雪永が訊いてきた。

「私もそれが早く知りたくて」美知子の声に力が入った。

影乃はまず銀座の地下駐車場で起こったことを教えた。銃で脅されたことを話すと、美知子の眉が険しくなった。

「……奪い取った銃は、今、あんたの車のダッシュボードの中で静かに眠ってる」

「まあ」美知子が絶句した。

影乃は美知子を無視して、田熊と話したことを告げた。「……というわけで、俺と田熊は手を握った」

「大丈夫かしら、田熊って、渾名がナマズよ」

影乃がにやりとした。「のらりくらりして摑み所がないが、ナマズは地震を予知すると も言われてる。俺の調査には必要な人間だ」

美知子は肩を落とし、ビールを口に運んだ。

「喜一郎は、あんたと俺が協力して長男を探してほしいと言ったんだよな」

「そうよ」

「俺を使うことにしたと喜一郎に伝えてくれ」

美知子がグラスをカウンターに戻した。「ちょっと待ってよ。蔵主喜一郎はあくどい男 かもしれないけど、私の依頼人よ。裏切るようなことはしたくないわ」

「突然、長男を探してほしいっていうのが引っかかる。裏がある気がする」

「そのことが、谷内の事件と関係してるのかしら」

「それは分からないが、清太郎は田熊と仕事をしたことのある人間だぜ」

「………」

「綺麗事は言ってられない。谷内は殺され、雪さんが可愛がってる娘の恵理が、犯人を見 つけてほしいと言ってる。俺に協力してくれ」

雪永が真剣な眼差しを美知子に向けた。「影乃の言うことを聞いてやってください」

美知子が溜息をつき、小さくうなずいた。

「おふたりには、この間の事件でお世話になった。いいわ。影乃さんを私が雇ったことにする」

「報酬はいらない。長男捜しを俺がやるわけじゃないから」

それには答えず、美知子は煙草に火をつけた。「それで、私の車は今どこにあるの？」

「東上野の駐車場に置きっ放し。明日、俺が取りにいく」

「どうして置いてきたの？」

影乃はその後の行動を教えた。美知子はメモを取った。

「でも、銀座のポーターに、そんなことをやってる人間がいるなんて、ちょっと信じられない」美知子ががっかりしたような調子で言った。

「女が知ってる銀座だけが銀座じゃないし、綺麗な蝶々ばかりが飛んでるわけじゃない。裏があって当たり前だよ」影乃は軽い調子で言ってから雪永に目を向けた。「その後、恵理ちゃんに変わった様子はない？」

「さっき、唐渡さんには話したんだけど、昨日、親父の遺体が戻ってきてね。あの部屋に置いておくことはできないから、知り合いの坊主を呼んで、ふたりで葬式を挙げて、今日の午後、霊柩車で焼き場に運んで荼毘に付した。恵理は気丈に振る舞ってたけど、しばらくは歌を歌う気にはならないだろうな」

「変な奴らがうろついてはいないのか」

「いないようだ」

「親父のマンションはそのままか」

「今月中に荷物を出さなきゃならないらしい」

影乃はもう一度、谷内の部屋を調べてみたかった。

電話が鳴った。雪永の目つきが変わった。

「おそらく、俺にだろう」雪永を制して、影乃が電話機に近づいた。

相手は〝寛ちゃん〟だった。

「さっきは世話になったな」

「こちらこそ」

「岩見沢は今夜も、あんたの客になったのか」

「今頃、ご昇天してる頃かもしれないですね」〝寛ちゃん〟が短く笑った。

「鷲見はどうした？」

「タクシーで帰りました」

「鷲見は事務所を持ってるのか」

「錦糸町にあると聞いてます。だけど、俺は住所も電話番号も知りません」

「『ベル・エ・ベル』の鷲見の係の女は何て名前だ」

「咲子(さきこ)です」

「どこに住んでる？」

「月島です」

「出身は？」

「福島かな？　あの子に近づきたかったら、金春通りにある『ジャガー』ってバーに行ってください。客からの誘いがない時は店が終わった後、必ず行ってるみたいです」

「話を岩見沢に戻すが、今、相手してる女は、奴のお気に入りか」

「その女の味が忘れられないらしいって、鷲見さんがこっそり教えてくれました。岩見沢さん、年上の女が好きみたいですよ」

「その女を今度、俺に会わせろ」

「影乃さん、勘弁してくださいよ」〝寛ちゃん〟の声が裏返った。「俺のスタッフまで、あんたのスパイにされちゃ、たまんないですよ」

「女も金のために、そういう商売やってるんだろうが」

「まあそうですけど……」

「今すぐってわけじゃないが、必ず会わせろ。いいな、〝寛ちゃん〟」

影乃の口調。問答無用と言わんばかりに強いものだった。

「高くつきますよ」〝寛ちゃん〟の声色が、溶け出した飴のようなものに変わった。

「分かってるさ。何か、あいつらのことで知らせたいことができたら、ここに電話をくれ」

「そうします」

電話を切った影乃は、ふうと息を吐き、元の席に戻った。

「影乃さん、これから何に絞って調査するんです？」美知子が訊いた。

「あんたは、明日から喜一郎の長男探しをするんだよね」

「ええ」

「午前中、あんたの事務所に寄るから、初美ちゃんに言って、羽生潤子の資料のコピーを用意させておいてくれ。俺は谷内を殺した犯人を追ってる。潤子がなぜ谷内と会ったのか、まず探ってみたい。車はいつもの駐車場に入れておく」

「使っていいわよ」

「そうか。それはありがたい」

「拳銃はどうするの？」

「せっかくの戦利品だよ。川に捨てたりするのはもったいない」影乃は事もなげに言い、にかっと笑った。

翌日、美知子は、喜一郎の長男、清太郎を捜しに葉山エリアに向かった。助手の玉置康志は浮気調査が長引き、連れてこられなかった。〝城〟を守っている初美に、影乃が事務所に寄ることを教えておいた。蔵主喜一郎にも電話を入れ、影乃を雇ったと報告し、これからやることも伝えた。

「そんなとこにいるかなあ」喜一郎は疑問を呈した。

「都内の調査は影乃さんにお願いしています」美知子は嘘をついた。

「そっちの方が期待できるかな」そう言って喜一郎は電話を切った。

喜一郎の疑問。中らずといえども遠からずだ。

清太郎の大学の同級生、石添健太が清太郎と偶然会ったのは確かに長者ヶ崎の海岸だったが、それは二年前の話だし、清太郎がその辺に住んでいるという保証はまったくない。

電車で逗子までいった。尾行には十分注意したが、気になる人物はいなかった。

葉山にはタクシー会社がないので、逗子でタクシーを借り切った。

葉山にしろ長者ヶ崎にしろ道が狭いので、自分で運転していると小回りがきかない。だから、車を影乃に使わせておいてもよかったのだ。

しかし、あの男……。美知子は影乃のことを考えた。拳銃を手許においても平気らしい。修羅場を潜り抜けてきただけのことはあるが無頓着すぎる。また刑務所に逆戻りする可能性もあるというのに。

探偵の社会的地位は決して高くない。美知子は、それが不満だった。だから、できるだけ合法的なやり方で調査を行っている。だが、引かれた白線を踏み出さなければならないこともある。影乃はそれを躊躇うこともなく実行する。美知子は彼のおかげで、自分の手を汚さずにすんでいる。影乃とはいいコンビだと改めて思った。

長者ヶ崎は葉山エリアを越えてすぐのところにある。

葉山の本屋で住宅地図を二冊買った。一冊は葉山、もう一冊は長者ヶ崎周辺が載っているものだ。

国道一三四号線、俗にいう西海岸通りを走る。右側に海が開けていて、左側は高台になっている。道沿いには石垣を有した立派な家が建ち、椰子の木が海風に弄ばれていた。

この一帯は秋谷という地名である。

長者ヶ崎近くのレストランにタクシーを停めさせた。

東京にいる時のような小洒落た恰好はしていない。スニーカーを履き、黒いブルゾンを羽織り、長い髪も無造作に後ろで束ねている。

そんな恰好で、清太郎の若い頃の写真とボルゾイ犬の切り抜きを手にし、周辺の店や民家を訊き回り、浜辺で犬を散歩させている人たちにも写真を見せた。

薄日が射している気持ちのいい日で、柔らかな海風が美知子の頬を撫でた。水平線を進む大型船が見えた。ウインドサーフィンを愉しんでいる者もいる。

寸暇を惜しんで聞き込みをやったが、その日は徒労に終わった。

日暮れを迎えた。時折、顔を覗かせる陽光が、燃えさかる松明の炎のように海を赤く染めていた。

長者ヶ崎でホテルを取り、夜は葉山にある居酒屋などを回ったが、結果は同じだった。

聞き込みは翌日も続いた。釣り船屋にも寄った……。

そうやって四日間をすごした。葉山マリーナ近辺から三崎漁港まで、調査の範囲を拡げた。しかし、ボルゾイ犬を散歩させている人物を見たという人間は見つからなかった。

その間、事務所には小まめに連絡を入れた。影乃が、谷内に関する新しい情報を手に入れ、動き回っているらしい。直接本人から、詳しいことを知りたくて、バー『ピアノラ』に電話を入れたが、影乃からは梨の礫だという。

「……あいつは滅多に連絡を寄越さないんだ」雪永も苛立っていた。「影乃に伝えることはあります？」

「ないわ。何の成果も挙げられないんだもの」美知子は力なく笑った。

蔵主喜一郎にも報告を入れた。

「やっぱりね。あいつが、リゾート地でのんびり暮らしてるなんて考えられん」

「すみません。時間を無駄にしてしまって」

「そう簡単に見つかるとは思ってない。引き続き調査してください」

「はい」とは答えたが、他に手がかりがないからお手上げだった。

五日目は日曜日だった。美知子は一旦東京に戻ることに決めた。

チェックアウトを終え、逗子に向かった。

海岸道路を走っている時だった。山側の歩道を犬を連れて歩いている女の姿が目に留まった。

美知子の胸が高まった。リードに繋がれた犬は間違いなくボルゾイ犬だった。

「運転手さん、どこかでUターンしてください」

「分かりました」

海岸側にはUターンできる場所がなかった。美知子は苛々しながら女の後ろ姿から目を離さなかった。

運転手は山側の細い坂道に車を入れ、少し上ったところの空き地で車の向きを変えた。

海岸道路に戻った。美知子は目的を運転手に告げた。タクシーのスピードが落ちた。

しかし、女も犬も歩道からは消えていた。

「どうしても、今話した犬、いえ、女の人を見つけたいんだけど。どこに行ったか見当がつかないかしら」

「浜辺に降りるんだったら、もっと手前でそうした気がします。その犬、名前からすると立派そうですね。高台には邸や別荘があります。そっちの方に住んでるか来てる人なんじゃないですかね」

高台に上る道はいくつかあった。勘のいい運転手だった。数分で姿を消したのだから、次の道に入ったのかもしれないと言った。

「行ってみて」

タクシーは再びUターンした。そして、山側の坂道を上っていった。

狭い道で、曲がりくねっていた。

美知子は身を乗り出すようにして、女と犬を探した。

タクシーは重いエンジン音と共に急坂を上がり、左にカーブを切った。

その時、女と犬の後ろ姿が目に入った。

「あの人よ。通りすぎたところで停めて待ってて」

運転手は言われた通りにした。

目の前でタクシーが停まったものだから、女はびっくりしたらしく立ち止まった。そして、犬のリードをしっかりと握り直した。躾（しつけ）のいい犬らしく、すこぶる大人しかった。

女は三十代だろう。石添が言っていた通り、背は高からず低からず。しかしロングヘアーではなく髪は短かった。

タクシーを降りた美知子は、かけていたサングラスを外し、満面に笑みを浮かべた。

「驚かせてすみません。この数日、ボルゾイ犬を探していたんです」

美知子は名刺を渡し、理由を手短に話した。そして、清太郎の写真を見せた。

「あなたの知り合いの方ではないですか？」

「ええ。蔵主さんですよね」女はおずおずと答えた。

その口振りからすると、清太郎との付き合いは深くないと美知子は判断した。

「蔵主さん、今、どこにいるかご存じ？」

「もう少し上にいったところに家があります」

無駄足ではなかった。喜びが満面に拡がった。

「案内していただけます？」

女の表情に戸惑いが表れた。

「近くまででいいですよ。絶対にあなたに迷惑がかかるようなことはありませんから」

「分かりました」

タクシーを従わせ、美知子は女と一緒に坂道を上ることにした。

道端にコスモスが咲いていた。畑も見られた。長者ヶ崎は観光スポットだが、高台はまるで田舎のようだった。

美知子は女の名前を訊いた。

阿部良子（あべよしこ）。父親の別荘があるので、時々、犬を連れて来ているという。

「清太郎さんもボルゾイを飼ってるのかしら」

「いいえ」

女が薄く微笑んだ。「アレク……。この犬、アレクって言うんですけど、私がうっかりリードを離してしまった時、アレクが蔵主さんにじゃれついたのがきっかけで、お話をするようになりました。彼も犬が大好きだと言って、一緒に浜辺の散歩をするようになったんです」

「失礼だけど、阿部さんは、彼の……」あり得ないと思いながらも、惚けてきいてみた。

「単なる知り合いです」

「蔵主さん、ひとりでここに？　結婚してるって話もあるんですけど」

美知子はつくべき嘘は平気でつく。

「してないと思いますよ。女の人とお茶を飲んでいるのを見たことはありますけどね」

「どんな女の人でした？」

「遠くから見ただけなのでよく分かりませんが、私よりも若い人でしたね」

「彼はここに定住してるのかしら」

「さあ、私、休みの日にしか来てませんからよく分かりません。でも、昨日は見かけました。だから今日もいるんじゃないかな」そこまで言って女は、不安げな目を美知子に向けた。「何の調査をやってるんですか？」

「蔵主さん、遺産相続人で、彼の承諾がないと相続手続きが進まないんです」

女は小さくうなずいた。しかし、納得したような顔はしていなかった。

「阿部さんはどんな仕事をなさってるんですか？」

「父親が白金で、小さな工場を経営してます。そこで働いてます」

「どんな工場なんです？」

「正確に言うと木工所です」

港区白金には町工場が今でも残っている。町工場の経営者が葉山に別荘を持っている。意外な感じがする者もいるだろうが、美知子は別段驚かなかった。土地持ちで、金を持っている人間も少なくないのだ。

「蔵主さんは翻訳の仕事をしてるから、きっとこの高台に年中、住んでるのかもしれませんね」美知子は話題を清太郎に戻した。

女はそれには答えず、右斜めの方を指さした。「あの家です」

「ありがとうございました」美知子は女に頭を下げた。

「あのう、蔵主さんって蔵主グループと関係ある方なんですか？」

「そうですが、何か？」

「この間、事件があったでしょう？　その時、初めて私、ひょっとしたらって思ったんです。それじゃ、私はこれで」

女は元の道を戻っていった。

美知子は再度、運転手に待つように言い、蔵主清太郎が暮らしているという家に向かった。

周りには瀟洒な家屋が建っていたが、清太郎の家は見窄らしい平屋だった。申し訳程度の広さしかないスペースに車が駐まっていた。フランスの大衆車、ルノー5。品川ナンバーだった。美知子はナンバーを手帳に書き留めた。

背の低い鉄格子の門扉の向こうが玄関だった。門扉は長い間、潮風に晒されたせいかひどく錆びていた。

門扉の留め金を外した。門扉が軋んだ。

チャイムを鳴らすと、立て付けの悪いドアが外に向かって開いた。

写真の清太郎よりも当然老けていたが、本人に相違なかった。

「蔵主清太郎さんですね」

清太郎は首の後ろの辺りを掻きながら、上目遣いに美知子を見た。

「ちょっとお話ししたいことがあるんですが」美知子は名刺を渡した。

「どうぞ、お入りください」

何の動揺も見られない。まるで美知子が訪ねてくるのを見越していたような態度だった。

通された居間は狭く、置いてある家具も安物ばかりだった。

「女探偵ね。親父の邸で事件が起こった時、女探偵がいたって新聞に載ってましたね」清太郎が淡々とした調子で言った。

美知子は彼を見て小さくうなずいた。

くっきりとした目は、それほど崩れてはおらず、髪も写真よりは短かったが、長髪に変わりはなかった。少し太り、口髭を薄く生やしていた。若い頃も美男だったが、四十を越えた現在の方が魅力的である。

「キリンレモンでいいですか？」

「お構いなく」

美知子は勧められた布製のソファーに浅く腰を下ろした。

家は見窄らしいが、崖の突端に建っているので眺めは抜群だった。穏やかな秋日和。凪いだ海に、弱い陽射しが戯れていた。

居間の向こうは小さな庭である。隅の方に野草が黄色い花を控え目につけていた。おそらく、ツワブキではなかろうか。

清太郎が飲み物を持って戻ってきた。そして、テーブルを挟んで、美知子の前に座った。

「で、ご用件は？」

「お父様に、あなたを探すように依頼されました」

「理由は聞きました？」

「蔵主グループにはあなたが必要だとおっしゃってました」

清太郎は鼻で笑った。

「理由はともかくとして、一度、お父様に会っていただきたいのですが」

清太郎がマルボロに火をつけた。

「蔵主喜一郎の言ったことを鵜呑みにしてはいませんよね」

美知子はまっすぐに清太郎を見た。「私の仕事はあなたを見つけ出すこと。他のことには興味はありません」

「探偵としては、後のことはどうでもいいでしょうが、もしも僕が親父に殺されたら、後味が悪いでしょう？」

「殺されるようなことをしてるってことですか？」

「たとえ話ですよ。僕にもプライバシーぐらいあると思いますが」

「私、あなたのことを調べさせてもらいました。以前、トップ屋のようなお仕事をなさってた。そんなあなたにプライバシー云々なんてこと、言われたくないですね」

清太郎が大声で笑い出した。「勝ち気だなあ、唐渡さんは。まさに親父の好みですね」

「大金持ちの男に好かれるって女としては鼻が高いです」美知子はにこやかに微笑んだ。

「僕がトップ屋をやっていた頃、何を調べていたか、ご存じですか？」

「ええ」

「だったら、親父の依頼理由が嘘ではないかと疑わなかったんですか？」

「お父様の意図は何だと思われます？」

清太郎は煙草をくわえたまま、肩をすくめた。

「あなたはひょっとすると、今も蔵主グループのことを調べてるんじゃないんですか？」

清太郎が首を横に振った。「今の僕は技術翻訳をやって静かに生きてます」

「お父様にあなたが見つかったと連絡していいですね。会う会わないは、あなたが決めることですけれど」

清太郎がゆっくりと煙草を消した。「僕の弟や妹に会いました？」

「美帆さんには」

清太郎の表情ががらりと変わった。優しい光を湛えていた目が暗く澱んだ。「僕は房男と美帆に、あの家を追いだされたようなものなんです」

「へーえ、そうだったんですか？」

清太郎が遠くを見つめるような目をし、聞きもしないのに過去の経緯を話し始めた。内容は美帆の言ったことと同じだった。

「……異母兄妹だとしても、純粋に妹として可愛がっていただけです。房男が仕組んで、僕が美帆を追いかけ回したような話をデッチ上げたってことです。美帆が僕に懐いているこに嫉妬してたんです。それに、あいつらの母親は、僕を父親と引き離したかった。どうしてだかは、言わなくても分かりますよね」

「今でも彼らを恨んでるんですね」

「僕は執念深い人間じゃない」

「お父様に対してはどうなんです？」

「親父は悪人です。昔風に言えば〝人民の敵〟ですね」

「〝人民〟のために、蔵主グループの内情を調べてたんですか？」

「まさか。僕の母が自殺したって知ってます？」

美知子は黙ってうなずいた。

「自殺の原因は、親父の女問題だけじゃなかったと僕は思ってます」

「〝人民の敵〟の妻であることを恥じていた？」

「親父は母の知り合いの土地も強引に巻き上げた。それが原因で彼女は、その人から罵られ、嫌がらせも受け、ノイローゼになったんです」清太郎が目を伏せた。「子供の頃から、僕は親父が嫌いでね」

「私、家族のトラブルにはタッチしたくありません」

清太郎はその一言で我に返ったのか、急に表情が和らいだ。「これは失礼。あなたに話すことではなかったですね」

「お電話をお借りしてもいいかしら」

「親父とは会いたくないですね」

「逃げ隠れする必要はないと思いますが。会ってお父様の真意を確かめた上で、改めてどうするか決めればいいじゃないですか」

軽く首を捻った清太郎はしばし口を開かなかった。

美知子は辛抱強く、清太郎の答えを待った。

清太郎の頬に薄く笑みが浮かんだ。「会うことにしましょう。だが、あなたに立ち会ってもらいたい」

「それは、お父様に聞いてみないと」

「あなたが立ち会う。それが条件です」

美知子は口を開かず、床に置かれた電話に近づいた。

清太郎がさっと電話機を取り、膝の上に載せた。

「イエスかノーか、あなたの返事が先です」

「ここの住所をお父様に教えるわけですから、いずれはお父様が……」

清太郎が美知子を見てにやりとした。「ここは仮の宿です」

「他に住まいがあるんですね」

「どこに住んでいても、僕にとっては仮の宿ですよ」

「お父様を説得してみます。私ができることはそれだけです」

清太郎が電話機をテーブルの上に載せた。

日曜日である。自宅にかけるしかなかった。電話に出たのは執事だった。喜一郎は外出しているが、連絡は取れるという。

ここの電話番号を清太郎に訊くことは憚（はばか）られた。清太郎は番号を知られたくないかもしれない。

十五分後に電話をすると言い残し、受話器を置いた。

「あなたは誠実な方のようですね」清太郎が言った。

「どうかしら」美知子は右眉を軽く吊り上げた。

「美帆はどんな女になってました？」

「潑剌（はつらつ）とした可愛い女性です」

「僕のこと何か言ってました？」

「私はお会いしただけで、ほとんど話してません」

美帆がどんな職業に就いているか訊かれた。喜一郎から聞いたと断って、美帆のことを教えた。

十五分がすごく長く感じられた。

もう一度電話をすると、執事が繋がる電話番号を教えてくれた。局番からすると赤坂辺りにいるらしい。

その番号にかける。喜一郎はすぐに出た。

「お忙しいところ申し訳ありません。清太郎さんを見つけました」

「ほう。意外と早かったですね。長者ヶ崎にいたんですか」

「ええ」

「息子に代わってくれないか」

「その前にお話があります」美知子は清太郎の条件を教えた。

「ともかく、清太郎と話したい」

美知子は言われた通りにした。

清太郎は緊張し切った顔で、受話器を耳に当てた。

「僕に何の用です？……」

その後は喜一郎が長々と話した。清太郎は一言も口をはさまない。

美知子は窓辺に立ち、凪いだ海を見つめていた。

「僕の条件を呑んでくれないと会いません……。住所なんか知っても無駄です。……相変わらず、強引ですね。……。房男と美帆には話してるんですか？……。あのふたりの顔が見たい……そんなに怒鳴らないでください。あなたが僕に会いたいんでしょう？……。そういうことです……だったら会いますよ」そこまで言って、清太郎は外を見ていた美知子に声をかけた。「あなたに代わってほしいそうです」

美知子は再び受話器を握った。

「今夜、十時頃に、清太郎を連れて自宅に来てくれ」

それだけ言って喜一郎は電話を切ってしまった。

喜一郎の不機嫌そうな声が、しばし美知子の耳に残っていた。

五　ダーティハリー

美知子が長者ヶ崎で、蔵主喜一郎の長男、清太郎を探している間、影乃も精力的に動き回っていた。

バー『ピアノラ』で美知子と会った翌日、影乃は美知子の事務所に寄り、羽生潤子の資料を受け取ると、その足で、谷内の娘、恵理のマンションを訪ねた。

影乃を部屋に通すなり、恵理はすがるような目で影乃を見つめた。「犯人が分かったんですか」

過度な期待が言わせたシンプルな問いに、影乃は苦笑するしかなかった。「調査は始まったばかりだよ」

「そうですよね」恵理が目を伏せた。

お茶を勧められたが断り、影乃は羽生潤子の写真を恵理に見せた。

「この女に見覚えはない？　お父さんが、九月二十四日の夕方、四谷の喫茶店で会ってた女なんだけど」

食い入るように写真を見つめていた恵理が首を横に振った。「見たこともない人です。お父さん、この人と付き合ってたんですか？」

「単なる知り合いだとは思うけど、詳しいことは何も分かってないんだ」

恵理が顔を上げた。「この人、何をしてる人なんです？」

影乃は名前と職業、そして住所も教え、こう付け加えた。「この間、騒動が起こった蔵主家の次男、房男の恋人だ。お父さん、あの事件に加わる約束をしていたが、その前にあなってしまったんだよ」

「じゃ、この女がお父さんの死に関係してるのね」

「結論を急がないで」

「すみません」

「お父さん、銀行に口座、持ってたよね」

「と思いますけど」

「預金通帳がどうなってるか分からない？　警察が押収したのかな？」

「さあ」

父親を殺されてまだ間もない娘が、預金通帳のことを考えられるわけがない。ごく自然なことである。

影乃は質問の内容を変えた。

「お父さんのマンションの鍵、預かってるよね」

「ええ」

影乃は鍵を貸してほしいと頼んだ。恵理はキーホルダーを持ってきて、鍵の一本を外した。

「何を探すんです?」

影乃はにっと笑った。「それが分かっていると楽なんだけど。あのマンションの大家は近くに住んでるのか」

「マンションの前にあるお茶屋さんです」

「名前、知ってる?」

「飯塚(いいづか)さんって言ったかな」

影乃は鍵を手にして腰を上げた。

「何か分かったらすぐに私に教えてください」

影乃はうなずいた。「変わったことはないって雪永さんから聞いてるけど、気になることがあったら必ず彼に連絡を入れるんだよ」

「雪永さんからもそう言われてます」

影乃の眉がゆるんだ。「彼、お節介だから面倒な時もあるだろうが、頼りにはなる」

「雪永さんには心から感謝してます」恵理は神妙な顔をして、そう言うと、影乃を送り出った。

西新宿までは電車を使った。美知子のアウディはまだ東上野の駐車場に入れっぱなしだした。

空はどんよりと曇っていたが、気温は高く、歩いているだけで汗ばんできた。

午後二時少し前、影乃は谷内のマンションに着いた。場合によっては、現場保存のために警察が立ち入り禁止にしていることもある。それを危惧したが、谷内の部屋の捜索はすでに終了したようで、黄色いテープは張られていなかった。

部屋に入った。家宅捜索がすでに終わっているのだから、重要な手がかりは押収されてしまっているだろうが、警察が見逃したものがあるかもしれない。影乃はもう一度、時間をかけて部屋を調べてみたくなったのだ。

谷内は、誰かが困る何かを残して死んでいった。もしも警察がそのことを把握していなかったら、〝お宝〟が残っているかもしれないではないか。

手帳や電話帳、それに名刺や手紙、写真のアルバムの類いは警察が押収したはずだ。

影乃は本の間、CDケース、レコードジャケットの中、と順番に調べていった。机の裏も潜ってみた。電化製品が問題なく動くかどうかも確かめた。ティッシュの箱、工具入れ……どんなものでも疑ってかかった。洗面所やトイレに置かれた小物も見逃さなかった。

かなりの時間をかけたが、まったく成果は得られなかった。

机の前の椅子に腰を下ろした。机の引き出しはまだ開けてもいなかった。というのは、誰でも真っ先に調べる場所だから後回しにしたのである。

煙草が吸いたかったが我慢し、引き出しを開けた。どの引き出しにも大したものは入っていなかった。筆記用具はすべてどこにでも売っているごく普通のものだった。ホッチキスは針の入っている部分まで調べた。輪ゴムの入った箱もあった。箱の表面に丸い穴が開けられ、そこから輪ゴムが顔を出していた。

持ち上げてみた。不自然な重さではない。裏を見てみた。

上蓋の部分と下の部分がセロハンテープで軽く止めてあった。よく見ると、貼り直した跡がある。

影乃はテープを爪で剝がし、上蓋を外した。輪ゴムは若干減っているだけだった。輪ゴムの山をどかした。ハトロン紙が目に入った。

箱の底に隠されたハトロン紙に、何かが包まれている。

ネガだった。ネガは繫がっておらず、一枚ずつ切ってあった。全部で七枚。順番に光に当ててみた。

ベンチに座っているふたりの人物、車に乗り込もうとしている人物、建物に入ろうとしている人物……。いずれも男で、ひとりは同一人物のように見える。

谷内は、これらの人物の行動を盗み撮りしていたらしい。目的は？　強請りの材料と考えられるが、決めつけるのは危険だ。

ネガをハトロン紙に包み直し、輪ゴムを元に戻した。それから部屋の中を再び動き回り、カメラを探した。しかし、カメラは見つからなかった。警察が持っていったのかもしれない。

影乃は〝お宝〟を懐に収めると、谷内の部屋を出た。

通りに立った時、お茶屋から老人が出てきて、煙草に火をつけた。

影乃は老人に歩み寄った。「すみません、そのマンションの大家の飯塚さんですか」

「そうだけど」大家はじろじろと影乃を見た。

影乃は名刺を渡し、谷内さんのことで少し伺いたいことがあると優しい口調で言った。

「警察の人に何度も話したよ」大家は露骨に迷惑そうな顔をした。

「お時間は取らせません」そう言いながら、羽生潤子の写真を大家に見せた。「この人が谷内さんのところに訪ねてきたことはなかったですか？」

大家は写真に目を向けた。「知らないね。いちいち店子の行動を見張ってるわけじゃないから」

「家賃は振り込みでした？」

「そうだけど」

「彼が使ってた銀行を覚えてます？」

「あんた、誰に頼まれて調査してるんだい」

「お嬢さんの恵理さんが依頼人です」

大家は怪訝な顔をした。「へーえ、親父さんを殺した犯人を、個人的に見つけようってのかい」

「真相を知りたいんでしょう」

「あの人の使ってた銀行は、俺と同じだった。丸菱銀行の新宿支店だよ」

「ありがとうございます」

谷内の部屋で銀行の通帳は見つけていない。おそらく、警察が家宅捜索をして押収したはずだ。通帳から何か分かるとは思えなかったが、使っていた銀行の名前ぐらいは知っておきたいと思い訊いたのだ。

大家と別れた影乃は、再び、美知子の事務所に寄った。

びっくりしている初美に影乃が言った。「また君の顔を見たくなってね」

初美は肩で笑って、影乃の冗談を受け流した。

影乃の頰からすっと笑みが引いた。手に入れたネガを懐から取りだし、DPE屋にもっていってほしいと初美に頼んだ。初美は数時間でやってくれるところを知っていた。

初美はネガに興味を持ったようだが、影乃は何も言わず、「後ほど」と言い残して、早々に美知子の事務所を引き上げた。

向かう先は羽生潤子のマンションだった。

場所は麻布十番だが、正確な住所は元麻布。都立城南高校の脇の道を入ったところにあった。こぢんまりとした低層マンションだった。

三〇一号室のインターホンを鳴らした。女が応えたが、探偵と聞いて、潤子は一瞬、黙ってしまった。

「ちょっとお伺いしたいことがあるんですが」

「まだ私に付きまとう気?」

自分が探偵に素行調査されたことを、房男から聞いたらしい。

「何の話です? 誰かと間違えてやしませんか」

「何でもいいけど、帰って」潤子はけんもほろろである。

「殺された谷内義光さんのことで警察に何か訊かれました?」

「………」

「インターホン越しに、こんな話をしてると、周りに聞こえますよ」影乃は、囁くような声で言った。

ドアチェーンが外される音がした。

羽生潤子は写真よりも美人だった。髪をダンゴにし、リボンなどは使わず、ゴムで止めている。背の高い、こけしのような静かな顔の女だった。化粧はそれほど濃くないが、妙に色っぽい。

居間は決して広くはなかったが、置いてある家具は一流品のようである。レモンイエローのソファーの革も上質のものだった。

勧められもしないのに、影乃はソファーに腰を下ろした。そして、名を名乗り、名刺をテーブルの上に置いた。

潤子は窓辺に立ち、煙草に火をつけた。

「谷内義光さんが殺されたのは知ってますよね」

「新聞で読みました」

「彼とはどういう関係だったんです？」

「関係なんかないですよ。谷内さんは、昔、私の付き合ってた人の友だち。それだけのことよ」

「昔の恋人は何をやってるんですか？」

「五年前に交通事故で死にました。彼も谷内さんも車が好きだったんです」

影乃も煙草に火をつけた。「死んだ恋人に前科は？」

「失礼ね」潤子が声を荒らげた。「彼には前科なんかありません。真面目（まじめ）な中古車のディーラーだったんです」

「谷内さんは窃盗で服役してた。そのことは知らなかった？」

「知ってましたよ。でも、とても感じのいい人でした」

「九月二十四日、木曜日の夕方、四谷の喫茶店で彼に会ってましたよね」

潤子の顔色が変わった。しかし、それは一瞬のことだった。

「会っちゃいけないのかしら」潤子は挑むような視線を影乃に向けた。

影乃はぷかっと煙を天井に吐きだした。

「向こうが会いたいと言ったのよ」

「どんな用で？」

「そんなこといちいちあなたに話す必要はないでしょう？」

「あんたが今、付き合ってる蔵主房男の父親の金庫が狙われた。本当は、谷内はあの盗みに運転手として加わる予定だった。あんたが房男をたらし込んで情報を取り、谷内に流したんじゃないのか」

「あなた、言いがかりをつけにきたの」

「本当のことを知りたいだけですよ」

「私が何でそんなことしなきゃならないのよ。私、房男さんに求婚されてるのよ」

影乃は背もたれに躰を倒した。「確かに俺の言ってることは理屈に合わないね。玉の輿（こし）に乗れるのに、わざわざそれを棒に振って、スパイをするなんてあり得ない」

「誤解が解けて嬉しいわ。分かったんだからもう帰って。柄の悪い探偵と付き合ってる暇はないの」こけし顔があくまで静かだった。

大人しい顔をしているが、この女、なかなか強(したた)かなようだ。

「谷内の用が何だったか聞いたら帰る。あんたと谷内が知り合いだということが、房男さんの耳に入ったら、あんたに対する見方が変わるかもしれないよ」

「脅(おど)かす気？」

影乃は煙草を消し、腰を上げた。

「時間を取らせたね」

「ちょっと待ってよ」

影乃は立ち止まり、肩越しに潤子を見た。

こけし顔が苛立っていた。「絶対に蔵主家の人間に話さないって約束してくれたら教えるわ」

「俺は、あんたと蔵主房男の関係にちゃちゃを入れる気はない。愛し合ってるふたりの邪魔をするほど野暮じゃないから」影乃は嫌味たっぷりの口調で言った。

「谷内さん、私が房男さんと付き合ってることを知ってて、いつ結婚するのかって訊いてきたわ。ずっと会ってなかった、彼からそんな話が出たからびっくりしちゃって」

影乃は戸口の壁に軽く寄りかかった。「で、いつ結婚するんだい？」

潤子がそっぽを向いた。「当分はしないわ」

「親父の喜一郎が反対してる限りはって意味かい？」

「そうよ。房男さん、お父さんに頭が上がらないの。私と結婚したら、今の地位から外される。それが怖くて躊躇ってるの」

「ってことは蔵主喜一郎が生きてる限り、玉の輿には乗れそうもないね」

薄い唇が軽くめくれ上がった。「嫌な男ね」

「話を谷内に戻そう。彼は、その後にどんなことを言ったんだ？」

「いずれは、蔵主グループのトップの奥様か。そうなったら、旦那に頼んで、いい仕事を回してくれ、なんて冗談めかして言っただけ。でも、何か気持ちが悪かった。谷内は前科者でしょう。そういう男と付き合いがあるってことすら房男さんに知られたくなかった。私、谷内の前では平気な顔してたけど、また連絡がきたらどうしようかって憂鬱だった」

「じゃ、谷内が死んでくれてほっとしたろう？」

「あなた、私が殺したって言いたいの」潤子がいきなり立った。

「邪魔したな」影乃は軽く手を上げ、潤子の部屋を出た。

羽生潤子は嘘をついているかどうか、判断がつかなかった。もしも言っていることが事実だとしたら、谷内は、蔵主グループに興味を持っていたことになる。どうやって、潤子と房男の関係を知ったかは分からないが、偶然耳に入ったとは思えない。谷内は、何らかの意図を持って、蔵主家、或いは蔵主グループのことを探ろうとしていたようだ。

影乃は東上野の駐車場に美知子の車を取りに行き、西新宿まで戻った。ダッシュボードから拳銃を取りだし、ジャンパーの懐に収めた。そして、再び美知子の事務所に行った。

「写真、ついさっきできてきました」

影乃はソファーに腰を下ろし、袋から写真を取りだした。

七枚の写真の裏に、日付順に番号を振り、左から順番に並べた。

写真1には公園のベンチが写っていた。どこの公園かは分からない。ベンチにはふたりの男が座っている。左側の男に見覚えがあった。喜一郎の書斎でピストル自殺を図った穴吹。もうひとりは、頬にたっぷりと肉のついたずんぐりした中年男である。あぐら鼻。サングラスをかけているので目はよく分からない。撮影されたのは、九月十一日、午後一時十六分。

写真2は、穴吹と会っていた男が、タクシーを降りたところを撮影したものだった。停車しているタクシーの向こうに、塀と建物の入口が写っていた。和風の造り。影乃は料亭だと勘をつけた。九月十七日、午後七時九分に撮影。

写真3が撮られた場所は写真2と同じ。和風の入口に消えようとしている男の横顔が写っていた。その人物は歩いてきたらしく、周りにはタクシーやハイヤーの類いは駐まっていなかった。

黒縁の眼鏡をかけていた。受け口の細面。背が高く、縮れ毛の髪に白いものが混じってるようだが、光の加減でそう見えるだけかもしれない。いずれにせよ、若い男ではない。

写真2が撮られて数分後に撮ったものだ。

写真4も背景に変わりはない。写真3の約十分後、今度は黒い車から降りてきた和服の男をカメラは捉えていた。つるっ禿げ。丸顔で肌艶が良さそうである。鼻や口には特徴がないが、力強い眉と奥目が印象に残った。

写真5には、穴吹と公園で会っていた男が再び登場。どこかの店から出てきたところだった。背景の建物に見覚えがあった。ディスコ『ゾナール』。撮影時は九月二十六日、午前一時五十六分。

写真6は、その五分ほど後に撮られていた。

写っていたのはふたりの人物。そのうちのひとりは、昨夜、銀座で目撃した福石証券の岩見沢だった。一緒にいる男は、岩見沢よりもかなり年上の、びしっとしたスーツを着た人物。目と目が異様に離れているのが特徴である。

写真7の背景も公園。路肩に停まっているベンツから、これまで一度も登場してこなかった五十ぐらいの男が降りてきたところが写っている。怒り肩のがっしりとした躰つきをしていて、灰色のスーツに灰色のシャツを着ている。ネクタイはしていない。出っ歯。頬にうっすらとした髭を蓄えていた。髪は角刈りで、レイバンのサングラスをかけていた。

写真を見終わった影乃は、背もたれに躰を預けた。

「何か分かりました？」コーヒーを淹(い)れてくれた初美が訊いてきた。

「知らない役者が多くて、よく分からないが、このネガを躍起になって探してる人間がいるらしい」

「最初の写真に出てくる左側の男って、死んだ穴吹ですよね」

「うん」

谷内は、穴吹と共に喜一郎の金庫破りに、運転手として参加するはずだった。その男が密(ひそ)かに穴吹の行動を探っていた。

謎は深まるばかりだ。

影乃はそのことを初美に教えた。

「谷内は穴吹を裏切っていたってことね」

「そうらしいが、この写真シリーズの主役は、最初のものに登場してくる、ずんぐりとした中年男かもな」

「誰かしら」

「近いうちに分かるさ」

「ちょっと気になることがあるんですけど」

「何？」

「断言はできないんですが、最後の写真に写ってるベンツ、蔵主喜一郎のものじゃないかと思うんです」

「どうして？」

「喜一郎は、彼自身が運転するベンツの中で所長と会ってました。車は日比谷公園の近くに停めていたと聞いてます」

影乃は写真7を手に取った。言われてみれば、後ろに写っているのは日比谷公園かもしれない。

「初美さんの勘が当たってたら大手柄だな」

「間違えてたらごめんなさい。所長のためにもう一組現像しておいたんですが、いいですよね」

「もちろん」

ネガは事務所の金庫にしまってもらうことにした。

影乃はコーヒーを飲み干すと、懐から拳銃を取りだした。

初美の躰が硬くなった。

「懐に入れておきたくない。隠せる袋か何かを用意してくれないか」

「はい」

初美が持ってきたのは、厚手の茶の袋とコンビニのレジ袋だった。

袋に収める前、マガジンを取りだしてみた。フル装弾されていた。チャンバーにも弾がこめられている。マガジンには十四発入っていて、チャンバーの一発を加えると十五発になる。

「何ていうピストルなんです？」初美が訊いてきた。

「S&W（スミスウエッソン） M459。触ってみるかい？」

「ええ」

おずおずと伸ばした初美の手に拳銃を渡した。「安全装置はかかっているけど、引き金には触れるなよ」

「思ったよりも軽いですね」

「フレームにアルミを使って軽量化を図ってる」

「美しいですね」

「見てる分にはね」

戻された拳銃を、影乃はまず茶色い袋に入れ、コンビニのレジ袋に突っ込んだ。そして、それをぶらぶらさせながら、影乃は事務所を後にした。

その日は家に戻ることにした。途中、コンビニに寄って弁当やビールを買った。

部屋に入って間もなくのことだった。チャイムが鳴った。拳銃を隠す暇もなかった。コンビニのふたつの袋をキッチンに置いてから、ドアスコープを覗いた。

「警察だ。いるのは分かってる」

相手はドアスコープに向かって、警察手帳を見せた。

ドアを開けた影乃は、男をまじまじと見つめてしまった。

レイバンのサングラスをかけた角刈りの男。頬の髭は剃られていたが、写真7に写っていた人物に違いない。スーツの色も写真と同じ。だがシャツは黒だった。

ドアを閉めた男は、懐から拳銃を抜いた。

「床に俯せに寝ろ」

影乃が鼻で笑った。「どういうことだい？　あんた、『西部警察』の渡哲也かい？」

「減らず口を叩かずに、言われた通りにして、手を後ろに回せ」

影乃は従うしかなかった。

男は、影乃の手首に手錠をかけた。

影乃の頬が歪んだ。手錠の感触からすると玩具ではない。こいつは本物の刑事らしい。

警察官なら、自分の住まいを調べ出すことはいとも簡単だ。

男は影乃の頭の前に胡座をかいた。「谷内の部屋で何か見つかったか？」

「警察が証拠品はすべて押収してるはずだぜ」

「じゃなぜ、今日、谷内のところに行った？」

「今月一杯で、あの部屋を明け渡さなければならない。娘の代わりに様子を見にいった。俺は何でも屋だから」

男が拳銃を持ち替え、グリップで影乃の頭をこつこつと軽く叩いた。「ふざけなさんな」

「渡さんよ、あんた、誰の私兵なんだい?」

「渡と呼ぶな。俺は渡哲也は好きじゃない。舘(たち)ひろしの方がタイプだ」

「でも、残念ながらあんたは舘ひろしには似てない」

「仰向(あおむ)けになれ」

影乃は言われた通りにした。

男がジャンパーの懐をまさぐった。隙(すき)を見せないかと、男の動きを注視していたが、男は一度も影乃から目を離さない。

写真の入った封筒を手にした男は、影乃から離れ、ベッドに腰を下ろした。そして、写真を一枚、一枚、見ていった。

「あんた、本物よりもよく撮れてるぜ」

「ネガはどうした?」

「見つからなかった。奴がどっかに隠したんだろうよ」

「本当のことを言わないと死ぬぞ」

「どのみち殺す気じゃないのか、渡さん」

男は黙って立ち上がり、家捜しを始めた。見られて困るのは、コンビニのレジ袋に隠した拳銃ぐらいなものだ。

男はキッチンには入らず、三十分ほどでベッドに戻った。

「影乃、お前が生き延びる道はひとつしかない」

「何だ？」

「調査を中止しろ」

「はい、分かりました、と言ったら、手錠を外してくれるかい？」

「谷内の可愛い娘が、シャブ中になるってこともあるんだぜ」

「な、渡さんよ」

「渡と呼ぶな」男は低くうめくような声で言った。

「じゃ名前を教えろ」

「舘と呼べ」

「じゃ、舘さん、俺とマブダチになろうぜ」

「え？」

「俺は役に立つ。あんたに情報を流してやる」

「そんなこと、信用できるか」

「俺は警察に手づるがない。あんたは俺のいい相棒になれそうな気がしてきたんだけどな、舘さん」

「馬鹿なことを言うもんじゃない。今回は、これぐらいですませてやるが、妙な動きをしたら容赦しない」

「俺が警察にタレコむと、あんた、ムショ行きだぜ」

「札付きの探偵で、しかも人を殺めて服役したことのある人間の話なんか誰も信じやしない。本物の渡哲也がここに遊びにきたって言っても誰も本気にしないだろう？　それと同じさ」

「その写真に写ってるベンツ、蔵主喜一郎のものだよな」影乃はカマをかけた。

しかし、男は顔色ひとつ変えなかった。

「舘さんの狙いは何なんだい？」

「正義を果たすことだよ」男はのったりした調子で言った。

「手を握れそうだな。手錠を外してくれたら」

「お前のことは調べた。警察官としてお前を引っ張ることも俺にはできるんだぜ。お前に暴行を受けたってチンピラがいる。そいつに被害届を出させたら、すぐにパクれる。ムショはごめんだろうが」

男がそこまで言った時、玄関チャイムが鳴った。男が鋭い視線をドアに馳せた。

影乃はその隙を見逃さなかった。

「はーい、ちょっと待ってくださぁい」

何事もなかったような声で、影乃はそう言ったのだ。

渡哲也もどきの顔が、ひしゃげた薬罐のように歪んだ。

銃口は影乃に向けられていたが、引き金を引く気配は感じられない。

男は手錠を外した。

「相手が誰だろうが、すぐに追い返せ」

それには答えず、影乃は立ち上がった。

男はキッチンに向かった。

ドアスコープを覗いて、相手を確かめた。ごま塩頭の背の低い男が立っていた。喜一郎の邸で起こった事件の際、影乃の事情聴取をした塩崎という警部補である。その後ろに、刑事が立っていた。紅顔の若者。名前は岸部だったか。

影乃はドアを開けた。

塩崎が、小猿のような潤んだ目で影乃を見た。「また少しお話をお伺いしたいんですが」

「またですか？　今、ちょうど刑事さんの質問に答えてたところなんです。塩崎さんの同僚じゃないのかな」

塩崎の表情が険しくなった。「刑事が……」

「まあ、どうぞ」

影乃はふたりを中に通した。

すると、キッチンから男が堂々とした態度で姿を現した。サングラスは外されていた。

ナイフで軽く切られたような糸目だった。渡哲也とは似ても似つかない。

岸部が身構えた。塩崎の方は、唖然とした顔で男を見つめている。

「お久しぶりです、塩崎さん」

「針岡(はりおか)か」

「ちょっとした事件で、この男に訊きたいことがありましてね」

やはり、この男は本物の刑事だったのだ。

「どんなヤマを追ってるんだ。差し支えなければ、教えてくれ」塩崎が続けた。

「或る地上げ屋が、大家を脅迫した。その地上げ屋を使ってたのが、或る暴力団員だったんですがね、この探偵にえらく痛めつけられたらしいんですよ。そうなってもしかたのない奴ですが、ぐじゃぐじゃ言ってきたから、この男の話だけは聞いておこうと思って」

「警視庁の四課が出張ってくるほどの事件じゃなさそうだがね」

針岡と呼ばれた刑事は煙草に火をつけた。「うちの課長にも同じことを言われましたよ。だけど、相手がチンピラでも恩を売っておくことは大事ですからね」

塩崎はまるで信じていないようだった。

「勝手な真似(まね)ばかりしてると、クビが飛ぶよ」

「そうなったら、探偵になりますよ。この男よりも、俺の方がずっと人の役に立てると思いますよ。で、塩崎さんは、この男にどんな用があるんです？」

「私たちは、蔵主喜一郎の邸で起こった事件を担当してる」

「なるほど」

「用がすんだったら遠慮してくれないか」塩崎が冷たく言い放った。

針岡が影乃の肩に手をかけた。「この男、もっとワルかと思ったが、なかなか協力的な男でしたよ。影乃さん、これからも、よろしくな」

「お互い、正義のために頑張りましょう」

塩野と岸部が顔を見合わせた。

「それじゃ、お先に」針岡はそう言い残して、部屋を出ていった。

しばし沈黙が流れた。

影乃はふたりをベッドに座らせた。そして、彼自身は、部屋の隅にある小振りの机の椅子を引き、そこに腰を下ろした。

「コーヒーでも淹れますか。インスタントしかないですが」

「おかまいなく」そう言いながら、塩崎は玄関に戻り、ドアを開け、廊下の様子を窺った。

戻ってきた塩崎を見て、影乃が短く笑った。

「あの男、おふたりの身内なのに、敵みたいですね」

塩崎は考え込んだまま口を開かない。

針岡がここでやったことを、塩崎たちに話しても、奴は平気らしい。確かに影乃の証言だけでは、被害届すら警察は受理しないだろう。だとしても、あの男、よほど肝が据わっているようだ。

何であれ、影乃は、違法行為を平気でやるあの刑事を、訴える気はなかった。奴と谷内の関係がどんなものだったのか興味がある。蔵主喜一郎と繋がっているとしたら、なおさらのことだ。

「針岡が言ったことは本当ですか？」塩崎が訊いてきた。

「多分ね。ただあいつは来たばかりだったから、具体的な話は聞きそびれました。それより、おふたりの用を伺いましょうか」

塩崎たちは、自殺した穴吹と殺された谷内の関係を摑み、影乃が接触した詐欺師、中島洋一を聴取したという。結果、影乃が調査していることを知ったのだ。中島は、影乃に話したことをすべて警察にも教えていた。

影乃は、話していいことだけ注意深く選び、質問に答えた。そして、自分は谷内殺害事件の調査をやっていることを強調した。普通は依頼主について話さないのが鉄則だが、今回の場合は話した方がいいと踏んだ。

父親を殺された娘が探偵を雇った。父親を失った娘の気持ちを考えれば、そのことにとやかく言っても始まらない。

しかし、岸部はそれでも影乃に絡んできた。「本当にガイシャの娘が依頼人なんですか？

探偵を雇える金なんかないでしょうが」

「あの娘、俺のタイプなんだよ。金も大事だが、いい女は食ってみたい。あんただってそういう時があるでしょう?」

岸部の顔がさらに赤くなった。

「岸部君、そんなことはいいよ」塩崎が口をはさんだ。そして、煙草を吸っていいかと影乃に聞いてきた。

「どうぞ」影乃は新しい灰皿をキッチンに取りにいった。

灰皿を床に置くと、塩崎が煙草に火をつけた。「針岡は、蔵王さんのところの事件については触れなかったんですね」

「ええ」

「針岡とは今日が初対面ですか?」

「警察に友人はいませんよ。しかし、あの刑事、あなた方のような紳士ではなさそうですね」

塩崎が渋面を作った。「個人プレイが好きな男でね。一種の名物刑事です」

「違法な捜査をやってるってことですか?」

「上司も手を焼いていて、過去には停職処分を食らったこともある」

「しかし、役には立つ」影乃が塩崎の言葉を受け、頰をゆるませた。

「だから、上は大目に見ているというか、違法捜査が表に出ないように、あいつを庇ってる節もある」

「塩崎さん、そんな話は……」岸部がきつい調子で注意した。

「捜査上の秘密じゃないよ」

「でも、警察内部のことを部外者に教えるのはまずいですよ」

「影乃さんにはあいつの正体を知っておいてもらった方がいい。何をしでかすか分からん男だから」

「あいつ、マルボウですよね。だったら、法律を守っているだけでは、仕事にならないでしょう」

　塩崎がうまそうに煙草を吸ってから、小さくうなずいた。「こんなことを言ってた先輩がいましたよ。泥の川に、指輪を落としてしまった女のために、警察官が指輪を探してやる時は、必ず警察官の手が泥まみれになるとね。しかし、あいつの手の汚し方は、そんなレベルじゃない。いろんな情報を手に入れ、金に換えてるって噂もある」

「針岡は、警視庁の〝ダーティハリー〟。同僚にやっかまれてるってことかな」

「影乃さん、あの男と気が合いそうだね」

「塩崎さんは、相当、あいつを嫌ってますね」

「あいつは腐ってる」塩崎が低い声でつぶやいた。「ともかく、あの男には注意してください。我々が捜査していることに触れてきたら、何も言わないことです。どこかに漏れる可能性がありますから」

「肝に銘じておきましょう」

「奴が、そういうことを口にしたら、私に一報ください」

影乃は黙ってうなずいた。

「必ずですよ」塩崎は念を押してから、岸部に目で合図を送って、腰を上げた。

塩崎たちが部屋を出てゆくと、影乃は缶ビールを飲みながら、弁当を食べた。ノリ弁当は冷えてしまっていた。

食事を終えると、拳銃を手に取った。

もしも針岡がここにまたやってきた時は、丸腰では会いたくなかった。

翌日から外出する際、影乃はこれまで以上に周りの様子を気にするようになった。

七枚の写真は針岡に持っていかれた。だからその日も美知子の事務所に寄り、写真をもらい受けなければならなかった。

持って帰った写真について初美に訊かれた。

「〝ダーティハリー〟に強引に持っていかれた」

「〝ダーティハリー〟？」

影乃は簡単に事情を教えた。

「そのたとえよくないですよ。私は、クリント・イーストウッドのファンですから」

「ともかく、悪徳警官まで登場してきたってことだ。ところで、所長の方の調査はどうなってる？」

「苦戦してるようです」

初美に見送られて事務所を出た影乃はタクシーで東上野を目指した。

午後三時に田熊と会う約束を取り付けてあったのだ。

空が高みに押し上げられた気持ちのいい日だった。

影乃は、木原産業に目を馳せながら、〝田熊総合研究所〟のドアをノックした。

「開いてる」部屋から田熊の声が聞こえた。

木原産業から、スーツ姿の若造が出てきた。ちらりと影乃を見、エレベーターまで歩を進めた。

〝田熊総合研究所〟を訪ねてきた人物が気になった誰かが若造に見にやらせた気がしないでもなかった。

部屋に入ると、田熊は上着を着ようとしていた。

「うまいコーヒーを飲ませる店があるんだ。そこに行こう」

影乃は黙ってうなずき、すぐに廊下に戻った。先ほどの若者がうろうろしていた。

外に出ると、影乃が言った。「木原産業の連中、あんたを訪ねてくる人間が気になるようですね」

「らしいな」

「盗聴器、仕掛けられてるんじゃないんですか？」

「その心配はない。常にチェックしているから」

田熊に連れていかれた喫茶店はタカラホテルの近くにあった。案外広い落ち着いた店だった。田熊は奥の席に腰を下ろした。そして、出されたオシボリで、顔をゆっくりと拭いた。鼻の穴の辺りをより丁寧に。

頼んだコーヒーが運ばれてきた。

田熊が注文したのはキリマンジャロ。影乃も付き合った。

「なかなかの味だろう？」

影乃は黙ってうなずいた。

「愛想のない奴だな。一言ぐらい感想を言ったらどうだね」

影乃は肩をすくめて見せただけだった。

「冗談のひとつも思い浮かばないのは、調査が進展してないってことかな」

「田熊さん、針岡って警視庁の刑事を知ってますか？」

「知らんな。で、そいつがどうかしたか？」

「谷内と何らかの形で繋がってた悪徳警官のようなんです」

「調べておこう」田熊は淡々と答えた。

「福石証券の岩見沢って男のことは知ってますよね」

「ほう。あいつの名前をもう摑んだか。君は思ってたよりも優秀だな」目が魚の形に変わった。

「岩見沢が蔵主喜一郎とどう絡んでるのか教えてくださいよ」

「私から情報を引き出そうとするだけじゃ、アンフェアだ」

「岩見沢のことを話してくれたら、いいものをお見せしますよ」

田熊が小銭入れから十円玉を取りだした。「今から私がこれを床に投げる。表か裏か答えてくれ」

「え？」

「物事が膠着してる時は、くじ引きのようなことで決めるしかないんだ。ふざけてるようだが、それが一番有効で合理的な解決方法だと思わんか。さあ、落とすぞ」

「表」

田熊が十円玉を空中に軽く放り投げた。十円玉が、影乃の足許に落ちた。

影乃がにやりとした。「表ですね」

田熊は大きな溜息をついた。「最近、私の運気は悪いようだな」

「俺が高めて上げますよ」

田熊が背もたれに躰を倒した。「岩見沢は、私に情報提供してくれている男だ。あいつの周りをうろうろするな」

「ネタは何です？」

「蔵主グループの上場会社の中で一番大きな蔵主観光のＣＢの流れを探らせてる」

ＣＢとは転換社債のこと。簡単に言えば、株に転換し、売ることのできる社債である。期限がきた時、金利込みで返済してもらうこともできるが、株に換えることも可能な金融商品で、今のように株価が上がっている時は、売れ筋の商品なのだ。

「ＣＢが絡んでるんですか」影乃の眉がゆるんだ。

「君は経済に弱いようだな」

「だから貧乏してるんです」

「ＣＢは発行基準を証券会社が決めてるが、そんなことはどうでもいい。蔵主観光が市場で資金調達する時は、幹事証券会社が取り扱う。それが福石証券だ」

「蔵主喜一郎の意向で、特定の人間に優先的に割り当てられてるってことですか？」

「うん」

「田熊さんは、唐渡美知子に、蔵主グループの上場会社の株が買い占められているという話をしましたね。そのことと関係あるんですね」

「株の買い占めをやってるのは、いわゆる乗っ取り屋だ。喜一郎は、或る人物を間に立たせ、乗っ取り屋を排除しようとしている。その仲介役の関係先に、かなりの額の転換社債が割り当てられてるってことだ。単純に考えられては困るよ。関係先を調べても、その男の名前なんか出てこないから。だから、現在の段階では、噂の域を出てない話だと思ってくれ」

「しかし、田熊さんはカラクリを見抜いてる」

「証拠がなければ、記事にはできんよ」

「地検特捜部は動いてないんですか？」

「或る程度の情報は摑んでるだろうが、捜査に踏み切るかどうかは分からない。場合によってはやるし、場合によっては見て見ぬ振りをする。あの組織は複雑怪奇だから私にも読めない」

「特定の人物や団体に、転換社債を優先的に割り当てるのは違法ですよね」

「うん。俗に〝親分け〟って言われてるが、ＣＢの場合は額面割れもある。だから利益供与にはならないと考えてるんだろうよ」

「利益供与ね。ってことはその人物は総会屋ですか」

「まあ、そう言っていいだろう」田熊が小さくうなずき、コーヒーカップを手に取った。

五年ほど前、商法が改正され、総会屋への利益供与が禁止された。結果、総会屋の数は減った。しかし、しばらくなりを潜めていた総会屋が、最近は再び跋扈し始めている。むろん、姿、形を変えてだが。

「その人物の名前を教えてくださいよ」

「伏見竜之介。名前ぐらいは聞いたことあるだろう」

「ええ」

七〇年代後半、或る銀行の不正融資事件に関与したことで逮捕され、一躍名前が世間に知れ渡った男だ。六〇年安保の頃、全学連の活動家だったと聞いている。

「伏見はまだ五十前ですよね」

「一九三九年生まれだから、今年四十八だよ。総会屋としては若い方だが、政財界だけじゃなく、芸能界にまで人脈を持ってる遣り手だ」

「伏見がそこまでのし上がれたのは、後ろ盾があったから？」

「これも噂でしかないが、或る子爵の落とし子で、その子爵ってのは阿智元大蔵大臣の義理の弟だ」

「阿智家って言えば名門ですね」

「人脈を作りやすい環境にあったと言えるが、なかなかの切れ者だよ、伏見は」

「田熊さん、面識があるんですね」

田熊が黙ってうなずき、店員を呼んで、コーヒーのお替わりを頼んだ。

「喜一郎は以前から伏見と付き合いがあったんですか？」

「なかったと思う」

「ということは、喜一郎と伏見の間にも人が入ってるってわけか」影乃はつぶやくように言った。

「誰が仲介したか、おおよその見当はついてるが、まだ君に教える段階ではない」

コーヒーが運ばれてきた。田熊はカップを口に運んだ。

「今度は、君が拾ったネタを私に教える番だ」

影乃は、写真の入った茶封筒を田熊に渡した。

田熊が写真を取りだした。老眼鏡をかけた。

ざっと見た田熊が顔を上げた。眼差しが鋭くなっている。

「これ、どこから手に入れた？」

「谷内の部屋で見つけたネガを現像したんですよ」

「岩見沢を除いて、ここに写ってる人物で、君が知ってるのはいるか」

「写真1の左側に座ってるのは、喜一郎の金庫破りに失敗し、自殺した穴吹。そして、最後の写真に登場してくるのが、先ほど話した針岡ってマルボウです。後の人物については、田熊さんに訊きたいと思ってました」

「穴吹と一緒にいるのは木原浩三の兄、梅村元男だ」

「写真3の黒縁眼鏡の男は？」

田熊が含み笑いを浮かべた。「この間、話した蔵主観光の吉見両一だ」

「房男との折り合いが悪い、喜一郎の側近ですね」

「実に面白い写真だ。和服の男だがね、こいつは宥和興産の社長、和久彦治」

「この男が乗っ取り屋で有名な和久ですか？　ってことは、蔵主グループの株の買い占めはこの男なんですね」

田熊は口を開かない。答えたくないというよりも、他のことを考えているように思えた。

影乃は水を口に含んでから、煙草に火をつけた。

「一介の窃盗犯だった男が、この写真を持ってた。不思議なことがあるもんだな。で、ネガはどうした？」

影乃は上目遣いに田熊を見た。「しかるべき場所に隠してあります。その写真は差し上げます」

「ありがとう」

「背景にある和風の建物、おそらく料亭でしょうが、場所、分かります？」

「いや、この写真だけじゃ……」

「吉見両一が喜一郎を裏切ったとみていいんですかね」

「この写真だけじゃ、写っている人間が一堂に会したという証拠にはならないが、あり得るな」

「喜一郎の名代として、和久との話し合いに臨んだとも考えられるんじゃないんですか？」

「その可能性が零（ゼロ）とは言わんが、これまで、その役を務めてきたのは大番頭の榎木富治だ」田熊が両腕を組んだ。「しかし、谷内って男の行動が解せんな」

「俺もです。強請（ゆす）りが目的だったんでしょうが、どこから情報を手に入れたかが、まったく分からない」そこまで言って、影乃は煙草を消した。そして、羽生潤子について田熊に話した。

「女から情報を取ったことがあったとしても谷内が考えたことじゃないだろう。谷内を誰が操ってたか。それを突き止めたいね」

「最後の写真に写ってるベンツ、喜一郎が自分で運転する時のものかもしれないんです」

「〝かもしれない〟じゃ頼りないな」

「今のところそうとしか言えない。珍しい車じゃないですから」

田熊は写真7を手に取った。「もしも、喜一郎の車から、この刑事が降りてきたとすると、やはり強請りかな」

「それとも喜一郎が、この刑事を飼ってるのかも」

「いずれにせよ、谷内をこの刑事が使っていた線が濃厚だな」

「谷内は以前から針岡の情報屋だったのかもしれないですね」影乃はそう言いながら新た

な煙草をくわえた。「ところで、福石証券の岩見沢の隣にいる男は誰なんです？」

「岩見沢の上司の鶴田だ」そこまで言って、田熊が影乃を真っ直ぐに見つめた。「福石証券の線には絶対に触るな」

影乃はうなずくしかなかった。

六　ご対面

午後十時頃に、清太郎を自宅に連れてきてくれ。

蔵主喜一郎はそう言い残して電話を切った。清太郎は、渋々ながら父親と会うことを承知していたので問題はなかった。

清太郎が腕時計に目をやりつぶやいた。「約束の時間までかなりあるな。それまでどうします？」

確かに、一旦別れて、改めて東京で待ち合わせをするわけにはいかない。その間に、清太郎が行方をくらましてしまう可能性がないとは言えないのだから。

日曜日である。バー『ピアノラ』も休み。影乃に連絡を取る方法もない。

「東京に戻って、私とデートしましょう」美知子は軽い調子で言った。

清太郎が、美知子の名刺を手に取った。「今夜は西新宿のホテルに一泊しますかね」

「宿泊代はお父様に私から請求します」

「話は決まった。ちょっと待っててください」

美知子はタクシーを待たせていることを清太郎に教えた。

「帰していいですよ。僕の車で行きましょう」

美知子は言われた通りにすることにした。

タクシーから荷物を下ろし、協力的だった運転手に礼を言い、チップを渡した。

荷物を玄関口に置き、清太郎を待つ。出かける準備をしているのだろう、清太郎はすぐには現れなかった。

清太郎捜しは、割合簡単な仕事だった。大概の人捜しが数ヶ月に及ぶことを考えたら。

これで仕事は終わったのだが、美知子個人としては、小骨が喉に引っかかっているような気分がしていた。

ヤクザ風の柄の悪い連中に尾行され、自分の代わりに車を取りに行った影乃が銃で脅された。

今後は、影乃の協力者となって、真相を明らかにしたい。美知子は気持ちを新たにした。

清太郎はダークグリーンのジャケットを羽織り、小振りの鞄を手にして現れた。

「狭いし、乗り心地のいい車じゃないけど、我慢してください」そう言いながら、清太郎はルノー5のエンジンをかけた。

乗り心地はそう悪くはなかったが、予想していた以上にルノー5の車内は狭かった。

清太郎は国道一六号線、つまり横浜横須賀道路、横浜新道を走り、第三京浜に出た。

その間、美知子と清太郎は雑談を交わしていただけだった。

喜一郎の金庫が狙われた事件や谷内殺しと、清太郎が繋がっているかどうかはまるで分からない。

雑談の中から、重要な一言が、ぽろりと零れてこないかと、美知子はアンテナを立てながら話していたが、特に気になることはなかった。

「……リゾート地に住んでるから、訪ねてくる女友だちも多いでしょうね」

清太郎が女の人と会っていた。清太郎の家まで案内してくれたボルゾイ犬の飼い主が口にしたことを思いだし、さらりと訊いてみた。

「誰も来やしませんよ。僕はひとりでいるのが好きなんです」

ボルゾイ犬の飼い主が事実を伝えていたとしたら、清太郎は嘘をついたことになる。しかし、言えないことがあるとは決めつけられない。初対面の探偵に、余計なことを言わないだけかもしれないのだから。

午後六時少し前、ルノー5は西新宿にある高層ホテルの駐車場に入った。

清太郎がチェックインをしている間に、美知子は初美の自宅に電話を入れた。運良く彼女は家にいた。

「清太郎を見つけたわよ」美知子は簡単に事の次第を話し、「その後、影乃さんから連絡入った？」と訊いた。

「いいえ。写真を取りにきたのが最後です」

初美と話し終えた美知子は谷内の娘の電話を鳴らした。恵理の連絡先は影乃からこの間聞いておいた。

恵理なら雪永の自宅の電話番号を知っているはずだ。雪永にさえ連絡が取れれば、影乃にこちらの状況が伝わるだろう。

美知子は影乃を蔵主家に来させたかったのだ。影乃の調査に役立つかどうかは分からないが、清太郎や房男の人となりを、影乃自身が知っておくことは決して悪いことではない。

美知子は電話に出た恵理に、自分の素性を明かした。恵理は雪永から美知子のことを聞いていたので、話は早かった。

午後十時に蔵主家に行くことを、雪永から影乃に伝えてほしいと頼んだ。

「分かりました。でも、唐渡さんにはどうやって連絡を取ったらいいんです？」

チェックインをすませ、一旦、部屋に入った清太郎がエレベーターから降りてきた。

「こちらからまたあなたに電話します。それじゃ、伝言、頼みますね」

受話器を元に戻した美知子は清太郎に近づいた。ふたりは最上階にあるレストランで食事を摂ることにした。

「どうせ親父の払いなら」とにやりとし、上等な赤ワインを頼んだ。

美知子は酒を断った。

「まだ勤務中ってわけですね」

「酒臭い息を依頼人に吹きかけるわけにはいかないでしょう？」

「親父がそんなこと気にすると思います？　腐乱死体を踏みつけても平気でいられるような男ですよ」

頃合いを見計らって、恵理に再び電話を入れた。雪永から影乃に伝言が伝わったことが確認できた。

美知子と清太郎は、お互いにそれぞれの仕事について話した。景気がいいから、技術翻訳の依頼はかなりあるらしい。

清太郎は、仲違いしていた父親に、何十年振りかで会うことに緊張しているのか、よく飲んだ。しかし、話し方はしっかりしていた。

蔵主家の前でタクシーを降りたのは午後九時四十五分すぎだった。

守衛室に近づいた時、車のヘッドライトに美知子は反応した。真っ直ぐに美知子たちに向かってくる。

美知子に緊張が走った。しかし、それは一瞬のことだった。よく見ると、その車は自分のアウディだった。

守衛室の前で停まったアウディから影乃が降りてきた。

「案外、早く見つかったね」影乃が美知子に言った。

「この人は？」清太郎の声は張り詰めていた。

「影乃さん。私と同じ探偵で、都内であなたの行方を探してた人よ」

影乃は清太郎に軽く頭を下げ、煙草に火をつけた。清太郎は自己紹介すらせずに、不機嫌そうに立っていた。

守衛が執事に連絡を入れた。影乃が運転席に戻り、美知子は清太郎と共に後部座席に腰を下ろした。

大門が開いた。アウディが邸内に入っていった。

駐車場から母屋までのアプローチを進む。

緑がかすかに香り、ゆるやかな風に乗って虫の鳴き声が聞こえてきた。

執事が出迎えた。案内されたのは、穴吹がピストル自殺を図った喜一郎の書斎だった。

喜一郎はすでにそこにいた。ダブルベッドぐらいの広さのある机の前に座り、眼鏡を鼻にかけ、書類を読んでいる。

喜一郎が顔を上げた。「ほう、影乃さんが一緒だとは」

「ご子息の行方をふたりで探したものですから。私が呼んだんです」

喜一郎は、そんなことには興味を持っていなかった。

何十年振りかに会う長男をじっと見つめていた。清太郎も父親に視線を向けている。

父子の再会だが、双方の目には冷たいものが宿っていた。

「まあ、そこに座って」

勧められたソファーに、清太郎を真ん中にして、美知子と影乃がほぼ同時に腰を下ろした。

穴吹が死んでいた場所は、美知子の座った場所から一メートルも離れていない。吸いかけの葉巻に火をつけた喜一郎が席を立ち、清太郎の正面の肘掛け椅子にどっかりと座った。

「海辺に住んでるから、もっと日焼けしてるかと思ったよ」

それには答えず、清太郎が煙草を取りだした。「僕を探した訳を聞きたいですね」

「そういう話は、彼らが帰った後でしょう」

清太郎が挑むような視線を喜一郎に向けた。「彼らに聞かれたくない話ってことですか？」

喜一郎が美知子に顔を向けた。「よく息子を見つけてくれました。感謝します。影乃さんにも同じ気持ちです」

「唐渡さん、親父との話が終わったら、僕をホテルまで送ってくれませんか」清太郎が言った。

美知子は大袈裟に困った表情を作ってみせた。

「ふたりだけでゆっくり話したいんだ。ここに泊まればいい」喜一郎がぼそりと言った。

「房男と美帆はどうしてるんです？」

父子の会話はまるで噛み合っていなかった。

「後で会わせる」

そう言った時、いきなりドアが開いた。

ドアを閉めようともせず、飛び込んできたのは美帆だった。

美帆は肩をそびやかし、瞳をかっと開き、清太郎を睨んだ。「何しにきたのよ、ここに兄さんの居場所はないわよ。帰って！」

清太郎の表情が柔らかくなった。「綺麗になったね」

「気持ち悪いこと言わないでよ！」

「僕は、親父に呼ばれてここに来た。お前にとやかく言われたくないな」

美帆が父親を目の端で見た。「パパ、どういうつもり？　この男を家に戻すの」

「美帆、お客様の前で、痴話喧嘩なんかするもんじゃない。出ていきなさい」

「この人たちは客じゃない。パパが飼ってる探偵じゃない」今度は美帆の視線が影乃に移った。「影乃さん、この男をここから連れ出して」

「俺は飼い主の手を噛めない情けない犬だよ」影乃がそう言ってカッカッカッと笑った。

廊下に影が動いた。

今度は房男が姿を現した。房男は足早に喜一郎に近づくと、真後ろに立った。

「お父さん、一体、何を考えてるんですか?」房男が喜一郎に食ってかかった。

喜一郎が肩越しに次男を見上げた。「蔵主グループは誰のものだ」

「………」

「答えてみなさい」

「お父さんのものですよ。だけど、この男を会社に入れるって本気で考えてるんですか?」

「兄のことを〝この男〟なんて言うな」高い鼻を通って出てきた声が鋭くなった。

房男が顔を逸らした。

「親父は、お前が無能だから、俺を呼び寄せたらしい」清太郎が小馬鹿にしたように笑った。

「何だと！」房男がつかつかと清太郎のところに歩み寄った。「お前みたいな変態が身内なんて思いたくない」

房男の顔すら見ずにじっとしていた清太郎が、いきなり弾かれたように立ち上がった。そして、房男の胸ぐらを摑むとぐいと引き寄せた。不意をつかれた房男はたじろいだ。

「ふたりとも止めないか、いい歳をして」喜一郎が叫んだ。

清太郎は房男の胸ぐらを摑んでいた手を、一旦ゆるめた。瞬間、左拳を房男の顎に沈めた。房男が床に転がった。

「警察を呼んで」美帆が廊下に向かって叫んだ。

廊下に執事が立っていたのだ。執事は表情ひとつ変えずに、喜一郎を見つめた。

房男が立ち上がったと同時に、それまで無反応だった影乃が素早く、ふたりの間に割って入り、両手を大きく拡げた。房男の動きが止まった。清太郎も同様である。

「見苦しいところをお見せして申し訳ない」喜一郎が力なく謝った。

「パパ、清太郎を家に入れないで」

「うるさい」喜一郎の両手がぎゅっと握られた。

影乃が美知子に目を向けた。「唐渡さん、俺たちは失礼しよう」

美知子は小さくうなずいた。

「唐渡さん、請求書を送ってください。報告書なんて面倒なものはいらんよ」

「分かりました。清太郎さんの今夜の宿泊代と食事代を含めてよろしいでしょうか」

「あんたの好きにしていい。そんなことよりも、ひとつおふたりにお願いがあります……」

さらに何か言いかけた喜一郎を右手を上げて制したのは影乃だった。「今夜のこと、他言しないでほしいということですね」

「うん」

「ご安心を。絶対に誰にも話しません」

「みっともないところをお見せして、お恥ずかしい限りです」

「お休みなさい」影乃は頭を下げ、ドアに向かった。

美知子はその後を追って書斎を出た。

駐車場に着くと、影乃がキーを美知子に渡した。

「家まで送ります？」美知子が訊いた。

「俺のヤサは知らない方がいい」

「どうして？　私たちパートナーでしょう？」

「久しぶりにあんたのマンションで一杯やろう」

アウディのハンドルを握った美知子は、原宿を目指した。

影乃はリクライニングシートを倒し、煙草に火をつけた。

「蔵主は何を考えてるのかしら。清太郎を家に戻すのは、火に油を注ぐようなもんじゃない」

「独裁者はそんなこと歯牙にもかけないさ。房男が跡継ぎとして駄目だと、喜一郎は見切った気がするね」

「それにしても……」

「兄弟の確執が、谷内殺しと関係あるやなしや。俺はそのことしか考えてない」

二十分足らずで、アウディは美知子のマンションの駐車場に着いた。

以前の事件の際、美知子は影乃の協力を仰いだ。そうした理由は、自宅マンションの玄関で、何者かに狙撃されたからである。その後も美知子に危険が迫ってくるかもしれないと判断した影乃は、美知子をホテルに泊め、彼自身が彼女のマンションで寝泊まりすることになったのだ。

当時、美知子は影乃の素性をほとんど知らなかった。だが、躊躇うこともなく、自分の部屋を彼に明け渡した。そのせいで由々しき事態が起こっていたら、軽率な行為と周りの人間に言われただろう。しかし、なぜか、そうしてもかまわない気になったのだ。言動は荒っぽいが、妙に人を安心させるところが影乃にはあった。

探偵は人を疑うのが仕事だと言ってもいいだろう。しかし逆に、三段跳びの選手よろしく、相手との距離を、大胆なやり方で縮める必要もある。石橋を叩いていては、事件の核心に迫ることができない場合もあるということだ。

影乃のおかげで、美知子は事件を解決することができた。影乃は美知子のマンションを出ていった。ベッドには男臭さがかすかに残っていた。

美知子は苦笑した。自分に手を出すチャンスは影乃にはいくらでもあったはずだが、彼に誘われたことはなかった。その間に、彼は事件関係者の女と寝た。それだけではない。そのことを、経常利益を社長に説明する経理担当みたいな淡々とした口調で、美知子に話したのだ。

自分に女としての魅力がまるでないように思えたし、あけすけに女とセックスしたことを話す無神経さにびっくりした。

しかし、影乃はビジネスパートナー。それに、他の女とのことを話す時でも、影乃には下卑たところは一切なかった。だから、不愉快な気分にはならなかった。

仕事に私情を持ち込まないのが鉄則。美知子は、影乃を〝男〟としてみないようにとその時に決めた……。

エレベーターで五階に上がった。

リビングのソファーに躰を投げ出した影乃がビールを所望した。ビールを用意して、リビングに戻ると、影乃はソファーに寝転がり、煙草をふかしていた。

美知子の口許がかすかにゆるんだ。気が向いた時にだけ現れ、家で寛ぐ野良猫のように思えたのだ。

ホイットニー・ヒューストンのレコードをかけた。『そよ風の贈りもの』が部屋に流れた。

美知子が椅子に腰を下ろすと、影乃が躰を起こした。

「初美さんから報告を受けてたようだから、話が重なるかもしれないが……」そう前置きして、美知子が東京を離れている間に影乃がやったことを話し始めた。

話の大枠は同じだが、当事者の口から聞くことで、谷内殺しの裏が、複雑怪奇なものだという実感がさらに強くなった。

に入らなかった。

美知子は影乃以上に経済に弱いから、ＣＢ（転換社債）の説明を受けても、今ひとつ頭に入らなかった。

蔵主グループを巡って、乗っ取り屋や総会屋が、証券会社を巻き込み、水面下で熾烈な戦いを行っている。そこに一介の窃盗犯が絡んでいた。おそらく、喜一郎の金庫が狙われた訳も、そこにあるのだろう。

しかし、美知子が一番気にしていたのは、〝ダーティハリー〟こと、針岡という悪徳警官のことだった。

「その警官、またあなたに何か仕掛けてくるかもしれないわね」

「このままで終わるはずはない。だから、あんたを俺の〝御殿〟に招待できないんだ。それがなかったら、今夜、我が家に招待してもよかったんだけどね」

「清太郎を見つけたことで、私の仕事は終わったわ。だから、今度はあなたの抱えている谷内殺しの調査に協力しようと思ったけど、私のやることはなさそうね」

「そんなことはないさ。事務所を構えてるあんたは、それだけでも、俺にとっては大事な存在だよ」

「ね、ビールやめて、コニャックにしない？」

「うん」

美知子はグラスを用意し、オタールの栓を抜いた。「あなたの役に立つか立たないかは別にして、私を尾行してた奴らが、どこの誰に使われてる人間かぐらいは自分で探ってみたいわ」

「止めといた方がいい」

美知子は目の端で影乃を見た。「女だてらにって言いたいのね」

「前の事件で、俺に連絡を寄越したのは、このマンションで狙撃されたからじゃなかったのか」

「その後、銃撃戦に巻き込まれたでしょう。それで強くなったのよ」

「ぷ」影乃が見下したような視線を美知子に投げた。

「馬鹿にされてもいいわ。ともかく、向こうが私に喧嘩を仕掛けてきたようなもんだから」

影乃がグラスを空け、自分で酒を注いだ。

「あんたに尾行がついたのは、蔵主喜一郎と娘の美帆が、あんたの事務所を訪ねてきた翌日だった。穴吹たちが金庫破りに失敗したのはその前日。あの事件が新聞に載った時、君の名前は公表されてなかったはずだ。ってことは、敵は蔵主か美帆のどちらかを監視してたと考えていいだろう」

「蔵主を監視してたとしか思えないけど。娘が、一連の事件に関係してるっていうのは……」

「美帆は、父親の後を尾けてきたらしいが、なぜ、そこまでやる必要があったんだろう」

「それは、私が蔵主の新しい愛人ではないかって疑ったからよ」

「そうだったかもしれない。だけど、あんたと会ったことで、犬猿の仲の腹違いの兄、清太郎を父親が探してると知った。それで、君の行動に興味を持ったとも考えられるな」

美知子は背もたれに躰を預け、短く笑った。「美帆が、拳銃を振り回すような連中を、即刻動かせたなんてあり得ないでしょう」

「俺もそう思う」影乃はあっさりと同意した。

美知子が躰を元に戻した。「だったら……」

「俺の言ってることは矛盾してる。だけど、蔵主だけが監視されてたと決めつけない方がいい。さっきの兄弟間の修羅場を見たろう？　房男だけじゃなく、美帆も清太郎が家に戻ってくるのを嫌がってた」

美知子が小さくうなずいた。「あの破天荒な娘だったら、何をやらかすか分からないところはあるわね」

「上手に美帆に接近し、探ってみる必要があると思う」

「やってみる」美知子はゆっくりとグラスを空けた。「で、影乃さんは今後どうするの？」

「再三にわたって言ってるが、俺の仕事は谷内殺しの犯人を見つけることだ。犯人が残したと思われるふたつの証拠のうち、〝ＥＸＰＯ'85〟のペンダントに関しては出所を見つける方法は今のところはない。ガラス工芸家の森島あゆみが協力してくれたら、紹介文を配った先が分かるんだが」

「そっちの方も私がやりましょうか？　強面の影乃さんが近づくよりも、私がやった方が成功率が高いと思うけど」

「どうだかな？　かなりお堅い女のようだから。顧客のことを話させるのは至難の業だよ。脅かして口を割らせるわけにはいかないだろう？」

「何か方法を考えるわ。森島あゆみのことを詳しく教えて」

「うん」

美知子は、影乃が口にしたことをメモした。

「俺の自宅の電話番号も教えておく。仮名で電話帳に書いておいてくれ」

影乃の自宅の電話番号を控えたと同時に、影乃が立ち上がった。

「明日また連絡を取り合おう」

影乃が出てゆくと、美知子はレコードを止めた。

午前零時半を回っていた。

清太郎の泊まっているホテルに電話を入れてみた。不在かどうかだけでも確かめておきたかったのだ。

清太郎はホテルに戻っていた。

「まだお休みじゃないわよね」

「今、戻ってきたところです」

「あなたの部屋にお邪魔していいかしら」

「それって、僕と寝たいってこと？」

「さあね」

女のお惚けの常套句を愛くるしい声色で言ってみた。背中が寒くなった。このような話し方をこれまでほとんどしたことがなかったのだ。自分はいわゆる〝色気〟とは無縁な女だと改めて思った。

清太郎が鼻で笑った。「親父に何か言われたんだな」

「何にも。もう私の仕事は終わったわ。でも、あんな兄弟の争いを見せられたから、その後どうなったかなあって思って」

「襲われたかったら、いらっしゃい」

清太郎は事もなげに言って電話を切った。

化粧直しをしてから、美知子はマンションを出た。ホテルにはタクシーで向かった。

美帆に近づけと影乃に言われたが、まずは、清太郎に会って、修羅場のその後を聞いてみたかった。本当のことを言うかどうかは分からないが、ともかく、当たって砕けろである。

午前一時すぎ、美知子は高層ホテルの二十二階にいた。スタンダードな部屋だった。窓から街の灯が望めた。

「シャンパンでも頼もうかと思ったけど、調査にきた探偵にそこまですることはないから、止めたよ」

冷蔵庫の横にミニチュアのウイスキーのボトルが並んでいた。清太郎は、サントリーオールドを選んだ。

「唐渡さんも、好きなものを選んで」

「お酒はいいわ」

「じゃ勝手にやらせてもらうよ」

清太郎はラッパ飲みを始めた。ボトルが小さすぎて、薬のアンプルを飲んでいるようにしか見えない。

「こんな時間に来たってことは、何かあるね」

「お父様の会社に入ることにしたんですか？」

「親父にそう強く望まれた。即答は避けたけど、会社の事情を聞いたら戻ってもいいかという気になってる。迷いはあるけど」

「もしも、あなたが会社に入ったら、弟さんはどうなるの？」

「そこまでは聞いてないけど、君はどうしてそんなことに興味を持つの？」

「さあね」美知子は科を作って、意味深な目を清太郎に向けた。

「君は、あの影乃とかいう探偵と出来てるんだろう？」

「パートナーの線を越えたことなんてないわ」

「親父に命じられてないのに、こんな時間にここにきたとしたら、あの男に頼まれたってことだよね」

「どうしてそう思うんです？」

「蔵主家で起こった事件を、あの男、飯の種にしてるんじゃないのか」

「さすがね」美知子は感心しきった調子で言った。

「僕があの事件に何らかの形で関与してた。まあ、そう思われても仕方ないな。トップ屋からはとっくに足を洗ってるけど、以前は親父の裏を探ってたんだから」

清太郎がサントリーオールドを飲み干した時、電話が鳴った。

「はい。……何だ、お前か……」清太郎の声色ががらりと変わった。「……今、来客中だ。……女に決まってるだろう……。誰だっていいじゃないか。俺は一旦、自宅に戻る……お前が俺のところに来ればいいだろう。何で、俺が、お前の指定した場所に行かなきゃならないんだ……。そんなに今の地位にしがみついてたいのか……」そこまで言って、清太郎は美知子に目を向けた。「俺が親父を脅してるだと。房男、お前が馬鹿だから、こうなったんだよ……。こういう電話してくるところが、お前が成長してない証だな。………。

ともかく、今夜は久しぶりの東京の夜を愉しんでる」

　清太郎は受話器を叩き切った。怒りの名残が、目に残っていた。しかし、美知子に視線を戻した時には、跡形もなく消えていた。

「房男がだいぶ焦ってる。僕としては実に愉快だ」

「あなたにどうしろって、弟さんは言ってるの？」

「明日、東京で会うか、明後日、軽井沢の別荘に泊まるから、そこに来いだって。金でも用意して、俺を追っ払おうという気かもしれない」

「大金を積まれたらどうします？」

「今の電話でふんぎりがついたよ。僕は、親父の会社に入ることにする」清太郎が険しい表情をして、言葉を噛みしめるような調子でつぶやいた。「房男がおろおろするのを見られるだけでも、溜飲が下がる」

「お父様、美帆さんを巡っての、昔の話を水に流すって言ったんですか？」

「唐渡さん、随分と立ち入ったことを訊いてくるんだね」

「すみません。私、あなたが妹さんだろうが誰だろうが、少女に変なことをする人にはとても見えないものですから」

　清太郎は曖昧に笑い、こう言った。「親父は、その件についてはまったく触れなかった。ともかく、蔵主グループを家族で守り、発展させていきたいと思うようになったと言ってた。自分の命令には、房男も美帆も従うという揺るぎない自信を持ってるようだ」

「弟さんは、どんなに不満があっても、お父様に反旗を翻すことはないでしょうが、美帆さんはどうかしら？　誤解にせよ、あなたを生理的に嫌ってるみたいだし、会社組織に縛られないところで勝手に生きてる。だから、お父様が何て言おうが聞く耳を持たない気がしますけど」

清太郎が大きくうなずいた。「僕は、美帆の誤解を解きたい。こんな状態になっても、あの子が可愛いと思ってるんだよ」

「それもあってお父様の意向を呑もうとしてるんですね」

「まあね」

「お父様、あなたが蔵主グループの裏を探っていたことは知らないんですか？」

「知ってたよ。親父は、僕がやったことを、頼もしいって褒めてた。息子が父親を何とか超えようとする顕れで、それはとても正常なことだとも言ってた」

「お父様、本当に怪物ね。裏を探った息子を、言葉は悪いけど、抱き込んででも、自分の作った組織を守ろうとするんだから」

「でも、僕が摑んだ裏なんて、大したもんじゃなかった。大きな組織なら、どこでもやってる小さな誤魔化しだったからね」

清太郎は、すでに蔵主グループの一員だという思いを抱いているらしい。だから、擁護する側に回ったのだろう。

この豹変振りに、美知子は強い違和感を抱いた。

「将来、もしもあなたがお父様の跡継ぎになったら、房男さんを会社から追いだすんですか？」

「唐渡さん、今の僕はそんなこと何も考えてないよ。しかし、しつこいようだが、君はどうしてそこまで蔵主家のことに……」

「あなたを探し始めた日、私、暴力団員と思われる柄の悪い連中に尾行されました。そのことが頭から離れないんです」

清太郎が怪訝な顔をした。「その尾行が僕と何らかの関係がある。あなたはそう思っているんだね」

「分かりません」美知子は、喜一郎、そして美帆が事務所を訪ねてきた時のことを簡単に話した。「……お父様か妹さんの動きを監視していた人間が、私を尾行していたと考えてますが、あなたの行方を追うこととの繋がりはまるで分かってません」

「親父の金庫が狙われた事件と関係してるって考えるのが自然だね」

「おそらくそうでしょうが、何であれ、私は真相をはっきりさせたいんです」

「美帆が変な連中と付き合ってるってことはないのかな？」

「私、妹さんの素行調査をやったことはないのでお答えしかねます。でも、破格な言動を取る方ですが、暴力団と付き合いがあるという感じはしなかったですね」

「僕は美帆とゆっくり会ってみたい」

「私が仲介役をやってみましょうか」

「はあ？」清太郎が口を半開きにして、首を傾げた。「親父に使われ、僕を見つけた君に対して、美帆が心を開くとは思えない」

「私は依頼された調査をまっとうしただけ。私に深い恨みがあるわけじゃないから、何とかなる気がします」

「君には会うとしても、僕には……」

「駄目元でやってみましょう」

「それって探偵の領分を遥かに超えてるね」

「そうでもないですよ。美帆さんが監視されていたかどうか探れるかもしれませんから」

清太郎は美知子と目を合わさず、何度かうなずいた。納得はしていないが、好きにしたら。言外にそう言っている気がした。

美知子は腕時計に目を落とした。午前二時半を回っていた。

「それじゃ、私はこれで。明日、長者ヶ崎に戻るんですね」

「うん。親父の下で働くにしても、すぐじゃない。いくら親父がワンマンでも、会社の幹部に話さなきゃならないし、僕の方も頼まれた翻訳の仕事が残ってるから」

「美帆さんのことで何か分かったら、お知らせしますよ」

「お願いします」ドアを開けてくれた清太郎が、美知子に小さく微笑み、手を上げた。

部屋を出た時、カップルが廊下を歩いてきた。男の方がじろりと美知子を見た。

今頃、ホテルの部屋から出てきた女。美知子のことを売春婦だと思ったのかもしれない。

翌日の午後、影乃はマンションを出た。

細かな雨が降っていた。傘を拡げ、路地を抜け、国道二四六に通じる通りを歩いていた。

鉢山町交番の交差点をすぎた。影乃のマンションは日当たりの悪い、穴倉のようなものだが、その通りには邸宅が並んでいた。国道二四六の方から一方通行の道を、車が雨をはね飛ばしながら走ってくる。

カップルが影乃の後ろを歩いているのに気づいた。相合い傘。男は紺色のスーツを着、女はペダルプッシャーのジーンズにピンク色のカットソー姿だった。大きなコウモリ傘のせいで顔は見えない。

別段、怪しい人物ではなさそうだが、影乃は用心した。二四六に達する前、公衆電話ボックスに入った。

カップルはそのまま通りすぎていった。女がカットソーの腕を捲るのが見えた。巻いてあった包帯がゆるんだらしい。怪我をしているのではない。ちらりと見えたのは彫り物だった。

影乃はしばし、電話ボックスの中からカップルの動きを見ていた。彼らはそのままま
すぐに歩き去った。

影乃が電話ボックスに入ったのは、カップルの様子を見るためではない。針岡に電話をしたかったからである。

針岡は非番だった。電話に出た四課の人間が、どんな用かと、冷たい口調で訊いてきた。針岡にしか話せない。そう答えると、連絡先を訊かれた。影乃はまた電話すると言って、受話器を置いた。

電話ボックスを出て、再び二四六を目指す。フィリピン大使館をすぎた辺りで、例のカップルが、影乃の二十メートルほど後方に姿を現した。

二四六に出ると右に曲がり、横断歩道橋に上った。カップルは少し距離をおき、尾けてきた。

影乃はバー『ピアノラ』のある道玄坂に向かった。

雪永の店を通りすぎた斜め前に四階建てのビルがある。そのビルに入ると、エレベーターで最上階に向かった。小さなスナックや小料理屋が看板を出している。

午後二時少し前。店の人間が、この時間にビルに来ることは滅多にない。

廊下に立つ。やや時間をおいて、エレベーターが下がっていった。

影乃はエレベーターの前に移動し、身構えた。

ドアが開いた。やや前のめりになって廊下に出ようとした男と目が合った。

男がかっと目を見開き、動きを止めた。

影乃は無防備だった男の鼻にストレートを食らわせた。女が悲鳴を上げた。後頭部を壁にしこたまぶつけた男は、半回転し、床に転がった。足先が廊下に出ている。

喘いでいる男の顎を蹴り上げた。「誰に頼まれた」

「………」

影乃が女に視線を向けた。「相棒、口がきけないらしい。女だからってゆるい扱いはしないぜ」

「乱暴したら訴えるよ」女が顔を歪めてわめいた。

「上等だ」影乃はにかっと笑って、女に近づいた。

閉まりかけたエレベーターのドアが男の足にぶつかって、また開く。それを繰り返していた。

影乃は女の顔に息がかかるくらいに近づいた。

「警察、警察に頼まれた」男が声を発した。

影乃は首を巡らせ、男に鋭い視線を走らせた。「針岡か」

男が目を逸らした。

「針岡、今どこにいる」

男が喫茶店の名前を口にした。東急文化会館の並びに、昔からある喫茶店だった。

「お前の名前は？」

「小林」

「身分が証明できるものを出せ」

「………」

影乃が男の股間を蹴ろうとした時、女が影乃の手首に噛みついてきた。相手が女だとはいえ、鋭い痛みが走った。

女の髪を摑み、顔を上げさせようとした。しかし、女はスッポンのようにしつこく食い下がった。それでも、非力な女が影乃に勝てるはずはなかった。

その間も、エレベーターのドアは開け閉めを繰り返していた。

「早くしろ」女を壁に押しつけ、男に目を向けた。

男は観念し、ポケットから財布を取りだした。

「拾え」女の髪を摑んだ手をぐいと前に引いた。

女が言われた通りにした。

影乃は財布の中身を改め、札だけ床に放り投げた。

「女を借りる。針岡の顔を一緒に見にいくだけだから安心しろ」

「ちょっと待ってくれ」男が哀れな目をして影乃を見た。

「いいよ、私が付き合ってやるよ」女が居直った。

影乃は女の手を取ると、廊下に出た。階段を使って降りる。

「お前が傘を持て」

開いた傘を女に渡した。影乃が女の肩を抱いた。

「気安く触んなよ」

「女との相合い傘なんて何年ぶりかな」そう言って、さらに強く女を抱き寄せた。

女はそれ以上、つっかかってこなかった。

表通りに出、道玄坂を下った。

雨はいよいよ勢いを増し、風も出てきた。

宮益坂下(みやますざかした)の交差点を渡り、東急文化会館の前を通りすぎた。

針岡が待機しているという喫茶店に入った。細長い店の奥の席に針岡が、壁を背にして座っていた。焦げ茶のスーツ姿に白い開襟シャツを着、股(また)を大きく開いている。

通路を挟んだ席は空いていた。

影乃と女の姿を認めると、針岡はサングラスを外し、細い目をさらに細くした。

「そっちに座れ」影乃は、針岡の隣の席を顎で指し、女に命じた。

女が躊躇った。

「針岡、そんなに股を拡げてちゃ、女が座れない」

針岡は影乃から目を逸らさずに、股をすぼめた。

女が椅子に躰を投げ出した。

針岡の右頬が次第にゆるみ、笑みは目尻にまで達した。

店員が注文を取りに来た。影乃はブレンドコーヒーを頼んだ。女は、投げやりな調子で「ビール」と言った。

「お互い、正義のために戦おうって言ったのにな」影乃は煙草に火をつけた。

針岡がねっとりとした目を影乃に向けた。「男はどうした？」

「こいつに殴る蹴るの暴行を受けたのよ」女が吐き捨てるように言った。「針岡さん、何とかしてよ」

針岡が目で女を殺した。「声がでけえよ」

飲み物が運ばれてきた時、影乃は男の財布を取り出し、中身を調べた。

免許証、歯医者と病院の診察券、成田山のお守り。喫茶店の回数券、飲み屋のママの名刺。

メモ帳に必要なことだけを控えると、テーブルに拡げたものを財布に戻し、女の膝の上に投げた。

「針岡さん、私、帰るよ」そう言って、左手を針岡の方に差し出した。

「しくじったんだぜ、お前らは」

「金欠なのよ、何とかして」

「お前がシャブ、やってんのは見逃してやる。とっとと失せろ」

「針岡さん、日当ぐらい払ってやったらどうだい」影乃が口をはさんだ。

「こいつの言う通りだよ。あいつの治療費もあるし」

針岡は財布の中身が見えないようにして、五千円札を取り出した。

「足りないな」そう言ったのは影乃だった。

いきなり、女が針岡の財布を奪い取った。「金、持ってるじゃないか」

女は一万円札を二枚取ると、ビールを一気に飲み干し、腰を上げた。そして、振り向きもせずに、でっかい尻を左右に振りながら、店を出ていった。

針岡が女の後ろ姿を見つめていた。「あいつはいいケツしてる。歳を食ってもそれだけは変わらん」

「針岡さん、あの女と親しいみたいだな」

「千葉の栄町のソープで働いてた女でな。あんたが痛めつけた男と同棲してる」

「女の腕に彫り物が入ってたぜ」

「目ざといな。敦子の亭主がヤクザで、ふたりも殺ったから無期懲役になった」

「連れの男、ヤクザっぽくなかった。何者なんだい」

「元は高校教師で、倫理社会を教えてた。敦子に惚れて道を誤ったのさ」

「今日は非番なんだってな」

「俺に電話したのか」

影乃は黙ってうなずいた。

針岡がまじまじと影乃を見つめた。「俺と本気で組む気なのか」

「俺とあんたは気が合いそうだって」

「誰が言った?」

「塩崎警部補」

「あの堅物がか」

「谷内って、あんたの情報屋だったんだよな」

「………」

「隠しても意味ないぜ」

「奴から情報を取ったことはあるが、子飼いにしちゃいなかった」

「だけど、蔵主喜一郎の金庫が狙われているっていう情報は取ったろう?」

「取ってたら、警察が先に踏み込んでるよ」

「それはどうかな? 蔵主喜一郎に、あんたはネタを売った。違うか?」

「千里眼だな、影乃さんは」針岡が短く笑った。

小馬鹿にしたような口調の裏は読めない。本当にそうだったのか、的外れなのか。その一言では判断がつかなかった。

いずれにせよ、田熊とはタイプが違うにしろ、この男も一筋縄ではいかない相手らしい。

「針岡さん、あんたが谷内の隠してた〝お宝〟のことを知ってたのは、どうしてだい？」

「俺は、至る所に情報網を張ってる」

「街でよたってるチンピラを脅して手に入るような情報じゃないぜ。あんたには紐がついてる。相手の名前を教えろなんて野暮なことは言わない。それよりも、あの〝お宝〟はどうした？」

「どうもしやしないさ。俺の手許にあるよ」

「あんたに頼みがあるんだが」

「俺に？」

「欽州連合の三次団体、坂巻組の坂巻聡を知ってるよな」

針岡が煙草に火をつけ、天井に目を向けた。「あんたが坂巻に興味を持ってるとはな」

「坂巻んとこの組員の写真を俺に見せてくれないか」

「気軽に言ってくれるね」

「あんたならできるはずだ」

「何をやらかす気だ」

「俺を襲った奴がいてな。ひょっとすると、元構成員を含めて、坂巻んとこの人間かもしれない。それをはっきりさせたい」

「そんなこと俺にしゃべっていいのか」

「よくなかったら、話してない」

「俺は、お前を痛めつけ、監視させた人間だぜ。そんな人間を信用してる。そんな馬鹿な」

「信用なんかしてないさ。あんたが坂巻と手を握ってたら、俺はまたすぐに狙われる。そうなったら、あんたと坂巻の関係が証明されたようなもんだぜ」

「影乃さんよ、あんた、自分が不死身だって過信してるな。人は簡単に死ぬよ」

「ホーチミンを知ってるよな。あの男は過酷な闘争を生き延びて、細っこい躰で、ベトナムから歩いて中国に密入国したりもしてた。それでも長生きしたぜ」

「ホーチミンには大義があった」針岡がつぶやくように言った。

「大義ね」影乃は鼻で笑った。

「何がおかしい」

「あんたほど〝大義〟って言葉が似合わない奴はいないからさ」

針岡はその言葉には反応せず、上目遣いに影乃を見た。「谷内の残した七枚の写真に写ってる人間の素性はもう洗ったのか」

「あんたは？」

「俺が質問してんだ。さっさと答えろ」

「ふたりだけ分かってない」

影乃は福石証券の人間のことだけは、田熊に仁義を切って伏せておいた。

「で、あんたの方は？」

「同じだ」そう言って、針岡は黙って立ち上がり、ピンク電話に向かった。

かなり長い間、彼は誰かと話していた。

針岡に手の裡を見せるのは危険である。しかし、こちらから隙を見せ、誘い込まないと、突破口は見つからないだろう。

針岡が戻ってきた。

「品川署のマルボウが写真を見せてくれる。あんたは、品川区のどこかでヤクザ風の男に脅され、財布を取られたとでも言え」

坂巻組が経営する倉庫会社は東品川にある。

「一緒に来るのか？」影乃が訊いた。

「保護者がいないと、向こうは会っちゃくれないよ」

影乃は針岡をタクシーに乗せ、品川署に向かった。

雨は降り続いていた。

「嫌な雨だ」針岡がぼそりと言った。「俺は雨が嫌いなんだ」

「嫌な思い出でもあるのか」

「大ありさ」針岡はそう言って、目を閉じた。

品川署に着くと、小部屋に通された。針岡は一旦部屋を出ていき、しばらくすると中年の刑事と共に戻ってきた。歳格好は針岡と同じぐらいに見えた。

「こっちは丸林（まるばやし）刑事だ。俺とは警察学校時代からの付き合いなんだ」

丸林刑事は青白い顔をしていて、すでに人生を捨ててしまったかのような生気のない男だった。彼は、黒い厚紙が表紙になった、分厚いファイルを手にしていた。

「今日の午前一時頃にですね……」影乃はその場で作った嘘を話し出した。

丸林刑事は、調書を取る素振りも見せず、影乃の話を聞いていた。

「もうその辺でいい」針岡が口をはさんだ。「丸ちゃん、こいつに写真を見せてやってくれ」

丸林は、ちらりと針岡に目をやってから、ファイルを開き、影乃の前に置いた。

ブラックリストは百五十ページほどありそうだった。

影乃はゆっくりとファイルを捲（めく）っていった。

三十ページほど進んだ時、拳銃を突きつけた出目金とおぼしき男の顔が現れた。影乃は名前や住所を暗記し、ページを繰っていった。

最後の方で、ちょっと気になる人物にぶち当たった。口髭を生やしたその男は素通しの眼鏡をかけていた。猿顔である。

詐欺師の中島洋一のところにやってきた男かもしれない。

その人物のデータも記憶した。出目金の相棒の太った男の写真はなかった。

ファイルを閉じた影乃は、針岡を見て首を横に振った。「この中にはいませんね。お手数かけました」

「被害届を出すかい？」丸林が薄く微笑み、ぞんざいな口調で訊いてきた。

針岡からの依頼事。端っから、裏があると思ってるらしい。

「いや、もういいです」

部屋を出る前に、影乃はトイレにいった。そこで、記憶したデータをメモした。

針岡と丸林はまだ部屋に残っていて、鉄格子の嵌まった窓の前に立ち、こそこそと話していた。

影乃は丸林に礼を言い、針岡と共に署を後にした。

「影乃、俺に嘘は通用しねえよ。宮本勲と玉井一平のファイルのところで、時間をくってたな」

出目金が宮本勲、猿顔の男が玉井一平である。

「優秀なデカは違うな。で、あんた、あいつらと面識があるのか」

「宮本とはあるが、玉井のことは知らない。すぐに調べはつくがな」

針岡が協力的なのは、少なくとも坂巻組、或いは欽州連合とは、関係を持っていないからだろう。彼は影乃が誰に目をつけるか知りたかったに違いない。

しかし、影乃は宮本や玉井には興味がなかった。木原産業の社長と坂巻聡は親しい間柄。木原が坂巻に頼み、組長の命を受けた人間が、さらに下の人間を動かしたのだろう。その点が見えてきただけで成果はあった。

「影乃、一杯やろうぜ」

影乃に異存はなかった。

針岡が空車に手を上げた。行き先は三軒茶屋だった。

「宮本のヤサ、三茶だったぜ」

「俺の知ってる飲み屋に行くだけさ」針岡はそう言って煙草に火をつけた。

七　意外な被害者

清太郎と会った二日後、美知子は軽井沢にいた。

浅間山から下りてきた紅葉が麓に拡がりつつあった。東京よりもかなり温度が低く、風が強いので、美知子は着てくる服を間違えたと後悔した。

唐松林を抜ける風に、針のように尖った葉が黄金色の雨となって、アウディのワイパーに降り注いだ。

森島あゆみの住まい兼アトリエは、中軽井沢地区の別荘地の外れにあった。

昨夜、影乃と電話で連絡を取り合い、調査したことについて、お互いの進捗状況を話し合った。

影乃は、敵になるか味方になるか分からない〝ダーティハリー〟こと針岡とも手を握ったと笑った。その際、森島あゆみの東京での個展は日曜日に終わったことを教えられた。

美知子は週の明けた昨日、美帆の事務所に連絡を入れた。美帆は仕事で小布施に行っていて、水曜日にならないと戻ってこないという。宿泊先を訊いた。小布施まで会いに行こうと思ったのだ。東京の喧噪を離れると、気持ちが穏やかになることがあるものだ。

小布施に赴く前に、軽井沢に戻っているはずのガラス工芸家に会ってくるのはどうかと影乃に訊いた。小布施と軽井沢は近いとは言えない。しかし、軽井沢から足を延ばすことのできる距離にある。影乃は美知子に任せると答え、改めて、森島あゆみに関する情報を教えてくれた……。

森島あゆみの住まいは、決して立派とは言えない二階家だった。裏に外壁が薄緑色の建物が見えた。おそらく、そこがアトリエなのだろう。

森島あゆみは、アポも取らずにいきなり、家まで押しかけてきた女探偵に、戸惑っていた。しかし、拒む様子は見られず、やや緊張した面持ちで、美知子を居間に通した。そして、母親が出かけていると断ってから、台所に向かった。コーヒー豆が挽かれる音が聞こえてきた。古い家の窓もサッシも、冬の寒さに耐え切れそうもない代物である。そんな窓のひとつから浅間山がかすかに望めた。

急に陽射しが翳り、辺りは薄暗くなった。

コーヒーを用意してくれた森島あゆみが、美知子の前に浅く腰を下ろした。

「先日、男の探偵が個展会場に来ました。あなたと彼とは……」

「よく知っている人ですが、ライバルでもあります。でも、今日、森島さんに会いにきた用件は、彼と同じです」

森島あゆみが目を伏せた。

「警察には顧客リストを渡されたんでしょう？」

「ええ」

「じゃ手許にはないんですね」

「………」

美知子は、森島あゆみの様子からリストは戻ってきていると踏んだ。

「私は、殺された谷内さんのお嬢さんの恵理さんに頼まれて調査しています」

森島あゆみが顔を上げた。「ことは殺人事件ですよ。警察に任せるしかないんじゃないんですか？」

「彼女は新進ジャズシンガーで、近いうちに初めてＣＤを出す予定になっているんですけど、今度のことで気もそぞろ。歌うことに身が入らないようです。一介の探偵が事件を解決できるとは思ってませんが、警察は、いくら遺族だとは言え、彼女に捜査過程を話すはずがないでしょう。だから、探偵の私からの小さな情報を聞くだけでも、恵理さんは、父親の死の真相に近づいた気分になり、心がいくらか落ち着くようなんです」

「谷内恵理さん……」森島あゆみが考え込んだ。「その名前のジャズシンガーの歌を聴いたことがあります」

「どこで？」美知子の声に力が入った。

「友だちと六本木の小さなジャズバーに行った時です。とても存在感のある歌い手だったので、いいなあって思いました」

「ジャズがお好きなのね」

「ええ。でも、クラシックもロックも好きですけど」森島あゆみの表情が若干和らいだ。

「あなたにご迷惑がかかるようなことは絶対にしませんから、顧客リストが手許にあれば、私に一日二日、貸していただけないでしょうか。コピーしたらすぐにお返ししますから」

「でも、お客様のプライバシーを無闇やたらには……」

「その気持ちはよく分かります。でも、すでに警察はリストにある人たちを調べているでしょう。警察と私立探偵では、社会的信用度が違いますが、私が調査することで、あなたが気に入った若いシンガーの慰めになるかもしれません」

美知子は半ば、想像で恵理のことを語っている。情報を引き出すために、嘘をついていると言っていい。しかし、自分の想像が外れている気はしなかった。清濁併せ呑んで事に当たるのが探偵には必要なのだ。

「ちょっとお待ちを」森島あゆみは玄関に向かった。

ドアが開け閉めされる音がした。アトリエに行ったらしい。ほどなく戻ってきたガラス工芸家は茶封筒を手にしていた。

「お貸ししますが、お客さんに失礼のないように調査してください」

「助かります」

「私、父を早くに亡くしてます。大好きだった父もガラス工芸家だったんです」

「お父様の遺志を継いだのね」

森島あゆみが遠くを見るような目をした。「亡くなった父を、今でも追いかけてる気持ちがしてます」

「あなたのお父さんと違って、恵理さんの父親は犯罪に手を染めた人でした。でも、恵理さんにとって父親には違いないんです」

「あの人の歌に存在感があるのは、そういう影を背負ってるからかもしれませんね」

美知子は森島あゆみを真っ直ぐに見て、大きくうなずいた。

辺りはさらに暗くなり、風も強まったようだ。

「電話、お借りしていいかしら」

「どうぞ」

美知子は美帆の泊まっている宿に電話を入れた。驚いたことに美帆はつい先ほど発ったと、仕事関係者に教えられた。東京に戻らず、軽井沢にある蔵主家の別荘に向かったという。電話に出た男は、別荘の場所までは知らなかった。再び森島あゆみに断って、清太郎にかけた。不在だった。しかたなく喜一郎に連絡を取った。喜一郎は社にいた。

「……なぜ、美帆に会いたいのかね」喜一郎は不機嫌そうな声で訊いてきた。

「テレビ番組の制作会社の方に或る依頼を受けたんですが、問題の人物が、美帆さんの働いている会社と繋がりがあることが分かったものですから」美知子は、その件で軽井沢にいると大嘘をついた。

喜一郎が信じようが信じまいが気にしている余裕はなかった。

「私の別荘には行っていないはずだ。房男が休みを取って軽井沢にいる。おそらく、美帆は房男に会いに行ったんだろう」

喜一郎は、教えないのも変だと思ったのだろう、不承不承、別荘地名と番号、それから電話番号を教えてくれた。

電話を切った美知子は、森島あゆみに改めて礼を言い、退散した。

午後五時を少し回っていた。美帆は小布施を出たばかりらしい。軽井沢に着くまでにはまだだいぶ時間がある。

美知子は旧軽井沢に出てお茶を飲み、以前、ランチをしたことのあるイタリアンレストランでゆっくりと食事を摂った。そのレストランは離山近くにあった。房男の別荘は、そこからそれほど離れていないはずだ。

房男には会いたくない。というよりも、一緒にいられては困る。だから別荘を訪ねることは避けたかった。

美知子は房男の別荘に電話をし、美帆を外に呼び出そうと決めた。

午後八時少し前、美知子は電話機に向かった。

美知子が、軽井沢のレストランから房男の別荘に電話をかけようとしていた頃、影乃は銀座の雑居ビルにあるスナックにいた。

影乃の前には、房男と対立している蔵主観光の社長、吉見両一が座っていた。

テーブルには吉見のために用意されたブランデーグラスが置かれているが、注がれた酒は、まったく減っていない。苦々しい顔をして、煙草ばかり吸っている。

店内は静まり返っていた。

吉見の座った傍らにカラオケ装置が置いてあるが、歌う者はいない。それもそのはず。影乃たちの他に、客もいなければ、ママもホステスもバーテンも不在なのだから。

店名は『好美』。

吉見を、休業している『好美』というスナックに呼ぶと言いだしたのは田熊だった。田熊のおふざけか。まさか。これは偶然だろう。好美というママと田熊は深い関係にあるのかもしれない。

しかし、そんなことはどうでもいい。影乃は田熊と相談し、吉見両一に揺さぶりをかけることにしたのだ。

まず田熊が吉見両一の自宅に、写真のコピーを偽名で送った。そして、少し時間をおいて、影乃が蔵主観光に電話を入れた。

「君は誰だ」

「写真、ご覧になりましたか」

「…………」

「午後八時頃、銀座にあるスナック『好美』というところまで、ひとりで来てください。ゆるゆる飲みながらお話がしたい」

「名も名乗らない人間に会えるか」声が上擦っていた。

「分かりました。では……」

「ちょっと待ってくれ」

そこで、影乃はスナック『好美』の電話番号、住所、ビル名を教え、「お待ちしております」と言って電話を切った。

吉見両一は必ずくる。影乃には揺るぎない自信があった。

果たして、吉見は八時前にやってきた。

待っていたのは影乃だけ。田熊はいなかった。

影乃は温厚そうな笑みを浮かべ自己紹介した。

「影乃さんっていうと、あの時の……」吉見が唖然(あぜん)とした表情で言葉を呑んだ。

喜一郎が話したかどうかは分からないが、喜一郎宅で起こった時の通報者が影乃という探偵だと聞いていたらしい。

「まあ、お座りください。銀座にあるといっても、この店は場末のスナックのようなものです。吉見さんのお好きなブランデーはヘネシーのXOでしたっけね。でも、あいにく、ここにはスリースターしかございません。それで我慢してください」

影乃はねとねとした口調でそう言うと、目尻をゆるめた。

吉見は黒縁眼鏡の両方のツルに両手で同時に触れただけで、口を開かなかった。

影乃はブランデーを用意した。

「君の目的は何だ」

「お声がかさついてますね。吉見さん、酒で喉を潤してください」

田熊を真似て、ナマズのように摑み所のない優しい口調で言った。この方が単純な脅しよりも怖いかもしれない。特に、社会的に成功し、守るものがたくさんある人間にとっては。

吉見が煙草を取りだした。影乃が吉見から目を離さず、素早く火をつけた。

「あの写真にどんな意味があるというんだね」吉見が口早に言った。

「蔵主喜一郎に長年、仕えてきたあんたが、乗っ取り屋の和久彦治と手を結んだ。よほど腹に据えかねたことがあったんでしょうな」

吉見が笑った。無理に作った笑みは、却って、動揺の顕れにしか見えない。

「君が送ってきたのは、私がひとりで歩いている写真だよ。和久彦治の姿なんかどこにもないじゃないか」

「お送りした写真には確かに吉見さんしか映ってなかったですね。和久彦治だけじゃなく、梅村元男の姿もなかった。俺は、都内の花街にも知り合いがいるんですよ」

吉見がいきなり立ち上がった。「帰らせてもらう」

影乃が腰を上げた。

「私をここから出さない気か」

「水が飲みたくなっただけです」影乃はにかっと笑った。「吉見さん、いつでもお帰ししますが、話は最後まで聞いた方があんたのためだ。蔵主房男は実業家としては駄目ですな。あの男には蔵主グループを率(ひき)いていくだけの器はない。吉見さんは、蔵主グループのためを思って、密(ひそ)かに動いている。俺は、あんたのやってることを好意的に受け取ってるんですよ」

吉見が口許を掌(てのひら)で撫(な)で始めた。

水と氷の入ったグラスを手にした影乃は、それを吉見の前に差し出した。「水、飲んでください。まだ口をつけてませんから」

吉見はグラスを受け取ると、腰を下ろした。そして、水を軽く口に含み、それからブランデーを一気に空けた。

「いくらほしい」

影乃が上目遣いに吉見を見た。「俺は金には困ってません」

「あくどいことをして金にしてるってことか」

「正当な報酬をコツコツ、郵便貯金にしてるんです。俺がほしいのは情報です」

「情報をどこかに売る気なんだな」

「金にする気はありません。公にした方が世のため人のため。そう思えたらただで公表します」

吉見の目に動揺が表れた。「そんなことをして何の得があるんだ」

「吉見さんはもうじき六十四になられますよね。心臓がお悪いとも聞いてる。趣味は園芸でしたね。そろそろ引退して、故郷の山梨に戻られて花を栽培なさるのも、ひとつの生き方じゃないですか。確か、男の平均寿命は去年は七十五歳だったはずです。後十一年。花を育てるのにはそれなりに時間がかかります。リタイアするいい時期じゃないですか？」

「そんなこと君ごときに決めてもらいたくないね」吉見がいきり立った。

「これは失礼。僭越なことを申し上げてしまって」

「…………」

「ここまできたら、俺に情報を流し、一線から身を引く。これが最良の道。俺はそう言いたかっただけです」

「君に情報を流したことが分かったら、私、いや、君も殺されるかもしれない」

「嗅覚の鋭い和久彦治が蔵主グループの上場会社の株の買い占めに乗り出したのには理由があるはずだ。それは何だったんです？」

吉見がいきなりそわそわし始めた。周りを見回してから、テーブルの下を覗き込んだ。

「やっぱりだ」

「何をするんだ」影乃が怒鳴った。

吉見は影乃を無視し、床に膝をつき、テーブルの下にガムテープで留めてあったテープレコーダーを手にした。そして、座り直すと、停止ボタンを押し、中に入っていたカセットを取りだしポケットに仕舞った。「君の姑息な考えぐらい見抜けるんだよ」

「やはり、役者が一枚上ですね。すみませんでした」

謝った影乃は、吉見の荒れた呼吸が収まるまで待った。そして、こう言った。

「吉見さん、グループ内での主導権争いで、あんたは劣勢に立たされている。下手をしたら辞任を迫られる。今の立場が危ういあんたが、和久彦治に接近した。そう勘ぐられてもしかたないですよ」

「根も葉もないことをネタに脅しをかけてくるんだったら、私は警察に行く」

「どうぞ。俺は金はいらないと言ってるじゃありませんか。脅しにも何もならない。探偵が情報を取ろうとしてるだけですよ。あんたが警察に行って、俺が事情聴取を受けたら、俺は警察に協力しますよ」

受け口を前に突き出した吉見の目が忙しげに瞬いた。

「蔵主王国が和久彦治の軍門に下った時、見返りにあんたは何を得るんです？」

「私は和久彦治と組んでなんかいない。会長の名代として、和久に会っただけだよ」

「そういう役目はこれまで、蔵主土地開発の榎木常務がやってきたと聞いてますが」

吉見が怪訝な顔をした。「君はどこからそんな情報を得たんだ。一介のモグリみたいな探偵がひとりで探れたとは思えん。君を動かしてる人間は何者なんだ」吉見は水の入ったグラスを手に取った。「会長に接近した時から、裏で糸を引いてる人間がいたってことなんだな」

「あれはまったくの偶然ですよ」

「そんなこと誰が信じる。しかし、そんなことはどうでもいい。ともかく、君の推測は外れてる」

「蔵主会長に、あんたが言ったことが事実かどうか訊いてみましょう」

「好きにしたまえ」

影乃が蔵主喜一郎に話さないという前提の許での発言に思えた。確かに、現段階で影乃が、そんな話を喜一郎にできるはずはない。後ろ暗いところがある喜一郎は、影乃が裏で動いていると知ったら、何としてでも阻止したいはずだから。

「ところで、吉見さん、会長の金庫を狙ったのは誰だと思います？」

「そんなこと私に分かるはずないだろう」

「和久彦治に末端の末端で繋がってる人間の仕業かもしれないですね」

「君は何も分かってないね。和久彦治ぐらいの大物は、その手の危ない橋を渡らずとも、会社のひとつやふたつは乗っ取れる」

「金庫は空だった。事前に情報が漏れていたか、蔵主会長の自作自演か、と考えるべきですかね」

「君は私に何を言わせたいんだ」

影乃は、ここで写真のコピーを取りだし、吉見の前に置いた。

「どこかの公園で撮られた写真です。左側にいるのが穴吹で、右に座っているのは、あんたもご存じの梅村元男。梅村の義理の弟は木原浩三って男です。この木原と関係のあるヤクザが、俺の周りをうろちょろしてるみたいなんですよ」

「それが私とどう関係があるんだ」

「あんたは会長の名代で和久彦治と或る料亭で密会した。今のところはそう信じておきましょう。で、その席になぜ梅村がいたんです？　和久彦治と梅村元男の関係を教えてくれませんかね」

「そんなこと私が知るか」吉見が声を荒らげた。

「それぐらい話してくれてもいいじゃないですか？　誰から訊いたかなんて絶対に言いませんから。それだけ教えてもらえれば十分です」

「………」

「吉見さん、あんたが誰の味方であれ、いざとなったら、やはり、真相をはっきりさせなきゃならない。俺は正義ぶったことが性に合わないんですが、たまには社会貢献したくなることがあるんですよ」

吉見の口から短い溜息がもれた。「詳しい関係は分からない。君も知ってるだろうが梅村元男は梅村ファースト・コーポレーションって会社のオーナーで、ディスコ『ゾナール』の経営者だ」

「裏の顔は？」

「金融ブローカーだよ」

「元は銀行員ですかね」

「いや、証券マンだったと聞いてる」

「どこの？」

「福石証券だ」

「もう一度訊きます。なぜ、あんたと和久彦治の密談の席に梅村が同席してたんですか？」

「和久彦治の死んだ妻の従兄弟だそうだ」

総会屋の伏見竜之介に、喜一郎は福石証券を動かして、転換社債を不正に割り当てようとしている。そうせざるをえなくなったのは十中八九、和久彦治を押さえ込んでほしいと、伏見に頼んだからだろう。和久彦治にも、それなりの土産が渡されるはずだ。

梅村元男が、福石証券の岩見沢、そして上司の鶴田に接触している理由は今ひとつはっきりしないが、伏見竜之介の動きと深い関係があるのは明白だ。

灰皿に置かれた吉見の吸いかけの煙草が煙を上げていた。

吉見はそれをゆっくりと消した。「もうこの辺で解放してくれないか」

「お忙しいのに、お呼び立てしてすみませんでした」

吉見が腰を上げた。出口に向かう彼の後を影乃が追った。

「またご連絡することもあるかと思いますが……」

吉見が振り向いた。眉根が険しい。「もう君には会わんよ」

「穏やかな老後。俺にはとても送れそうもなさそうですが、吉見さんにはできる」

吉見は肩をそびやかし、腹立たしげにドアを開けると、店を出ていった。

ドアが閉まる音が店内に響いた。

影乃はブランデーグラスを空けると、ふうと息を吐き、カラオケ装置の裏にガムテープで留めてあったものを取りだした。

もう一台テープレコーダーを隠しておいたのだ。レコーダーのスイッチを切った。それからグラスや灰皿をカウンターのところまで運び、ビールを一本、冷蔵庫から取りだした。

そして、一口飲んでから、旨(うま)そうに煙草をくゆらせた。

田熊の配下の者が吉見を尾行することになっていた。吉見も警戒して、今夜は妙な動きはしないかもしれないが、尾行と監視は、しばらく続けられるはずだ。

吉見は、蔵主グループに入社し、喜一郎に可愛がられ、グループの裏側を見てきたせいもあり、普通の会社のサラリーマン社長よりも柄が悪い。しかし、暴力団のような組織に入って手を汚してきたワルではない。だから、精一杯虚勢を張ったところで、たかが知れている。さらに揺さぶりをかければ、我が身可愛さに、影乃の知りたい情報を吐くだろう。

谷内を誰が殺したかは別にしても、奴が盗み撮りした写真は、大きな経済事件を明るみに出すきっかけになることは間違いない。

なかなか面白いことになってきた、と影乃がにやりとした時、電話が鳴った。

田熊からだった。予定通り、吉見の尾行が始まり、田熊はここに来るという。

影乃はバー『ピアノラ』に電話を入れ、美知子から連絡はなかったかと訊いた。ないと答えた雪永にスナック『好美』の電話番号を教え、移動したらまた連絡先を教えると言った。受話器を置いてすぐに田熊が現れた。

ベージュ色のスーツに深いグリーンのソフト帽を被(かぶ)っていた。

影乃はカウンターの中に入った。

「お客さん、飲み物はどのようにいたしましょうか」

「ギムレットを作ってくれないか」

ギムレット。昔、愛読した小説に出てきたカクテル名である。

影乃は酒棚に視線を向けた。「ライム・ジュースが切れてるようで」

「いいんだ。ここにはどうせシェーカーもないし、ワインのコルク抜きもないいんだ」

「はあ?」

「ギムレットにはな、コルク抜きって意味もあるんだ」

「博学ですね」

田熊が眉をゆるめた。「だから、まっとうな市民社会で生きられなくなったんだよ」

影乃は肩をすくめて見せた。

田熊は脱いだ帽子をカウンターに置き、髪を撫で上げた。「角をストレートで」

影乃は言われた通りにした。

「吉見の奴、公衆電話に飛び込んで、どこかに電話していた。それから外堀通りの方に消えたよ。で、どんな案配だったんだ」

影乃はビールに口をつけた。そして、吉見の反応も含めて、密談の内容を田熊に伝えた。

「録音は?」

「あいつに、テーブルの下にレコーダーを隠していることを見破られました」

田熊が舌打ちした。

影乃はポケットに仕舞ってあったレコーダーをカウンターに置いた。

田熊が小首を傾げた。

「念のために二台、仕掛けておきました」

「ほう」田熊の表情が一変した。「君に対する評価がさらに高まったよ」

「ダビングしてからテープを渡します」

「ダビングは私の事務所でやれ」

「いいでしょう」

だが、すぐには店を出ないと田熊は言った。配下の者が吉見の行き先を見届けたら、電話してくるのだという。

影乃は自分の空いたグラスに酒を注いだ。

「吉見が蔵主喜一郎の名代なんてありえないでしょう?」

「ない、ない。しかし……君の話を聞いて、ますます和久彦治の行動が分からなくなったよ」

「俺もです。それに和久彦治に繋がってる梅村と福石証券の関係も不可解ですね。田熊さんが子飼いにした福石証券の岩見沢に訊けば、梅村元男がなぜ、上司の鶴田まで呼んで会っていたのか分かるでしょう」

田熊が腕を組んだ。「うーん」

「何か引っかかることでも？」

「岩見沢に手のうちを見せていいものかどうか考えてるんだ。子飼いにしたとは言え、全面的に信用できるはずはないだろうが」

「金や女で釣った相手っていうのは、どう転ぶか分かりませんからね」影乃は含み笑いを浮かべた。

田熊が鼻で笑った。

「解禁してくれませんか？」

「何を？」

「岩見沢に近づくことですよ」

「君に手立てがあるのか」

「脅しをかける方法はあります。あんたより若い、俺の方がそういうことに向いてると思いませんか？」

田熊がじっと影乃を見つめた。鋭い目つきだった。影乃は視線を逸らさない。

「いいだろう。やってみろ。ただし影乃、失敗は許さんぞ」

影乃は黙ってうなずいた。

電話が鳴ったのは、それから二十分ほど経った頃である。

田熊が受話器を取った。

「……そうか……。分かった。引き続き監視を続けてくれ。抜かるなよ」

電話を切った田熊が話し出すまで、影乃は口を開かなかった。

田熊が元の席に戻った。「吉見は赤坂にある『リュミエール』ってクラブに行ったそうだ」

「吉見の女がいるんですか？」

「和久はスケベ親父なんだ。ＳＭプレイが好きで、女を縛ってやるのが趣味だそうだ」

「つまり、和久の女のひとりがやってる店ってことですね」

「うん。そのうちに和久が店に現れるはずだ。そのクラブには入ったことがないから分からないが、特別室があるんじゃないのかな」

それから十分ほどしてまた電話が鳴った。果たして、和久彦治の黒車がクラブ『リュミエール』の前に停まったという。

「吉見が和久に泣きついたか」田熊の目が鋭くなった。「影乃、こうなったら命を狙われることも頭に入れておけ」

影乃は冗談など飛ばさずに大きくうなずいた。

急に田熊の表情が柔らかくなった。「君は、私の会った人間の中でも相当変わってる」

「どういうところがです？」

「心臓に毛が生えてる感じがしないのに、意外に強靭なところがだ。剛の者は何人も見てきたし、前から吹いてくる風には強いが、横風に弱い張り子の虎もいっぱい知ってる。だが、君のような人間には、これまで会ったことがない」

「田熊さんに買っていただいて何よりです」

「〝何より〟か」田熊が鼻で笑った。

「ええ、強い味方と手を組めたことで面白くなってきた。『ナマズ内報』の売れ行きが倍増するくらいの記事が書けるように、俺も頑張りますよ」

「頼むぞ」

「こちらこそ」影乃はグラスを軽く持ち上げ、田熊に向けた。

美知子は房男の別荘に電話を入れた。留守番電話に変わった。

「私、唐渡美知子と申しますが、そちらに美帆さんが……」

そこまで言った時、受話器が取られた。

「大変なの……」

美帆の言葉が続かない。聞こえてくるのは荒い息の音だけである。

「何があったの、美帆さん、答えて」

「房男兄さんが……」美帆が泣き崩れた。「死んでる。あいつが殺ったのよ」

「今、私、軽井沢にいます。すぐにそっちに行くわ」

房男の別荘地の名前と番号は書き留めてあった。それをレストランのオーナーに見せると、住宅地図を持ってきて調べてくれた。

美知子は、ポイントになる場所を書きとめ、レストランを後にした。

別荘地内の細い道を抜け、離山を目指した。坂をどんどん上がった。

房男の別荘は比較的分かりやすい場所にあったので迷わずに着けた。

生垣に守られた広い敷地に二階家が建っていた。車を門灯の辺りに駐め、敷地内に入った。玄関前に広いスペースがあり、左手はガレージ。その前に茶色いベンツのハードトップが見えた。

インターホンを鳴らした。応答はない。ドアを開け、中に声をかけた。

美帆が姿を現した。足取りは重く、美知子と顔を合わせようともしなかった。

「上がって」

美知子は靴を脱いだ。美帆は柱に躰を預けたまま、それ以上口を開かない。

美知子は廊下を進んだ。半開きになったドアを軽く押した。

ソファーの背もたれに躰を預けた房男の姿が目に飛び込んできた。腰から床にずり落ちそうになっていて、顔は天井に向いていた。白いVネックのセーターを着、ベージュのチノパンを穿いている。

美知子は房男の後ろに回った。首に紐のようなもので絞められた跡が残っていた。顔に鬱血は見られず、死斑も出ていなかった。

自殺ではないのは明らかだが、死後どれぐらい経過しているのかは、美知子には判断がつかなかった。直腸の温度を測定したりすれば、或る程度の時間を割り出せるはずだが、それは警察の仕事である。

部屋が荒らされた様子はなかった。だが、ソファーの前のテーブルは斜めになっていて、上に載っていたと思われる灰皿や煙草入れ、新聞などが床に転がっていた。

いきなり、後ろから誰かが房男の首に紐を巻き付け、絞め殺した。その時、房男が暴れ、テーブルが動いた。そんな風に美知子には見えた。室内に潜んでいた犯人が房男に忍び寄って殺したのか。それとも、顔見知りが隙をついて犯行に及んだかのどちらかであろう。

美知子の立っている場所からすぐの床に煙草が二本、見つかった。吸われていない煙草である。しゃがみ込んで煙草を見た。マルボロだった。

足音がした。美帆が居間に入ってきた。

腰を上げた美知子が美帆を見た。「警察には？」

「まだ」美帆は心ここにあらずと言った体で答えた。

「私がかけますね」

「…………」

美知子は部屋の隅にあった電話から一一〇番した。

「お兄さん、マルボロ、吸ってた？」

「房男兄さんはショートホープ。マルボロはあいつが吸ってる煙草」

放心状態だった美帆の口調が、急に激しくなった。

「房男兄さんを殺したのは、あいつよ」

「そう決めてかかる根拠は？」

「昨日、あいつと房男兄さん、大喧嘩したのよ。それに、私、七時十分頃に軽井沢駅に上りの電車で着いたんだけど、その時、清太郎がその電車に乗り込むのを見た」

「確かなの？」

「間違いない」

「ちらっと見ただけじゃないの」

「そうだけど、清太郎よ。ダークグリーンのジャケットを着てたし」

清太郎を喜一郎の邸に連れていった時の服装と同じだ。

「話を元に戻すけど、房男さんと清太郎さんが喧嘩した時、あなたはその場にはいなかったんでしょう」

「電話で聞いたの」

美帆は清太郎を憎んでいる。そんな人間の発言をまともに受け取る気はさらさらないが、事情だけは頭に入れておきたかった。

しかし、詳しい話を聞いている時間はなかった。表で車が駐まる音がしたのだ。軽井沢署から房男の別荘までは、車だったら十分もかからないはずだ。

インターホンが鳴った。美帆が玄関に向かった。私服の刑事、鑑識など捜査官がどやどやと居間に入ってきた。

美知子はまず自分が通報した事情を話した。実況見分に立ち会ったのは第一発見者の美帆だけで、別室で簡単に聴取を受けた後、美知子は自分の車で軽井沢署に向かった。被害者及び第一発見者を含め、蔵主家との関係などなど、数時間にわたって聴取された。終わったのは零時を少し回った時刻だった。軽井沢に一泊するかどうか迷ったが、東京に戻ることにした。美帆が依頼人であれば残ったろうが、そうではないのだから、留まる意味はない。

碓氷峠を越え、高崎から高速道路に乗った。

二時間半ほどで都内に入った。家には直接向かわず、事務所に寄った。

酒の用意をすると、靴を脱ぎ、ソファーに寝転がった。

蔵主房男が殺された。現場に足を踏み入れたが、さしたる手がかりは摑めなかった。現場にマルボロが落ちていて、清太郎が同じ銘柄の煙草を吸っているなんて、証拠価値としてはゼロである。吸い殻だったら唾液が付着していて、そこから或る程度のことは分かるだろうが。

谷内の死体を発見した影乃は、犯人に繋がるかもしれない、いくつかの遺留品を目にした。同じようなことが自分にもできたらよかったのだが、あの状況では無理だった。

事情聴取されている時に、刑事たちの尋問から何か得られるものがないかと、美知子からも、死亡推定時刻などの質問を思いきってしてみたが、当然のごとく相手は答えてくれなかった。美知子のアリバイも訊かれた。森島あゆみを訪ねた理由については、或る調査の過程で、彼女に会う必要があったからとだけ答えた。最初から美知子に疑いの目を向けていなかったためだろう、刑事たちは、それ以上の質問をしてこなかった。それよりも、蔵主清太郎に関することに、刑事たちは興味を示した。美帆が清太郎を犯人呼ばわりしたはずだから当然である……。

美知子は躰を起こした。

森島あゆみの件で軽井沢を訪れた。そのことが、房男殺害の現場に自分を導いた。この偶然が、探偵の領分を超えても、真相を摑みたいという気持ちを高まらせた。

意気込んでグラスを空けたものだから、ビールが口許から垂れ、服を汚した。

影乃に連絡する気はなかった。房男が殺されたことは衝撃的な事件だが、彼に報告することなどほとんどない。影乃の声を聞くと安心する。それだけのことで、こんな時間に電話するのは、探偵としてのプライドが許さなかった。

葉山の清太郎に電話を入れてみた。相変わらず不在だった。

影乃は翌日、喜一郎の後継者である房男が軽井沢の別荘で絞殺されたことを知った。予想もしていなかった展開に、さすがの影乃も驚いた。

どのテレビ局のワイドショーも、通常の番組を取りやめ、そのニュースを流していた。殺された場所も、視聴者を喜ばせるかっこうの舞台となり、軽井沢の上空にヘリを飛ばす局もあった。

三年ほど前に、『未来展望』という番組に、房男がゲスト出演したことがあった。その局は、彼のインタビューの一部と映像を流した。撮影場所は軽井沢の別荘だった。

ワイドショーというのは、しつこいぐらい同じことを繰り返す。普段はうんざりさせられるのだが、今回は事件のあらましを知るのに大いに役立った。

房男の秘書が午後四時頃、軽井沢の別荘に電話を入れ、房男としゃべっている。別段、房男に変わった様子はなかったという。第一発見者は妹の蔵主美帆。部屋は荒らされてなかったと報じられていた……。

影乃は美知子の事務所に電話を入れた。初美が出た。

「おはよう。所長は？」

「週刊誌の記者のお相手を」初美が小声で答えた。

「なぜ？」

「しばらくお待ちを」

美知子が電話口に出たが、かけ直すと言っただけで受話器をおいてしまった。

昨日、美知子は森島あゆみの自宅を訪ね、それから小布施まで美帆に会いにいくと言っていた。ひょっとすると、美知子は房男の絞殺事件を、報道機関が知る前に美帆から聞いたのかもしれない。

美知子からの電話を待たなければならないので、食事に出かけるわけにはいかない。インスタント焼きそばで昼飯をすませることにした。

焼きそばを口に頬張った時、電話が鳴った。美知子からだった。直接会って話したいとのこと。影乃はすぐに事務所に行くと答えた。

「食事中？」

影乃がのんびりとモグモグやりながら話していたから、そう訊いてきたのだろう。影乃は何を食べているかを教えた。

「余裕綽々ね」

「嫌味かい？」影乃が短く笑った。

「違うわよ。それぐらい余裕があったらいいなって思っただけ」

「ムショに入れば、大概のことが平気になるもんさ」

「マスコミの連中がうろうろしてるかもしれないから、念のためにビルの裏口から入ってきて」

「OK」

電話を切って三十五分後、影乃は美知子の事務所の入っているビルの裏口に着いた。周辺にマスコミらしき人間の姿はなかった。

美知子の事務所に入った。美知子は所長用の机の前に座って、誰かと電話で話していた。

「……さあ、それは……。会長のお気持ちは分かりますが、警察はその点も視野に入れて捜査してると思いますよ……。私に今回の件の調査を依頼なさりたいんですか？……。分かりました。また私が必要な時はいつでもご連絡ください」

受話器をおいた美知子は長い溜息をつき、革張りの回転椅子の背もたれに躰を預けた。

初美が影乃にコーヒーを淹れてくれた。

「軽井沢で、房男殺しの現場に足を踏み入れたのかい」影乃が煙草に火をつけながら、落ち着いた調子で訊いた。

「そうなの」

美知子は、順を追って影乃に何があったか話した。

「大したもんだな」影乃が言った。

「何が？」

「森島あゆみから顧客リストを手に入れたことさ」

「今朝から、ひとりひとり調査を始めたんだけど、マスコミがうるさくて、捗ってないの」

「リストは後で見せてもらうことにして、清太郎が殺った可能性はどうなんだろうね」

「動機がないでしょう。自分の立場を脅かしかねない清太郎を房男が殺したんだったら分かるけど、反対はないと思う。美帆は清太郎が憎いから犯人にしたいだけ」

「犯行推定時刻は分かってるのかな」

「さっきここにきた記者によると、午後五時から午後七時の間ぐらいだって」

「君は死体を見てる。どんな感じだった？」

「私、検死に詳しくないからよく分からないけど、美帆から電話があった直前に殺された感じはしなかったわね。直腸の温度や胃の内容物から、夕食前に死んだと警察は断定したみたい。私、午後五時頃、清太郎の葉山の家に電話を入れたの。でも、不在だった。東京に戻ったのは午前二時すぎだったけど、もう一度連絡を取ってみた。その時もいなかった。でも、さっきの会長からの電話で分かったんだけど、午前二時頃は、父親の邸にいたんですって。清太郎は午後十時すぎに、東京に出て翻訳会社の人間と会ってたけど、その前はずっと葉山の自宅にいたと言ってるらしいわ」

東京と軽井沢は特急あさまで、二時間少し。

美帆の証言通り、午後七時十分ぐらいに上りの特急に乗ったら、上野に到着するのは午後九時十五分ぐらい。それから翻訳会社の人間に都内で会うのは可能だ。

しかし美帆の目撃証言にどれぐらいの信憑性があるのか。はなはだ疑問だが、恨みを抱いている兄を犯人に仕立てあげるというのも、首を傾げたくなる行為である。もしも、清太郎に確固たるアリバイがあるにもかかわらず、裁判で同じ嘘をついたら偽証罪に問われる可能性もある。そこまでして、清太郎に恨みを晴らそうとするものだろうか。

房男殺しはセンセーショナルな事件である。しかし、影乃はあくまで谷内殺しを追及するのが仕事だ。そのために右手で田熊と、左手で針岡と組んで嗅ぎ回っている。この件に関してはとりあえず静観することにした。

「君は、事件に嘴を突っ込む気かい？」

「もちろんよ」美知子はあっさりと答えた。「清太郎を見つけたのは私だし、あんな兄弟喧嘩を見せられた直後に房男が死んだのよ。でもご心配なく、あなたの調査に協力していくことに変わりないから。それに、房男殺しが谷内の死と関係しているかもしれないでしょう」

「まあね。ともかくもう一度美帆と会って、清太郎を軽井沢駅ではっきりと見たかどうか問いただしてみることだな。嘘をついているかどうかは、話してるうちに分かるさ」

「で、影乃さんの調査の方はどうなの？」

影乃は昨夜、蔵主観光の社長、吉見を呼び出し、揺さぶりをかけたことを教えた。そして、これからどんな手を打つかも伝えた。

清太郎から美知子に連絡が入ったのは、その日の午後六時半頃だった。日比谷にあるホテル名を口にし、そこに来てほしいと言われた。簡単に食事をすませた後、タクシーでホテルに向かった。

「あなたとはホテルでの密会が続いてますね」冗談口調で笑った清太郎だが、三日前に会った時に比べたら、見るからに窶れていた。

「ビールでいいですか？」

「ええ」

清太郎は缶ビールをグラスに注いだ。「さきほど軽井沢から戻ってきたんです」

「何時間ぐらい聴取されたんですか」

「五時間ぐらいかな」

「妹さんの証言、裏が取れてないみたいですね」

清太郎が力なく笑った。「当たり前でしょう。僕は軽井沢には行ってませんから。それに動機もない」

「私と会った翌日の月曜日、房男さんと会ったんですってね」

「ええ。あいつがしつこく会いたいって言うもんだから、南青山にある会員制のバーで会いました」

「大喧嘩になったとか」

「喧嘩を吹っかけられたんですよ。最初は冷静に対処してたんですが、あいつがあまりにもしつこいから、ついこっちも大声を出してしまった」そこまで言って、清太郎は美知子に目を向けた。「僕と房男が喧嘩したこと、美帆から聞いたんですか？」

「ええ。ご存じだと思いますが、私がちょうど美帆さんに連絡を取ろうと、房男さんの別荘に電話をかけた時、彼女が、彼が死んでるというものですから、私、別荘に飛んでいったんです。その時、美帆さんがそう言ったんですけど、詳しいことを訊く時間はなかった。房男さん、何を言ってきたんですか？」

清太郎が薄く微笑んだ。「僕が、昔、親父の会社の不正を調べてたでしょう？　大したことが見つからなかったから途中で止めてしまったんですが、房男は、そうは思わず、不正の証拠をネタに、親父を脅かした。それで、親父が僕を会社に迎えることにしたんだと言いだしましてね。そんなはずないでしょう？　僕から親父に接近したんじゃないんですから」

「房男さんにもそう言ったんでしょう？　で、彼はそれに対しては何て？」

「手紙で脅すこともできると言い返してきた。そしてまた、妹に性的興味を持ったなんていう馬鹿げた話を蒸し返したんです」

「房男さんってずっと、あなたに嫉妬を感じてたようね」

「だと思います。僕の方が成績がよかったし、親父も長男ということもあって、僕の方を大事にしてたから」

「女にもあなたの方がもてた」美知子はにっと笑った。

「僕のことは別にして、房男はもてなかったですね。でも、そんなことはもうどうでもいい。僕には房男を殺す動機がありません。追い込まれていたのは房男の方ですからね」

「そうなると、美帆さんが嘘をついてるってことになりますね」

清太郎が首を横に振った。「僕を駅で見たというのは、嘘というよりも妄想じゃないですかね。僕に似た感じの人間をちらりと見た。その直後、房男の死体を発見した。だから、電車で東京に戻ろうとしていたのが僕で、房男を殺したと。警察も美帆の証言の信憑性については半信半疑のようでしたよ」

「清太郎さんは、今の蔵主グループの内部事情は知らないんでしょうね」

「この間、親父とふたりきりになった時、少し聞きました。蔵主観光の吉見社長は房男と対立してたそうです。房男は、吉見を失脚させようと画策してたらしい。馬鹿な房男を持ち上げている幹部がいるんですよ」

「それに対して会長は？」

「房男の側についたわけじゃないが、吉見を援護したわけでもないって言ってました。しかし、房男の能力のなさに我慢できなくなったんでしょうね。苦肉の策で、僕を探し、会社に入れることで、房男と吉見一派の対立を緩和させようとしたようです。身内とはいえ、外様（とざま）みたいな僕の出現が、事態を変えると親父は考えたらしい」

「こんなことを言っては失礼かもしれないですけど、未経験のあなたを会社の重要ポストに就けたくても、幹部の中には反対する人もいるでしょうね」

清太郎がにやりとした。「かもしれないけど、親父が抑えるでしょう。泥棒の手口は泥棒に聞くのが一番ですよね。それと同じで、トップ屋紛いのことをやって、親父の会社の不正の証拠を集めていた僕は、少なくとも蔵主グループの主要幹部のこと、ビジネスのやり方は、よく知ってますから。今も昔とそう変わりはないはずです、やってることは」清太郎は自信のほどを見せた。

「房男さんが、会社のトラブルが原因で殺された可能性はあるのかな」美知子はつぶやくように言った。

「さあね。でも、房男が蔵主グループのガンだと思っている幹部がかなりいたと聞いてます」

「房男さんに付き合ってた女性がいたのはご存じ？」

「親父から聞きました。その女の素行調査が縁で、あなたは親父と知り合ったんでしょう？」

美知子は黙ってうなずいた。「断定はできませんが、房男さんと羽生潤子の関係も、それほどよくなかったみたいですよ。房男さんが優柔不断な態度を取り続けるから、彼女、嫌気がさしてきたみたい」

「私の他にも容疑者が何人かいるってことですね」

電話が鳴った。清太郎がベッドの脇（わき）に移動し、受話器を耳に当てた。

「美帆か」清太郎の声が明るくなった。「……残念だろうが、僕はまだ娑婆（しゃば）にいるよ。高級ホテルで、のうのうと酒を飲み、女と会ってる……。そうだよ。唐渡さんと一緒だ……。分かった。ちょっと待って」

美帆が美知子に電話を代われと言ったらしい。受話器を美知子に渡した清太郎は窓辺に立った。

八　〝敵〟が動く

美知子は清太郎から渡された受話器を耳に当てた。

激しいリズムのロックが聞こえてきた。人の声もしていて、周りはかなり騒がしかった。

「唐渡ですけど」

「あいつの無実を晴らすために雇われたの？」

美帆がかなり酔っているのが声で分かった。

「いいえ。でも、清太郎さん、あなたとゆっくり話をしたいそうよ」

「次は私を殺す気なんじゃないの」

「美帆さん、今から私に会ってくれない？」

「え？」

美知子は声を少し高め、同じ言葉を繰り返した。

「何でよ。あいつと会えって説得する気なら時間の無駄よ」

「一切、そういうことは言わないって約束する」

美帆がしばし考え込んだ。

「いいよ。新宿二丁目にある『ルナティック』ってバーにいる……」

美知子は美帆の説明を聞き、店の電話番号を控えた。

清太郎は窓の外を見たままだった。

「私、今から美帆さんに会ってきますが、何か伝えることあります？」

「何もないですよ。昔のあの件も、房男が死んでしまったから誤解の解きようがないし」

「そっちの件は私にはどうにもできないけど、美帆さんの目撃証言が思い込みかどうかについては、話してるうちに感じ取れるものが出てくるかもしれません」

清太郎が振り向いた。「感じ取れたとしても、証言を覆すことはできないでしょう？」

「弱気になってますね」

「そりゃそうですよ。殺人犯にされそうなんだから」

「しばらく、このホテルに？」

「長者ヶ崎は軽井沢から遠い。家に戻ってこいと親父が言ってますから、そうすると思います」

清太郎は小さく微笑み、美知子を送り出した。

美知子はビッグス新宿ビルの前でタクシーを降りた。『ルナティック』は、その真裏にある小さなビルの二階にあった。

壁は黒。一部は鏡張りになっていた。座り心地のよくなさそうなスツールに、丸テーブルが置かれている。

午後九時を少し回った時刻だった。

客のほとんどは若くて小洒落た恰好をしている。ボン・ジョヴィの『禁じられた愛』が、配管を丸出しにした天井に響いていた。

美帆はカウンター席の真ん中で飲んでいた。

カウンターに片肘をつき、左手でシャンパングラスを持った若い男が美帆に話しかけていた。口説いている感じはしない。美帆はけだるそうに、煙草を吸っているだけだった。

美知子が美帆に近づいた。男が先に彼女に気づいた。美帆が男の視線を追うようにして美知子に目を向けた。

「……じゃ、そういうことで」男は美帆にそう言い残して去っていった。

美知子は美帆の隣に腰を下ろした。カウンターの向こうの酒棚にもガラスが嵌め込まれていた。

美知子は強い酒は飲みたくなかった。ジンフィーズを注文した。

「シャンパン、飲まない？」美帆が訊いてきた。タイヤの空気が抜けかけているような、だらりとした調子で。

美知子は首を横に振り、煙草に火をつけた。「あなた、シャンパンなんか飲む気分じゃないんじゃないの」

「今夜は、私の知ってるバンドのリーダーの誕生会なの。それに、房男兄さん、シャンパンが大好きだった」

酔ってはいるが、話ができないというほどではないようだ。美知子はほっとした。

ジンフィーズが美知子の前に置かれた。献杯するのも不自然だから、そのままグラスに口をつけた。

「何で、清太郎のところにいたの？」

「呼び出されたから」

「清太郎、あなたにどんな用があったの？」

美知子は薄く微笑んで、またグラスを手に取った。

「企業秘密ってわけね」

「違うわ。彼は、自分は無実だって誰かに言いたくて、私を呼んだのよ」

「唐渡さん、それを信じたの」美帆が鼻で笑ってグラスを空けた。

「信じるも信じないもない。私、あの事件を調査してるわけじゃないから」

「嘘よ。あなたは、私が話をデッチ上げたって思ってるのよね」

「警察は、あなたの言ったことを信じてくれたんでしょう？」

美帆は顎を上げ、正面を見つめた。「どうだかね。あいつ、勾留されてないから、私の妄想だって警察も思ってるんじゃないの」

「そんなことないわよ。目撃証言は、とても重要よ。そんな簡単に妄想だって決めつけることはないと思う」

美帆が挑むような視線を美知子に向けた。「だったら何で逮捕されないのよ」

「どんなに確かだと思えることでも、警察は裏を取る。私だってそうするよ。他にも目撃者がいるかどうか調べてる最中だと思う。事件があった頃、葉山で彼を見たという人がいるかもしれないし。あなたは、清太郎さんと仲が悪かった身内。赤の他人の証言とはちょっと違う」

「パパが裏で動いた気がする。房男兄さんが殺され、長男が犯人だったら、蔵主喜一郎の名に傷がつくでしょう」

警察の捜査が慎重になっているのは、蔵主喜一郎の存在があることは間違いない。喜一郎が圧力をかけずとも、警察は神経を遣って(つか)いるはずだ。清太郎を誤認逮捕しようものなら、本部長の今後の出世にも影響をあたえるのは必至だから。

「お父さんは、清太郎さんに脅かされて、渋々、彼を蔵主グループの跡継ぎにしようとしてる。房男さん、そう言ってたのね」

「それだけじゃないわ。清太郎、房男兄さんを会社から追いだしたかったのよ」

「事がうまく運んでたんだったら、清太郎さんが房男さんを殺す必要はないんじゃないの」

美帆の顔が歪んだ。「やっぱり、あなたは清太郎の味方なのね」

「そうじゃない。調査に当たってなくても、探偵として、矛盾があると気になる。それだけのこと」

美帆は自らシャンパンをグラスに注いだ。

「清太郎、ブラックジャーナリストだったことがあるわよね。その時、悪い奴らとも知り合ってたはずよ。あいつ、あなたの前では、いい人ぶってるかもしれないけど、裏表のある男よ。私、子供の頃、本当に清太郎のこと信じてたし、あの頃は房男兄さんよりも好きだったのに……」

「警察の事情聴取、疲れたでしょう？」美知子が一呼吸おいてから言った。

「別に。みんな優しかったよ」そこまで言って美帆は頬をゆるめた。「私のアリバイも調べられたけど」

「誰でも疑ってかかるのが警察の仕事だからね」

美知子は、美帆のアリバイについて訊く気はなかった。警察が裏を取っているはずだし、美帆が房男を殺す動機はない。

「何で大嫌いな清太郎さんに電話したの？」

「勾留されてないって分かったから、我慢できなくて……」

家に電話を入れ、清太郎が泊まっているホテルを訊き出し、かけたのだという。

「房男さんが付き合ってた女性はどうしてるのかしらね」美知子はつぶやくように言った。

「玉の輿に乗れなくなって悔しい思いをしてるんじゃないかしら」美帆が冷たく言い放った。

清太郎は、少女だった美帆にラブレターを出したりしたことを事実無根だときっぱりと否定し、仕組んだのは房男だと言っている。

美帆に冷静になってもらい、当時のことを思いだしてもらいたかったが、酔っている彼女に訊いても逆上するだけだろう。

自分は影乃の調査に協力しているのだ。ここで美帆と喧嘩をするのは得策ではない。美知子は、再び美帆と会える関係だけは保っておきたかった。

「唐渡さんは、本当に、今度の件について調査してないの？」

「誰にも依頼されてないから、するわけないでしょう。美帆さんが私を雇うんだったら、料金はすごく安くするわよ」

店内にシンディ・ローパーの『トゥルー・カラーズ』が流れた。それに合わせて美帆がハミングし始めた。

美知子は煙草を吸いながら黙っていた。

ハミングを止めた美帆が目の端で美知子を見た。「あなたを雇ったら、清太郎のことを調べやすくなるけど、絶対にあなたには依頼しない。私を裏切って、あいつの側につくに決まってるもの」

「依頼人に信頼されないまま仕事はできない。だから、こっちも願い下げよ」

「でも、これからも清太郎とは会うんでしょう？」

「彼が会いたいと言えばね」

美帆が真っ直ぐに美知子を見た。とろんとした目つきだが、芯の部分に冷たい色が浮かんでいた。

「唐渡さんのことは信頼できる人だと思ってる。だから、清太郎の裏の顔を摑んだら、見逃したりはしないわよね」

「もちろんよ。でも、くどいようだけど、私はこの件に関わってない。今は影乃さんの仕事を手伝ってるのよ」

「彼、今、どんなことを調査してるの？」

「どうしてそんなことに興味があるの？」

「あの人、恰好いいから」美帆がさらりと言ってのけた。

「或る殺人事件のことを調べてるわ」

「へーえ。人ってよく殺されるのね」美帆は淡々とした調子で言った。

その言い方に、なぜか空恐ろしいものを美知子は感じた。

美知子は腕時計に目を落とした。午後十一時を回っていた。

「私、そろそろ帰ります」

「何か分かったら、私に教えてくれます？」美帆は美知子に目を合わさずに言った。

美知子はそれには答えず、グラスを空けた。

影乃は同じ日、銀座のクラブのポーター〝寛ちゃん〟と密かに会い、やってもらいたいことを話した。かなりの金を要求されたが、影乃は黙って札を〝寛ちゃん〟に握らせた。福石証券の岩見沢が嵌まっている女の名前等々、細かい情報を手に入れた影乃は、簡単に夕食をすませてから、田熊の事務所に向かった。

田熊は影乃の頼みを聞き入れ、福石証券の岩見沢を銀座に誘き出す手筈をすでに整えていた。しかし、その方法について田熊は一言も語らなかった。影乃も何も訊かない。

岩見沢の家族のことも含めて、彼の情報を田熊から手に入れ、話を蔵主観光の吉見両一に振った。

昨夜、吉見は赤坂のクラブで乗っ取り屋の和久彦治に会った。

田熊の配下の人間はクラブ内には入らず、見張りを続けた。吉見はクラブを出た後、帰宅したという。

今夜も吉見には監視がついている。

雪永から田熊の事務所に電話が入ったのは午後九時半すぎだった。雪永はクラブのポーター〝寛ちゃん〟からの伝言を影乃に伝えた。

岩見沢は鷲見と一緒にクラブ『ベル・エ・ベル』に入ったという。

「そろそろ出陣しますかね」

「あまり手荒な真似はするなよ。まだ使える駒なんだから」田熊がそう言ってエアガンの引き金を引いた。

「今夜はここに泊まりですか？」

「配下の者の連絡を待ってる」

「じゃ、俺もここに結果を知らせます」

田熊は黙ってうなずき、またエアガンを撃った。

影乃は事務所を出た。木原産業の方をちらりと見ながら階段を降りた。

十時すぎに銀座に着いた。〝寛ちゃん〟は並木通りと花椿通りの角に立っていた。

一時間ほどで、岩見沢がひとりになるように田熊が仕組んである。だが、不測の事態を考え、早めに着いておいた。

鷲見と呼ばれている鼻の尖った男が『ベル・エ・ベル』の入っているビルから出てきたのは、それから三十分ほど経ってからだった。

岩見沢はひとりでまだクラブに残っているようだ。

た。

さらに四十分待たされた。

岩見沢は女たちに見送られ、ビルから出てきた。そして、四つ角の隅で煙草に火をつけた。

〝寛ちゃん〟が、ペコペコしながら岩見沢に近づいた。そして、立ち話を始めた。

〝寛ちゃん〟は、「今夜はいかがですか？　真奈美(まなみ)が恋しがってますよ」とか何とか言って、岩見沢を誘っているのだ。

〝寛ちゃん〟が煙草に火をつけた。それが交渉が成立した合図だった。

使うホテルは分かっていた。昭和通りを越えたところにある大きなホテルである。

影乃は表通りに出てからタクシーを拾い、そのホテルに向かった。

ロビーで岩見沢がやってくるのを待った。五分と経たないうちに、岩見沢がやってきた。

そして、チェックインをすませた。

真奈美という女が現れたのは、それから三十分ほどしてからのことである。顔は知らないが、女の服装は教えられていた。

グレーの膝丈ドレスを着ていた。ドレスの真ん中に真っ直ぐ金ボタンが走っている。四十三、四の清楚(せいそ)な感じの女だった。顔立ちは地味で、化粧も濃くない。売春をやっている女にはまるで見えなかった。

女は館内電話に近づいた。岩見沢の部屋番号をフロントに訊いているらしい。

ちょっと気になることがあった。

カップルが電話をしている真奈美に近づいた。入口に立っているふたりの男が、ちらちらと真奈美を見ている。

時間が時間だからロビーはがら空き。四人の人間は、真奈美を尾行してきたような気がした。

そうだとしたら、おそらく相手は警察だろう。

はっきりしないが用心するにこしたことはない。

電話を切った真奈美が影乃の方に近づいてきた。影乃は女の方に目もくれず、フロントに向かった。

「三十分ほど前に、チェックインした高橋さんの部屋番号を訊き忘れてしまったんです。教えてください」

岩見沢が女と会う時は、高橋（たかはし）という名前を使っている。だが、下の名前は分からない。

フロント係の男が調べた。「七〇〇一号室です」

影乃は礼を言い、フロントを離れ、館内電話に近づいた。

真奈美は、ロビーの椅子に腰を下ろし、煙草を吸い始めた。視線は影乃に注がれている。

先ほどのカップルが真奈美の近くに座った。間違いなく真奈美はマークされている。

電話のボタンを押した。

「はい」岩見沢が沈んだ声で出た。

「〝寛ちゃん〟の友人だ。女を警察が尾行してる。すぐに部屋を出ろ」

「………」

「ぐずぐずしてると、あんたも取り調べを受けることになるぜ」

電話を切った影乃は、そのままホテルを出た。

影乃の奇妙な行動に、真奈美も警戒心を募らせているはずだ。

玄関口に立っていた男たちはその場を動かない。

影乃が建物の外に出てすぐ、真奈美もホテルから出てきた。そして、つけ待ちしていたタクシーに乗った。

男たちが動いた。カップルも外に姿を現した。エントランスの端に駐車していた二台のセダンに、問題の人物たちが分散して乗り込んだ。

影乃は再びホテルに入った。五分ほどで岩見沢が現れた。

フロントに向かおうとしていた岩見沢の背中に声をかけた。「高橋さん」

岩見沢が立ち止まった。影乃が後ろに立った。

「岩見沢さん、チェックアウトする必要はない。もう難は去った」

「僕は何も……」岩見沢の顔が土気色に変わった。

「女は気配を察知して逃げましたよ」

「あなたは……」

「俺があんたに知らせなかったら、どうなってたか」影乃は含み笑いを浮かべた。「部屋に戻りましょう」

「どうして?」

「ゆっくりお話がしたい」

「僕は……」

「〝寛ちゃん〟とかいうポーターを通じて、あんたが何をしているか突き止めてある。公にはしたくないでしょう?」

影乃はにかっと笑い、岩見沢の肩を軽く叩いた。

観念したのか、岩見沢はエレベーターの方に戻った。

七〇〇一号室に入った。窓の向こうに銀座の灯りが見えた。

ソファーに腰を下ろした影乃が煙草に火をつけた。そして、まるで自分が部屋を借りているような態度を取り、「まあ、お座りください」と言った。

岩見沢は言われた通りにした。「お礼をしなくてはいけませんね」

「福石証券の証券マンが、偽名でホテルを借り、そこに自称、真奈美という売春婦を呼んでいた。ここに踏み込まれなくてよかったですね。チンチンをぶらぶらさせて、おたつくのは、みっともないですからね」

「いくらほしいんです」

「金はいらない」

岩見沢は口を半開きにして、目を瞬かせた。

影乃は、『ゾナール』から出てきた三人の男が写っている写真をテーブルに置いた。

「写ってるのはあんたと上司の鶴田、そして、『ゾナール』の経営者、梅村元男。どんな用で、福石証券のふたりは、梅村に会ったんです？」

写真を手にした岩見沢の呼吸が荒くなった。動揺が汗を生み出し、額がかすかに光り始めた。

「こんな写真を……」

影乃は、呆然としている岩見沢の手から写真を奪い取った。「どんな用があったんだい」

「別に、大した用はないよ。梅村さんはうちのお客さんですから、たまにあの店に遊びにいくんです」

「蔵主グループの上場企業の株を買いあさっている人間がいる。仲介に入ったのは総会屋の伏見竜之介。伏見のところには、福石証券を通して、転換社債が流れている。梅村元男は、株を買いあさっている乗っ取り屋の和久彦治の親戚ですよね。福石証券は、蔵主グループとも結託しているが、敵側の和久彦治とも繋がっている。この事実を知ったら、蔵主喜一郎は激怒するでしょうね」

「あなたは何者なんです」

「影乃って呼ばれてるしがない探偵です。岩見沢さん、あんたが梅村と繋がっていて、鶴田を梅村に引き合わせたのかい」

「僕は何も知らない。鶴田さんに付き合えと言われて同行しただけだ」

影乃は上目遣いに岩見沢を見た。「仕事の話はでなかった？」

「ええ」

「あなたでは埒が明きそうもないな。明日にでも鶴田さんに会ってみますかね」

「ちょっと待ってください。そんなことをしたら、僕の立場が」

影乃は煙草を消し、立ち上がった。そして、岩見沢の後ろに立った。

岩見沢はおずおずと首を巡らせ、影乃を見た。

「あんたが警察の事情聴取を免れたのは、誰のおかげかな。俺は、だいぶ前から、あんたの夜の活動を、指をくわえて見てた。尖った鼻の男とよく飲んでますよね。あれは金融ブローカーで、どこぞの情報屋の手先でしょう。あんたは会社の秘密を売って、金と女を手に入れてる」

影乃はあえて、鼻の尖った男の名前は口にしなかった。

「いい加減なことを言うな。僕は情報を外に流したことはない」岩見沢がいきり立った。

「鼻の尖った男を使ってる奴が誰だか、俺は知ってる。あっちに渡してる情報、俺にも流してくれませんかね。二重取りできれば、マンションのローンももっと早く返せますよ」

「あんたを雇ってるのは、蔵主喜一郎じゃないのか」

「依頼人のことは話せないよ」影乃は、岩見沢の後頭部を軽く撫でた。「福石証券と梅村との関係を教えてくださいよ。尖った鼻の男からいくらもらってるのかは知らないが、話してくれたら十万、今すぐに差し上げます」

「………」

「売春婦問題よりも、社の極秘事項を外に流してることの方が重大だよ。俺は、あんたの人生を滅茶苦茶にできる。証券会社をクビになったら、ブローカーにでもなって暗い世界を歩くしかないかも。ブローカー人生は過酷だよ。あんたには向いてない。坊ちゃんを慶應幼稚舎に通わせたいんでしょう？」

影乃は躰を折って、岩見沢の襟首に手を置いた。岩見沢の躰がぴくりと動いた。

「お話ししてもらえないということになると……」

岩見沢の息がさらに荒くなった。「梅村は、伏見竜之介に渡る転換社債が、具体的に何ていう会社に流れるのかを知りたがってるんです」

なるほど。和久彦治は、今度の一件で、買い占めた株を蔵主グループに売り、巨大な利益を得ようとしているだけではなく、仲介に立った総会屋、伏見竜之介が譲り受ける転換社債の流れをも知ろうとしているらしい。和久彦治は、すでに次に駒を進めていたのだ。

「で、その話に、あんたらは乗ったのか」

「いや。鶴田さんは、転換社債の〝親分け〟そのものを否定した」

「で、あんたは？」

「上司が否定したことを、部下の僕が肯定するわけないでしょう」

「梅村があんたらに接触してきたのは一度だけじゃないんだろう？」

「一度だけですよ。少なくとも僕には」

「伏見竜之介の得る転換社債の行き先、俺には教えられるだろう？」

「僕はそこまでは知らない」

「調べれば分かるだろうが」

「そんなことできない。バレたら、クビどころじゃない。手が後ろに回るかもしれないし、下手をしたら命が危なくなる」

「鶴田がすでに梅村に情報を渡してる可能性はないのか」

「そんなこと僕には分からない」

「梅村の動きについて、例の鼻の尖った男に話したのか」

「訊かれなかったから教えてない」

「俺には情報を流せ。もうあんたは、膝ぐらいまでは泥に浸かってる。今更、綺麗にはできないよ。現状維持するか、頭まで泥を被るかのどっちかだ。覚悟しろ」

「…………」

影乃は岩見沢の襟首を摑んで、ぐいっと後ろに引いた。岩見沢は両腕をばたばたさせた。しかし、影乃は摑んだ襟首を離さない。

「イエスかノーか、答えろ」

「分かった、言う通りにする」

「息子に慶應幼稚舎の制服を着させたいんだろう。弱気になったら、そのことを思い出せ」

影乃は優しい調子でそう言って、部屋を出ていった。

銀座に戻った。〝寛ちゃん〟はいつものように路上に立っていた。真奈美という女は、〝寛ちゃん〟に連絡しようにもできなかったはずだ。路上にいる人間に電話ができるはずもないし、のこのこ会いにいくわけにもいかないのだから。

この間同様、客を装って〝寛ちゃん〟に近づき、『ベル・エ・ベル』の入っているビルの中に一緒に入った。歩きながら、手短に何があったか話した。

「……危機一髪だったぜ。しばらく自粛しろ」

「何てお礼を言ったらいいか」

エレベーターに乗った影乃に〝寛ちゃん〟が深々と頭を下げた。五階のバーで一杯やり、再び外に出た。

〝寛ちゃん〟の姿は路上になかった。

公衆電話ボックスから田熊に電話を入れ、事の次第を詳しく話した。吉見に変わった動きはないという。

タクシーを拾った影乃は道玄坂を目指した。雪永の店に寄ることにしたのだ。

カウンターにふたりの客がいた。ひとりは恵理だった。恵理と目が合った。彼女の目尻が崩れた。影乃は、恵理を無視し、カウンターの端に座っている男に近づいた。

店内にはセロニアス・モンクの『ラウンド・ミッドナイト』が流れていた。

去年、日本でも同名の映画が上映された。サックス奏者、デクスター・ゴードンがいい味を出している、通好みの作品だった。

影乃は男の隣のスツールを引いた。そして、ハイライトに火をつけた。

「針岡さん、夜回りですか?」

「あんたの連絡先を覗いてみたくなったんだよ」

雪永が落ち着いた調子で、何を飲むか訊いた。

針岡の前に置かれた薄緑色の酒に目を向けた。シャルトリューズ・ヴェール。フランスのリキュールである。

「針岡さん、洒落たもの飲んでますね」

「マスターに変わった酒が飲みたいって言ったら、勧められたんだ」

「おいしいですか？」

「まあまあだ。〝やっぱり俺は、菊正宗……〟ってのが本音かな」

影乃は同じものを頼んでからこう言った。

「あんたに〝本音〟があったなんてね」

針岡が肩で笑った。

影乃はちらりと恵理を見た。恵理は正面を向いたまま、ビールを飲んでいた。

針岡は、カウンターにいる女が死んだ谷内の娘だと知らないのだろうか。それとも、知っているくせにシカトしているのか。よく分からなかった。

「俺を襲った坂巻組の三下はどうしてる？」影乃が訊いた。

「俺はお前のボディガードじゃねえよ」

「市民を守るのが警察官の義務だろうが」

「市民として、警察に渡す情報はねえのか」

針岡は何か掴んでいて情報交換をしたがっている気がした。

どこまで針岡に話すか、影乃は煙草をゆっくりと消しながら考えた。そしてこう言った。

「蔵主房男が殺されたよな。谷内を殺った奴と繋がるかな」

恵理が聞いているのを百も承知で、そう言い、針岡の様子を窺った。針岡は一瞬たりとも、恵理に視線を向けなかった。

「長野県警の捜査員が、警視庁に協力を仰いできてるそうだけど、俺は詳しいことは知らない。長男の清太郎に疑いの目が向けられてるとは聞いてるがな」

「清太郎と谷内に接点があったと思うか？」

針岡が顎を引き、影乃を睨んだ。「質問ばかりしてるな。俺に教えることがあるんじゃねえのか」

「乗っ取り屋の和久彦治の動きが妙だ」

「どう妙なんだ？」

「蔵主喜一郎があいつに手玉に取られるかもな」

「どういう意味だ？」

「まだ何も摑んじゃいない」

「本当かい？」

谷内の撮った写真の一枚に、蔵主喜一郎が乗っていたと思えるベンツから降りてくる針岡が写っていた。

蔵主喜一郎を強請（ゆす）っていたのか、喜一郎に使われていたのか。そのどちらかだろう。後者だとすると、喜一郎の手に、すでに一連の写真が渡っているはずだ。となると、吉見の裏切り、和久彦治の動きを喜一郎は知っていることになる。

房男が、自分と敵対している人間の裏事情を摑んでいたとしたら、房男を殺す動機を持っていた人物が、清太郎以外にもいたことになる。

根拠の乏しい推測にすぎないが、そのことは頭の隅に入れておく必要があるだろう。

「また会おうぜ」針岡が立ち上がった。

影乃は針岡の左手首を握った。「あんた、妻子はいるんだろう」

「独り者だよ。数ヶ月前、俺が家に帰れない間に、女房は子供を連れて出てった。離婚届を置いてな。ソファーや飾り棚も勝手に持ち出しやがったよ」

「あんたが、それに気づいたのは、嫌な雨の日じゃなかったのか」

針岡の目つきが変わった。「何で知ってる」

「勘。探偵の勘って案外鋭いんだよ」

針岡は怪訝な顔をした。だが、それは一瞬のことだった。影乃の手を払い、「それがどうかしたのか?」と訊いてきた。

「独身なら、家族に迷惑がかかることもないだろう。あんたの自宅の住所と電話番号を教えろ」

針岡はしばし考え、手帳を取りだした。必要事項を書き終わると、そのページを破いて影乃に渡した。

針岡が出てゆくと、影乃は恵理の横に席を移動した。「生々しい話を聞かせてしまったね」

「あの男、お父さんの事件を捜査してる刑事なんですか？」

「あいつ、針岡って名前なんだけど、〝ダーティハリー〟って名付けた」

　恵理が小首を傾げた。

「汚れきってる警官ってことさ。信用できないが、お父さんの事件を解決するためには、付き合っておくべき相手なんだ」

「蔵主房男殺しと、恵理さんの親父の事件、繋がってるのか」雪永が口をはさんだ。

「その点は何も分かってない」そこまで言って、恵理に視線を向けた。「あの男と君とどっちが先にここに来たの？」

「私です」

「あの男は、彼女がここに座って十五分ほどしてから入ってきた。あいつが恵理さんを尾けてたのかな」

　影乃は肩をすくめてみせた。「針岡が、恵理さんを尾行する理由があったかどうか」

　雪永が煙草に火をつけた。「偶然にしてはタイミングがよすぎるぜ」

「まあな」

「お前の相棒、房男が死んだ時、軽井沢にいたんだってな」

「うん」

　美知子が、森島あゆみから手に入れたリストを洗っていることは、恵理もすでに知っていた。

「で、調査の方はどれぐらい進んでるんだ」

「思ったよりも闇が深い」

影乃は、どんなことがあったのか、かいつまんで雪永に教えた。

主な話は、蔵主グループを中心にした経済事件。恵理は口をはさまずに聞いていた。

「確かに全容解明にはかなり時間がかかりそうだな」

「だから、〝ダーティハリー〟が必要なんだ」

「本物のダーティハリーが、あいつを見たら啞然とするだろうな」雪永が短く笑った。

「恵理さん、お父さんは怪しげな連中の写真を撮ってたらしい。彼は車の運転の他に、写真の趣味もあったんだね」

「昔はなかったです。でも、今年の春先に、マンションを訪ねた時、立派なカメラがテーブルにおいてあったのは覚えてます」

疑問に思った恵理は、新しい趣味なのと訊いた。父親は「突然、写真が撮りたくなった。いい写真が撮れたら、フォトライブラリーに売るかな」と笑っていたという。

「……私、その時もちょっと不安になりました。また違う悪さを考えるんじゃないかって思って」恵理が目を伏せた。「父は、秘密の写真を撮って、誰かを強請ろうとしてたんですね」

「だと思う」影乃ははっきりと答えた。

雪永の眉根が険しくなった。恵理の気持ちも考えずに、そう答えたことが気に入らなかったようだ。

しかし、影乃は歯牙にもかけなかった。

「お父さんのマンション、引き払ったの？」

「荷物は出し、引き取れるものは引き取って、後は処分しました。まだ段ボール箱に入れたままですけど」恵理は薄く笑った。「部屋がますます狭くなっちゃって」

「歌の方はどう？」

「ＣＤの発売、延期になってしまいました。でも、いいんです。調子でないから」

「俺の元の仲間を頼って、発売してくれる会社を探してる。彼女のシンガーとしての才能と、親父のことは関係ない」雪永が怒ったように言った。

影乃はうなずき、ウイスキーのロックを頼んだ。針岡が恵理の行動に興味を持ったとしたら、父親の遺品を彼女が引き取ったからではなかろうか。

恵理はビールを止め、ウイスキーの水割りを頼んだ。

「今から君のマンションに行っていいかな」

「段ボールの中身を調べるんですか？」

影乃は黙ってうなずいた。

「大したものはなかったと思いますが、もちろん、いいですよ。どうせ家に帰っても眠れないから」

「俺も行っていいか」雪永が口をはさんだ。

「もちろん」

グラスを空けた恵理が立ち上がった。奥のボックス席に向かった。恵理は片付けを手伝い始めたのだ。

影乃はトイレをすませておこうと立ち上がった。

その時、ドアが開いた。立て付けが悪いので、スムースには開かなかった。

影乃は振り返った。サングラスをかけ、スキー帽を被った男が目に入った。黒っぽいトレンチコートを着ていた。

「伏せろ！」そう叫んだ影乃は、ボックス席の方に飛んだ。

くぐもった音が二発聞こえた。

影乃は、男の右手にオートマチックが握られているのを見逃さなかった。

小型の拳銃だが、銃身が長かった。サイレンサーが装着されていたからである。

影乃は椅子の陰から入口に目をやった。すでに男の姿はなかった。

外に飛び出した。

斜め前のスナックから、カラオケで演歌を歌う男の声が聞こえている。

茶色い小型車が左手に去っていくのが見えた。その先はT字路。細い一方通行の道を左に曲がるしかない。

影乃は車を追った。

スピードを出して突っ込んだら、曲がり切れない。車は速度を落とした。影乃との距離が少し縮まった。

走る。

車はマツダ・ファミリアのようだ。

通行人はほとんどいなかった。ファミリアはスピードを上げ、次の角を右に曲がって道玄坂の方に逃げ去った。

ナンバーぐらい見届けておこうと思ったが無理だった。もっとも、たとえナンバーが記憶できたとしても、盗難車或いは偽造ナンバーの可能性が高いので、犯人に繋がる手がかりにはならないだろうが。

ではなぜ、車を追いかけたのか。

敵に食い下がろうとする気持ちの表れとしか言いようがなかった。

影乃は『ピアノラ』にゆっくりと戻った。周りの様子を見た。通りの奥に二軒ほど小住宅がある。その一軒の玄関先に初老の男が立っていて、影乃の方を見ていた。銃声に気づいたというよりも、駆ける影乃の足音を聞いて家から飛び出してきたようである。

この辺りでは、時々、酔客同士の喧嘩が起こるので、小さな騒ぎにしか思わないだろう。

相変わらずカラオケの音が通りに流れ出していた。歌い手は女に変わっていたが。

『ピアノラ』の店内に銃弾が撃ち込まれたことは、外の人間には分からなかったはずだ。

影乃と目が合うと、初老の男は家に戻った。

『ピアノラ』のドアは閉まっていた。

周りの地面に目を向けた。空薬莢を拾う暇は、トレンチコートの男にはなかったはずだ。

路上の真ん中辺りに、街路灯の光に照らされて金色に光っているものが転がっていた。

拾おうとした時、車がやってきた。

影乃は車が通りすぎるのを待った。

車が通りすぎた。影乃の頬がゆるんだ。

空薬莢はタイヤに轢かれ、潰れていた。

それをポケットに収めてから、もう一発の方を探した。しかし、見つからなかった。

影乃は諦めて店に戻った。

雪永と恵理は、奥のボックス席に並んで座っていた。雪永が恵理を抱いていた。

影乃はふうと息を吐いてから、勝手にカウンターの中に入り、水を飲んだ。それから潰れた薬莢を、ダウンライトの下で調べた。

二十五口径の弾が使われたようだ。

「どんな奴か分かったか?」雪永が影乃に訊いた。

「相手は車で逃げた。おそらく車種はファミリアだろう」影乃はつぶやくように答え、水を飲むと黙りこくってしまった。

「お前が狙われたんだろうな」雪永が言った。

影乃はそこが引っかかっていた。

尾行されていなければ、自分が『ピアノラ』に寄ったことは誰にも分からないはずだ。尾行や監視には常に神経を尖らせて行動している。だから……。

影乃は煙草をくわえ、カウンターを出た。そして二発の銃弾がどこに撃ち込まれているか調べた。

最初に見つけたのは、カラオケ装置の奥の壁。もう一発はなかなか見つからなかった。

「雪さん、あそこの壁に弾が埋まってる。それを取りだして、ポスターでも貼っておいて」

雪永が恵理から離れ、立ち上がった。

やっと二発目の弾を見つけたのは、それから二十分ほどしてからだった。トイレの入口の右斜め上の壁に埋まっていた。

自分を狙って撃ったのだったら、相当、腕の悪い奴である。

自分がいることなど知らずに、店に銃弾を撃ち込んだのではなかろうか。最初から誰かを殺す気などなく。

『ピアノラ』は探偵、影乃の連絡先になっている。そこに脅しをかけ、影乃に〝手を引け〟と警告した。

そんな気がした理由はもうひとつあった。

ファミリアという小型車を使用していたことである。

絶対とは言い切れないが、尾行にファミリアを選んだというのがしっくりこない。普通のセダンを使う方が自然ではなかろうか。

この路地に入り、『ピアノラ』に銃弾を撃ち込む。最初からそう考えていたら、小型車を選択するのは理に適っている。

通りからドアに向かって引き金を引かなかったのは、客に当たることを危惧したからではなかろうか。

嫌がらせ。事件の最中に『ピアノラ』にいた客は怯えてしまい、二度と『ピアノラ』には近づかないだろうし、警察が入り、新聞沙汰になれば、さらに客足は遠のく。敵はそう考えたのかもしれない。

発砲した男は、影乃が店にいたことに気づいたろうか。おそらく、詳しいことは聞かされていない人間が、事に及んだに違いない。

雪永が壁から抜き取った弾を、影乃に渡した。

影乃は恵理の正面に腰を下ろした。

「私が狙われたんでしょうか？」恵理がか細い声で訊いてきた。

「誰も狙われたわけじゃないという気がしてる」影乃は自分の考えを、ふたりに教えた。

伏し目がちに話を聞いていた恵理が顔を上げた。「もう調査は止めにしてください。父は悪い奴だった。だから殺された。そして、私が影乃さんに調査をお願いしたことで、この店が狙われた。これ以上の迷惑はかけられません」恵理はしっかりとした口調でそう言った。

影乃は目尻に優しい笑みを溜めた。「もう動き出してしまってるから、後には退けない。俺が何もしないでいても、相手は何か仕掛けてくるだろう。さっき、聞いていた通り、経済界の裏側で、百鬼夜行している連中がいる。そいつらの大ボスが、俺の動きを気にしてるから、こんな事態が起こったんだろうよ」

「さっきここにいた針岡って刑事が関係してるんじゃないのか」雪永が口をはさんだ。

「可能性を否定することはできないが、この間、俺を狙った坂巻組と関係を持っている者が実行犯だろう。坂巻組と木原産業の木原、そして、義理の兄の梅村……とたぐり寄せていくと乗っ取り屋の和久彦治につながる。吉見を脅したのは俺だよ。和久が直接指示しなかったとしても、奴の一派の誰かが動いたってことだろうな。恵理さん、君の気持ちは分かるが、今更退く気はないよ」

雪永が恵理に目を向けた。「そうだよ。俺は何もしてないが、ここで撤退するのには反対だ」

恵理が雪永を見返したが、瞳はいかなる感情も映してはいなかった。

「雪さんもそう言ってるんだから、俺たちに任せなさい」

「はい」

「疲れたろう？　今から君の家に行くのは止そう」

「私なら大丈夫です。こんなことがあったからひとりでいたくありません」

影乃が上目遣いに恵理を見、黙ってうなずいた。

雪永が外に出ていった。ネオン看板を仕舞うつもりらしい。

戻ってきた雪永が言った。「これ、見つけたよ」

もう一発の空薬莢はネオン看板の端の方に落ちていたらしい。

影乃たちは道玄坂まで出てタクシーを拾った。辺りに警戒の目を走らせたが、怪しげな車も人もいないようだった。

恵理のマンションに着いたのは午前二時すぎだった。

鍵穴に鍵を差し込んだ恵理が、何度も鍵を回した。そして、呆然とした顔を影乃に向けた。

「開いてます」

影乃がドアを思い切り開いた。中には誰もいないようだった。

灯りを点けた。数個の段ボールがすべて開けられ、部屋には物が散乱していた。

九　孤軍奮闘

美知子は、ガラス工芸作家、森島あゆみの顧客リストから糸口を摑(つか)もうとしていた。作品を収めた箱の中に入れた紹介文が薄青い紙に刷られていた頃だけのリストである。五十二名の名前、住所、電話番号がリストには記されていた。

初美だけではなく、玉置康志も加わった。

玉置がひとりでやっていた浮気調査は、結果が出ないまま終止符が打たれた。妻の満足のいく結果は出なかった。妻は玉置の調査に不満たらたらだった。満足のいく結果が出ないと、そういう態度を取る客は珍しくない。力不足に文句を言うだけならまだいいのだが、ほとんど仕事らしい仕事をせずに、高い金を取るだけだ、と言いがかりをつけてくる者もいる。いかに探偵という職業が、世間で怪しいものだと思われているのかよく分かるというものだ。

玉置の見解だと、妻は嫉妬(しっと)妄想にかられていただけだったらしい。

「正直言って、俺、疲れましたよ」玉置はほっとした顔をしてそう言った。

先日、作業に入る前、どのようなやり取りをするか、事前に初美と決めた。すでに警察がリストに掲載されている客と連絡を取っているはずだ。同じ用件だと言えば、余計な説明はしないですむはずだ。

薄青い紙を使った紹介文の大半は、紛失してしまっていると見るべきだろう。しかし、調査はする。そして、ちょっとでも気になる相手がいたら、美知子と玉置で手分けして会いにいくことにした。

森島あゆみの作品を他の誰かにプレゼントした人間がいたら、送り先を調べ、そこにも連絡を取る。

ともかく、どこかにしぼり込まないと進まないので、贈られた人物の名前や住所が分かれば、そこから調査をすることにした。

谷内のマンションで、影乃が見つけた紹介文は、現場に残してあった。

警察は指紋を採取したはずだ。犯罪歴のある者がいたら徹底的に調べるだろう。

美知子は捜査本部の動きを知りたかったが手立てはない。そちらの方は、針岡とかいう悪徳警官から、影乃に訊きだしてもらうしかないだろう。

電話に出た相手の応対の大半はそっけないものだった。だが、食い下がり、情報を得ようとした。

不在の者もいて、穴だらけの調査だが、知り合いにプレゼントしたという者が三人見つかった。

軽部茂斗子、星山加寿子、平間美和。いずれの者も誰に贈ったか覚えていた。

軽部茂斗子は、三鷹に住んでいた母親に。母親はすでに他界していた。

星山加寿子は、高校時代の友人、笹部彰子が結婚した時に。笹部の旧姓は志賀という。

平間美和は、当時付き合っていた男、永井健一に贈ったと答えた。永井はＡ商事会社の社員。今、どこに暮らしているかは知らないが、付き合っていた頃は初台のマンションに住んでいた。親許も同じく初台にあるということだった。贈った相手の住所を訊きだした。

玉置は軽部茂斗子の実家に電話を入れ、茂斗子の兄嫁と話した。よく分からないという答えが返ってきた。警察からの問い合わせがあったが会いには来ていないという。玉置は、三鷹まで行って話を聞いてくると言った。

「無駄足になるかもしれないわよ」初美が言った。

「いいんです。妄想癖のある女の相手をしているよりも気が楽ですから」

玉置が事務所を出ていった後、美知子はＡ商事に電話を入れた。永井健一は一年前からニューヨーク支店に勤務しているとのことだった。

笹部彰子は専業主婦で月島のマンションに住んでいた。友人の星山加寿子から贈られたガラス工芸品は、今もリビングの棚に飾ってあるという。

「……警察の人にもお話ししましたけど、箱も紹介文もきちんと取ってあります。知り合いの骨董商の人から教えられたんですけど、将来値が上がった時、箱とかが揃ってないと安くなってしまうそうですね」

「らしいですね」

美知子は星山加寿子の線はないと確信を持った。

電話が鳴った。初美が取った。

「はい、少々お待ちを」

相手は蔵主喜一郎だった。

「今から出られるかね」

「会長はどちらに？」

「新宿中央公園の近くだ……」

喜一郎は詳しい場所を教えた。

「すぐにまいります」

美知子は後のことを初美に任せ、事務所を出た。

午後五時を少し回っていて、西の空が橙色に染まっていた。

喜一郎は自分で運転してきたベンツを公園大橋の袂に駐めているという。

事務所からそう遠くはないが、歩いていくと時間がかかる。美知子はタクシーで目的地に向かった。

影乃とはその日の昼食後、情報交換をしていた。

白いベンツが、公園大橋の袂に、新宿駅の方を向いて駐まっていた。

美知子は助手席に乗り込み、小さく頭を下げた。「ご無沙汰(ぶさた)しています」

喜一郎は正面を向いたまま口を開かなかった。不機嫌そうである。

灰皿には消えた葉巻が斜めに置かれていた。

「まるで別れ話をするために会ってる男女みたいですね」美知子が薄く微笑(ほほえ)んだ。

「私は、あんたに腹を立ててるんだ」

「私、何か失礼なことをしでかしたかしら」

「あんたの相棒が、私の周りを嗅(か)ぎ回ってるそうじゃないか」

「そういうお話でしたら、怒りを向ける相手が違うんじゃないんですか」

「あんたは、奴の協力者なんだろうが」

「場合によってはそうですが、違う場合もあります」

「清太郎は房男を殺したりはしておらん」喜一郎は威厳を持って言い切った。

「会長、だいぶ混乱なさってるみたいですね。影乃さんは、房男さんの事件にはタッチしてませんけど」

喜一郎は葉巻を手に取った。しかし、火はつけなかった。「あんたは生意気だな」

「よくそう言われます」

喜一郎が窓を少し開けてから、葉巻に火をつけた。

「私も、清太郎さんが犯人ではないことを願ってます」

「殺したのは付き合ってた女だよ」

美知子は喜一郎の顔を覗き込んだ。「疑う根拠は？」

「房男は、あの女……」

「羽生潤子という名前です」

「そうだったね。房男は羽生潤子に別れ話をした」

「会長が無理やり仲を裂いたんですね」

「蔵主家にそぐわない女だと房男も認めたよ」

美知子も窓を開け、煙草を取りだした。

辺りがさらに暗くなり、高層ビルの窓の明かりが際立った。

「別れ話のもつれで、房男さんは殺された。ちょっと単純すぎやしません？」

「いや。房男はあの日、あの女と軽井沢で会ってるんだ」

美知子は驚いたが顔には出さなかった。「警察から情報を得たんですね」

「探偵よりも、当然だが警察の方が捜査能力がある」

「清太郎さんを見たというのは、彼を嫌ってる美帆さんですよね。彼女は嘘をついていたのかしら」

「美帆の思い込みだ」喜一郎が吐き捨てるように言った。

美知子は目の端で喜一郎を見たが、口は開かなかった。

「羽生潤子は軽井沢の房男の別荘に行ったまでは認めているらしい。だが、犯行推定時刻には都内に戻っていて、男と会っていたと言っている」

「その男は何て？」

「訊くまでもない。一緒だったと証言している。影乃が、私の周りを嗅ぎ回らないようにしてくれたら、改めて羽生潤子の調査をあんたに依頼したい。絶対に相手の男はあの女に言われ、アリバイを作ったはずだ」

「男の正体は？」

それには答えず、喜一郎はこう言った。「影乃を押さえてくれるかね」

「お宅に金庫破りが入った日に、或る男が殺された。影乃さん、遺族に頼まれて、犯人を捜してるんです。ですから、会長が何を気になさってるのか分かりません」

「惚けるな！」喜一郎が声を荒らげた。

葉巻の灰が、ズボンの上に散った。

「殺された谷内って男は、うちで自殺した穴吹の仲間だったんだろうが」

「それが何か？　谷内殺しが、会長のウイークポイントと関係がある。そういうふうに邪推したくなりますよ」

「泥棒の仲間が殺されたことなど、私に関係あるはずがないだろう。次男が長男に殺されたという噂が立ってる。そんな時に、影乃に痛くもない腹を探られたくないだけだ」そこまで言って、喜一郎は短くなった葉巻を窓から外に捨てた。「あんたは、影乃からいろいろ聞いてるんだろう？」

「いいえ」

喜一郎が美知子を睨みつけた。

その時、車内に設置されていた電話が鳴った。

受話器を取った喜一郎が美知子に言った。

「しばらく降りててくれないか」

美知子は言われた通りにした。

喜一郎が受話器を耳に当て、美知子の方に背中を向けて話し始めた。

美知子は空を見上げた。

影乃は、蔵主喜一郎の会社を巡る不正に迫っている。それが谷内殺しの犯人と関係があるかどうかは分からないが、美知子は喜一郎の申し出を受ける気はさらさらなかった。

「唐渡君」車内から声がかかった。「用ができた。事務所まで送ろう」

美知子は助手席に戻った。「何かあったんですか？」

「蔵主観光の社長が自殺した」

「確かに自殺なんですか?」

「会社の屋上から飛び降りたんだが、遺書めいたメモが、彼の机の上に置いてあったそうだ。またひとつトラブルを背負い込むことになり、株が下がる」喜一郎は顔を歪めてそう言うと、ベンツを発進させた。

「ともかく、影乃にこれ以上、混乱を招くようなことは止めろと言ってくれ」

「お伝えはします」

「君たちはできてるんじゃないのか。だったら……」

「そういう品のない言葉は、会長には似合いませんよ」

喜一郎はそれに答えず、アクセルを踏んだ。

六時少し前、事務所の入っているビルの前で美知子はベンツから降りた。

喜一郎は美知子に一言も声をかけずに渋滞の中にベンツの頭を突っ込んだ。

事務所の灯りはついていた。自分でドアを開け、中に入った。

鼓動が高まった。

美知子の机の上のものが床に転がっていたのだ。初美の姿はない。

周りを見回した。

ソファーの前のテーブルにメモが置かれてあった。

〝所長、影乃さんに連絡し、事務所に呼んでください〟

間違いなく初美の筆跡だった。

美知子は影乃のマンションに電話を入れた。誰も出ない。雪永の自宅、そしてバー『ピアノラ』でも、呼び出し音が空しく響くだけだった。

恵理のマンションに誰かが侵入し、引き取ったばかりの父親の遺品を調べた跡があった。

影乃は雪永と共に、散乱していた遺品を丁寧に見ていった。気になるものは何もなかった。恵理はベッドの端に座り、呆然としていた。

盗まれたものがあるのかないのか。恵理にも分かるはずはなかった。手帳や備忘録の類いはなかったという。あのマンションにあったとしたら、警察が押収しているはずだ。

犯人は何を探していたのだろうか。

このマンションに初めて立ち寄った時、怪しげなワゴン車が、マンション近くに停まっていた。あの時は、相手の正体は分からなかったが、詐欺師の中島洋一の家にやってきた猿顔の男たちだったに違いない。奴らは坂巻組と関係のある連中に決まっている。

谷内は、密かに死んだ穴吹たちの行動を調べ、写真に撮っていた。写真には、政財界の裏側で暗躍している乗っ取り屋の和久彦治などの、穴吹などとは違う〝人種〟が写っていた。谷内は、それをネタに強請りを試みた。殺された理由はそこにあるのだろうか。

しかし、谷内程度の犯罪者が、どうやって大物の行動を摑んだのだろうか。穴吹の行動を監視したことで、大物にまで辿りついたのか。影乃は今ひとつ釈然としなかった。

怯えている恵理の面倒は雪永に任せ、影乃は自分のマンションに戻った。

翌日の午後、福石証券に電話を入れ、岩見沢を呼び出した。偽名は、岩見沢が女と会う時に使っていた〝高橋〟にした。岩見沢は社にいた。

「俺だよ。三日以内に、伏見竜之介が手に入れた転換社債がどこに流れたか調べ上げろ」

「お客様、それは無理でございます」岩見沢が声を作って答えた。

「息子さん、慶應幼稚舎の制服が似合いそうだな」

「…………」

「俺に連絡したい時は、今から教えるバーに電話しろ」影乃は『ピアノラ』の番号を教え、受話器を置いた。

雪永から電話があり、恵理を彼の自宅で預かることにしたという。

「あのむさ苦しい部屋にですか?」影乃がからかった。

「恵理がそう望んだんだよ」

「しっかり守ってあげてくださいよ」

雪永と話した十五分後に、電話が鳴った。

針岡と思ったが違った。田熊からだった。

「今すぐ、こっちに顔を出せるか」

「何かあったんですか？」

「木原浩三が君に会いたがってる」

「今すぐ行きますよ」

影乃が、田熊総合研究所のドアをノックしたのは午後四時すぎだった。

ドアを開けてくれた田熊は、書類の山に囲まれた所長の椅子に座った。

影乃は適当に椅子を引き、そこに腰を下ろした。

「さっき木原がここにきて、君を紹介してほしいって言ったんだ。奴の事務所に連れてゆくよ」

「俺も会いたいですね。で、あんたと俺の関係については、どう話せばいいんですか？」

「探偵である君は、情報を取ろうとして、私のところにしょっちゅうやってくる。木原にはそう言っておいた」

「そんな言葉、信じますかね」

「君はまだ甘い」田熊が眉をゆるめ、口を半開きにして笑った。「信じるとか信じないとか、そういう恋愛してる男と女みたいな発想は、私と木原の間にはない。敵であり味方でもある。ナマズのような私はぬるぬるぬるぬるぬる、誰とでも付き合う。木原は、そのことをよく知ってる。ともかく、これまでも、奴の敵がここに出入りしている。そのおかげで、あいつは私から情報を得て、難を逃れたこともあった。だから、木原は、私を信用してもいるし、敵と通じているから信用してないとも言えるんだ。アメリカ政府の外交みたいなものだと思えばいい。敵と手を握りながら、同時に戦争をしかける構えもみせる。日本政府など、百年経っても、ああいう強かな外交はできんだろうね」

話が拡がった。インテリ崩れの悪いクセだが、うなずけるものではあった。

影乃は少し間を置き、今日の吉見の動きを訊いた。

「今は会社にいるようだ。そう言えば、私の配下の者に岩見沢から電話が入った」

「俺を何とかしてくれ、って泣きついてきたんですね」

「あいつ、君が余程嫌いらしく、半殺しにしてほしいとまで言ったそうだ」

「あんたの思う壺か」影乃は短く笑った。

「あいつは、君の要求をすべて配下の者に教えた。君はもっと岩見沢を突け。そうすれば、あいつは極秘情報を私にもたらしてくれる」

影乃が田熊を睨んだ。「〝私たちに〟でしょうが」

田熊が目尻をゆるめた。「そうだったね」

「さて、木原に会いにいきますか」

田熊は黙って、影乃の横を通り、ドアに向かった。影乃は後について廊下に出た。

木原産業の事務所に入った。

数台の机が並んでいたが、社員はひとりもいなかった。残っているのは女子社員だけだった。

目が細くて感じの悪い若い女である。少女の頃からカツアゲをしていて、大人になる前に、ヤクザに回され、バッグにはナイフを忍ばせている。そんなニオイがした。

奥にある社長室に案内された。

木原浩三は小柄で痩せた男だった。眼鏡はかけていなかった。目尻が垂れていて、口は小さかった。肌艶（はだつや）がよく、髪はスポーツ刈りだった。

「紹介します。こちらが影乃さん」

木原がじっと影乃を見つめた。

女子社員がお茶を運んできた。投げやりな感じで湯飲みをテーブルにおいた女に木原が言った。

「金井さん、休憩していいよ。いつもの喫茶店にいろ。後で電話するから」

女が事務所を出ていった。

名刺交換をした後、木原は田熊の方に視線を向けた。「ふたりで話がしたいんですが」

「そうですか。どうぞ、どうぞ」

田熊は軽い調子で受け、事務所を出ていった。

「社員のいない幽霊会社ですか、ここは」

「みんな仕事に出てる」そう答えてから木原は背中を丸め、影乃の名刺を手にした。「事務所を持ってない探偵ね」

影乃は煙草に火をつけた。「ご用件をお伺いしますかね」

「忠告しておかないといけないことがあるんだ。我々の周りをうろちょろしすぎると、大（おお）火傷（やけど）するよ」

「忠告じゃなくて脅しですね、それは」

「いや、忠告だ。田熊さんとこに、あんたが出入りしているというのを知って、これも何かの縁だと思い、お呼びしたんだ」

「俺は殺された谷内のお嬢さんの依頼を受けて、あの事件の調査をしてる。木原さん、自分があの事件に関係してると認めたようなもんですよ」

木原は背もたれにそっくり返った。「私は、懇意にしている人のために一肌脱ぐ気になっただけだ」

「梅村さん、だいぶ慌てているってことですか？」

木原はそれには答えず、パイプを手にとった。「あんたはどうやって田熊さんと知り合ったんだい？」

「彼の噂は耳にしてました。知ってると思いますが、彼は蔵主グループの不正にメスを入れたがっている。だから、情報をもらえないかと思って、時々顔を出してるんですよ」

「で、その成果は？」

「俺みたいな若造の手に負える相手じゃない。相手はナマズですからね。あんたのことを訊きだそうとしましたが、のらりくらり、はぐらかされただけです。でも言ってましたよ、あんたとはいい関係だってね」

「谷内の件から手を引いてくれたら、それなりの補償はする」

影乃はにっと笑って煙草を消した。

「谷内の娘じゃ、まともな料金は払えんでしょうが」木原が続けた。「小まめに稼いで、地道に暮らしてるんですよ、俺は」

木原が立ち上がり、机に向かった。引きだしを開け、茶封筒を取りだした。そして、元の席に戻ると、影乃の前に茶封筒を投げた。テーブルの上を滑った茶封筒から札束が床に零れ落ちた。手が切れそうなピン札だった。

「三百万円入ってる。それをあんたに渡してくれと言われましてね」

影乃は零れ落ちた札束を拾い、茶封筒に戻した。

影乃は小馬鹿にしたように笑った。「こんな大金、受け取るわけにはいきません」

「あんまり調子に乗るな」

影乃は肩をすくめてみせ、ゆっくりと腰を上げた。「田熊さんに、この件、話していいかい？」

「かまわんよ。ナマズは、どうせお見通しだ」

「不思議だな、なぜ田熊さんに手を出さない」

「余計な詮索はするな。影乃、その金を受け取って女と旅行にでも出ろ」

「あんたが恩義を感じてる人間に伝えてくれ。一度、ゆっくり会いたいってな」

木原はパイプに火をつけ、口を丸めて煙を吐きだした。「お引きとり願おうか」

影乃は部屋を出た。しかし、すぐには立ち去らなかった。ドアに耳を当てた。

ややあって、木原の声が聞こえてきた。誰かに電話をしたらしいが、何を話しているかは聞き取れなかった。

田熊の事務所に戻った。田熊は回転椅子に座って煙草を吸っていた。

「早かったな」

「木原、俺を三百万で買収しようとしましたよ」

「ほう。三百万ね。いやに見くびられたもんだな」

影乃は田熊の後ろに回り、窓辺に立った。

「田熊さんは、蔵主グループの不正を暴こうとしている。そのことを木原たちは知ってる。なのになぜ、奴らは、あんたに手を出さないんですか？」

「私はこれまで痛い目にあってきたって言ったろう。保険はかけてある。私が殺されてもしたら、木原は容疑者の一番手に挙げられるだろう。私には女房も子供もいない。身軽にしておかないと、何が起こるか分からないからね」

「この間、吉見を絞め上げたスナック『好美』が狙われる心配はないんですか？　好美って女が、田熊さんと深い関係にあるかどうかは知りませんが」

「あの店は、一回こっきり借りただけだ。あの日をもって閉店してる」田熊は眉根をゆるめた。

「抜かりないんですね」影乃は先ほど座っていた椅子に腰を下ろした。「話は違いますが、蔵主房男が殺された理由は、蔵主グループの内紛に関係あると思いますか？」

「そんなこと私に訊かれてもね。長男の清太郎が殺したかどうかは分からんが、喜一郎が清太郎を呼び戻したのには裏がありそうだな」

「清太郎、葉山で世捨て人みたいな生活を送ってたようですが、裏の顔があったってことですかね」

「多分な」

「田熊さんが密かに清太郎を使ってたんじゃないんですか？」

「私が？」

「あいつに、情報を流し、蔵主家に戻るように仕向けた。あんたならやりかねない気がするんですがね」

「なるほど」田熊は大きくうなずいた。「そういう手もあったね。君もなかなかの策士だな」

よく言うよ。影乃は鼻で笑った。

事務所の電話が鳴った。

「……何だって……そうか……ああ、引き上げていいぞ。また連絡する」

受話器を置いた田熊がふうと息を吐いた。

「何か動きがあった？」

「吉見両一が蔵主観光の屋上から飛び降りた」

「早めに引退して花でも育ててればよかったのにね」

「監視していた配下の者が、現場に集まってきた社員たちの会話を聞いた。それによると死んでるか生きてるかの確認は取れてないそうだ」

「突き落とされた可能性は？」

「さあな」

次男、房男が殺されてすぐに、側近だった吉見も死んだ。自殺だろうが他殺だろうが、喜一郎にとっては由々しき事態である。いくら太い神経の持ち主でも、かなりこたえているに違いない。

「たぐり寄せたい糸の一本が切れちまいましたね」

「よくあることさ」田熊があっさりと言ってのけた。「君は岩見沢を追い詰めろ」

影乃は黙ってうなずき、ドアに向かった。

また電話が鳴った。

「……ちょっと待って」電話に出た田熊は影乃を呼び止めた。「君に電話だ」

相手は雪永だった。

「唐渡さんとこの秘書が拉致（らち）された」

「…………」

「影乃、聞いてるのか」

「聞いてますよ」

「すぐに彼女の事務所に連絡を取ってくれ」

「そうする」

受話器をおいた影乃は、頬に田熊の視線を感じた。「そっちもゴタゴタか？」

「話は後で」影乃は美知子の事務所に電話を入れた。

「俺だ。雪さんから聞いた。それで相手は何を要求してる」

「あなたを私の事務所で待機させせろって言ってきてるの」

「すぐにそっちに向かう」

「今、どこにいるの？」

「〝ナマズ内報〟の事務所だ。だから、少し時間がかかるよ」

「待ってます」

影乃は静かに受話器を元に戻し、煙草に火をつけた。「唐渡美知子の秘書が拉致されました。相手は俺と接触したがってるようです」

田熊はエアガンを手に取った。「ついに相手は強硬手段に出てきたね」

「かなり焦ってますね」

田熊がエアガンの引き金を引いた。的のど真ん中を射貫いた。

「田熊さん、あんたの配下の者を使わせてもらえませんかね」

「彼らは武器を持ってないし、手荒な真似はしない連中だ。警察に行くのがベストだと思うよ」

「本気で言ってるんですか？」

田熊が立ち上がり、奥の部屋に入った。戻ってきた彼が手にしていたものは、小型の盗聴器だった。

「君が敵の手に落ちたら、身体検査を受けるだろう。見つかったらやぶ蛇だが、一応、持っていけ。唐渡美知子の事務所の近くに、受信機を積んだ車を待機させる。だがすぐってというわけにはいかない。時間稼ぎをしてくれ」

影乃は美知子に電話を入れ、田熊と話したことを教えた。

田熊の事務所を出た影乃は、直接、西新宿には向かわず、自分のマンションに戻った。時間稼ぎのためだけではなかった。

部屋に隠してあったＳ＆Ｗ（スミスウエッソン）Ｍ４５９を取りにきたのである。ショルダーホルスターはない。影乃は、拳銃を内ポケットに隠しておける、ダブダブのジャケットに着替えた。

手錠を二組、そして手袋、ナイフも用意した。そして、田熊に電話を入れ、渋谷から美知子の事務所に向かうと告げた。

「こっちの準備は整ってる。車は二台用意できた。ビルの表玄関と裏玄関近くに待機させる」

「車種は？」

「ニッサンのマーチとトヨタのカリーナ。両方とも自動車電話を積んでる」

「助かります」

美知子の事務所の入っている建物の前でタクシーを降りたのは午後八時半すぎだった。周りに警戒心を募らせた。路上駐車している車が数台あったが、人が乗っていそうな車は見当たらなかった。しかし、どこかで敵が見ているはずだ。

事務所に入った。

「敵から電話は？」

「二度あったわ。二度目の電話で連絡がついたから、おっつけ事務所に来ると言っておいた」

相手からの連絡を待つしかない。

影乃は木原浩三が自分を買収しようとしたことを教えた。

「じゃ、それが首尾よく運ばなかったら強硬手段に出ようとあらかじめ決めてたのかしら」

「それは何とも言えないが、本当は初美じゃなくて、君を人質に取りたかったんじゃないかな」

「私、初美が拉致された頃、蔵主喜一郎と会ってたの。彼にここまで送ってもらった後に、初美の置き手紙を見つけた。この事務所を見張っていたら、私が不在だって分かっていたんじゃないの」

美知子が喜一郎に呼び出された時の模様と話の内容を詳しく影乃に話した。

吉見を自殺に追い込んだのは、影乃たちかもしれないが、喜一郎に問い詰められた可能性もあり、それが引き金になったことも十分に考えられる。針岡が喜一郎のイヌで、吉見の裏切りを臭わせる写真を見せられたら、喜一郎は吉見を失脚させるだけではなく、何らかの形で制裁を加えようとしたはずだ。

影乃は田熊からもらった盗聴器をオンにした。「田熊さんのお仲間、聞こえてるかな。

感度が悪いかもしれないから、テストしてる。聞こえていたら、事務所に電話をくれないか」

五分と経たないうちに、電話が鳴った。

田熊の配下の者ではなく、敵からの連絡かもしれない。

「俺はまだ事務所に顔を見せてないと言ってくれ」

怪訝な顔をしたが、美知子はうなずいた。そして、受話器を耳に当てた。

「……まだ着いてません……。嘘じゃないです……。ビルに入った？　でもここには来てません。もしもし……」

電話は切られてしまった。その直後、また呼び鈴が鳴った。

今度は田熊の配下の者からだった。影乃が美知子から受話器を受け取った。

「ちゃんと聞こえてるようだね」

「何とか」

「敵の仲間が近くにいる。おそらく、車をビルの玄関につけるだろう。表につけるか裏に回るかは分からないが」

「張り込みを続けます。田熊さんから聞いていると思いますが、我々は武器を持ってないし、手荒なこともしない」

「でも、見殺しにはしないだろう」

「場合によっては、そうせざるをえないかもしれません」

「簡単に言ってくれるね」影乃は短く笑った。

「申し訳ない」

「まあいいや。俺は敵の車に乗せられる前に、何とかしたい」

影乃は、敵の動きを想定し、どう動くつもりかを田熊の仲間に伝えた。

相手は黙って聞いていた。

「君たちは何人、一台の車に乗ってるんだい」

「それぞれふたりです」

「ともかく、怪しげな車がビルの入口に着いたら、ここに電話をくれ」

「分かりました」

「俺にここのスペアキーを貸してくれ」

影乃は事務所にあった消火器を手に取った。そして、美知子に言った。

「どうするの？」

「念のためだ」

美知子は机の引きだしからキーを取りだし、影乃に渡した。

ほどなくまた電話が鳴った。

「廊下で俺を待っててくれ」

美知子はうなずき、事務所を出ていった。

影乃が受話器を取った。「お待たせしたね」

「どこに行ってた？」太くて澄んだ男の声が訊いてきた。

「あんたらが怖いから用心してただけさ。いきなりズドンってこともありえるから」

「事務所で待ってろ。迎えにいく」

「分かった」

電話機のフックを一旦押さえてから、田熊の仲間の自動車電話にかけた。

「グレーのワゴン車が裏口に駐まり、ふたりの男がビルに入っていきました。後部座席にひとり、そして運転手が車内に残ってます」

影乃も事務所を出た。鍵をかけると手袋を嵌め、消火器を手にし非常階段に向かった。

美知子がついてくる。

「敵のワゴン車は裏口にいる」

影乃は美知子にそう言ってから非常階段を下りていった。そこから表玄関に回る。

「家で待っててくれ」

「私も一緒に」

「足手まといだ」鋭く言って、ビルの端の路地から裏手に向かった。

途中で酔っ払いとすれ違った。消火器を持って道を急ぐ影乃を見て、立ち止まった。

消火器の安全装置を引き抜き、グレーのワゴン車に、後ろから這うようにして近づいた。

窓はスモークガラスが使われていた。

スライド式のドアを思い切り、開けた。瞬間、車の中に消火器を噴射。後部座席に座っていた男が懐に手を入れた。しかし、泡を被った男は何もできなかった。振り向いた運転手の顔にも吹きかけた。

消火器を床に転がし、車中に入ると、スライドドアを閉めた。噴射は途中で止めることはできない。ボンベが空になるまで消火剤をまき散らした。

消火剤をかぶってあたふたしている後部座席の男の右腕をねじ上げ、首筋に銃口を突きつけた。

「車を出せ。すぐに」

運転手は顔にかかった泡を拭き取っていた。

噴射が止まった。

「早くしろ。じゃないと、この男が死ぬ」

「言われた通りにしろ」後部座席の男が命じた。太くて澄んだ声の持ち主だった。

ドアが開いたままワゴン車が走り出した。

銃口でぐいと男の首を押した。「女のいるところに案内しろ」

「分かった」

運転手は窓にかかった泡を片手で拭きながら、青梅街道に出た。

「腕が痛い。大人しくするから離してくれ」

「目を瞑って、手を後ろに回せ」

男が目を閉じた。影乃は手錠をポケットから取りだし、両腕にかけた。

「どこに女を連れてった」

「今から案内すると言ってるだろうが」

「どこだと訊いてるんだ」

「東雲東運河んところにある倉庫だ」

「東雲東運河？　住所と倉庫の名を言え」

「辰巳二丁目にある東雲第一運送の倉庫だ」

ワゴン車は首都高に乗るようだ。

「運転者、もっとよく消火剤を拭き取れ。料金所で変な真似をしたら容赦しない」

運転手はハンドルを握ったまま、雑巾を取りだし拭き始めた。

「で、倉庫の所有者は誰だ」

「そんなことは知らない」

男の服についていた消火剤を影乃が払った。「仕立てのいい服、着てるじゃないか。英國屋ででも作らせたのかい？」

その男はしゃべり方といい、着ている服といい、ヤクザのニオイはしなかった。

「女、生きてるんだろうな」

「当たり前だろうが」

「倉庫には見張りは何人いる」

「ひとりだ」

「いやに少ないんだな」

男はそれには答えなかった。

運転手に注意を払いながら、男のスーツの胸ポケットに手を入れた。男が嫌がった。銃口で男の左目を軽くついた。

男が悲鳴を上げた。

財布には名刺や運転免許証は入っていなかった。代わりにクレジットカードが何枚も収まっていた。現金は二十万ほど持っていた。

他のポケットを探った。

アドレス帳と名刺入れが出てきて、免許証は名刺入れに入っていた。

東雲第一運送　代表取締役社長
柴原唯夫（しばはらただお）

「…………」

そう印刷された名刺が十枚以上出てきた。

「柴原さん、倉庫の持ち主はあんたじゃないか」

「………」

名刺入れには、他の人間のものも入っていた。だが、ざっと見たが、心当たりのある人間のものは一枚もなかった。だが、興味を引く名刺が見つかった。赤坂にあるクラブ『リユミエール』のホステス、島村彩矢。

免許証を見た。

柴原唯夫は昭和七年（一九三二年）生まれの五十五歳。自宅は墨田区太平だった。

ワゴン車は、代官町、神田橋を通過し走り続けていた。

アドレス帳を開き、〝わ〟の欄を調べた。和久彦治の会社の住所と電話番号のみならず、自宅かはたまた愛人宅かは分からないが他の番号も記されていた。他の名前について確認するのは後回しにした。

「誰に頼まれて、こんな真似をやったんだい」

柴原は口を噤んだままである。

「あんたのアドレス帳には和久彦治の名前があった。そして名刺入れには、クラブ『リュミエール』のホステスの名刺が入ってた。あのクラブは和久が女にやらせてる店だよな。俺に和久彦治を紹介してくれないか」

「調子に乗るな」

「煙草吸うかい？」

「私は煙草は吸わない」

「なぜ、女を拉致した」

「私は命令に従っただけで、詳しいことは知らない」

影乃は銃を持ち代えた。柴原が躰を硬くした。

「女と引き替えに、何を要求する気だったか知らないとは言わせないぜ」

「あんたの身柄を確保しろと言われた」

「身柄を確保？　デカみたいな言い方だな。あんた元警官か」

「制服を着るのは高校の時に卒業した」

「なかなか気のきいたことを言うじゃないか。気に入ったよ。俺の身柄を確保した後は、どうするつもりだったんだ」

「その後の指示は受けてない」

「指示を出してるのは誰なんだ」

「な、影乃さん、女を無傷で返すから、今後、谷内の調査を止めろ」

「答えになってないぜ」

「あんたひとりで何ができる」

「何かできているから、あんたら、俺が邪魔なんだろうが」

「うざいハエが気になることもある」

「なるほど」

田熊の配下の者が乗った二台の車は、ワゴン車を尾行しているはずだ。電波状況にもよるが、二百メートル先に彼らの車がいても、影乃と柴原のやり取りは聞こえているはずだ。

これからどんな展開が待っているかは想像もつかないが、初美を無事に助け出すことが第一の目的。首尾よくことが運んだら、彼らに初美を託すつもりでいる。

しかし、美知子の事務所で、影乃を拉致しようとしたふたりが、仲間に連絡を取っているのは間違いない。

倉庫にいる見張りはひとりだと柴原は言っていたが、増員されている可能性もあるし、初美を別の場所にすでに移しているかもしれない。

ワゴン車に設置されている自動車電話が鳴った。

「お前を使ってる人間からだったら、仲間は失敗したが、自分が影乃を捕らえたと言え」

影乃は柴原の後頭部に銃口を突きつけ、受話器を取り、彼の耳に当てた。

「……はい。そうなんです。奴らは影乃の拉致に失敗しました。だけど、私が逃げようとした影乃を捕らえ、今、倉庫に向かってるところです……。そんな……分かりました」柴原が影乃を見た。「あんたと話したいそうだ」

影乃は受話器を取った。

「影乃か」声の感じからすると若い男ではないのは確かである。

「そうだが」

「柴原はお前に脅されてるな」

「この男、柴原っていうんですか？　情報提供、ありがとうございます」

「お前の出方次第で女は死ぬよ」

「目的は俺だろうが」

相手は答えず、電話を切ってしまった。

ワゴン車は木場で高速九号深川線を離れ、三ツ目通りを北進した。高速道路が上を走っている。

不測の事態に、相手も慌てているはずだ。

柴原の倉庫に人を送り込むのは間違いないが、どこから来るかが問題だ。

自分よりも早く着けるかどうかは、神のみぞ知ることだ。

柴原たちが坂巻組と関係があり、応援部隊が大井辺りから来るとなると、辰巳までの距離は圧倒的に向こうの方が近い。

そうなると事は面倒になるが、そんなことを心配していても始まらない。

いくつかの運河を渡った。周りは開けているが、ぽつりぽつりと高層の建物が見てとれた。

辰巳地区に入ると、すぐにワゴン車は左に曲がった。

倉庫街。街灯が路上に鈍い光を投げかけているが、歩いている人間はひとりもおらず、車すら通っていなかった。路上駐車している車が二台ほど見受けられただけである。倉庫や流通会社の敷地はトラックが駐まっている。

「止まれ」影乃が運転手に命じた。

ワゴン車は路肩に滑り込んだ。

「お前の倉庫はどこだ」

「その先の平屋の建物だ。見窄（みすぼ）らしいからすぐに分かる」

「倉庫の裏手はどうなってる」

「運河だ」

影乃は自動車電話のコードをナイフで切った。それから、柴原の手錠を外した。

「運転手、エンジンを切って、両腕をこっちに出せ。後ろ向きのままだぞ」

「俺はただ頼まれて」

「早くしろ」

運転手は腰を軽く上げ、両腕を影乃に出した。奴の腕に手錠をかけると、影乃は柴原を抱きかかえるようにして車から降りた。そして、運転席の方に回り、ドアを開けた。

「降りて、後部座席に乗ったら寝転がれ」

運転手は細い目で影乃を睨みながら、車を降り、後部座席に躰を入れた。

影乃は車の鍵を抜き、すべてのドアをロックした。

「倉庫の裏に出入口はあるだろう」

「ああ」

「そこから入る。鍵は社長であるお前が持ってないはずはない」

「…………」

「女が無事じゃなかったら、その場でお前は死ぬ」影乃は冷たく言い放った。

周りを警戒しながら、倉庫の敷地内の様子を窺った。

茶色のセダンが一台駐まっているだけだった。

隣の倉庫との隙間から裏に回った。

運河に街路灯の光が跳ねている。倉庫と運河の間は細い通路になっていた。

裏のドアの前に立った。防犯カメラは設置されていなかった。

「女は倉庫のどの辺りにいる」

「ここから入ると左奥の事務所にいた。だが、今は分からない」

「ドアを開けろ。静かにだぞ」影乃が柴原に命じた。

柴原はポケットからキーホルダーを取りだし、ドアを開けた。

「声を出したら終わりだ。女がいる場所まで案内しろ。そろりそろりと進め」

柴原が小さくうなずいた。

中に入った。ドアは閉めなかった。外からの光がかすかに差し込んでくる。そこは炊事場や作業員の着替え室になっていた。

柴原に銃を突きつけ、奥の右手のドアまで進んだ。柴原に開けさせる。

案外狭い倉庫だった。灯り取りの窓と、柴原が言っていた事務所らしいところから光が漏れていた。

左右に鉄製の棚が置かれてあって、そこに商品が詰まっていた。袋詰めにされて横たわっているのは砂糖だった。片栗粉も置かれている。

シャッターの閉まった表に向かって足を忍ばせ歩を進めた。シャッターの前にはスペースがあり、フォークリフトが数台並んでいた。

事務所から灯りが漏れていたのは、ドアの上部が磨りガラスになっていたからである。

中からは何の音も聞こえない。

「お前がドアを開けろ」

柴原を盾にした影乃は彼の背中をぐいと押した。

柴原がドアノブを回した。開いた。

その時、倉庫の奥から女の呻(うめ)き声が聞こえた。
影乃が振り返った瞬間、銃声が二発、倉庫に響いた。

十　乗っ取り屋の狙い

影乃は咄嗟に柴原を押し倒し、事務所に転がり込んだ。そして、壁で身を守りながら倉庫の様子を窺った。

這って事務所に入ってきた柴原は、ドアを挟んだ向こう側の床に四つん這いのまま荒い息を吐いている。

事務所から見て、左奥にドアがあり、半ば開いていた。

発砲した相手は音無の構えだ。人質を取っている人間は、お定まりの威嚇の言葉を口にするのが普通だが。

「柴原、左奥のドアの向こうはどうなってる？」

「検品とか梱包をやってる作業場だ」

どうやら敵だけではなく初美もそこにいるらしい。

「見張りはひとりだっていうのは本当だろうな」

「ああ」

「ガセだったら容赦しないからそのつもりでいろ」

「嘘じゃない」柴原が喘ぎながら答えた。

影乃が話していることを、田熊の仲間は盗聴器を使って聞いているはずだ。

彼らの協力を得たいが、事件に巻き込まれるような真似はさせないと田熊は言っていた。

しかし、状況次第では助け船を出してくれるかもしれない。

「見張りはお前の言うことを聞く奴か」影乃が再び口を開いた。

「私んとこの従業員じゃない」

「何者だ」

「知らん。気の荒そうな若い男だ」

見張りを命じられた若造は、不測の事態に、どうしたらいいのか判断ができずにいるのかもしれない。そうだとしたら、交渉相手としてははなはだ力不足。若造がパニックを起こしたら、初美を殺害して逃げだそうとする可能性もある。影乃は不安を募らせた。

柴原は立ち上がる気力もないのか、同じ姿勢のままうなだれていた。

影乃が柴原に言った。「お前は誰に命じられて動いてる」

「勘弁してくれ」

「言え」

影乃がS&W　M459の撃鉄を起こした。

柴原が影乃を見た。影乃が唇を舌でなめ回した。

「梅村って男だ」

「さっき電話をかけてきたのは奴か」

「そうだ」

なるほど。柴原と梅村との関係をもっと詳しく訊きたかったが、そんな余裕はない。初美を拉致した連中の仲間が、倉庫に着くまでに何とかしなければならない。

作業場のドアのところで人影が動いた。

「女を殺されたくなかったら、そこから出てこい」男の声が倉庫に響いた。

その声は乾いていて迫力がなかった。

俳優養成所にでも通って、腹から声を出すレッスンを受けた方がよさそうだ。

「俺が女の身代わりになる。俺を捕らえると手柄になるぞ」

「うるせえ！　早く顔を出せ」

影乃は辺りを見回してから、転がりながら柴原の方に移動した。そして、机の上の電話機を取り、目一杯コードを引っ張った。

「作業場にかけろ」

「え？」

「電話には俺が出る。その間に、お前はここから出ろ」

「そんなことしたら、私が……」柴原の歯の根が合わない。

「俺が守ってやる」

柴原が受話器を取った。作業場で呼び出し音がした。影乃が受話器を奪い取った。

相手はなかなか出ない。

「さあ行け。妙なことをしたら、俺がお前を殺す」

柴原が事務所を出たのと同時に呼び出し音が鳴り止んだ。受話器は外されたが、相手は口を開かない。

「事務所から電話してる。今、柴原がそっちに向かってる。奴を殺すと、指を詰められるぜ」

受話器を顎と肩に挟み、影乃は作業場の様子を窺った。

相手がドアの間から姿を現した。影乃は電話を切ると伏せ撃ちの姿勢を取った。

「私だ。撃つな」柴原が両手を上げ、ゆっくりと作業場に向かった。

相手は柴原に気を取られているはずだ。

今だ。

影乃は、相手の脚に狙いを定め、引き金を引きしぼった。

銃声に驚いた柴原がその場に肩をそびやかして立ち止まった。

短い苦痛の声と共に、若造がその場に倒れた。

「伏せろ」影乃が柴原に向かって叫んだ。

柴原が跪くようにして床に倒れ込んだ。

銃を持った若造が滅茶苦茶に発砲してきた。

相手を殺すのは簡単だが、余計な面倒を背負い込みたくなかった。影乃は立ち上がり、壁に隠れて撃ち返したが、若造を狙ってはいなかった。影乃が一発撃つと、向こうは連射してきた。若造の拳銃の弾が切れ、スライドが後退した音がかすかに聞こえた。

瞬間、影乃は全速力で男に駆け寄った。若造は新しいマガジンをポケットから出そうとしていた。もたついている。

影乃は若造の顎を蹴り上げ、銃を奪い取った。それから胸ぐらを摑み、立たせた。顔面を何度も殴った。鼻血が影乃の頬に飛んだ。ぐったりとなった若造から手を離すと、奴は壁に沿って、マットレスが倒れるように重く転がった。

影乃は柴原を呼んだ。柴原は放心状態のまま影乃の命に従った。柴原を作業場に押し入れ、電気をつけた。

初美は目隠しと猿ぐつわをされ、椅子に座らされていた。麻縄で後ろ手に縛られ、両足首が椅子の脚に括り付けられていた。

目隠しと猿ぐつわを外した。

「もう大丈夫。安心しろ」

初美が泣き出した。

ナイフで手首を縛っていた縄を切ろうとした時だった。表に車が駐まる音がした。影乃は手の次に足首の縄を切った。

初美はかなり体力を消耗しているようだった。影乃は彼女を担ぎ、急いで裏口に向かった。

背後でシャッターが開く音がした。

「裏から逃げるぞ！」

その声に重なるようにして銃声が轟いた。周りに積まれた砂糖が零れ落ちてきて、片栗の粉が噴煙のように立ち上った。

裏口から出た時、両側の通路に人影が見えた。運河沿いにはフェンスは設置されていなかった。

「運河に飛び込み、対岸まで泳ぐ。聞こえたら、三ツ目通りにかかっている橋の袂まで来てくれ」

影乃は田熊の仲間が聞いていることを願って、そう言い、初美を運河に放り投げた。

初美が悲鳴を上げた。影乃も運河に飛び込んだ。

初美の躰が水の中に沈んでゆく。影乃は水の中に潜り、初美の躰を受け止めると、浮上した。

「私、泳ぎが苦手……」初美がか細い声で言った。

「心配いらない。俺がついてる」

対岸までは百メートルほどである。

倉庫の裏側に男たちが立った。だが、運河に向かって発砲する者はいなかった。ほどなく、ひとりを残して左右に散った。

影乃たちが陸に上がるところを見定め、そこで捕まえようという気らしい。

サイレン音が耳に入った。発砲音を聞いた誰かが通報したのかもしれない。

影乃は初美を抱えて対岸を目指した。水を飲んだ初美が激しく咳き込んだ。

「もう少しの我慢だ」

サイレン音が大きくなってきた。倉庫の裏に立っていた男が姿を消した。

初美も一生懸命、脚で水をキックしている。

対岸には樹木が植えられていた。様子を見ながら、影乃は泳ぎ続けた。

三ツ目通りにかかっている橋の袂に車が駐まっていた。トヨタ・カリーナ。田熊の配下の人間が使っている車の一台と同じ車種である。

何とか対岸に辿りついた。

岸に上がった影乃は初美の両脇を後ろから抱え、引きずり上げた。そして、植え込みに身を潜め、辺りの様子を窺った。

倉庫の裏に制服警察官の姿が見えた。橋の袂に駐まっていた車はいなくなっていた。

仰向けに寝転がっている初美のところに戻った。

影乃を見ると初美は躰を起こした。躰が震えている。

「歩けるか」

初美が黙ってうなずいた。木立の間を縫って橋に向かった。橋の袂に着く前に、初美をその場に留まらせ、ひとりで先に進んだ。

橋の袂から三十メートルほど離れたところにカリーナが駐まっていた。十中八九、乗っているのは田熊の配下の者だろう。それでも用心しながら車に近づいた。

カリーナの助手席のドアが開き、見知らぬ男が顔を出した。ロングヘアーの若い男だった。童顔。まだ学生のような感じがした。

影乃は懐にしまった銃を握った。濡れているので撃てるかどうか定かではないが。

「田熊さんの配下の者です」若者が言った。

妙な動きをする気配はなかった。

「あそこの木立のところまで進んでくれ。そこに隠れてる女を乗せる」

ハンドルを握っているのはがたいの大きな中年男だった。中年男はすぐに言われた通りにした。影乃は走って初美のところまで戻った。

カリーナの横をサイレンを鳴らして警察車両が通りすぎた。

後部座席に初美を乗せ、影乃は隣に座った。頃合いを見計らってカリーナがUターンした。

ずぶ濡れの初美はぶるぶると震えていた。

「毛布はないですか？」

「タオルしかないですね」そう答えた若者は、着ていたブルゾンを脱ぎ、タオルと一緒に影乃に渡した。

「ありがとう」

初美がタオルを受け取り、躰を拭き始めた。だが、当然、一部しか拭けなかった。

車内には無線機などの機材が積み込まれていた。若者が自動車電話で田熊に連絡を取った。そして受話器を影乃に渡した。

「ご無事で何より」田熊の声に笑いが混じっていた。

「おかげさまで」

「警察を呼んだのは我々だ。あんたも捕まったら、それはそれでしかたがないと思ってな。詳しい話を聞かせてくれ」

「後で事務所に電話します」

「待ってる」

田熊と話した後、影乃は美知子に連絡を取った。

事情を簡単に説明すると、美知子は、事務所にある毛布を用意し、途中まで初美を迎えにくると言った。

待ち合わせは銀座松屋デパートの前にした。

運転手は高速を避け、下の道を通るという。影乃もそれがいいと思った。

松屋デパートに近づいたのは午後十一時すぎだった。美知子のアウディはすでに着いていた。

田熊の配下の者たちに礼を言うと、ふたりが同時に口許に笑みを浮かべた。

初美を美知子に引き渡した影乃は、マンションに戻った。

一息ついてから田熊の事務所に電話を入れた。そして、事情を克明に話した。

「……梅村からの命令で、運送屋の社長が犯行に加わったか。やはり黒幕は和久彦治だな」田熊がつぶやくように言った。

「坂巻組が絡んでるんでしょうね」

「その上の上、欽州連合の幹部が動いたな。倉庫での事件を、奴らがどう処理するか見物だね」田熊が短く笑った。

初美を拉致監禁したことは表沙汰にはできない。ということは、影乃があの場にいたことも公にはならないはずだ。

さて、これからどうするか。

田熊と念入りに打合せをした。

美知子は翌朝、遅い朝食を摂りながらテレビを視ていた。

ニュースで、東雲東運河近くの倉庫で起こった事件が報じられた。脚を撃たれ重傷を負った男は坂巻組の準構成員だった。他にも銃刀法違反でふたりの組員が逮捕されたという。事件の全容はまるで分かっていなかった。倉庫の持ち主には連絡が取れない状態らしい。

蔵主観光の社長、吉見両一の自殺、そして、倉庫での銃撃戦……。

マスコミが喜々として飛びつきそうな事件が相次いで起こっている。蔵主房男殺害事件の報道は下火になっていた。しかし、ことは殺人事件。警察は目の色を変えて捜査を続けているはずだ。

清太郎が第一の容疑者なのだろうが、逮捕されたというニュースは流れていない。吉見両一の自殺が、より捜査本部の行動を慎重にさせているのかもしれない。

美知子は影乃の自宅に電話を入れた。

影乃はのんびりとしたものでまだ寝ていた。

「起こしちゃったのね」

「いいんだ。目は覚めてたから。で、初美ちゃんはどうだった？」

「家に送ったわ。だいぶ興奮してたけど、後はカレシに任せた。今日は休みを取らせようとしたけど、さっき電話をしてきて、事務所に出ると言ってきた」

「頼もしい秘書だね」

「今は男の子よりも女の子の方が腰が据わってるのよ」

「嘆かわしいことだな」

　美知子はニュースで知ったことを影乃に教えた。

「ほう。柴原唯夫は行方不明か」

「詳しい話を聞かせて」

　影乃は生あくびを嚙み殺しながら話を始めた。「……ともかく、雑魚はどうでもいい。本丸の和久彦治と接触を試みるつもりだ」

「彼に会ってどうするつもりなの？」

「谷内を殺した人間を見つけることが俺の仕事。それと経済絡みの事件がどう関係してるかは分からないが、谷内は和久の写真を盗撮した男だよ。和久が誰かに命じて谷内を殺した可能性が高い」

「会っても埒が明かないんじゃないの」

「まあね。でも、木原を通して俺を買収しようとし、次に初美ちゃんを拉致して攻撃してきた。昨夜の計画が失敗に終わって、和久は動揺してるはずだ。揺さぶりをかけるなら今だと思う。その前に福石証券の岩見沢に連絡を取るよ。奴を脅して、極秘書類のコピーを手に入れたいんだ。それが手に入れば、和久との話がより実りあるものになりそうだから」

「そううまくいくかしら」

「いかないかもしれないな」影乃は淡々とした調子でそう答えた。

「自信あるのね」

「過剰なくらいに」影乃は人を食ったようなことを口にした。

「あなたって人は……」

「で、君の今日の予定は？」

美知子は、これから自分がやろうとしていることを話し、電話を切った。

事務所に出たのは午後一時すぎだった。

初美は出勤していて玉置と話していた。

初美は何事もなかったように、美知子に挨拶をしたが、さすがに疲れの色は隠せなかった。

「玉置君、軽部茂斗子の兄夫婦には会えたの？」美知子が訊いた。

「ええ。軽部茂斗子が母親に贈った森島あゆみの作品は家にはありませんでした」

「どうなったの？」

「母親が死ぬ前に、友だちにあげちゃったようです。友だちの名前はですね」玉置がメモ帳を開いた。「大月貞子。この人もすでに他界してます。彼女も三鷹に住んでましたが、借家だったそうです。息子と娘がいますが、彼らの住まいまでは、軽部の兄夫婦は知らないそうです。所長がお望みとあらば、大月貞子の子供の行方を探しますが……」

「そうして。無駄骨に終わるかもしれないけど」

「はい」

初美には引き続き森島あゆみのリストの中で、まだコンタクトできていないところに電話をかけさせることにした。

美知子は、誰も中に入れないようにと、初美に言ってから事務所を出た。

アウディで向かった先は羽生潤子のマンションだった。

インターホンを鳴らしても誰も出なかった。不在なのか居留守を使っているのかは分からない。

一旦、マンションを出た美知子は、裏に回り、潤子の部屋が見える場所に立った。ベランダの窓にはレースのカーテンが引かれていて、中に人がいるかどうかははっきりしなかった。

車に戻り、エンジンをかけようとした時、潤子がマンションから出てきた。居留守を使っていたのだ。

潤子はタクシーを拾った。美知子は後を尾けた。潤子を乗せたタクシーは神谷町を少し越えたところで駐まった。

潤子が入っていったのは、蔵主グループの本丸、蔵主土地開発のビルだった。

この期に及んでも、潤子は喜一郎から金を引き出そうとしているのだろうか。だとしたら、何か脅しのネタを持っているのかもしれない。

美知子はロスマンズに火をつけた。二服ほど吸った時だった。潤子がビルから出てきた。アポなしで喜一郎に会おうとしたが、門前払いを食らったのだろうか。

潤子が路上に立ったまま煙草に火をつけた。暇そうに煙草を吸っている。これからの予定がなさそうに見えた。

美知子は車をゆっくりと出し、潤子の横につけた。そして、車から降りた。

美知子に気づいた潤子は険しい顔になった。だが、それは一瞬のことで、ノンシャランな雰囲気を作り、煙草を吸い続けていた。

「乗りません?」美知子が誘った。

「あなたはさっき家にきた人ね。何で私を監視してるの?」

「どうして居留守を使ったんです?」

潤子は吸いかけの煙草をその場に捨てた。足で踏み消そうともせず、美知子に近づいてきた。「私に訊きたいことがありそうね」

「乗って」

美知子はハンドルを握ると、助手席のドアが開けられるだけのスペースを作った。

潤子を乗せると、桜田通りを皇居方面に向かって走った。

「蔵主会長に会ってもらえなかったのね」

「私、清太郎さんに会いにいったのよ」

「彼、もう出社してるの。知らなかったわ」

「邸(やしき)にいると思って電話したら、会社だって言うから訪ねてみたのよ」潤子は不機嫌そうに答えた。

「何のために?」

潤子はリクライニングシートを無造作に倒し、ふうと息を吐いた。

「私、房男さんを殺した犯人だって疑われてる。気分、悪いでしょう?」

「房男さんが殺された日、あなたも軽井沢で房男さんに会ってたんですってね」

「そうよ」

お堀が近づくと、美知子は右折ラインに入った。

「房男さんに呼び出されたんですか?」

「私から押しかけたの。急に別れるって言い出したから」

「じゃ、彼との間に険悪な雰囲気が流れたってことね」

潤子が目の端で美知子を睨んだ。「甘いムードになるわけないでしょう。結局はお金の話になった」

「房男さん、いくらあなたに払うって言ったんです？」

「五千万。でも、証文は取ってない」潤子が吐き捨てるように言った。

「房男さんが殺され、お金を取り損なった」美知子が肩で笑った。

「何がおかしいのよ。いきなり、別れるじゃ、すまないでしょう。あの男、私に結婚するって言ったのよ。生きてたら訴えてやったところよ」

「それは無理。寝物語に、結婚するとか、したいとか言っただけじゃ、警察も裁判所も相手にしないわ。婚約したという証明があれば別だけど」

「へーえ、そんなもんなの」

「そんなもんですよ」

有楽町の交差点で赤信号に引っかかった。

「あなたは、犯行推定時刻には東京に戻ってたそうね」美知子が続けた。

「アリバイあるわよ。知り合いの男の人と会ってたんだから」

「その人、何をやってる人？」

「そんなことあなたに話す必要ないでしょう？」

信号が変わった。美知子はゆっくりと車をスタートさせた。

「警察は、殺された谷内さんとあなたが親しかったこと知ってるのかしら」

「それがどうかしたの？」

「あなたの知り合いが相次いで殺されたのよ」美知子は飄々とした調子で揺さぶりをかけた。

「そんなこと、私の知ったことじゃないわよ」

アウディは晴海通りを走り続けている。

「房男さんを殺ったのは清太郎よ」

「目撃したの？」

「房男さん、清太郎を絶対に社には入れさせないって言ってた。父親の弱味につけ込み、会社に入り込んだとも」

美知子は鼻で笑った。「別れようとしていたあなたに、そんな話をしたなんて、誰が信じるかしら」

「別荘で会ってた時、清太郎から電話がかかってきたの。だから、興奮して、そんなことを口にしたのよ。あの人、私のこと本気で好きだったのよ」そこまで言って、潤子は窓の外に目を向けた。「私もよ。玉の輿に乗りたいだけだったと思ってるんでしょうけど、それは違う。あの人、父親と縁を切って、私と一緒になろうって言ったのよ」

潤子の息づかいが荒くなった。演技をしているのかどうか。美知子は半信半疑だった。

うるさい喜一郎から、房男を切り離しても、一文なしになることはないし、喜一郎が死ねば、房男に莫大な財産が入ることは間違いない。たとえ、喜一郎が遺言に、房男には一銭もやらないと書き残したとしても、息子の房男には遺留分が転がり込む。

潤子がそこまで見越していたとも考えられる。

美知子は、潤子の本音がどこにあるのか何となく感じ取れた。

潤子は、房男に愛情を持っていた。しかし、打算もあった。

愛情と打算が一緒になり、男と深い付き合いをするというのは、女にとっては実に自然なことである。

「でも、よく分からないところがあるわね」美知子がつぶやくように言った。

「何が？」

「あなたが清太郎さんに会いにいった理由よ」

「房男さんから聞いたことを、あいつにぶつけたくなったの。それだけ」

そう答えた潤子はまた窓の外に目をやった。

美知子のアウディが晴海通りを走っている頃、影乃は、福石証券の岩見沢に、東銀座のホテルの一室で会っていた。岩見沢が〝高橋〟という偽名で女と密会していたホテルである。

影乃が福石証券に電話をしたら、彼の方から会いたいと言ってきたのだ。極秘書類のコピー、用意できたか、と訊くと、岩見沢は「はい」と答えた。待ち合わせの場所を決めたのは岩見沢である。

ホテルの部屋に入ったのは午後三時すぎだった。岩見沢が借りていた部屋は十二階にあった。

影乃を部屋に通した岩見沢は、力なく椅子に腰を下ろした。「僕の負けです」

「聞き分けがよくなったな。どれ、書類をもらおうか」

岩見沢は鞄の中から分厚い封筒を取りだし、テーブルに置いた。

影乃はざっと中身を改めた。そこには、蔵主観光などの転換社債が親分けされる会社や団体名が記されていた。裏で仕切ったのは総会屋の伏見竜之介に決まっている。

「これを最後に、こういうことから足を洗えよな」影乃はにかっと笑った。

「そのつもりです。もう懲りました」

影乃は書類を鞄に突っ込み、腰を上げた。そして、岩見沢の肩を軽く叩いて部屋を出た。

エレベーターに乗ったが、一階ではなく十六階まで上がった。一六一九号室をノックする。ドアを開けたのは田熊である。その部屋はスイートルームだった。

岩見沢から情報を引き出していた鼻の尖った男、鷲見がコーヒーを飲んでいた。田熊がふたりを引き合わせた。鷲見は笑みを浮かべることもなく、会釈をしただけだった。

「さて、我々はベッドルームに隠れて様子を見るか」

そう言った田熊に影乃はついていった。

十分ほどでドアがノックされた。

「首尾良くいったか？」鷲見が訪問者に訊いた。

「ころりと騙されたようです」岩見沢の声は柔らかかった。

「コーヒーでも飲むか」

「いいえ。これから顧客に会わなければならないので」

「じゃ、本物を渡してもらおうか」

「お金、用意してくれました？」

鷲見はそれには答えなかった。何かがテーブルに置かれる音がかすかに聞こえた。

鷲見と岩見沢は、封筒の中身を改めているらしい。

「確かに」岩見沢が言った。

「これが偽物だったら、どうなるか分かるな」

「本物ですよ。あなたを騙すようなことは絶対にしません」

「これで付き合いは終わりだ」

「影乃という男、いつか半殺しにしてくださいよ」

「俺がそんなことをしなくても、いずれ誰かに殺される」鷲見が冷たく言い放った。

影乃は田熊に視線を向け、肩をすくめてみせた。

「それじゃ、私はこれで」岩見沢が言った。

「達者でな」

「鷲見さんも」

ドアが開け閉めされる音がした。

田熊がややあってベッドルームを出た。影乃がそれに続いた。

田熊が鷲見を見てうなずいた。「ご苦労さん」

「じゃ私はこれで」

「また連絡する」

鷲見は鞄を手にすると部屋を出ていった。

田熊は書類の入った茶封筒を開いた。指に唾をつけて捲ってゆく。

「本物かどうか分かります？」

「うん」生返事を返した田熊は、さしてよく見ずに書類を茶封筒に戻した。

「で、どうなんです？」

「これも偽物くさい」

「間違いないんですか？」

「私が睨んだ団体、会社の記載がまったくない。そんなはずはないんだ。全容は摑めていないが、これは明らかに妙だ。君が受け取ったものを見せてくれ」

影乃は言われた通りにした。

書類を照合した田熊が笑い出した。「このふたつ、まったく同じものだよ」

「岩見沢、嘘がバレたらどうするつもりだったんですかね」

田熊が溜息(ためいき)をついた。「あいつにしてやられるとは。私もヤキが回ったかな」

「岩見沢、まだ部屋にいるかもしれない。見てきます」

影乃は部屋を出て、十二階で再び降りた。岩見沢と会った部屋のチャイムを鳴らしたが、返答はなかった。しばらく、廊下で様子を窺っていた。しかし、動きはない。諦(あきら)めて田熊のところに戻った。

「もう消えたようです」

「岩見沢がひとりで考えたことじゃないな」

「鶴田って上司が一枚噛んでるんでしょうよ」

「だとしても、こういう事の運びにするには、岩見沢自身から、脅かされているとか何とか言わないと始まらなかったはずだ。岩見沢にとってかなりリスクがあることだよ、これは」

「岩見沢はどこにすり寄ったらいいか考えたんでしょう。鷲見さんや俺じゃ信用できない。腹をくって上司に話したってことでしょうが」そう言いながら影乃は煙草に火をつけた。

「あいつ、これからどうする気なんだろうな」

「そんなことより、鷲見さんのことが、向こうに分かったら、裏で糸を引いているのがあんただって気づき、面倒なことになるんじゃないですか？」

「かもしれんね」田熊が一呼吸置いた。「実は鷲見は、以前、私を刺そうとした奴なんだ。だから、鷲見が私の仲間だと気づくにはかなり時間がかかるだろう」

　影乃がにやりとした。「どうやって手なずけたんです？」

「私の書いた記事が気に入らなかった男に送り込まれただけの奴だ。私に恨みがあったわけじゃないから、手を握るのは簡単だった」田熊は心ここにあらずといった体で答えた。

「君は今夜、クラブ『リュミエール』に乗り込み、和久彦治を呼び出すと言っていたが、土産（みやげ）がなくなった。どうするつもりだ」

「もう少し待つしかないでしょうね」

「今後、岩見沢に会うのは難しいだろうな。福石証券の幹部と伏見竜之介が画策し、君と鷲見に偽の書類を渡すことになったとしたら……」

「殺されるかな？」

「いいや。だが、のこのこ出勤してはこないだろうよ。君が怖くて」

　影乃は福石証券に電話をしてみた。果たして、岩見沢は今日の午後から休みを取っているという。

「さて、俺は行きます」

「何かあったら、必ず私に報告してくれ」

「田熊さんも」

そう言い残して、影乃は部屋を出た。

ロビーに降りてから、警視庁に電話を入れた。針岡は不在だった。

美知子の事務所にかけた。初美が出た。

「影乃さん、本当にありがとうございました。あなたが来てくれなかったら、私……」

「君は強いな」

「強がってるだけです」

「風邪(かぜ)、引いてない？」

「ピンピンしてます」

「で、所長は？」

初美がどこに行ったかを教えてくれた。話し方も声の感じも普段と違ったところはなかった。

しかし、精神的な後遺症は必ず出るはずだ。それを乗り越える方法は人それぞれ。初美は働くことを選んだようだ。

影乃はマンションに戻った。そして、すぐさまベッドに潜り込んだ。

調査は暗礁に乗り上げている。そんな時は休息を取る。どんなことがあっても、影乃は寝付きがいい。

無駄な人殺しで九年も刑務所に放り込まれた影乃は、出所後、ロンドンに流れ、そこからアフリカに渡った。ひょんなことで知り合ったウガンダ人と共に反政府ゲリラに加わった。刑務所暮らしにゲリラ戦。この経験が、いつでもどこでも寝られる男に影乃を作り替えたようだ……。

電話で起こされた。雪永からだった。

「お前に、赤坂にあるクラブ『リュミエール』に来てほしいっていう連絡が入ったよ」

時計を見た。午後七時半だった。

「時間は？」

「開店後だったらいつでもいいそうだ」

「恵理ちゃんは元気にしてます？」

「落ち着きは取り戻したよ。名前の出たクラブって和久彦治の女がやってるとこだよな」

「黒幕の顔を拝めそうですよ」

「終わったら連絡しろ。連絡がなかったら何かあったと考えなきゃならんから」

「そうします」

近所の食堂で夕食をすませ、タクシーで赤坂に向かった。クラブ『リュミエール』に入ったのは午後九時少し前だった。

店内は広く、革張りのソファーがゆったりと置かれた、落ち着きのある店だった。客の姿はまばらである。

和服の女がどこからともなく現れ、影乃に挨拶をし、奥のドアを開けた。そこには短い廊下があり、部屋はさらにその先だった。和久彦治が密談するために作らせた部屋のようだ。

「私、向井凛子と申します」

和紙で作られた立派な名刺が影乃に渡された。

影乃は名乗っただけで、名刺は出さなかった。

酒の用意はすでにできていて、テーブルには数本のボトルが並んでいた。

影乃はコニャックを飲むことにした。

凛子は日本人形を彷彿させる和美人。くっきりとした二重に守られた目は優しさと芯の強さがないまぜとなっていて、独特の光を放っていた。歳は四十を少し超えたぐらいだろうか。花模様を横段に織り表した泥大島がよく似合っていた。

和久彦治はSMプレイが好きで、女を縛って愉しんでいるという。この楚々とした女が、折檻されている姿を想像した。伊藤晴雨の責め絵の世界を地でいっているということらしい。

「和久さんは、何時頃に来られるんです？」

「いずれまいります」凛子が口許に薄い笑みを浮かべた。

「私が会いたい女がここにいるんですけど」

「会いたい女性ですか？」凛子の目つきが変わった。

「彩矢さんを呼んでください」

柴原の財布には、この店のホステスの名刺が入っていた。その子の名前を口にしたのだ。

「彩矢さんなら、この間、辞めました。いい人ができて結婚するそうなんです」

「それは残念ですね。柴原さん、がっかりしてたんじゃないんですか？」

「あの方、女遊びはしない方ですよ」

「彩矢さん、すぐに出戻ってくるかもしれませんね。ホステスって商売は中毒になるっていう話ですから」

「そうですね。戻ってこない人は一割いるか、いないかですから」

黒服が凛子を呼びにきた。凛子は部屋を出ていった。

影乃はコニャックを舐め、煙草をふかしながら凛子が戻ってくるのを待った。

十五分ほど経った時、ドアが開いた。入ってきたのは凛子ではなかった。和久彦治だった。

写真に写っていた時と同じように、和久も渋い和服姿である。気持ちよく禿げ上がった頭に、照明の光が鈍く跳ねている。丸顔。奥まった目は鋭い。

凜子が戻ってきて酒を作った。和久もコニャックを所望した。すべて心得ている凜子は
「ごゆっくり」と影乃に言い、すぐに退散した。

「呼び出しに応じてくれて嬉しいですな」鼻にかかった感じの悪い声だった。

影乃はブランデーグラスを宙に浮かせたまま、和久を真っ直ぐに見つめ、にやりとした。

それから、グラスを口に運んだ。

沈黙が流れた。我慢比べをしているかのように、影乃も和久も黙ったままである。

「影乃さんのことは調べさせてもらいましたよ。ウガンダではゲリラだったそうですね」

「死に損ないですよ」

「あなたのような日本人は、いくら探してもいない。せいぜい、外人部隊にいたという戦争マニアぐらいしか見つかりません」

「私をリクルートしたいんですか？」

「そうできればいいんですが」和久が口許に笑みを浮かべた。

「で、用件は？」

「影乃さんが、何のために実業の世界に嘴を突っ込んできたのか、いくら調べてもよう分からんのですわ。分からない時は素直に訊くのが私のやり方なんですよ。教えていただけますか？」

「穴吹って男の仲間が、自宅マンションで殺された。その事件を追ってるんです。和久さんなら、殺った人間に心当たりがあるんじゃないかと思ってます」

「その穴吹っていうのは蔵主さんの家の金庫を破ろうとした男のことですか？」

「ええ。あなたが懇意にしている人間と付き合いがあった人でもある」

「らしいですな。だが、私が、そんなチンピラの仲間の死について知ってるわけはないでしょう」

「確かに。死んだ男の娘を監視していた者がいた。唐渡美知子を尾行していた者がいた。私を買収しようとした者もいたし、唐渡美知子の秘書を拉致した連中もいた。やっていたのはどこぞの組の者でしょうが、すべてあなたとは関係ないことですよね」

和久は首を横に振ってからグラスを口に運んだ。「『ナマズ内報』の田熊と仲がいいそうですな」

「ああいう人間は、探偵にとって大事な存在です」

「分かりますな。私にとっても同じです。あの男、なかなか気骨がある」

「和久さん、私、せっかちなんで、おっしゃりたいことがあるんだったら、早く言ってください」

「私、すべてから手を引きました。意味分かりますね」

「伏見竜之介が手にした蔵主さんのところの転換社債の流れ先にも、もう興味はない？」

「はあ？　そんなもん初めから興味ないですわ」和久が肩をゆすって笑った。

「今、初めて気づいたんですが、あなたは蔵主グループの株の買い占めなんて最初からどうでもよかった。本命は、総会屋の伏見竜之介の動きだった。彼が仲介に出てきて、蔵主喜一郎に見返りに転換社債を要求した。蔵主喜一郎は当然、伏見の言いなりになる。伏見が、もらい受けた転換社債をどこかに流した。あなたは、その流れた先が知りたかった」

「読みが深いが、深すぎる」和久が淡々とした調子で言った。

動揺を見せない和久だが、影乃は核心に迫ったような気がした。

蔵主家の金庫には、伏見竜之介との取り引きに関する極秘書類が入っていた。それを穴吹たちが狙った。しかし、なぜか情報が事前にもれ、蔵主は書類を金庫から出してしまった。

同じ時期に、和久は福石証券にも接近。伏見の指示によって親分けされた転換社債がどこに流れたかを知ろうとした。蔵主喜一郎の側近だった吉見にも同じ理由で近づいたのだろう。

田熊に手を出さない理由もこれではっきりした。

田熊は和久の会社乗っ取りよりも、蔵主喜一郎が命取りになる証拠を探していた。総会屋の伏見の金の流れを摑めれば、それは叶ったも同然である。

田熊が調査していることと、和久が知りたいことは同じなのだ。だから、和久は田熊の邪魔はしないことにしたに違いない。

影乃の出現は、和久一派にとって意外なものだった。美知子が嗅ぎ回っていることも気に食わなかったはずだ。

木原を使っての買収、柴原に影乃を拉致させようとしたのも和久彦治だろう。

ともかく、和久は影乃が誰のために動いているのかを知りたかったのだ。和久こそ、深読みしすぎたのである。

しかし、ここにきて、和久が影乃を呼んだ理由は今ひとつはっきりしないが、何であれ、読み違えていたのでは、という気になったのは確かだろう。

岩見沢が偽の書類を鷲見と影乃に渡したのは、和久とは無関係だとみていいだろう。

「私のことをいくら調べても、蔵主喜一郎とも伏見竜之介とも繋がらない。それだけははっきり言っておきます」影乃はグラスを空けた。

和久自身がボトルを手に取り、酒を注いでくれた。

影乃は礼を言い、和久を真っ直ぐに見つめた。「随分、余計なことをしましたね。それが和久さんの命取りになるかもしれませんよ」

「何の話か分からんが、影乃さんのお人柄はよく分かりました」

「私は、伏見の得た転換社債の流れ先を記した書類を手に入れました。本当に興味ないんですか？」

「それをお金にしたいんですか?」

「買ってもらおうなんて思ってやしませんよ」

「正義のために使う。だったら田熊さんにさし上げてください」

和久は動じない。本当に手を引いたのか。

「話は違いますが、柴原さんはどうしてます?」

「柴原って、柴原唯夫のことですか?」

「そうです」

「倉庫でのヤクザの争いの件で、警察に自首したそうです。さっきテレビでやってた」和久は悠然と、そう答えた。

「彼とは親しかったんでしょう?」

和久が目を細めて笑った。「私のところにはいろんな人間が寄ってくる。代議士からヤクザまで。柴原とはこの店でしか会ってない。坂巻組の組長と一緒だったね、その時は」

「柴原さん、『ゾナール』の経営者、梅村元男とも親しかったそうじゃないですか? 梅村さんって、和久さんの死んだ奥さんの従兄弟(いとこ)でしょう?」

「そうだが、君はどうして柴原に興味を持ってるんですか?」

「さあ、どうしてでしょうね」

「影乃さんは愉快だ。実にいい男だ」和久は影乃から目を離さずに、何度もうなずいた。

影乃の読みは当たっていた。

影乃が若造を撃ったことは和久の耳に入っているはずだ。初美の拉致事件が明るみに出たら、和久も困る。影乃と和久は申し合わせなどしなくても、この点に関しては何もしゃべらないという約束がなされているようなものである。

バー『ピアノラ』に銃弾が撃ち込まれた事件も含め、裏で糸を引いていたのは和久彦治と考えていいだろう。

では、谷内殺しも盗撮されていたと分かり、和久が消すように指示した結果なのか。それとも、谷内に近い人間が、和久のあずかり知らないところで処分したのか。いずれにせよ、和久の企みが大本となって一連の事件が起こったのだろう。

蔵主房男殺しはどうなのか。こちらの方はよく分からない。

「話は谷内って男のことに戻りますが、あいつが、あなた方がどこぞの料亭で密会しようとしていたところを写真に撮っていた。そのことは耳に入ってるんでしょう」

「いいや。私は何も知らない」

「自殺した吉見両一は、蔵主喜一郎を裏切ってたようですね」

「そうなのか。初めて聞いたよ」和久はまたコニャックを舐めた。

或ることに気づいた。この男、煙草は吸わないらしい。

「蔵主房男は、蔵主グループの上場会社を和久さんが乗っ取ろうとしていたのを知って、親父とは別個にアクションを取っていたって噂があるんですが」

　影乃は大嘘をつき、和久の様子を見た。

「あの男から一度、私に電話があった。蔵主さんと取り引きを始めた直後に」

「何を言ってきたんです？」

「私の尻尾を捕まえてやるって息巻いてたね。房男の電話の内容を父親に話したら、平謝りに謝ってた。あいつが殺されたことも、私に関連づけたいのかね、君は」

「滅相もない。大実業家が、荒っぽい犯罪に関係するなんて考えたこともないですよ」

「荒っぽくなくても法に触れるようなことをして、のし上がれる時代じゃないよ、今は」

「おっしゃる通りですね。ですが、何事にも裏はありますよね」

「そりゃそうだ」

「蔵主さんの長男の清太郎さんが会社に戻ったらしいですよ」

「聞いてるが、それがどうかしたのかね」

「彼は、以前、昔風に言うならトップ屋をやっていて、親父の会社の不正を暴こうとしてたそうです。和久さんに接触してきたことはなかったですか？」

「ないよ」和久が怪訝な顔をした。「君は私から何を探りだそうとしてるんだね」

「谷内殺しと和久さんは無関係だとしても、和久さんに何か情報が入ってきているかもしれない。駄目元で何でも訊くのが探偵の仕事です」

「影乃さん、そんなケチ臭い商売、辞めて、うちに来ないか」

「あなたの用心棒をやるんですか？」

「何をやってもらうかは考えてないが、君なら使える。私は苦労してここまできた。だから、人を読む力だけはある」

「和久さんのところで働く気はないですね」

「なぜだね、高給優遇するよ」

「私も苦労してきたから、人を読む力には自信があるんです」

「嫌味だけは一流だな」

「失礼します」影乃は頭を下げ、ゆっくりと立ち上がった。

和久の笑い声が背後で聞こえた。影乃は振り向きもせず、部屋を出た。

店は賑(にぎ)わっていた。頬に視線を感じた。ホステスを相手に飲んでいた三人の男が影乃を見ていた。和久の息のかかった男たちのようだ。

凛子が現れた。マネージャー風の男がやってきて紙袋を凛子に渡した。

「つまらないものですけど、今月、この店、七周年を迎えたんです。その引き出物です」

有名デパートの包装紙に包まれた大きめの菓子折が紙袋に入っていた。

凛子に見送られてクラブを後にした。

公衆電話から再び警視庁に電話を入れた。針岡は帰宅したという。真っ直ぐに家に帰ったとは思えなかったが、自宅にかけてみた。

　受話器は取られたが、相手は声を出さない。

「針岡さんの自宅ですよね」

「なーんだ。影乃か」

「こんな時間に家にいることもあるんですね」

「俺のこと、何も知らないくせに決めつけるな。俺は暇な時は大概、家にいる。で、何か用か」

「今、和久彦治と会ってきた。興味あるでしょう？」

「俺に情報を流してくれるのかい？」

「今から、あんたの自宅に行きますよ」

　針岡が一瞬黙った。

「不都合でもあります？」

「どっかで酒、買ってきてくれ。何でもいいから」

　午後十時半を回った時刻だった。普通、酒屋はもう閉まっているが、赤坂などの繁華街では開いているところもある。

「こんな時間だけど、何とかしましょう」

「沼袋の駅についたら電話をくれ。家までの道順を教えるから」

次に雪永に連絡を取り、無事だと告げた。影乃には誰からも電話はないという。

公衆電話ボックスを出た影乃は客引きに、店を開けている酒屋があるかどうか訊いた。田町通りの脇道にあるという。

影乃は角瓶を買って、タクシーに乗った。

影乃は『リュミエール』の引き出物が気になった。

開けてみた。菓子箱に甘い物は入っておらず、ふたつ折りにした茶封筒が出てきた。現金ではなさそうだ。中から出てきたのは書類だった。

酔いが冷め、背筋がぞくっとした。

蔵主グループの転換社債の行き先が克明に記されている書類だった。

田熊に連絡を入れた。田熊は事務所で原稿を書いていた。詳細は省いて重要なネタを手に入れたとだけ伝えた。すぐに飛んでこい、と言われたが断った。そして事務所で待っていてほしいと言い、電話を切った。

十一　盗撮者の背後には……

針岡のマンションは、西武新宿線沼袋駅から六百メートルほど新青梅街道の方に進んだところにあった。

駅に着いてから針岡に電話で場所を訊いた。分かったつもりだったが、道が入りくんでいて、辿り着くまでに三度も迷った。やたらと寺が多く、まだ畑が残っている一角に建つマンションに針岡は住んでいた。

マンション名は『スワンプ沼袋』。

妙な名前に、影乃の片頬がゆるんだ。

オートロック式のドアではなかった。四〇四号室のインターホンを鳴らした。

ドアを開けた針岡は、挨拶もなしに部屋の右奥に消えた。

玄関を入った正面がダイニングとキッチン。細い廊下が左右に延びている。

立派な住まいである。

影乃は針岡の後を追った。

居間は意外と広く、ベージュ色の絨毯が敷かれていた。だが、家具はほとんど置かれていない。カラーボックスの上にミニコンポとレコードプレーヤーが置かれ、レコードがその隣に積まれている。CDは見当たらない。

一番上のレコードジャケットが目に入った。八代亜紀が濃い笑顔を浮かべていた。

アラブ人に八代亜紀の写真を見せると〝いい女だ〟と涎を垂らしそうになる男がたくさんいる。そう教えてくれたのは向こうで働いていた日本人だった。確かに、千夜一夜の世界に似合いそうな女だ。ベリーダンスを踊らせ、哀愁のある演歌を歌わせたら、アラブ一の歌姫になれるに違いない。

壁に三枚の写真が貼ってあった。額縁には入っていない。

別れた家族のものらしい。

テレビは大型のもので、ビデオデッキがそれに繋がっていた。両方とも新しい製品だった。

絨毯のところどころに家具が置かれていた跡が残っていた。

針岡の妻は数ヶ月前、子供を連れ、離婚届を残して出ていった。その際、ソファーや飾り棚も持ち出した、と針岡がバー『ピアノラ』で言っていたのを思いだした。

崩れ去った家庭の残滓が、絨毯に残っているということらしい。

居間の真ん中に炬燵が置かれていた。その上には缶ビールとさきイカ、そして吸い殻でいっぱいの灰皿が載っている。

影乃は買ってきた角瓶を紙袋から取りだした。

針岡は何も言わず、灰皿を手にして、キッチンに行き、グラスと深い皿に入れた氷を用意して戻ってきた。そして、肘掛けのついた座椅子にどすんと座った。

「水がほしければ勝手に取りにいってくれ」

影乃はそれには答えず、針岡の前の座椅子を引き、腰を下ろした。お宝の入った菓子箱は、右膝の横に置いた。角瓶の栓を外したのは影乃だった。針岡は、鷲づかみにした氷を両方のグラスに入れた。影乃が酒を注ぐ。

「意外だって言っては失礼だけど、小綺麗な部屋だな」

「殺風景なだけさ」

「そうでもないですよ」

針岡はグラスを一気に空け、影乃を上目遣いに見た。「この部屋のことを褒めたのは、お前でふたり目。この間、保険のおばちゃんが、声をひっくり返して同じようなことを言ってたよ。お世辞はいい。で、和久彦治と何で会ったんだ」

「向こうが会いたいと言ってきた」

「ほう、それは、それは」針岡は相変わらず、影乃から目を離さない。「奴の目的は?」

「そう急ぎなさんな。後で聞かせてやるから、あんたが摑んだことがあれば、先に教えろ」

「いやに強気だな」

「俺が握ってる情報の方が価値が高い、絶対に」

針岡が煙草に火をつけた。「何が知りたいんだい？」

「谷内義光殺害事件の捜査の進捗状況」

「谷内が、穴吹や和久彦治の写真を盗撮してたことを捜査本部は今頃になってやっと摑んだ」

「どこから入手したのかな？」

針岡が鼻で笑った。「俺が捜査本部に提出してやったんだ」

「出元をしつこく訊かれたんじゃないのか」

「提出したって言っても、俺が持参したんじゃねえよ。郵便配達人が捜査本部に届けたんだ」

「で、実行犯の目星はついてるのか」

「欽州連合の下部組織と関係を持ってる連中を調べてるようだが、成果は上がってないらしい」

影乃はグラスを口に運んだ。「あんたが蔵主喜一郎らしき人間と接触してた写真も送ったのか」

「もちろん。隠さなきゃならん理由はない」

「じゃ、俺にも話せるよな。何であんたは、金庫破りが起こる前に、蔵主と密かに会ってたかを」

「坂巻組の動きを探ってるうちに、穴吹の野郎が何かしでかすって噂を耳にした。それで穴吹の様子を探ってたら、蔵主の邸の下調べをしていることが分かった。だから、蔵主と会った」

「で、そのネタを金にした」

針岡が口許を歪め、再び影乃を見つめた。「俺は正義のために働いてんだよ」

〝正義のため〟。和久彦治もそんなことを言って、田熊に秘密を暴いてほしいようなことを口にした。そのことを思いだした影乃は呆れ顔で針岡を見つめた。

「どうした？」

影乃はそれには答えなかった。

針岡は、その後も喜一郎に情報を流し、小遣い銭を稼いでいたのだろう。しかし、その事実は、蔵主が認めない限り藪の中だ。その都度、現金を渡していたら、証拠は上がらないだろう。針岡のポケットに入った金がいくらかは分からないが、蔵主ぐらいの金持ちだったら、かなりの額を渡したとしても帳簿に表れるはずはない。愛人にくれてやるお手当みたいなものだから。

「その大型テレビ、いいなあ。蔵主の指紋のついたお札で買ったんだろうね。このマンションも広そうだし」

「あんた、俺の不正を暴こうとしてるのかい。見損なったぜ。意外にケツの穴のちっちゃい男だな」

「あんたが、正義のため、なんて白々しいことを何度も口にするから、からかいたくなっただけだよ。俺の第一の目的は谷内を殺った奴を見つけることだ。谷内は、蔵主の金庫を襲う穴吹たちの運転手をやることになっていたらしい。だが、その直前に殺された。その点が引っかかる」

「谷内が、密かに自分たちの写真を撮っていたのに気づいたから、犯行を犯す前に殺ったんじゃないのかな」

「だとしても、穴吹が手を下すのは不可能だ。その頃、奴が谷内のマンションの近くにいたはずはないから」

「誰かに頼んでやらせたんだろうよ」

谷内の死体を発見し、証拠品になりそうなものを探していた時、電話が鳴った。

若くはない、がらがら声の男が〝谷内……どうした？〟と言った。影乃は親戚の人間を装い、谷内は出かけたと答えた。男は礼を言って受話器を置いた。

「針岡さん、あんた、前から穴吹のことを知ってるんだよな」

「ああ」針岡が怪訝そうな顔をした。

「奴はがらがら声の男か」

「そうだよ。でも、それが何か？」

「いや、別に」

もしも、あの電話の主が、穴吹だったとしたら、待ち合わせの場所に時間通りに現れない谷内のことが気になり電話をした。だとすると、穴吹は、谷内が殺されることを知らなかったとみていいだろう。

しかし、穴吹は下っ端。写真をネタに谷内が和久或いはその関係者に近づいたとしたら、穴吹なんか無視して刺客が送られた可能性はある。

「影乃、どうした？　穴吹のがらがら声がそんなに気になるのか」

「違うよ。別のことを考えてたんだ」

「お前は何か隠してるな」針岡が低くうめくような声で訊いた。

「あんたに、俺が和久彦治から得た情報を教えようかどうしようか迷ってんだよ」

「どうしてだい？」

「あんたが誰の側に立ってるか、今ひとつはっきりしないからさ」

「今更、何を言い出すんだい。お前は俺と手を組まなきゃ、警察内部の情報は手に入らないんだぜ」

影乃は吸っていた煙草をゆっくりと消した。「長野県警の動きは掴めてるのか」

「今度はお前がしゃべる番だ」

影乃は納得顔でうなずき、和久彦治の本当の狙いがどこにあったかを教えた。しかし、菓子箱に隠されていた書類については話さなかった。

針岡は腕を組み、黙って影乃の話を聞いていた。

「何かご意見は？」影乃は軽い調子で言い、背もたれに躰を預けた。

「狙いは伏見竜之介か」

「蔵主喜一郎にも打撃をあたえられるから一石二鳥ってことだ」

針岡が首を傾げた。「そこまでやって、和久彦治は無傷でいられるのかな」

「和久彦治は、蔵主グループの上場会社の株の買い占めにかかった。蔵主はそれを止めたくて、伏見竜之介に調停を頼んだ。和久は買い占めた株をあっさりと適正価格で、蔵主に買い取らせたんだろうよ。それだけじゃ罪にはならないよ」

「蔵主は伏見にお礼をしなきゃならなくなり、転換社債を渡すことにした」

「法に引っかかる形でね」

針岡が影乃をまっすぐに見た。「だが、証拠がなきゃな」

「和久は証拠を握ってるんだろうよ」

針岡は渋面を作って、何度か小さくうなずいた。「しかし、分からんな。何で、そんな大事な話を和久はお前に話したんだ？」

　それには答えず、影乃は話を変えた。

「東雲東運河近くの倉庫で起こった事件について知ってることは？」

「あんた、あの事件に興味があるのかい？」

「坂巻組の人間が捕まってるからね」

「銃撃戦で負傷した男の躰から摘出された弾から面白いことが分かった。三年ほど前、渋谷で起こった強盗殺人の際に使用された拳銃から発射された弾だと断定されたそうだ」

「その事件の犯人はまだ捕まってない？」

「ああ。その事件も単なる強盗殺人じゃない。欽州連合とライバル関係にある白州会との抗争に関係がある」

　その拳銃は影乃が今でも隠し持っているものである。自分が所持していることがバレたら大事。だが、影乃は処分するつもりはない。

　針岡がさきイカを口に運んだ。「話が逸れた。俺の質問にちゃんと答えろ」

「和久彦治は俺をリクルートしたいって言ってた。影の探偵なんかやってるよりも金になるともね」

「あんたを抱き込みたかったってことか」

「さあね」

「で、あんたは受けたのか」

「受けてたら、あんたにわざわざ会いにきて、こんな話はしない」

「まあ、そうだな」

針岡が仮に蔵主喜一郎或いは伏見竜之介の手先だったら、今の話は筒抜けになる。そうすると、何らかの動きがあるはずだ。しかし、時すでに遅し。菓子箱の底に眠っている極秘資料は、今日のうちに田熊の手に渡る。むろん、影乃はコピーさせ、それを手にするつもりだが。

『ナマズ内報』の発行人は首を長くして、影乃がお宝持参でやってくるのを待っているだろう。

「こっちも話を戻すけど、長野県警の動きはどうなんだ。何か情報、入ってるんだろう?」

「いや、俺の耳には何も入ってない。長野県警の捜査員の動きなど、よほどのことがない限り分からんよ」

「でも、向こうは警視庁に協力を仰いだって話じゃないか」

「まあそうだけど、こっちは積極的に捜査してはいない。だから、向こうから情報が入ってくることはない。俺には長野県警に手蔓(てづる)はないしな」

影乃は腰を上げた。座り心地の悪い座椅子だったから、脚を伸ばしたくなったのだ。

「それでも何か分かったら教えてくれ」そう言いながら、壁に貼ってある写真の前に立った。「これって別れた家族のものか」

「愚問だ」

影乃は三枚の写真のうちの一枚に視線を向けた。

ウルフカットの髪をした小柄な女と、野球帽を被った少年が写っている。少年はにこやかに微笑んでいたが、女の方は笑っていなかった。

「今、家族がどこにいるかは知ってるのか」

「知ってるが、なぜそんなことを訊くんだ」

「この間、あんたが、訊きもしないのに、女房が子供を連れて出ていった話をしたからさ。息子には会えるのか」

針岡は、くわえ煙草のまま、座椅子を横にどかし、絨毯の上に寝転がった。彼の頭の真横に、ソファーか或いは椅子が置かれていた跡が残っていた。

「会っちゃいない」

「会わせてもらえないのか」

「会えるさ、いつだって。だけど、女房の顔は見たくない。男がいるようだし」

「何であれ、息子はあんたに会いたがってるかもしれないぜ」

「俺もシンイチロウには会いたいさ」針岡が躰を起こした。その際、吸っていた煙草の灰が絨毯に落ちた。「このマンションの名前が悪かった」

「スワンプって沼のことだな」

「さすがに知ってるな。俺たちの関係が泥沼化したのも、このマンションの名前のせいだよ」針岡はそう言って無理に作ったような笑みを目許に浮かべた。

「このマンションのローン、払いきってないんだろう?」

針岡が影乃を睨んだ。目に怒りが波打っている。「俺が賄賂を取ってる。そのことがそんなに気になるのか」

影乃は肩をすくめただけで、それ以上何も言わなかった。

「俺は行くぜ。とっておきのネタだったろう?」

「確かに」

「あんたを信用して教えたんだ。これをネタに蔵主から小遣いをせびろうなんて姑息なことを考えるんじゃないぜ」

「旗色の悪い人間は相手にしねえよ」

「その方が身のためだ」

「あんた、まだ何か隠してるな」

「お休み」

針岡のマンションを出たのは午前一時近くだった。

辺りは静まり返っていて、通りを歩く者もいなければ、車も走っていなかった。

元来た道を少し戻ったところで、針岡のマンションの出入口に目を向けた。

自分の話を聞いてどこかに出かける可能性がないとは限らない。

畑を渡ってくる風が冷たかった。だが、かすかに秋の虫の鳴き声が聞こえた。しぶとく生き残った虫の声を聞きながら、マンションの出入口を見つめていた。男がひとり、影乃の横を通りすぎた。目が合うと、男の足が速まった。

二十分以上、その場に立っていた。しかし、マンションから出てくる者も、入っていく者もいなかった……。

影乃が田熊の事務所に着いたのは午前二時半を回っていた。木原の事務所からトイレの水を流す音がかすかに漏れ聞こえてきた。こんな時間に誰が何をしているのだろう。気にしながら、田熊の事務所のドアをノックした。

田熊は生あくびを嚙み殺しながらドアを開けた。髪はボサボサで、ふやけた顔をしていた。

「寝てたんですか？」

「ああ」

影乃は奥の部屋に目を向けた。「簡易ベッドでも置いてるんですか？」

「そんなもんありゃせんよ。椅子で俯せになって仮眠を取るのが一番いいんだ」田熊の眠気が覚めてきたようで、目に狡猾そうな光が浮かんだ。「こんな時間まで待たせるだけのネタなんだろうね」

「木原の事務所に誰かいますね」

「そうなんだが、何をやってるのかは分からない」

「大丈夫なんですか？」

「ここでしゃべったことを、あいつらが盗聴してることはあり得ない」

「お茶淹れてください」

「何だと」

「クラブ『リュミエール』で菓子をもらったから一緒に食べようと思って」

田熊が不機嫌そうな顔をして姿を消した。

影乃は、近くにあったエアガンを手にし、椅子のひとつを引き、そこに腰を下ろした。

そして両脚を机の上に投げ出した。

茶が用意された。

「菓子箱を開けてください」

「福井名産の羽二重餅だな。これはなかなかいけるよ」

影乃と田熊は、羽二重餅をそれぞれがひとつずつ手に取った。

「うまいですね。甘みが上品でいい」影乃は脚を元に戻した。そして、箱の中に残っていた羽二重餅をすべて机の上に置いた。そして底蓋を取り除いた。

「何だい、これは」

「あんたが手に入れたかったものですよ」

田熊は頬張っていた羽二重餅を呑み込んだ。

「慌てないで。喉に詰まっちまいますよ」影乃がからからと笑った。

田熊が口をもぐもぐさせながら、老眼鏡をかけた。そして資料を読み始めた。

影乃は口をはさまずに、菓子を食べ茶を飲んだ。田熊は丁寧に資料を読んでいるので、かなりの時間がかかった。

黒い紐で綴じられた資料を何度も読み返した後、田熊は影乃に目を向けた。

「和久彦治からあなたへのプレゼントですよ」

「経緯を教えてくれ」

「本物ですね」

田熊がうなずいた。

「話す前にコピーを取ってください」

田熊は返事もせず、隣の部屋に消えた。コピーを取るのにも時間がかかった。影乃は再び両脚を机の上に載せた。

田熊が戻ってきて、コピーを影乃の前に置いてから、所長の椅子に静かに腰を下ろした。

影乃はエアガンの引き金を引いた。二発撃った。最初の一発は標的の頭に、もう一発は心臓に当たっていた。

「私が求めていた証拠書類だよ。これまで私が調査したことと合わせるとほぼ完璧だ」

「〝ほぼ〟というのは、まだ足りない部分があるってことですね」

「君らしくない発言だな」田熊の表情が若干和らいだ。「物事に完璧なんてものはないだろうが」

「確かに。このことが公になったら、相手側は、こじつけにこじつけを重ねてでも、もっともらしい反論してくるでしょうね。田熊さんは、こう言っちゃ失礼だが、ブラック・ジャーナリスト。そういう男の出している『ナマズ内報』に難癖をつけてくることも考えられる」影乃はまたエアガンを撃った。今度はターゲットの肩にも当たらなかった。

「これを本当に和久彦治から手に入れたのか？」

「ええ」影乃はクラブ『リュミエール』での和久彦治との話を詳しく田熊に伝えた。

田熊は煙草にも火をつけず、唇を真一文字に結んで聞いていた。

「……和久彦治は、自分の手を経ずに、伏見竜之介及び蔵主喜一郎のスキャンダルが公表され、彼らが大打撃を受ける日を愉しみにしてるんでしょうよ」

田熊は腕を組み、目を閉じた。喜びを露わにしていない。田熊の胸の裡。影乃は読めた。

「伏見と蔵主を叩けても和久に操られているのが気に入らないんですか？」

田熊がゆっくりと目を開いた。「ああ。奴からおいしいエサをもらって、それにがっつくっていうのもな」

「まさか記事にしないってことじゃないでしょうね」

「するさ。校了まで二日しかないが、どうせ私ひとりで書いてる不定期の雑誌。何とでもなるんだ。記事を差し替え、目玉はこれでいく」田熊が資料を手に取り、小旗を振るような仕草を繰り返した。「『ナマズ内報』の定期購読者が倍増するよ」

「発売はいつですか？」

「十日後を予定してる」

「当然、東京地検特捜部も読みますよね。で、奴らはどうするか、分かります？」

「伏見は政治家との付き合いが深い。地検特捜部に圧力をかけるだろう。しかし、これだけの証拠が世に出たら、無視することはできんだろうよ。『ナマズ内報』は新聞や週刊誌の連中も目を通してる。大手のマスコミには大いに騒いでもらうようにする」

「罠の可能性はないですかね」

「それはない」田熊はきっぱりと言い切った。

「今回のことが片付いたら、田熊さんの次のターゲットは和久彦治になりそうですね」

「それはまだ分からんが、和久は、伏見や蔵主よりも手荒いことを平気でやる奴だ」

「それは身をもって体験してますよ」

「女探偵の秘書の拉致監禁や君を亡き者にしようとしたことが、和久の差し金だったと証明したいが、経済事件とは違うから、私の手には負えない。それに、君のことは伏せておかなければならないんだから、私としては身動きが取れんよ。欽州連合の下部組織の幹部がお縄になったぐらいじゃ意味ないしな」

影乃は机に載せていた脚を床に戻した。「和久のことは田熊さんに任せます」

「谷内殺しの調査、進展がないみたいだな」

「谷内を操っていた者がいた。俺が思うにそれは穴吹じゃなかった。谷内が密かに写真を撮ったのも、奴のアイデアではないでしょう。娘の恵理が言うには、谷内は最近になって急にカメラに凝りだしたそうです。カメラをいじるのが新しい趣味になったというよりも、誰かに写真を撮れと命じられ、そうしたと俺は思ってます。確証があるわけじゃないですけどね」

「針岡から情報は取れなかったのか?」

「大した話は聞けませんでした」影乃は茶封筒に入った資料のコピーを空になった菓子箱に入れ、それを持って立ち上がった。「さて、俺は帰って寝ます。お宝、誰にも見つからないところに隠しておいてくださいよ」

「うん。君も気をつけろ」

「今夜は、資料を抱いて寝ますよ」

ドアに向かった影乃を、田熊が呼び止めた。

「この件、和久一派は別にすると、私と君しか知らないんだな」

「ええ」

「この資料の件だけは誰にも話すな。今夜、会った刑事にもな」

影乃は軽く手を上げ、田熊の事務所を後にした。木原の事務所の方に目を向けた。

ひょっとすると、影乃が田熊に会いにくるかどうかを確かめるために、人を置いているのかもしれない。

時は、それよりも十二時間ほど遡る。

美知子は羽生潤子をマンションまで送り届けた後、蔵主土地開発に電話を入れ、清太郎を呼び出した。清太郎は不在だった。会長の喜一郎に繋いでもらった。

喜一郎は外出先から帰ったばかりだった。

「君と話すことはもうない」

影乃を押さえる動きすら見せなかった美知子に腹を立てているらしい。

美知子は羽生潤子が清太郎に会いに会社を訪れたことを教えた。

「何であの女が？」

「それは分かりません。羽生潤子の犯行当日のアリバイを証明している人物について、会長は情報を得てる。どこの誰だか教えてくれませんか?」

「君にはもう用はないと言ってるだろうが」

「羽生潤子のアリバイが崩れたら、清太郎さんの疑いはほぼ晴れたも同然じゃないですか」

「私のために無料で調査してくれるって言うのか」喜一郎の声に笑いが混じった。

「これまでお世話になったお返しに」

「その件はもういい。他の探偵社を使って調べさせているところだ。だが、残念ながらあの女は、房男が殺された頃、確かに東京に戻っていたらしい」

「だとすると、やはり、清太郎さんが……」

「馬鹿を言うな。あいつに人は殺せない」

「私もそう思いたいです」

「唐渡さん、美帆の思い込みが発端となって、清太郎に疑いの目が向けられている。あんたが、美帆に勘違いだったと言わせることができたら、私は君にいくらでも払う」

「そんなこと軽々にお約束できません。美帆さんが本当のことを言っている可能性だって否定できないんですから。ともかく、まずは私に羽生潤子のアリバイを証明した人物について教えてください」

「そんなに知りたければ教えてやる」喜一郎は美知子を少し待たせた後、相手の名前や住まいなど必要なことを口にした。手帳に書かれたことを読み上げているようだった。

「彼女が何時の電車に乗って東京に戻ったかも警察から聞いてるんでしょう？」

「午後四時四十六分、軽井沢発のあさまに乗ってる。上野に着いたのは、午後六時四十五分だそうだ。上野から山手線で田町に行き、アリバイを証明している男の事務所に行ってる」

房男の死亡推定時刻はあくまで目安である。三十分でも前にずれていたら、羽生潤子が殺した可能性も出てくる。

潤子のアリバイを証明したのは牧村直人という人物だった。歳は五十ちょうど。彼が経営している会社名は『ダンディ・ソリューション』。仕事の内容はテレマーケティング代行だという。顧客からの電話の受付業務や、チラシやダイレクトメールではなく、電話による顧客獲得業務を代行する会社である。

美知子は田町駅前から、『ダンディ・ソリューション』に電話を入れた。牧村は会社にいた。美知子が会いたい理由を話すと、あまり時間がないと断ってから、田町駅からすぐの喫茶店を待ち合わせの場所として指定してきた。美知子は自分の服装を教えた。面識のない探偵に会うことに対する躊躇いは微塵も感じられなかった。

近くの駐車場に車を入れ、指定された喫茶店に向かった。コーヒーを注文した時、男が現れた。美知子と目が合うと真っ直ぐに歩み寄ってきた。牧村は立ち去ろうとしたウェートレスにトマトジュースを頼んだ。型通りの挨拶をしながら名刺交換をした。

牧村は髭(ひげ)の濃い、押し出しのいい男で、黒縁の眼鏡をかけていた。エラが張っているが彫りが深い顔立ちだから、眼鏡の宣伝に出てもおかしくないタイプである。五十にしては躰が引き締まっている。おそらくジムにでも行って鍛えているのかもしれない。

「羽生さんのアリバイ、間違いないですよ。うちの社にきた時、社員も彼女を見てますから」牧村は飲み物が届く前にそう言い、煙草に火をつけた。

ほどなく飲み物がテーブルに置かれた。

「羽生さんとはどんな関係なんですか？」

「彼女の友だちの友だちってとこですかね」

美知子は牧村を覗き込むような仕草を見せた。「ひょっとして、彼女の死んだ恋人の……」

「あなた、勘が鋭いな。私も瀬古(せこ)も車が好きでね」

羽生潤子の死んだ恋人は瀬古というらしい。

「じゃ、殺された谷内さんも知ってますよね」

「もちろん。だけど、私のことを、あの人と一緒にしないでくださいよ。同好の士というだけで、谷内さんと仕事の繋がりはまったくなかった。そのことは警察も分かってることです」牧村は灰皿に煙草をおき、トマトジュースに口をつけた。「でも谷内さんっていい人だったんですよ。ただ気が弱いわりには、粋がるタイプでね。ああいう人が、悪い奴にいいように使われるんですよ」

「谷内さんと羽生さんは、どれぐらいの付き合いがあったんでしょうか？」

「瀬古も、谷内さんとは深い付き合いはなかった。だから羽生さんとは顔見知り程度だった気がします」

「私の調査では、九月二十四日、四谷の喫茶店でふたりは会ってるんです」

「お茶ぐらいは飲むでしょうよ」

「谷内さん、羽生さんと殺された蔵主房男さんがいつ結婚するか訊いてたそうです」

「その話、羽生さん自身から聞いてます」

「谷内さんが羽生さんに近づいたようなんですけど、今ひとつ、理由がはっきりしなくて」

牧村が目尻にシワを寄せ、じっと美知子を見つめた。「これは羽生さんじゃなくて、私が知ってることだけど、谷内は窃盗犯のドライバーだけじゃなく、誰かに使われて尾行など、探偵紛いのことをやってたこともあったんですよ」

「誰からそんな話を聞いたんです？」

「本人が得意げに言ってました」

「なるほど」美知子はテーブルに片肘をついてつぶやいた。そして、再び牧村に視線を向けた。「使ってた人物については知ってることあります？」

牧村が笑った。「そんなこと私に分かるわけないでしょう？　ただね、その話を谷内が死んだ後に、羽生さんにしたら、谷内を使ってたのは絶対に蔵主清太郎じゃないかって言ってましたよ」

「疑った根拠は？」

「さあね。女の人には、思い込んだことを断定口調で言うクセがありますよね。あなたは探偵だから違うかもしれないけど」

美知子は薄く微笑み、うなずいた。

「ですから、何とも言えません。羽生さんの話だと、房男さんの兄さんは、ずっと疎遠にしていた父親と折り合いをつけ、蔵主土地開発に入った。彼って、それまでは父親の会社の裏を探っていた人間だそうですね。聞いただけでびっくりしましたよ。今でも理解できないですがね」

羽生潤子は清太郎が谷内をも殺したのではと疑っている。確固たる証拠を握っているかどうかは分からないが、今日、清太郎に会いにいったことと関係があるかもしれない。潤子は房男から五千万円、取り損なっている。谷内のことをちらつかせ、何とか金にしようと考え、清太郎に面会を求めた気がしてならなかった。

牧村が腕時計に目を落とした。「他に質問がなければ、私はこれで」

「また何かあったらご連絡します」

「近いうちに、ご飯でも食べませんか？」牧村の目が雄の色を浮かべた。

「一連の事件が解決したら考えます」

「私、けっこう押し、強いですよ」

「お急ぎでしょう？　どうぞ先に出てください。私はまだここに残ってますから」

「それじゃまた」牧村は自信たっぷりの笑みを残して腰を上げた。

牧村の姿が見えなくなると、美知子はまた清太郎に連絡を取った。しかし、清太郎は相変わらず不在だった。美知子は連絡がほしいという伝言を残した。

夜になってから蔵主邸にも電話を入れたが、清太郎とは連絡はつかなかった。

蔵主喜一郎に言われたからというわけではないが、美帆にも連絡を入れた。美帆は仕事で静岡に行っていて、明日にならないと戻らないという。

影乃とは連絡が取れない。美知子はバー『ピアノラ』に寄った。しかし、雪永にも影乃からの電話はなかった……。

翌日、美知子は、森島あゆみの作品に入っていた薄青い紙に印刷された紹介文の行き先を辿る作業に戻った。初美と手分けして事に当たり、連絡が取れた相手に会いにいくのは玉置だった。

初美は一見、普段と変わりなかったが、やはり、時折、拉致監禁された時の恐怖が甦るのか、話しかけても上の空になることがあった。しかし、美知子はそのことには一切触れず、明るさを装っている初美に合わせ、何事もなかったように振る舞った。〝大丈夫？〟と声をかけることすら避けた。あのことを思い出させるきっかけにしかならないと思ったからである。本当に耐えきれなくなったら、初美自らが美知子に心の裡を明かすだろう。

清太郎から電話が入ったのは午後四時頃だった。新宿に用があるが、午後六時頃には終わるから事務所に寄るという。清太郎の申し出は美知子の望むところだった。

前触れもなく影乃が事務所にやってきたのは、午後五時すぎだった。

「初美さん、ちょっと遠慮してくれないか」

「いいですけど……」初美が不満そうな顔をして影乃を見つめた。

「君に聞かれて困る話じゃない。聞かない方がいい話なんだ」

「例の私の事件に……」

「そうじゃない。あの事件は世間的にはもう片が付いてる」影乃は、相手を包み込むような笑みを浮かべた。

美知子は初美を早めに帰宅させることにした。初美がいなくなるとコーヒーを淹れ、ソファーに腰を下ろした。

影乃がテーブルの上に茶封筒を置いた。「田熊には誰にも話すなと言われたが、あんたにだけは教えておく」

「何なの？」

「君が読んでも、どれぐらい価値のあるものか判断がつかないだろうが、和久彦治からプレゼントされた極秘資料だ」

美知子は封筒を開け、中身を取りだした。影乃が掻い摘んで和久とのことを話した。

美知子は、百鬼夜行が当たり前の経済界の裏については、影乃の言う通り門外漢である。しかし、和久の狙いがどこにあったかは理解した。

「コピーしていい？」美知子が訊いた。

「もちろん。きちんと保管しておいてくれさえすれば」

「私、貸金庫借りてるから、明日にはそこに入れます。あなたはどこに隠しておくの？」

「雪さんにでも預けておく」

美知子は目を伏せた。「蔵主喜一郎、いずれは逮捕されるわね」

「地検が真面目に動いてくれればそうなるだろう。あんた、何だかそうなってほしくないみたいだね」

「嫌な奴だと思うけど、それなりに魅力のある人物だから。それに私の雇い主だったし」

「意外と古いタイプの男が好きなんだな」

「そうよ。でなければ……」美知子ははっとして口をつぐんだ。

「でなければ、何だい？」

「別に」美知子は笑って誤魔化した。

「で、そっちの方はどう？」

「面白い話をつかんだわ」

今度は美知子が、昨日のことを詳しく影乃に教えた。

「谷内を使っていたのが清太郎ね」影乃がつぶやくように言った。

「羽生潤子の思い込みだとは思うけど、清太郎はトップ屋まがいのことをやっていたことがあったから、裏社会で生きてる谷内をどこかで知ってた可能性がないとは言えないでしょう」

「調べるだけの価値があるとは思えないな」

「まあね」

「ともかく、谷内を使っていた奴がいることは間違いないな」

清太郎が、父親の会社の内情を調べ、弱味を摑んだことで、蔵主グループに復帰した。これはほぼ間違いないだろう。剛の者であり、非情な喜一郎は、役立たずの房男よりも、自分を裏切るような真似をした清太郎を買った。普通の親子関係では考えられないことだが、蔵主グループの存続と発展しか頭にない喜一郎にとっては、大した問題ではないのだろう。

「羽生潤子は、彼女の推測したことを警察には話してないようだな」

「清太郎に話すとほのめかし、金にしようとした気がする」

影乃が鼻で笑った。「浅はかだな」

「潤子が房男に惚れてたのは、どうやら本当らしいわ。だから、その腹いせもあり、清太郎憎し、になっているようよ」

「清太郎は、いろんな女に恨まれてるね」

美知子は腕時計に目を落とした。「もう少ししたら、清太郎がここにくる。あなたも会う？」

「俺がいない方が、向こうは話しやすいんじゃないの？」

「そうね。だったら、場合によっては途中で消えてもらうわ」

「臨機応変に振る舞うよ」

美知子は森島あゆみの紹介文の行き先を記したリストを影乃に渡した。

「はっきりしているのは、二十件にも満たないの」美知子の口調に悔しさが滲み出ていた。

影乃はリストを見ながら、美知子の努力を褒めた。「……警察みたいに人海戦術が取れないのに、よくやってるよ」

「だって、谷内を殺した犯人が残した証拠の可能性が高いんだもの。まだまだ続ける気よ。飽き飽きする作業だけどね。コーヒーのお代わりは？」

「もういらない」

インターホンが鳴った。六時少し前だった。

部屋に通された清太郎は、影乃を見て一瞬、表情を硬くした。

「影乃さんがいてはまずいかしら」美知子が訊いた。

「いえ、別に」

コーヒーを淹れようとすると、清太郎は断った。「人と会うたびにコーヒーばかり飲んでますから、このままいくと胃がどうかなりそうです」

清太郎が影乃の正面に座ったので、美知子は影乃の隣に浅く腰を下ろした。

「お忙しそうね」

「昨日はまた軽井沢署に呼び出されましてね。一泊してきました。と言っても留置されたんじゃないですよ」

「何か新しいことが分かったのかしら」

「僕に似た男が、あの日の午後六時前に、自転車を漕いで駅に向かってるのを目撃した人間が現れたっていうんです。僕のわけはありませんがね」

自転車。盲点だった。電車を利用して軽井沢に着き、房男の別荘まで行くとしたら、タクシーか、誰かの車に乗せてもらうのが普通である。

「お笑い草ですよ」清太郎が吐き捨てるように言った。「服装も姿形も、美帆が言った人物、つまり僕に似ていたというだけなんです。取り調べに当たった刑事は、証言者がさも顔までよく覚えていたようなことを口にして、脅しをかけてきましたがね。でも、僕はあっけに取られただけでした。自転車を使ったとしたら、あらかじめ用意しておかないと無理だし、軽井沢駅の近くに乗り捨てた自転車が残っていたはずです。警察は必死になって、証言者の裏を取ろうとしたらしいですが、僕に繋がる証拠は見つからないんでしょうよ」清太郎は自信たっぷりだった。

「その証言者が、午後六時前に、あなたを見たと言ったのは確かなの？」

「警察はそう言ってました」清太郎の口許がゆるんだ。「美帆が言ったことと、約一時間のズレがあることを気にしてるんですね」

「ええ」

「警察は混乱してるようですが、美帆の証言よりも、新しい目撃者の言ったことを重要視し、自白を取ろうとして、僕を署に呼んだようです」

「裏は取れていないみたいね」

「取れていたら、僕は今、ここにはいませんよ」

「相変わらず、あの日、あなたが葉山にいたと証言してくれる人間は出てきてないのね」

「ええ」

「問題は自転車だな」と影乃。

清太郎が影乃を睨んだ。「僕は何年も軽井沢には行ってません」

「あなたを犯人に仕立てたい警察は共犯者捜しをしているかもな」

清太郎がうなずいた。「多分ね。そして、あなたも、その線を調べたい。違いますか？」

「俺は、房男さんの殺しの調査はしてない」影乃はにっと笑った。

「房男さんの恋人だった羽生潤子が、あなたに会いたがってたわよ」

「よくご存じですね。今日の昼食時にやってきましたよ」清太郎の顔が曇った。

「谷内の件だったのね」美知子は淡々とした調子で言った。

「ええ。でも谷内なんて人間に会ったこともなければ、情報屋として使ったこともない。そいつの殺しまで、僕がやったって、羽生潤子は、ほのめかしてました」清太郎は肩を軽く揺らせて笑った。「ふたりも殺してたら死刑ですかね」

美知子は影乃に目を向けた。影乃が大きな欠伸(あくび)をしたからだった。

清太郎はむっとした顔をした。しかし、それは一瞬のことで、爽(さわ)やかな笑みを浮かべて美知子に視線を向けた。「僕に何度か電話をくれたのは、僕を調べるため？」

「違います。羽生潤子のことを知らせておきたかったからよ。彼女、お金の話、しなかった？」

「谷内を使っていたかもしれないって、警察に教えていいかしらって、ちょっと高飛車な調子で言ってました。僕が、どうぞ、と答えたら、急に機嫌を悪くして帰っていきましたよ」

またインターホンが鳴った。ドアスコープから覗くと、そこに立っていたのは美帆だった。

またいがみ合いが始まるのだろう。美知子は軽く溜息をつき、美帆を中に招き入れた。

美帆は黒いロングブーツに、臙脂色のジーンズを穿き、革ジャンを着ていた。化粧は濃いが、美帆は自分の魅力をよく知っているらしく、よく似合っていた。

清太郎に気づいたが、美帆は臆する様子はなかった。

「やっぱり、美知子さんはこの男の味方だったのね」

清太郎がソファーの背もたれの上部に腕を載せ、振り返った。「美帆、ゆっくり話したい」

美帆は清太郎を無視した。「美知子さん、電話をもらったみたいだけど、何か用があったんでしょう？」

「あったけどもういいわ」

「はっきり言いなさいよ」

「羽生潤子のことを詳しく訊きたかっただけ」

「ことは着々と美帆の思う方向に進んでるよ」清太郎が投げやりな調子で言った。

「あの女、私、房男兄さんには向かない女だって思って、あのふたりの付き合いには反対してた。パパ同様にね。でも、房男兄さんが、入れあげてたから止めようがなかった」

「そういう話を、あなたとしてもしかたがない」美知子は真顔でぴしゃりと言った。

「あの人は犯人じゃないわよ」

「どういうこと?」

清太郎自らが、自転車に乗った男の話をした。

「やっぱりね」美帆が奥歯を嚙みしめるような調子で言った。「でも、なぜ、あんたはまだ捕まってないの? パパのおかげかしら」

「美帆、そんなに僕が憎いのか」

「あんたが逮捕された時のために極上のシャンパンを用意してる。早く捕まって」

「言い争いなら家でできるでしょう? 何もここでやらなくても」

美知子が美帆に言った。

「家ではなるべく顔を合わせないようにしてる」

そう言い残して、美帆は踵を返した。

「美帆、待て」

清太郎が弾かれたように立ち上がり、美帆の後を追った。そして、美帆の肩に手をかけた。

「触んなよ！」美帆はヒステリックな声を出し、清太郎の躰を押しのけた。「私、あんたのせいでおかしくなったのよ」

美知子が遅ればせながら、美帆と清太郎の間に割って入った。

清太郎はうなだれたまま、その場を動かない。

「彼女に慰めてもらったら」美帆はつんと鼻を上げ、嫌味を言い残して事務所を出ていった。

美知子は清太郎に元の席に戻るように促した。

「僕ももう帰ります」

美知子が清太郎の前に立ちふさがった。「美帆さんを追いかけようというんじゃないでしょうね」

「そんな事はないですよ。トイレをお借りします。その間に美帆はどこかに行ってしまうでしょう」

清太郎は力なく言って、洗面所に向かった。そして、部屋に戻ってくると、暇(いとま)を告げ、彼もまた事務所から姿を消した。

小さな騒動。予想はついていたがうんざりした。

影乃はいざこざが起こっている間も、清太郎が出ていった後も、何事もなかったかのように煙草をふかしていた。

美知子はロスマンズに火をつけ、天井に向けてゆっくりと煙を吐き出した。「何にも言いたいことがないみたいね」

「あるよ」

「何？」

「美帆の言ったことは正しい気がしてきた」

「つまり、清太郎が……」

影乃が大きくうなずいた。「あいつが殺ったんだよ」

「自転車に乗っていた人物が清太郎に似ていたことが、そう思わせるきっかけになったのね」

「まあね」

「自転車を用意したのが清太郎だったとしても、犯行を犯す一ヶ月も二ヶ月も前にそうしたとは思えないわよね。せいぜい、二、三日前でしょう。警察はその点を徹底的に洗ってるはずよ。調達先もね。彼自身が準備するのは危険すぎる。共犯者がいたってあなたは思ってるの？」

「多分」

「私は清太郎を信じたい。だって、前にも言ったかもしれないけど、美帆は嘘をついているというよりは、思い込んだことを真実だと固く信じてるだけよ」

「じゃ、自転車に乗った男は？　美帆が誰かに金を渡してやらせたとでも」

「それはないと思う。清太郎が言ってた通り、その人物の証言って曖昧なものだったんでしょう。密かに清太郎の姿を証言者に見せたけど、はっきりしなかったのよ」

「その線も否定できないね」

「それでも清太郎が犯人だったとすると、谷内の事件も、あなたは彼が殺ったって思ってるわけ？」

「それは清太郎の過去をもっと調べてみないと何とも言えないな」

またインターホンが鳴った。今度は美知子の部下の玉置だった。

「ご苦労様」

玉置が影乃に挨拶をした。意気揚々としている。

「成果は上がったかい」影乃が訊いた。

「ええ。影乃さんがいてくれてちょうどよかった」

「前に調べた大月貞子の子供のうち、娘の住まいを見つけたんです。大田区の平和島に住んでます。名前は大月早苗。彼女は不在だったんですけど、ちょうど息子が学校から帰ってきましてね。息子に訊くと、彼女は家の近くのアパレルの納品センターで働いてることが分かりました。センターの場所を息子に教えてもらい帰ろうとした時、彼が、僕のことを刑事かと訊いてきたんです。違うと答えたら、お父さんが刑事だって言うんですね。そして寂しそうな顔をして、パパとママは離婚したって口にしてから、こうも言いました。〝パパはマルボウのすごい刑事で、暴力団をとっちめてるんだ〟ってね」

影乃が躰を起こした。「その刑事の名前、針岡か」

「そうなんです」玉置の声が上擦った。「僕が何も訊かないのに、パパは針岡って言うんだと、息子が自慢げに言ったんです」

「息子の名前、シンイチロウ？」

玉置が目を瞬かせた。「よく知ってますね」

美知子も玉置のもたらした情報に胸が震えた。

「で、針岡の別れた女房には会えたのか？」影乃が続けた。

「ええ。でも彼女は森島あゆみの作品のことも薄青い紙の紹介文のことも全然、覚えてませんでした」

「私、今から、針岡の元妻に会いにいってみる」美知子が口をはさんだ。

「〝EXPO'85〟ペンダントの話を訊き出すつもりだろうが、上手にやってくれよ」

「大丈夫ですよ」そう太鼓判を押したのは玉置だった。「大月早苗は、息子と違って、夫の顔を見たくもないって感じでしたから、針岡に話が伝わることはないですよ」

それでも気をつけなければならない。夫婦というものは、憎み合って別れたとしても、外からは分からない関係を持っていることがある。特に子供がいる場合は。

「俺は雪さんとこで待ってる。終わり次第、連絡をくれ」

「そうします」

影乃が消えると、美知子は化粧直しもそこそこに、玉置と共に事務所を後にした。

十二　タイトロープ

バー『ピアノラ』の立て付けの悪いドアを影乃が押し開けたのは午後八時半すぎだった。

客は誰もおらず、雪永がカウンターの端に座り、電卓を叩(たた)いていた。くわえた煙草の煙が目に入ったらしく、目尻(めじり)を軽く歪(ゆが)めて、影乃に視線を向けた。

店内には、典型的な六〇年代のジャズが流れていた。サックスとトランペットが微妙に重なったり、離れながら、同じフレーズを演奏している。

影乃でも知っているジャズの名盤『ＥＲＩＣ　ＤＯＬＰＨＹ　ＡＴ　ＴＨＥ　ＦＩＶＥ　ＳＰＯＴ』である。

アルトサックスはエリック・ドルフィー、トランペットはブッカー・リトル。マル・ウォルドロンがピアノである。

そのアルバムは二枚あり、かかっているのはＶＯＬ．１だった。

「ジャズの名盤を聴きながら金の計算か。儲(もう)かりそうもないな」雪永の隣に腰を下ろした影乃がからかった。

「ベートーベンでも聴いてると売り上げがあがるっていうのかい」

「北島三郎だったら運を運んでくれそうな気がする」

「クソ！　お前がぐじゃぐじゃ言うから間違えちまったじゃねえか」

「これは失礼」

雪永は席を立ち、カウンターに入った。「お客様、お飲みものはいかがいたしましょうか？」

「ターキーをストレートで」

雪永は酒を二杯作り始めた。「しばらく連絡がなかったが、どうしてたんだい？」

「同じ話をするのにあきあきしてるけど、雪さんには話す。依頼人みたいなもんだから」

影乃はバーボンをちびりちびりやりながら、雪永に知らせるべきことを事細かに話した。

途中で、雪永が興奮気味に質問を投げかけてきた。影乃の説明は要領を得たものだったが、想像だにしない展開に、雪永は時々、ついていけなくなったのだ。

「……というわけで、今、美知子と助手の男の子が、針岡の別れた女房に会いにいってる」

「ＥＸＰＯ'85のペンダントが、針岡か或いは妻が買ったものだったら、恵理の父親を殺ったのは針岡だと見て間違いないな」雪永が、自分の言ったことを確かめるかのような口調でつぶやいた。

「谷内に和久たちの写真を撮らせていた奴の見当がつかなかった。もっと前に〝ダーティハリー〟を疑うべきだったな。俺も抜かってたよ」

「針岡の狙(ねら)いは何だったんだろう」

「分からんが、谷内が針岡の情報屋だった可能性は十分にある」

美知子が会った牧村という男に、谷内は探偵紛いの仕事もやっていると言っていた。わざわざそんな嘘をつく理由はないので、本当の話だと受け取っていいだろう。

違法捜査を平気でやっている針岡は、谷内以外にも情報屋を使って、事件を解決してきたに違いない。影乃を自宅から尾行していたカップルがそうだったように。

「谷内が針岡の情報屋だったとして、なぜ使ってた奴を殺したんだろうな」

「まだ針岡が殺ったとは決めつけることはできないよ」

「でも、針岡が、谷内の部屋に入ったのは確かじゃないか。何とかっていうガラス工芸家の紹介文を持ってた人間は何人もいるだろうけど、事件に繋(つな)がっている人物は他にいないんだろうが」

影乃はうなずき、お替わりを頼んだ。

エリック・ドルフィーのアドリブは激しさを通りこして、狂気じみている。

学生の頃、ジャズ喫茶で聴いていた時は、それが当たり前のように躰(からだ)に入ってきた。だが、今は多少の違和感を感じている。しかし、それでも、影乃の胸の底の底に眠っている何かを刺激した。

雪永が吸っていた煙草を消した。「この店に銃弾を撃ち込んだ奴は、和久彦治と関係のある人間が雇った奴だろうが、同じ日に恵理のマンションに侵入した人間は一体誰なんだ」

「断定はできないけど、和久一派と関係ない気がする。谷内が和久の尻尾を捕まえることができるようなすごいネタを持っていたとしたら別だが」

「じゃ、やっぱり針岡が……」

「うん。奴が谷内殺しの犯人だったら、自分と谷内の関係が分かってしまう何かが遺品の中に残っているかもしれないと不安になってもおかしくない。あの夜、針岡はここにきた。そして、銃弾が撃ち込まれる前に、出ていった。恵理は残っていた。マンションに侵入する絶好のチャンスと奴が思ったとすると一応筋は通る」

「あんたは探偵だから慎重な発言をしているが、針岡が谷内を殺し、恵理のマンションで家捜しをした。それ以外に考えられないよ」

「その通りだな」影乃はあっさりと認めた。

「お前、けっこう針岡に気持ちがあるんじゃないのか。ああいう変わった野郎、お前の好みだろうが」

「面白い男には違いない。だけど、だからと言って、奴に気持ちが動いてるってわけじゃない。奴とどう対決して、どのように事を運ぶか。今の俺は、それに頭を悩ませてる」

「警察に突き出すわけにはいかないもんな。そんなことをしたら、あんたがまたムショに逆戻りしちまうことになりかねないんだから」

「それだけは避けたいね」影乃は薄く微笑んで、グラスを口に運んだ。

電話が鳴った。ステレオを消音にしてから雪永が受話器を上げた。

「……お待ちだよ。代わるかい？……分かった、伝えておく」

電話を切った雪永が影乃に目を向けた。「唐渡さんからだ。成果あり。そう伝えてほしいと言われたよ」

美知子は、タクシーで渋谷を目指しているという。三十分も経たないうち現れるだろう。

影乃は和久から密かに渡された極秘資料を預かってほしいと雪永に頼んだ。

「重荷だな」雪永が渋い顔をしながら、レコードを替えた。「家に置いておくと不眠症になりそうだ。そうでなくても、最近眠りが浅いんだから」

サラ・ヴォーンが歌い出した。

「それは歳のせいだな」

「そうはっきり言うな」

影乃はピアノの上に積まれた譜面に目を向けた。

雪永が影乃の視線を追った。「楽譜の中に紛れさせたいのか」

「ここに侵入する者はいないだろう。何にもないから」

「お宝のレコードがあるよ。だけど、ここに置いておく方が俺も気が楽だ」

極秘書類の入った封筒を雪永に渡した。雪永はピアノの前に座り、譜面の中から何枚かを選び、極秘資料に混ぜ、山積みの譜面の下の方に突っ込んだ。

「雪さん、今はまだ恵理には言うなよ」

「分かってる。でも、ともかく、犯人の目星がついてよかった。何かあったら、俺も手伝うぜ」

「ありがとう」影乃はグラスを空けた。

ややあってドアが開いた。サラリーマン風の中年男がひとりでやってきた。かなり飲んでいるらしい。影乃も顔を見たことのある常連客だった。

影乃は、ターキーのボトルとグラスを手にして奥のボックス席に移動し、グラスに酒を注いだ。だが、すぐには口をつけなかった。

場合によっては、今夜のうちに針岡に再度会うことも考えていた。針岡を問いただすことは造作もないことだ。しかし、雪永が言っていた通り、すんなりと警察に引き渡すわけにはいかない。

我が身を守りつつ、針岡に、恵理の父親を殺した〝落とし前〟をどうつけさせるか。なかなか名案は浮かばなかった。

電話があって二十五分経った時、美知子が現れた。ひとりだった。

レコードはベニー・グッドマンのクラリネットに変わっていた。

「玉置君はどうした？」

「特別手当を渡して帰したわ」

雪永が注文を取りに来た。美知子は迷った挙げ句、ジョニ黒を水割りで頼んだ。

「ジョニ黒か。懐かしいな」

「父が好きだったお酒よ。ベニー・グッドマンを聴いてたら、それを思いだしたの」

「成果があって何よりだったね」

美知子が眉間にシワを寄せた。「他人事みたいな言い方しないで」

「ごめん、ごめん」

ジョニ黒の水割りがテーブルに置かれた。雪永は、話に参加したそうな顔をしていたが、また客がふたり入ってきたので、油を売るわけにはいかなかった。

美知子がグラスを手に取った。「ＥＸＰＯ’85のペンダントのこと、針岡の元の奥さん、覚えてた。針岡が息子を連れてつくば万博に行ったことがあるそうよ。その時、記念に買ったらしい」

「息子のために？」

「そうなんですって。最初のうち、息子は嬉しそうにぶらさげてたみたいだけど、そのうちに飽きちゃって、行方不明のままになり、私が質問するまで、思い出しもしなかったって言ってた」

森島あゆみの紹介文が刷られた薄青い紙、そしてＥＸＰＯ'85のペンダント。そのいずれもが針岡に繋がっている。

影乃は目を閉じ、谷内の死体を発見した後のことを思い返してみた。

谷内の死体から離れた後、キッチンに行き、それから洗面所に入った。洗面台は乾いていたが、足元の敷物には湿り気が残っていた。その敷物の端で、鎖のないＥＸＰＯ'85のペンダントを発見した。その近くで森島あゆみの紹介文が見つかった。

返り血を浴びた犯人が着替えをした。影乃はそう睨んだ。おそらく着替えを入れてあった鞄か紙袋に、そのふたつのものが入っていたのだろう。あくまで推測にすぎないが、他に納得できる答えは思い浮かばない。

ペンダント、及び紹介文の指紋を調べると、針岡自身のものがなくても、息子のものが検出されるだろう。

「何考えてるの？」

「確認作業をしてただけだ。犯行現場のことを思いだしながら」

「間違いなく、針岡が犯人よ」

「俺もそう思う」影乃は煙草に火をつけた。「元の女房、ごねずに話してくれたみたいだね」

「そうでもなかった。息子の手前、話したくなかったみたい」

息子の相手をしたのは玉置だったという。勉強部屋でゲームをやっていたらしい。

「とってもいい子なの。あの子のことを考えると、針岡を〝英雄〟にしておいてあげたい気になった」そこまで言って、美知子はグラスを空けた。

「お替わりは？」

「いらない。成果はあったけど、美酒を味わえる気分じゃないもの。で、これからどうするの？」

「しばらく静観する」

「どうして？」

「昨日、俺は針岡に和久彦治の企みをしゃべった。奴が蔵主喜一郎に、そのことを教えるかもしれない。しばらく蔵主の動きがみたい」

「どれぐらい静観する気？」

「あと十日ほどで『ナマズ内報』の次の号が購読者に届く。それまでに蔵主或いは伏見に動きがあったら、針岡から情報が渡ったことが明白になる。谷内を殺したのが針岡だとしても、裏があるかもしれない」

「単純に情報屋に裏切られたから殺ったとも考えられるでしょう？」

「もちろん。だが、まだエース札を出すのは早すぎる。どんな人間だろうが針岡は警察官だ。利用価値はまだある」

美知子が大きくうなずいた。「針岡が蔵主喜一郎に、あなたから得た情報を漏らしたかどうか、私がそれとなく探ってみようか」

「仮に、喜一郎に会えたとしても、タヌキ親父が尻尾を出すとは思えない。それより、美帆と会う機会をもっと増やせ。君が考えているように思い込みでしゃべってるかどうかをはっきりさせるべきだよ」

「そんなの無理よ。あの子、私にも敵意を抱いてるのよ」

「ともかく、やってみて。清太郎が犯人に思えてきたとか何とか、美帆が食いつきそうな作り話をすれば、相手はあんたを避けないよ」

「嘘話（うそばなし）、私、苦手」美知子が少し困った顔をした。

「ともかく、あんたは美帆と話せる機会を設けろ。勝負は『ナマズ内報』が出た後だから」

「喜一郎を監視するの？」

「俺に玉置君を貸してくれ」

「いいけど……」

「蔵主の尾行と監視をやるのには、人手がいる。まだ雪さんには話してないが、彼にも手伝ってもらう」

影乃は、転換社債の親分けの件が明るみに出た後、どういう動きがあるか、想像しうる限りのことを頭に描いてみた。

美知子は、美帆と会う機会を見つけようと事務所に電話を入れた。美帆は電話口に出たが、態度はすこぶる冷たく、美知子と会うことを拒否した。

しかし、それで諦(あきら)める美知子ではなかった。

その後、美帆の働いている事務所の前で、彼女を待った。しかし空振りだった。蔵主邸にも押しかけた。だが、門前払いを食わされた。

こうなったら、影乃が言っていたように、美帆が自分に会いたくなるような大嘘をつくしかなくなった。

影乃とバー『ピアノラ』で会った六日後、また美知子は彼女の事務所に電話を入れた。

「あなたもしつこいわね。私、仕事中なのよ」美帆は相変わらずつんけんしていた。

「聞いて、美帆さん、私が独自に調べたら、やっぱりあなたが言っていることが正しいような気がしてきたの」

「独自の調査？」美帆の声色が変わった。

「正直に言って、これまでは、あなたの思い込みだって勝手に決めつけてたけど、私の気持ち、揺らいできたわ」

「誤解が解けて嬉しいけど、別に私に会う必要なんかないじゃない」

「調査結果を警察に教えるつもりだけど、あなたが軽井沢駅で彼を目撃したっていう時間がね……」美知子は含みを持たせてそう言い、口を閉ざした。

数秒の間があった。

「分かった。会えばいいんでしょう？　でも、今夜は私、新宿のライブハウスに出るの。それが終わった後じゃないと会えない」

「ライブハウスの場所、教えて」

「紀伊國屋書店の近く……」

美帆がライブハウスの名前と詳しい場所を口にした。午後十一時には躰が空くという。

美知子は丸井の裏にあるバーで待ち合わせをすることにした……。

美知子は約束の時間よりも早めにバーに入った。美帆はすぐに現れた。

深いグリーンの丈の長いコート姿だった。濃いサングラスをかけている。周りの男客の目が美帆に注がれた。

美帆は脱いだコートを丸めると、ボックス席の奥に、無造作に投げた。革製の黒いミニスカートに、胸が大きく開いた赤いカットソーを着ている。

男たちの目は美帆の胸に釘付け（くぎづ）けである。

「ライブどうだった？」

「今夜はノリが今ひとつだったね。ドラムが代わったせい。鼓笛隊の太鼓みたいなんだもん」

注文を取りにきた従業員が席の近くに立っていた。

「ボルドー・ワインある？」美帆が訊いた。

「ございますが、そんなに種類はおいてありません」

「何でもいいから一本持ってきて。あなたもワイン飲むでしょう？」

美知子は黙ってうなずいた。

煙草に火をつけた美帆は、美知子と目を合わさずに、煙を吐きだした。

ワインが運ばれてきた。美知子が美帆のグラスに酒を注いだ。

「ありがとう。でも乾杯は早すぎるよね」

美知子は曖昧な笑みを浮かべただけで、黙っていた。

「それで何が分かったの」美帆がグラスを口に運んだ。

美知子は、清太郎から聞いた新しい目撃者の話をした。

「私以外の目撃者が出てきたんだから、やっぱり、清太郎が犯人だったってことね」

「でも、その人が清太郎さんらしき人物を軽井沢駅で見たのは、あなたが言ってた時間よりも一時間ほど早いのよ。何か変でしょう？」

「じゃどちらかが見間違えたってことよね」

「そうなるわね」

美帆がグラスを一気に空けた。「どっちだっていいわよ。ともかく、あいつが軽井沢に来ていたことが、これでさらに確かになったんだから」

「そうとも言えるけど、より面倒なことになったわ。どちらの証言を証拠として採用するか、はっきりさせる必要が警察にはある。目撃証言の違いを明らかにできなければ、裁判になっても勝てないからね」

「私が嘘をついてるって言いたいの？」

「全然。その証言者が間違えてる可能性だってあるもの」

「今の話、誰から訊いたの」

「清太郎さんから」

「独自の調査で分かったことがあるようなことを電話で言ってたけど、それとは違うのね」

「ええ」

「あなたは何を摑んだの？」美帆の声は真剣そのものだった。

「もうひとり、午後六時頃に、清太郎さんを駅で見たという人を見つけた。その人は昔、飯田橋のスナックで働いてた女性でね、清太郎さん、その店によく飲みにきてたから覚えてたそうよ。今は結婚して軽井沢に移り住み、駅の近くでスナックをやってるらしいわ」

「その人、清太郎に声、かけなかったの？」

「彼女は駅にチケットを買いにきただけだったから、改札を通ってしまった清太郎さんに、話しかける時間はなかったそうよ」

「じゃ、ちゃんと見てたかどうか分からないじゃない」

「そうね」

美帆の視線が泳いだ。「その人が間違えたのよ。私はちゃんと見たんだから」

美知子は優しくうなずき、目を伏せた。「でも、私としてはショックよ。どちらにしても、清太郎さんは軽井沢にいたらしいんだもの。マルボロは清太郎さんの吸っている煙草だし、私が午後五時頃に葉山の家に電話をした時、誰もいなかったし」

「私のことを信用してくれるようになって嬉しいわ」

「あなたが正しいか、新たな目撃者が正しいかは分からないけど、あなたには謝っておくべきだと思った。ごめんなさい、本当に」

「その人のこと警察に話すんでしょう？」

「もう一度、その人に確かめてからじゃないと話せない。捜査が混乱してしまうだけだもの」

美帆の表情が険しくなった。「清太郎に話す？」

美知子は首を横に振った。「余計なことを話すと、目撃者に迷惑がかかるかもしれないでしょう?」

美帆は黙ってしまった。ワインにはもう手をつけない。バーに入ってきた時の勢いが急に失速した。

美帆は、清太郎を本当に見た相手がいると信じたようだ。その女の証言が確かなら、自分は間違えていたと言いたいに違いない。犬猿の仲である身内の証言よりも赤の他人の一言の方が、証拠価値が高いのは言うまでもない。

「ね、美知子さん、あなた、私に謝ったわよね」

「ええ」

「だったら、その目撃者の証言が確かなものかどうかきちんと調査して」

「それは、あなたに言われなくてもやるわ」

「依頼人いるの?」

美知子は首を横に振った。

「無料奉仕?」美帆が小馬鹿にしたような調子で短く笑った。

「清太郎さんを信じてた私だから、このまま引く気になれなくなったの」

「もし正式に依頼したら、お金、どれぐらいかかる?」

「あなたが依頼人になるっていうの?」

美帆は目を逸(そ)らした。「費用があんまり高かったら止めるけど」

美知子は煙草に火をつけ、美帆をじっと見つめた。「そんなことをして、あなたに何か得があるの？」

「ふたりの目撃者の証言が食い違ってたら、清太郎を逮捕することすらできなくなる。美知子さん、そう言ったじゃない。向こうがきちんと証言してくれるんだったら、私、間違ってたって言ってもいい。十八時十分頃に、赤の他人が、上りの電車に乗ろうとしてた清太郎を見た。十八時十分だったら、房男兄さんを殺して、自転車で駅に戻ることは十分できる」

「あなたの証言が曖昧なもので、清太郎さんを嫌うあまり、そう思い込んでしまった。それでいいのね」

美帆が躰を起こした。瞳に苛立(いらだ)ちが波打っている。「私は自分が見たことを今でも信じてる。でも、私があの男を憎んでることが問題なんでしょう？　何度も言ってるけど、清太郎が逮捕、起訴され刑務所に送り込まれることが私の望み。自転車に乗った清太郎を見たという証言と、あなたが調べた人が言ったことに時間的矛盾がなければ、清太郎が葉山にいたという主張は完全に覆されるでしょう？　そうなるんだったら悔しいけど、私の目が、憎しみで曇っていたって警察に謝ってもいいよ」

美知子は自分の勘が正しかったと改めて思った。美帆が駅で見た人間は、清太郎に似ていたのだろうが、美帆の心のどこかに、似ているにすぎない、という思いがあったに違いない。そして、そのことに目を瞑っているうちに、自分の言っていることが真実だと思い込むようになったのではなかろうか。

その気持ちが、美知子の作り話を聞いているうちに揺らぎ始めた。美帆は絶対にその心の動きを認めないだろうが。

しかし、困った。美帆を依頼人にするわけにはいかない。捏造した話で、金を取ったら詐欺である。

「調査は続けるけど、あなたからお金はもらわない。あなたを疑ったことは、あなたに借りを作ったようなもの。だから、償いっていうと大袈裟だけど、お金をもらわずにやるわ」

「意外とお人好しなんだね」

美知子は煙草を消した。「私、自分の気分を大事にするの」

「分かった、好きにして。でも、つかんだ情報、私に教えてくれるわね」

「その人の証言に確証が持てたら」

「目撃者って、相手の弁護士に突っ込まれたら、だんだん自信をなくしたりするわよね」

美帆が不安げにつぶやいた。

「あり得ることね。でも、あなたが言った通り、自転車に乗った清太郎さんを目撃した人と時間が合っていれば、彼はもう言い逃れできなくなるでしょう。物的証拠がないから、立件するのが難しい事件だけど、積み重ねた状況証拠も、かなり重要なものよ。少なくとも、あなたの証言よりはずっと」

「今でも、私の言ったこと、信じてないみたいね」

「自分の言ったことに自信があるのね」美知子はそう切り返した。

美帆の目が泳いだ。「美知子さんの調査結果次第ね」

美帆の言ったことは答えになってなかったが、かなり迷っているのは明らかだった。

午前零時半すぎ。美知子は美帆と共にバーを出た。

「私、歌舞伎町の友だちの店に寄って帰る」

「分かった。気をつけて」

「調査の方しっかりやって」

小生意気な調子でそう言い、美帆は靖国通りの方に去っていった。

とんでもない捏造話を、まだ小娘の美帆にした。それが心を翳らせた。しかし、もう後には戻れない。

原宿の自宅に戻った美知子は影乃に電話をした。そして、美帆と話したことを詳しく教えた。

「俺は清太郎を疑ってる。でも、あんたは違う」

「犯人は他にいるって私は思ってる」

「目星は？」

「まったくついてないことぐらい分かってるでしょう。それよりそっちはどうなの？」

影乃がここ数日の動きを美知子に話した。

バー『ピアノラ』で美知子と会った翌日から、影乃は蔵主の監視を始めたという。

玉置はレンタカーのニッサン・マーチを使い、早朝から蔵主喜一郎の本丸、蔵主土地開発のビルを見張っていた。

影乃が動き出すのは大体、午前十一時頃。雪永の運転するミニクーパーで、目的地に向かった。

連日、影乃は喜一郎の監視を続けた。行き先は都内の大きなホテルか、赤坂や向島の料亭が多かった。誰に会っているのか摑みにくい場所にしか、喜一郎は赴かなかった。しかし、それは織り込み済みだったようだ。喜一郎が目立った場所で商談をしたりするはずはない。ただ、喜一郎の動きと時を合わせるように、事件の関係者がホテルや料亭にやってくる可能性はあると影乃は期待したらしいが空振りに終わった。

休日は邸に場所を移して監視を続けた。喜一郎は日曜日、千葉までゴルフに出かけたが、何も得られるものはなかったという。

結果が出なくても、影乃の声に疲れは感じられなかった。

愚痴ひとつこぼさない影乃は見上げたものだが、少し人間味にかける気がした。しかしそこが影乃の魅力のひとつだと美知子は改めて思った。

成果がまるで上げられずに時が流れていった。その間も、影乃は田熊と美知子とは頻繁に連絡を取り合った。

十一月の初め、やっと『ナマズ内報』の新刊が定期購読者に届く日がやってきた。

同じ日に発売される週刊誌が、総会屋、伏見竜之介と蔵主グループの蔵主喜一郎との間で行われた不正な証券取引について大々的に報じた。『ナマズ内報』の主幹、田熊のインタビューも載っていて、記事の一部が転載されていた。

見出しはこうだ。

『蔵主グループと総会屋の見逃せない不正取引。極秘資料公開』

その日、蔵主喜一郎は会社に出なかった。

邸にこもっているのか、マスコミを避けて雲隠れしたのか分からない。

他の週刊誌や新聞も、総会屋とデベロッパーのスキャンダルを書き立てた。

しかし、蔵主喜一郎がどこにいるのかは分からなかった。門は固く閉ざされ、訪ねてくる者もいなかった。

『ナマズ内報』が出て四日目の夜、田熊から影乃に電話が入った。

「田熊さんの周りも騒がしいんじゃないんですか？」

「そうでもないいさ。今日の午後、私に地検から電話があった」

「ついに地検が動き出したんですね」

「まだ準備段階だろうよ」

「で、検事と会ったんですか？」

「マスコミを撒くのに手間取ったが、静かな喫茶店で会い、話をした。若い検事は、巨悪と闘うのが嬉しくてしかたないらしく、目が生き生きしていた。いつまであの目を保てるかは分からんがね」

「資料の出元を訊かれたでしょう？」

「もちろん。だが、答える義務はないので答えなかった」

「福石証券のことは、あまり具体的な記事にはなってないようですが」

「これからだよ」

「伏見竜之介、火消しに奔走したと思いますが効果はなかったみたいですね」

「地検が本気で動くかどうかはまだ分からん」田熊は落ち着いた口調で言ってから、一瞬黙った。

　影乃は田熊の次の言葉を待った。

「実は、さっき事務所に脅しの電話が入った」

「今頃になって？　すでにマスコミに流した後だから、脅しても意味がない気がしますけど。で、脅しの内容はどんなものだったんです？」

「〝ガセネタだって言い、すべてなかったことにしないと殺す〟そう言ってきた。私は〝屈しない。私が死んだら、さらに大事になる〟と答えて電話を切った。脅しに乗る私だと思うか？」

「田熊さん、相手は本気かもしれませんよ」

「よく分からんな」

「伏見竜之介が足掻いてるのかな。奴も当然暴力団とそれなりの付き合いはあるでしょうから」

「あるにはあるが、奴はインテリヤクザだ。後手を踏んだって分かった後に、私に脅しの電話を寄越すとは思えんな」

「じゃ蔵主はどうです？」

「奴だとも考えにくい。今頃になって暴力団を使うほど馬鹿じゃなかろうよ」

清太郎が、あの爽やかな笑顔でもって、いかがわしい奴に金を握らせ、田熊に圧力をかけた。ありえないことではないだろう。今の彼の立場は蔵主グループを守ることにあるのだから。

影乃はそのことを田熊に伝えた。田熊は何とも答えられないと笑った。

「もうひとつ考えられる事がありますよ」影乃が低い声で言った。

「それは何だい？　私には思いつかんがね」

「脅しの電話をさせたのは和久彦治じゃないですかね」

長い沈黙が流れた後、田熊が「なるほど、なるほど」と二度つぶやき、こう続けた。

「あんたが言ってることはありえるな。奴は、私が屈しないかどうか試したのかもしれない」

「可能性は低いでしょうが、奴なら、それぐらいの念を入れてもおかしくない」

「その通りだな。やはり、あいつにも制裁を加えたいもんだな」

「俺もですよ。でも、安心しないでくださいよ。和久と関係がないかもしれないんですから。俺があんたのボディガードをやりましょうか」

「そんなもんいらんよ。いつ死んでもいいって覚悟がなきゃ、こういう商売はやらん」

田熊は高らかな笑いを残して電話を切った。

翌日、針岡から電話があった。

「この間はどうも」影乃は淡々とした調子で言った。

「あんた、柴原唯夫って知ってるか」

「東雲東運河の事件で捕まった奴、そんな名前だったけど、それがどうした？」

「獄中で死んだよ。急性心筋梗塞（こうそく）だってさ」

「そんなことなぜ、俺に知らせてくるんだい？」

「あんたが、あの事件のことを俺に訊いてたからさ」

針岡は、坂巻組の情報を取っているうちに、影乃の噂を耳にしたのかもしれない。

「ご親切なことだな」

「何だ、その言い方は」

「近いうちに会おうぜ」

「うん」針岡はそっけなく電話を切った。

その電話の翌日、蔵主喜一郎に動きがあった。夕方、邸にクラウンが入った。中年男がハンドルを握っていて、他には誰も乗っていなかった。クラウンは十分ほどで出てきた。誰かを乗せた様子はない。

ひょっとすると蔵主喜一郎が後部座席に隠れ潜んでいるのかもしれない。

「後を尾けてみよう」影乃が言った。

雪永がミニクーパーをスタートさせた。マーチも動き出した。

影乃は、先に行けと腕を振って、玉置に合図を送った。

クラウンは芝公園の脇まで走り、そこで駐まった。

勘が的中した。後部座席から蔵主が現れた。帽子を目深に被り、マスクをしていた。

中年男が降りると、喜一郎がクラウンのハンドルを握った。

クラウンは芝公園料金所から都心環状線に乗り、首都高羽田線を走ったあと、環八に出た。そして、穴守（あなもり）橋の手前、バス停を越えた辺りで駐まった。ちょうど建物の出入口で玉置のマーチはクラウンを追い越し、橋の手前の道を左に曲がった。

そのまま橋を渡れば、羽田空港である。

空が開けた。薄く雲のかかった中空に着陸態勢に入ったジャンボ機が見えた。

「喜一郎は飛行機を眺めにきたのか。まさかな」雪永が短く笑った。

京急のバスがミニクーパーの前に滑り込んできた。そして、客を降ろすと前に駐まっていたクラウンを避け、ゆっくりと動き出した。

降りてきた客はひとりしかいなかった。

「あいつ……」雪永が押し殺した声でつぶやいた。

「〝ダーティハリー〟のお出ましか」

針岡はクラウンに向かって歩き出した。

「今頃になって、どうして……」

雪永の疑問はもっともだ。

針岡を乗せたクラウンがスタートし、穴守橋を渡った。すぐに玉置のマーチが脇道から姿を現し、クラウンを追った。

クラウンは羽田空港の縁の道をぐるぐる回った後、再び環八に戻った。針岡が喜一郎のクラウンから下りたのは大鳥居の交差点だった。

玉置のマーチがクラウンを尾行し、ミニクーパーが針岡を追った。

針岡を乗せたタクシーは産業道路を南に下った。針岡が向かった先は、影乃が奴に連れてゆかれたことがあった品川署だった。

その日の尾行は、そこでお終い（しま）にした。

問題は、クラウンの中で喜一郎と針岡が何を話し合ったかである。

針岡と対決する時がきたか。いや、まだ時期尚早。地検特捜部が動き出した後でも遅くはない。影乃は懐（ふところ）深く構えることにした。

それには理由があった。田熊と同じように、和久彦治がひとりいい思いをするのが我慢ならなかった。初美を恐怖におとしめた件があるからだ。

しかし、どうするか、名案は浮かばない。下手に騒ぐと、初美を救出した際の自分の行動が警察に知られてしまう。それは何としてでも避けなければならない。

その夜、また田熊から電話があった。地検特捜部がいよいよ動き出すという。

「いいニュースですね」

「ここまではうまくいってる」

「『ナマズ内報』の定期購読者、増えたでしょう？」

「思ったよりも伸びないな」

「ところで、和久彦治のことどうします？」

「そのことで頭を悩ませてるところだ」

「柴原が死んでくれたから、俺は動きやすくなりましたよ」

「どういう意味だ」

「和久を少し揺さぶってみようかと」

「どうやって」

「針岡を上手に使う手がありそうだと思ってます」

「奴の殺しに目を瞑ってやる代わりに利用するってことか」

「目を瞑るかどうかは決めてませんが。奴に警察官として、まっとうな仕事をやらせようって考えてます。そう言えば、今日の夕方、喜一郎は羽田の穴守橋近くまで彼のクラウンで行き、そこで針岡と会ってましたよ」

「なぜ？」田熊の声色が変わった。

「さあね。ともかく、そろそろ針岡とお話し合いをする時期がきたと思ってます」

「手荒なことは、あんたに任せる」

「田熊さんには長生きしてもらわないと。これから先、あんたから仕事がもらえるかもしれませんからね」影乃は短く笑って電話を切った。

新宿のバーで会ってから、美帆はしょっちゅう美知子に連絡を寄越すようになった。美知子が作りだした架空の証言者について知りたいからである。

美知子は心苦しかったが、今更、捏造だったと言えるはずもなかった。

助手が軽井沢まで会いにいき、一緒に飲んでいた時、自分の見た人物は〝清太郎に間違いない〟と断言したとまで嘘をついた。

「だったら、私の目撃した人は違ったのね」美帆は不服そうにつぶやいた。

「でも、酔ってた時の発言だから、素面（しらふ）になればまた曖昧なことを言う可能性はあるわよ」

「やっぱり、私の見たことが正しいのかな」

「自転車に乗っていた清太郎さんを見たという証言者の時間と、スナックのママの目撃証言は時間的に合ってる。あなたは午後七時すぎに、電車に乗る清太郎さんを見た。それが正しいとすると、約一時間の間、清太郎さんは軽井沢で何をしてたのかしら。彼が房男さんを殺したんだったら、できるだけ早く軽井沢から離れると思うんだけど」

「自転車の始末に手間取ったんじゃないの」

「それはないと思う」

「どうして？」

「用意周到に計画された殺人よ、これは。だから自転車の処理の仕方はあらかじめ決めていたと考えるべきね」

「………」

「清太郎さんのために自転車を用意した人間がいるはずだから、その点を事務所でも洗ってみることにした。だから、ちょっと時間がかかるかもしれないわね」

「その人を東京に呼んで、こっそり清太郎を見せたらどうかしら」

「それも考えてます」美知子はきっぱりと言い切った。するとさらに気重になった。

「だったら、早くして。あなたがモタモタしてるんだったら、私がやる。名前と連絡先、教えて」

「あなたと、その目撃者が接触するのはまずいわ。警察がそれを知ったら、何か裏があるんじゃないかって勘ぐるに決まってるから」

「誰が何を思おうが平気よ」

「正直に言うけど、スナックのママの証言が正しい気がする」

「だから、それがはっきりしたら、私、思い込みでしたって警察に謝りにいくよ」美帆が興奮してきた。

「実際はどうなの？　新しい証人が出てきたことで、思い込みだったかもしれないって、心の底で思うようになったんじゃないの」

「分からないよ、そんなこと！」美帆が声を荒らげた。「ともかく、清太郎が捕まればそれでいいんだよ！」

「美帆さん、すべて私に任せて」

美帆の荒い息が受話器から伝わってきた。

「美帆さん」

美知子が呼びかけたが、電話は切られてしまった。

どっと疲れがでた。こんなデッチ上げをやったのは初めて。美帆の証言が思い込みだったと言わせたい。その一心でやったことだが、必ずしも成功しているとは思えなかった。

深夜を回った頃、影乃に電話をした。彼は自宅にいた。

美知子は大嘘をついている心苦しさを素直に語りたかったのだ。

影乃は黙って美知子の話を聞いていた。

「……もう引っ込みがつかないけど、どう収めたらいいのか、全然分からない。あなた、何かいいアイデアある？」

「何とでもなるじゃないか。やはり、相手の証言が曖昧なもので信用できなくなったって言えばいい」

「それじゃ、美帆が心の底に隠していることを引き出せないでしょう」

「美帆は興奮し、君の作った架空の人物の名前や居所を訊いてきたんだね。あの子に動きがあるかもしれないな」

「美帆が自分で探しにいくって思ってるの?」

「自分の言ったことに不安があれば、必ず動く。その動きを見てからまた改めて攻めてみるのもひとつの手だよ。軽井沢駅近くのスナックの数なんてタカが知れてる。二日もあれば回り切れる」

「あの子、そこまでやるかしら」

「それは何とも言えないけど、あんたがのらりくらりしてるから、自分で動きたくなることは十分あり得るよ」

「美帆を監視しろっていうこと?」

「そうだ」

美知子は一瞬黙り、こう言った。「あなた、一体、何を考えてるの? 清太郎が犯人だって言ってたけど、その考えに変わりないの」

「この事件、美帆の証言が最初のポイントだよね。あの子、清太郎を犯人にしたがってるが、その意図は、我々の考えてるようなものじゃないのかもしれない」

「どういうこと? 美帆が房男を殺したって言いたいの?」

「そう飛躍するな。房男殺しの第一発見者は美帆。清太郎が吸っているマルボロを見つけたのも彼女。そして、清太郎を駅構内で見たのもあの子。あまりも揃(そろ)いすぎてる」

「分かった。美帆に尾行をつけるわ。で、あなたの方の調査はどうなってるの?」

「俺がこれからやることは調査の域を遥かに逸脱してる。昔の外国テレビ映画に、潜入捜査官の話があった。タイトルは『タイトロープ』。つまり張り綱。俺は曲芸師みたいに張り綱を歩くことになるだろう。セーフティネットはないから、どうなることやら」影乃は軽い調子で言って、短く笑った。

『スワンプ沼袋』の四〇四号室のインターホンを影乃は鳴らした。

針岡は喪服姿だった。

影乃は、田熊と電話で話した翌日の午後、警視庁にいた針岡を電話口に呼びだし、有力な情報を得たから、その夜、彼の家で会いたいと言った。針岡は同僚が病死し、通夜があると言い、時間を指定した。影乃はそれに従って、『スワンプ沼袋』を訪れたのだ。

「今、戻ってきたところなんだ」針岡はそう言って、座椅子に腰を下ろした。

ネクタイを外そうともしない。影乃はそのことがちょっと気になった。

「これからまた葬式があるんじゃないんだろう?」

「はあ?」

「喪服のままだからさ」

「お前と会う時は喪服がいい。なぜかそう思った」針岡は片頬(かたほお)をゆがめて笑い、煙草に火をつけた。「有力な情報って何だい?」

「谷内義光殺しの犯人の目星がついた」

「ほう。それは誰だい？」

「シンイチロウ君の父親」

針岡は吸いかけの煙草を指に挟んだまま、口を半開きにして影乃をじっと見つめた。

「俺か。証拠は？」

「谷内のマンションの洗面所に、犯人が着替えたらしい痕跡があった。返り血を浴びることが分かっていた犯人は、バッグか或いは紙袋に着替えを入れて、谷内のマンションに行った。それがどんなものだったかは分からないが、洗面所にＥＸＰＯ'85のペンダント、それから或るガラス工芸家が薄青い紙に印刷させた紹介文が落ちていた。紹介文はくしゃくしゃに丸められていたがね。あんたはつくば万博に息子を連れていっている。そして、薄青い紙に印刷された紹介文は、工芸家の作品と共に木箱に入っていた。その数は五十二枚。送られた先を調べてたら、その一枚を三鷹に住んでいた軽部茂斗子という女が持っていた。軽部茂斗子は死んでいたが、彼女は、その工芸品を友人にプレゼントしたことが分かった」

「何の話なんだ。それが俺とどう関係があるんだ」針岡が苛立った。

「黙って聞け。プレゼントされた友だちの名前は大月貞子。大月貞子って誰だか知ってるよな」

「酒飲みのろくでもない義母だ」

「そのろくでもない義母のところにどんな作品が渡ったかは分からないが、薄青い紙の紹介文も作品と一緒に木箱に入っていた。つくば万博のペンダントにその紹介文。どこにでもある代物だけど、谷内の殺害現場に、このふたつがほぼ同じ場所に落ちていた。関係者で、このふたつの線が交わるのは、あんたしかいない」

「証拠としちゃ弱すぎるぜ」針岡が落ち着いた調子で言い、眉（まゆ）をゆるめた。

「確かに。しかし、証拠品は警察にある。あんたの指紋が出なくても、息子、或いは元の奥さんの指紋が出たら、捜査本部はあんたに焦点をしぼる」

針岡は炬燵（こたつ）に目をやったまま黙っていた。

「息子の指紋を、あんたの仲間に採らせたりしたくないだろうが。シンイチロウ君、親父さんを名刑事だって自慢してたそうだ」

「うるせえ。息子の話はするな！」針岡が激昂（げっこう）した。

「まだ俺は警察には何も話しちゃいない。場合によってはこれからも話さないかもしれない」

針岡が顔を上げ、目の端で影乃を睨んだ。

「どういうことだ？」

「俺に協力して、あんたの好きな正義を行ってくれたら目を瞑ろう」

「何をしろってんだよ」

「その前に、訊きたいことが二、三ある」

針岡が目の端で影乃を睨んだ。「お前が俺を尋問するのか」

「探偵は尋問じゃなくて質問するだけだ」

「どっちだって同じじゃねえか」

「この間、俺に電話を寄越したよな。その翌日、蔵主喜一郎と妙な場所で会った。羽田の穴守橋んとこで」

「喜一郎を尾行してたのか。蔵主には尾行に気をつけろって言っておいたのに」

「ケツに火がついてるから、気もそぞろだったんだろうよ。しかし、なぜ、例の件が発覚した後に、あんたらは会わなきゃならなかったんだい？」

「あいつが俺を呼び出したんだ」

「羽田を選んだ理由は？」

「俺が仕事で大田区の糀谷（こうじや）に住んでる暴力団員に会いにいった。だから、あの辺にしただけだ」

「そいつは、谷内と同じようにあんたの情報屋なのか」

「まあな」

「なぜ蔵主喜一郎はあんたを呼び出したんだい」

「和久彦治に一杯食わされたことが分かったからだ」

「そのことはあんたが教えたんじゃないのか」

針岡がゆっくりと首を横に振った。「俺は、あんたから聞いたことを誰にもしゃべっちゃいない」

今更、嘘をついているとは思えないが、疑問は残る。しかし、そのことには触れず、話を前に進めた。

「喜一郎はあんたを呼びだし、何を言ったんだい?」

「和久彦治と欽州連合の繋がりを調べ上げ、和久に輪っぱをかけてほしい。それができたら、いくらでも金をやるって言った」

「あんた、マルボウには違いないが、そこまでできる力があるとは思えないがな」

「ないよ」針岡が投げやりな調子で答えた。「和久彦治まで辿り着くためには、合法的なやり方で攻めても無理だ。脱税とか証取法違反で挙げることはできるかもしれんが」

「谷内はあんたの情報屋で、あんたが和久彦治や吉見、穴吹の動きを盗撮しろって命じた。しかし、谷内はお前を裏切って、ひとりで和久たちを脅そうとした。そういうことだろう?」

「今更、そんなことどうでもいいだろうが」

「よかないさ。探偵の仕事は、事件の真相をはっきりさせることだから」

「…………」

「盗撮のことだけではなく、すべて蔵主喜一郎に頼まれて動いたことも認めるか」

「くどい。あんたにはもう分かってることなんだろうが」針岡が声を荒らげた。

金庫破りが行われることを谷内から聞いた針岡が喜一郎に知らせた。結果、喜一郎は金庫を空にしておくことができた。警察に知らせなかったのは、事が公になると、喜一郎自身も捜査対象になるからだろう。

影乃は心の中で笑った。谷内の娘、恵理は、父親が蔵主邸で起こる金庫破りに加担することを強硬手段に訴えても止めさせたかった。それで自分と雪永を父親のマンションに行かせ、身動きが取れないようにしようとした。そこで、影乃と雪永は谷内の斬殺死体を発見。

谷内が生きていたら、蔵主邸で起こるであろう金庫破りを阻止しようと、影乃がすっ飛んでいくことはなかったのだ。

事前に何が起こるか知っていた蔵主喜一郎は、飛び入りの助っ人のせいで事が公になり、困ったに違いない。

「あんたは昔から蔵主に飼われてたのか」

「喜一郎は知っての通り、問題のある男で、以前、坂巻組に脅しをかけられたことがあった。その時の捜査員のひとりが俺だった。俺が一番、勢いよくて、これなら使えるって勘を働かせたんだろうよ。そういうことに関しては嗅覚が鋭い奴だからな。和久彦治が株の買い占めを始めた時、奴に呼び出された。喜一郎は和久彦治が欽州連合と付き合いがあることは知っていて、下部組織の坂巻組の連中のことを調べ、報告してほしいと頼まれた」

「その時はまだ、家族がここに暮らしてたんだな」

「それがどうかしたか？」針岡はうなだれたまま訊いてきた。

「ひとり暮らしじゃ、こんな広いマンションは必要ない。ローンの返済、かなりきついんだろう？」

「人が金に転ぶ理由なんて単純なものさ」

「谷内はあんたを裏切った。それが殺しの動機か」

「人を殺す動機は大概、単純なものだよ」針岡が投げやりな調子で言った。

「谷内の裏に誰かいたんじゃないのか」

「いや、奴を殺す前に調べてみたが、そういう人物は出てこなかった。死ぬ前に奴はこう言った。〝娘のＣＤが出たら、買い取って売り上げのトップテンに入れたい〟ってな」

「それで身の程知らずの恐喝に出たってことか」影乃はつぶやくように言った。

「そうらしい」

「どうやって、あんたは谷内の裏切りを知ったんだ」

「カメラを渡して、やることを教えたが、なかなかうまくいかないと報告してきた。あいつは腰の据わった男じゃないから、ありえると思ったが、どうも様子がおかしい。だから、或る日、奴を監視した。そうしたら、ちゃんと撮ってやがった。あんたが思ったように、裏に誰かいると予測してしばらく泳がせておいた。だけど、それらしき人物とは接触してなかった。谷内と会った時、奴はクラブ『リュミエール』のマッチで煙草に火をつけた。それで、こいつは、和久彦治を自分ひとりで脅しにいったと結論づけた。和久彦治が、あんなチンピラの脅しに乗るはずはない。逆に拉致され、誰に頼まれたか、しゃべっちまうに決まってる。そうなったら、俺が血祭りに上げられる。だから、殺るしかなかった」

「和久彦治が恐喝されていたとしたら、あんたにとっては都合がいいことだったよな」

「その通り。警察がそれを摑めば、欽州連合の下部組織、特に坂巻組の捜査に目が向くからな」

「あんたは裏切り者を処分できたが、撮った写真もネガも見つけることはできなかった」

「残念ながらね」

「この間、俺とバー『ピアノラ』で会った後、谷内の娘の部屋を荒らしたのはあんただよな」

「俺と谷内の関係を書き残しているかもしれない。それが不安だった」

「しかし何であれ、あの写真のおかげで、あんたは俺という友人を得たんだよ」影乃はにやりとした。

「友人が俺を助けてくれる。で、見返りは何だ?」

「それはおいおい話す」

「飲むか?」

「いや、俺はいい」

針岡が立ち上がり、キッチンに向かった。

十三　プレイルーム

影乃は居間を出てゆく針岡の後ろ姿から目を離さなかった。

針岡が視界から消えた瞬間、S＆W(スミス ウェッソン)を取りだし、セイフティーを外した。そして、素早く立ち上がり、忍び足で廊下に出た。

谷内義光を殺したことを認めた針岡である。目を離すわけにはいかない。

壁にへばりついてキッチンの様子を窺(うかが)った。

針岡は廊下に背を向け、流しの前に立っていた。左手でウイスキーの瓶を持ち、ラッパ飲みしている。

シンクの横に置かれているものが目に入った。

自動拳銃。ノーズが長いのはサイレンサーが嵌(は)め込まれているからだ。

ウイスキーの瓶を口から放した針岡は、しばし微動だにしなかった。決意を新たにしているのか。それとも、気分を落ち着かせているのか……。いや、何も考えていないのかもしれない。

拳銃を手にすると、上着の懐に突っ込んだ。

影乃は顔を隠した。

一歩、二歩、足音が近づいてきた。針岡の影が廊下に映った。

影乃の動きは速かった。針岡の躰がキッチンを出た瞬間、奴のシャツの左襟をぐいと摑んだ。針岡の体重が後ろにかかった。懐の銃を取りだそうとしたものだから、却って、体勢が不安定になったのだ。針岡の両脚を払った。針岡は仰向けに倒れつつも、銃を取り出そうとした。

「バタバタするんじゃない」

S&Wの銃口が針岡のこめかみを狙っている。

「両手をゆっくり開け」

「お前に撃てるか。警官殺しは罪が重いぞ」

「あんたは息子にとっては英雄なんだよな。この様を見たら、息子はショックで病気になるぜ」

「息子の話は止めろって言ったろうが！」針岡は目をひんむいて叫んだ。

「万歳しろ」

針岡は逆らわなかった。

「俺を殺るつもりだったらしいが、そんなことをしても無駄だ。俺が死んだら、疑いはお前にかかり、ＥＸＰＯ'85のペンダントの指紋を警察が調べることになるだけだ」

針岡が咳き込むような笑い声を立てた。しかし、口は開かない。

「あんたが助かる道は、俺と手を組むことだ」

「話せ。聞いてやるから」

「懐に入ってる危ない玩具、グリップをつまんで引き出せ。ゆっくりと」

針岡が懐に手を入れた。引き金に指をかけたら動きで分かる。影乃は、針岡の手をじっと見つめていた。

針岡は影乃の命令に従った。

「そう、その調子、ゆっくり、ゆっくり。取り出したら、横に投げ捨てろ」

拳銃がつまみ出された。針岡が拳銃を投げた。腹立ち紛れに放り投げたものだから、拳銃は壁にぶつかり、乾いた音を立てて、床に転がった。

針岡が立ち上がろうとした。

「そのままの恰好でいろ」

「居間で話そうぜ」

影乃は答えなかった。

「俺が助かる道を早く教えろ」

影乃は、まず何をしたいか話した。

針岡が鼻で笑った。「和久彦治をお縄にしようってのか。お前、正気か。俺たちふたりで何ができるっていうんだ」

「和久彦治のことで知ってることを全部話せ」

「俺は寝転がってると、脳味噌が垂れちまって、頭が回らないんだ」

「立ったら、流しに両手をついてろ」

針岡は影乃を睨んだまま、言われた通りにした。

影乃は、床に転がっている銃を拾った。ワルサーPPKだった。

影乃は、テーブルに置いてあったミカンをふたつ手に取った。

「先に行け。ミカンでも食べながら話そうぜ」

影乃と針岡は元の場所に何事もなかったかのように座った。

影乃は和久彦治について家族構成など具体的なことを訊いた。その点に関して、田熊は調査済みである。しかし、何か違う話が零れてくるかもしれない。

和久彦治の自宅は調布にある。妻はすでに先だっていて、ひとり娘は製菓会社の社長の息子と結婚し、田園調布に住んでいる。

ひとり暮らしの和久は何名もの使用人を雇っていて、その多くは用心棒だという。

クラブ『リュミエール』のママ、凛子について、針岡は詳しいことは知らなかった。

影乃は、この時点ではまだ具体的にどう和久を追い詰めるか、きちんとしたプランが立っていたわけではない。

警察官である針岡に揺さぶりをかけさせる。そのことしか決めていなかった。

「針岡さん、明日からしばらく休みを取れ」

「そんなに急に休暇は取れんよ」

「重い風邪を引いたとか、別れた女房が死にそうだとか、何でもいいから口実を見つけて待機してろ」

針岡は不承不承、影乃の言ったことを呑んだ。

〝ダーティハリー〟を味方につけた影乃は、その足で田熊の事務所に向かった。

午前零時を少し回った時刻に事務所に着いた。

影乃は、針岡の持っていたワルサーPPKを、田熊の机の上に置いた。

田熊の眉根が険しくなった。「本物だな」

「針岡が、これで俺を何とかしようとしたんですよ」

「じゃ話もできなかったってことか」

「いや。針岡は俺に協力すると言いました」

「信用できるのか」

「できませんが、俺を殺しても、奴の犯した殺人は明るみにでる。そのことが分かったから下手な動きはしないでしょう。で、田熊さんの方は何か摑めました？」

「クラブ『リュミエール』のママ、凛子について調べた。住まいは渋谷区広尾三丁目の一軒家だが、建物も土地も所有者は和久の経営する会社だ。本名は向井（むかい）紀子（のりこ）。四十一歳。若い頃に男の子を産んでいて、その子は今二十一歳だ。東大の法学部の学生で検事になりたがってる」

影乃の片頰がゆるんだ。「将来は和久のお役に立つ検事になるんですかね」

「息子の評判はすこぶるいい。母親が赤坂のクラブのママだということすら嫌がってるって話だよ」

「じゃ、母親が和久彦治の愛人だということを当然嫌がってるってことですね」

「そうらしい」

「針岡を使って、あのママに揺さぶりをかけますかね」

田熊がうなずいた。「それがいいだろう。針岡は本物の刑事だからな」

「しかし、凛子はスパイにはならないでしょうよ」

「スパイなんかになってもらう必要はない。和久と切れさせれば、知ってることを話してくれるだろうよ。息子のことがあるから、ムショには入りたくないはずだ。だから口を割る」田熊は自信たっぷりだった。

「あのママにぞっこんの和久は怒り、何らかの手を打ってくるでしょうね。多かれ少なかれ、凛子は秘密を知ってるだろうから、切れた後のことを考えると和久は不安になる。明日、早速、針岡に刑事として凜子に会ってもらいましょう」

「その前に、私も会いにいく」

「ナマズのようにぬるぬる攻めるんですね」

「うん。和久が凜子の自宅から出てくる写真はすでに配下の者に撮らせたから言い逃れはできんよ。ジャーナリストが来て、次に刑事がやってくる。凜子がどういう行動に出るか。和久に相談するか、それとも、何も言わず切れる算段を立てるか見物だな」

「針岡と田熊さんが凜子に会った後、俺は、和久が来てるのを狙って、クラブ『リュミエール』に行ってみますよ。あんたの部下にクラブを見張らせてください」

「そんなことをして何になるんだ」

「和久の様子を見てみたい」

「それだけか」

「あんたを裏切るようなことを口にします」

影乃は考えついたことを教えた。

「ほーお」田熊は口を丸く開け、笑みを見せた。「私が殺されるかもしれないような話だな」

「田熊さんは、いつ死んでもいいって言ってたじゃないですか？」

田熊は目の前の銃を手に取った。そして、壁の標的に銃口を向けた。

影乃は余計なことを言わずに黙って見ていた。

「やはり、本物の存在感は違うね」田熊は銃を元に戻し、影乃に視線を向け、淡々とした調子でこう言った。「しかし、あの男には通じんよ」

「あんたと針岡、そして俺が動く。和久はじっとしてはいないでしょう。田熊さんが凜子に会ったその日に、針岡に凜子の自宅に行かせます」

「明日、さっそく会いにいってみる」

影乃はうなずき、銃を懐に収めると田熊の事務所を出た……。

影乃が田熊の電話で起こされたのは翌日の午前十一時半すぎだった。

「まだ寝てたのか」

「そろそろ起きようと思ってました。で、凜子に会えました？」

「ああ」

田熊は、和久彦治の悪事を暴く証拠を集めているから協力してほしいと頼んだという。

当然、凜子は、何の話か分からないと惚（とぼ）けた。

田熊は、凜子の家から出てくる和久の写真を見せた。そして、おもむろに息子の話をした。

「〝息子さんの将来を考えたら、そろそろ和久と縁を切る時ですよ〟って言ったけど……」

田熊はそこで一呼吸置いた。「あの女、肝が据わってるよ。顔色ひとつ変えずに、〝和久さんには店を出す際に、お金をお借りしましたけど、返済はとっくに終わってます〟って答えた」

「切れる気はありそうでした？」

「〝和久さんは素晴らしい方です〟と微笑んでたな。あの女、私が思ったよりも強かだ。だから、私の話を聞いて上手に別れる方法を模索し始める気がする」

「そう思った根拠は？」

「〝和久さんは恩人ですけど、私にとって一番大切なのは息子です〟って言った。含みのある言い方だった」

「あの女、和久の弱味を握ってるかもしれないですね」

「刑事がやってきたら、さらに手を切る気持ちになる」田熊は力を込めてつぶやいた。

田熊と話し終えると、影乃はすぐに針岡に連絡を取り、詳しいことは話さずに、待ち合わせの場所と時間を決めた。

午後二時少し前、渋谷の東急文化会館の前に影乃はホンダ・シティを停めた。レンタカーである。

どんよりと曇った日だった。

ほどなく針岡が現れた。影乃は外に出た。周りを見回していた針岡が影乃に気づいた。

針岡を乗せると車を出した。

「少しは落ち着いたか」影乃が針岡に訊いた。

「どういう意味だ」

「別に」

影乃は目的地を教え、凜子の過去を詳しく話した。そして、何をしてほしいか伝えた。

「あんたに案外、簡単に秘密を暴露するかもしれないぜ」

針岡はそれには答えず、煙草に火をつけた。

凜子の家は日赤広尾病院からすぐのところにあった。古いがかなり広い二階家だった。

影乃は少しスピードをゆるめ、凜子の家の前を通過した。針岡がそれを見て、口笛を吹いた。

「こんな一等地の一軒家に、たかだかクラブのママが住んでるとはな」

「話してなかったな。土地家屋の所有者は、和久が実質的な経営者である貿易会社の持ち物だ」

「じゃ、和久と別れたら、追い出されてしまうじゃないか」

角を曲がったところで影乃は車を停めた。

「息子の住んでる本郷のマンションの三部屋は凜子の所有だ。うまくやってくれ。俺のためにもあんたのためにも」

影乃は待ち合わせの場所を教えた。

針岡は目の端で影乃を睨んでから車を降りた。

影乃は渋谷に戻った。そして、ビジネスホテルを予約し、待ち合わせの場所に指定した東急ハンズ近くにあるルノアールに入った。

一時間半ほど経ってから針岡が現れた。渋い顔である。

「どうだった？」

「俺の顔を見れば分かるだろう？　あの女、自分は無関係だと、余裕綽々だったよ」

「詳しく話せ」

針岡は、凜子の家が密会に使われていたのだろうと迫った。凜子に証拠があるのかと訊き返された。針岡はあると答え、欽州連合の幹部がここに来ているのは分かっているとさらに迫った。

「……そうしたら、あの女、それが犯罪になるのかって笑ったよ。和久を売る気はないな」

田熊の見解と違っているが、凜子の腹の底は読めない。

「あんたのために渋谷にホテルを取った」

「なぜだ」

「あんたに死んでもらっては困るから」

影乃はホテルの名前と場所を教えると喫茶店を後にした。

夜まで自宅でじっとしていた。

美知子から連絡が入ったのは午後九時半頃だった。

「連絡が取れないから心配してたのよ」

「いろいろあってね。で、美帆の様子は？」

「まだ全然、動きがないの。あなたの勘、外れたんじゃないかしら」

「かもしれないけど、もうしばらく、監視してみて」

「分かった。で、そっちはどう？」

「どこまで話したっけ」

「針岡に会いにいくっていうところまで」

影乃はそれからのことを教えた。

美知子と電話で話した直後、田熊から連絡があった。

「今しがた、和久がクラブ『リュミエール』に入ったっていう知らせがきた」

「じゃ、そろそろ出陣しますかね」

「うまくやってくれよ。私の命がかかってるんだから」

「殺されたら骨は俺が拾いますよ」

「私は事務所で待機してる」田熊は混ぜ返すこともなく、淡々とそう言って電話を切った。

クラブ『リュミエール』のドアを開けたのは午後十時半を回った頃だった。

和久彦治は一般席にはいなかったが、用心棒らしき男がふたり、入口近くの席でホステスたちと飲んでいた。ママの姿はなかった。

男たちの視線が影乃に注がれた。

支配人に案内され、奥の席に着いた。和久彦治のことはまったく口に出さず、やってきたホステスに、シーバスをボトルで頼んだ。モデルのようなすらりとした女で、やたらと目が大きかった。

綺麗(きれい)だが、影乃の趣味ではない。

当たり障りのない会話を交わしていると、凜子がやってきた。その夜は白を基調とした胸あきのドレスを着ていた。ドレスがまったく似合わない女だった。

ママが目配せすると、モデルのような体型のホステスが消えた。

「和久さんにご用かしら」

凜子に変わった様子はない。

「いらっしゃってるんですか？」

「ええ」ママは薄く微笑んだ。惚けるな、と言外に言っている。

影乃は煙草に火をつけ、水割りで喉(のど)を潤した。

「お会いになります？」

「挨拶(あいさつ)ぐらいしておくのが礼儀でしょう」

「どうぞ」

影乃は凜子について特別室に向かった。

部屋に通すと、凜子は「ごゆっくりと」と言い残して去っていった。

和久の頭に照明が当たり、鈍く光っていた。和久は相好を崩した。しかし、目は笑っていなかった。

「よく来たね」

「近くにいたものですから、ふらりと寄ってみたんです」

「気に入った子でもいたか」

「この店のホステスさんは上物ばかりで目移りします」

和久が数本並んだボトルに目をやった。「お好きなものを飲んでください」

影乃はブランデーグラスを手にし、そこにコニャックを自分で少し注いだ。

「本当は私に会いにきたんじゃないのかね」

「いらっしゃったらお会いしたいとは思いました」

「私を監視してたのか」

影乃は短く笑った。「なぜ、俺が和久さんを見張らなきゃならないんです？」

「銭のニオイがするから」

影乃はコニャックを喉に流し込んだ。

「ちょっとした情報がありましてね。本当のことを言うと、もしもここでお会いできたらって思ってやってきました」

「最近は情報が多すぎる。情報は少ない方が迷わなくていいもんだよ」和久は葉巻をくゆらせながらそう言った。

「じゃお話しするのはやめておきましょう」

「あんたは、わしと駆け引きする気か。十年早い」

「しがない探偵は常に金欠でね」

「あんたは正義感の強い弁護士みたいな人間で、金にならんでも事件を解決したがる男のように思えたんだがね」

「俺が『ナマズ内報』の田熊さんと親しいことはすでにご存じでしたよね」

「今回の件で、田熊さん、脚光を浴びてますな。裏で動いている人間が日の目を見ると力を失うことがよくある。田熊さん大丈夫ですかね」

「そんなことどうでもいいですよ」影乃は投げやりな調子で言った。

「田熊さんの次のターゲットはわしだろう。そのことはよく分かってるよ」

「蔵主喜一郎、伏見竜之介はおそらく近いうちに逮捕されるでしょう。和久さんの思惑通りに事が運んだってことですよね。にもかかわらず、あんたは、配下の者を使って、念のために田熊さんに脅しの電話をかけさせた」

和久がそっくり返って笑った。「君は何を言ってるんだ。わしは、そんなことはしてない」

「かもしれないが、田熊さんはそう思い込んで、あんたと刺し違える覚悟で、さらなる調査を始めたんですよ」

和久は右耳の穴に人差し指を突っ込み、ぐりぐりと掻いた。「君の狙いはなんだ。君が田熊を裏切る理由があるとは思えんがね」

「俺は田熊さんから、短い期間ですが、いろんなことを学ばせてもらった。ですが、政財界にまったくコネはありません。ですから、今更、田熊さんのようにはなれない。そこで考えたんです。和久さんから学べることがあれば学ぼうと」

「言ってる意味がよく分からんな。まどろっこしい言い方は止めて、望みを言え」

「和久さんが田熊さんに追い込まれると、俺も困る。意味、分かりますよね」

和久が首を横に振った。「さっぱり」

「柴原唯夫が獄死して一安心ですが、田熊さんの調査で、和久さんの尻に火がついたら、俺も大火傷しそうなんですよ。田熊さんは俺を守るとは言ってるんですが、ヤバいことになるかもしれない」

「なるほど。で、あいつは俺の何をほじくり出そうとしてるんだ。地検は私など眼中にないよ」

「前にも少し話したと思いますが、穴吹の知り合いの谷内が殺された」

「………」

「奴は身の程知らずで、あんたを強請ろうとした。田熊さんは、あんたが、殺人或いは殺人教唆で警察に挙げられることを望んでるんですよ」

和久が肩をゆすって笑い出した。「そんな作り話をわしに吹き込んでこいって田熊に言われたのか」

「友人の探偵の秘書を誘拐させたのも、俺の知り合いのバーに銃弾を撃ち込ませたのもあんたの指示でしょう。そっちの方も、田熊さんは調べてる」

「君が止めればいいじゃないか。仲間なんだろうが」

「和久さんが、あの男のことをどれだけ分かってるかは知りませんが。『ナマズ内報』の定期購読者ですら、場合によっては血祭りに上げる奴ですよ。和久さんを追い詰めるためなら、俺にも平気で非情な態度を取るに決まってます。俺が捕まって証言すれば警察は欽州連合にメスを入れ、下手をすると和久さんにも……」

「君が危惧してることがやっと理解できたよ」

和久の本音は見えない。しかし、影乃の言ったことに興味を示したのは間違いなかった。

「和久さんもそうでしょうが、田熊さんは警視庁にもパイプを持ってる」

「田熊が警視庁の誰と深い繋がりを持ってるか知ってるか」

影乃は首を横に振った。「あの男は、そういうことに関しては口が硬い。和久さんなら、田熊のイヌを見つけ出すことなんか簡単でしょう？　ともかく、田熊の動きを、俺は自分のために止めたいんですよ」

「まったく迷惑な話だな」

「俺にとってもですよ」

和久は口をへの字に曲げ、消えた葉巻を手に取った。だが、火はつけなかった。

「影乃さん、わしは、根も葉もないことであたふたすることはない。見え透いた小細工はするな、と田熊に言っておいてください」

影乃は長い溜息（ためいき）をつき、グラスを空けた。「和久さんに比べたら、俺はまだまだ人を信用しすぎる甘ちゃんだな」

「誰でも疑うようになったら孤立し、どんなに権力を握っても、いつかは潰（つぶ）される。見極めってのが大事なだけだ」

「どう転んでも、和久さんのようにはなれないですが、肝に銘じておきましょう」

影乃は腰を上げ、深々と頭を下げた。

「また会えたら会おう」

「和久さんから連絡があれば、いつでも馳（は）せ参じます」

影乃は特別室を出た。

凛子が、田熊や刑事の来訪を和久に教えていたかどうか、まったく判断がつかなかった。

キャッシャーのところで支配人に勘定を頼んだ。凛子がやってきて、受け取れませんと言った。

「じゃ、お言葉に甘えます」

凛子がドアを開け、影乃を先に通した。

それは一瞬のことだった。

「午前二時、私の家に来て。住所は知ってるでしょう？」

そう囁いた凛子の唇はまったく動かなかった。まるで腹話術みたいだった。

「和久さんによろしく」影乃はにこやかに微笑んだ。

「ありがとうございます。またのお越しをお待ち申し上げております」凛子は笑みを絶やさずそう言い、深々と頭を下げた。

クラブ『リュミエール』を出た影乃はまっすぐにマンションに戻った。尾行に神経を尖らせたが、怪しい車はいなかった。

自宅に戻った影乃は早速、田熊に報告した。

「魂胆がありそうだな」田熊が言った。

「和久を裏切る気じゃないですかね」

「君が殺られたら、私が立派な葬式を出してやる」

影乃は黙って電話を切った。

午前二時までは二時間以上あった。

影乃は美知子に電話をした。彼女は自宅にいた。

「珍しいわね、あなたから電話してくるなんて」

「変わりないか」

「ないわ」

影乃は今からやることを教えた。

「危ない。罠よ、絶対。行かないで」美知子が口早に言った。

「罠だったら落ちてみようじゃないか」

「よく言うわね。不死身じゃないのよ」

「こんなチャンス、逃せないだろう」

「私、近くで待ってる」

「意味がない」

「何かあった時のために待機してる」

「車で来る気か」

「それが一番でしょう？」

「あんたのアウディを見てる奴がくるかもしれない」

「同じマンションに売り出し中のファッションデザイナーが住んでるの。その人の車を借りるわ。ブルーのイノチェンティよ」

影乃は苦笑した。美知子が一度言い出したらなかなか引かないことはよく知っていた。

「凜子の自宅の住所を教えて」

影乃は場所を詳しく告げた……。

午前一時四十分頃、西麻布の交差点にあるホブソンズの前に、薄いブルーのイノチェンティ990が駐まっていた。

影乃は助手席に乗った。

「ここに来る前に、彼女の家の周りを流してみた。黒車が家の前に駐まってて、柄の悪そうな男がふたり立ってた」

「和久が来てるってことか」影乃がつぶやいた。

「和久がママに命じて、あなたを家に呼んだのかも」

影乃は口を開かなかった。

美知子が影乃を見つめた。「そうじゃないっていうの？」

「分からない」

クラブ『リュミエール』の特別室は和久の応接間みたいなものだ。秘密の話があるのだったら、あそこでもできる。何もわざわざ女の家に呼ぶ必要はない。

「車、日赤のパーキングに駐めると、生垣の向こうに彼女の家が見えるわ」

「そうだな」

ほどなくイノチェンティは日赤のパーキングに入った。美知子が車に乗っているから、警備員に何か言われても何とでもなる。

美知子が言った通り黒車が凜子の家の前に駐まっていた。

「で、どうする気？」

「和久がいなくなるまで、俺は凜子には会いにいかない。和久とは会う約束はしてないから」

「和久、彼女のところに泊まっていくんじゃないの」

「だったらボディガードが外に立ってるはずはない。帰るつもりだよ」

影乃の勘は当たっていた。それから二十分ほどで和久らしき男が家から出てきた。黒車の後部のドアを開けられ、そこに和久が乗り込んだ。

黒車が消えても、影乃はすぐにはイノチェンティを降りなかった。十五分待ってから、美知子を車に残し、病院沿いの道を進んだ。

凜子の家のインターホンを鳴らした。

凜子がドアを開けてくれた。白いスラックスに臙脂色（えんじいろ）のタートルネックのセーター姿だった。ペンダントが目に入った。タツノオトシゴの形をしたものだった。ダイヤがちりばめられている。

「どうぞ」

「遅刻してすみません」

「今夜、和久がうちに寄る予定はなかったのよ」

「何しにきたんですか？」

「身辺が騒がしくなってきたから気をつけろって言いにきたのよ」

西洋のアンティーク家具が置かれ、ペルシャ絨毯が敷かれている居間だった。小振りのハープが部屋の隅に控えていた。一際、目を引いたのは、金箔を施した木製の椅子で、肘掛けの先端にはライオンの顔が彫られ、脚は動物の足先。爪の部分は黒である。

「素晴らしい部屋ですね。その椅子、ツタンカーメンの王座みたいだな」

「それのイミテーションよ」

「三越デパートのライオンも、和久さんに買ってもらったら完璧ですね」

「趣味が悪いのは和久のせいよ。王座のまがい物が、あの人、大層気に入ってるの」

影乃は王座に腰を下ろした。座り心地の悪い椅子だった。権力を欲しがる欲望の塊が座ると気持ちがいいのかもしれないが。

凜子が影乃に近づいてきた。「ちょっと失礼」

何をするのかと思ったら身体検査だった。

「テレコなんか隠してないよ」

「何で手袋取らないの?」

それには答えず、影乃は懐から拳銃を取り出した。

凜子の頬から笑みが消え、躰が固くなった。

「あなたまさか……」

影乃は拳銃をテーブルの上に置いた。

「仕舞ってくれます? 私、暴力は嫌いなの」

「縛られて、蠟燭垂らされるのが趣味だっていう噂だよ」影乃は拳銃をしまいながら言った。

凜子が鼻で笑った。「シャンパンでいいかしら」

「何もいらない。それより俺を呼びつけた理由を早く知りたい」

凜子は、テーブルを挟んで影乃の右斜め前に置いてある肘掛け椅子に浅く腰を下ろした。肘掛けの先端は白鳥を象ったものだった。ちょうど手を置くところが首になっていて、丸く盛り上がっていた。

「あなた、田熊って男をよく知ってるんでしょう?」

「あの男と俺は組んでる」

「じゃ、彼がここに来たことも聞いてるわね」

「ああ。あいつは和久さんを狙ってる。俺は反対してるんだがね」

「その話、さっき和久から聞いたわ」

「和久さん、あんたといると財布の紐だけじゃなくて、口もゆるくなるんだな」

「私が、田熊が来たことを和久に教えたからよ」

「俺は田熊の動きを和久さんに教えなかった。だから、俺のこと、信用できないって思ってたんだろうな」

「その通り」

「で、あんたは俺に何をしてもらいたいんだい？」

凜子は背もたれに躰を預け、白鳥の首をぎゅっと摑んだ。「そろそろ潮時だと思って」

「和久さんにそう言えって命じられたのか」

凜子が天井を見上げ、白鳥の首を握り直した。「ここにあなたを呼んだことがばれたら、私、殺される」

「白鳥の首、そんなに絞めたら死んじゃうぜ」

凜子の頰にチックが走った。「真面目な話よ。聞く気がないんだったら帰って」

「あんたは和久の操り人形だろう。違うって証拠を見せてくれたら話に乗るよ」

「あなた、いっぱい人を殺してきたそうじゃない」

「いっぱいは殺してない。ほんの数名だけだよ」

「和久を殺して」凜子は事もなげに言った。

「恩知らずな女だな、あんたは」

「私、生理的にあの男が嫌いなの。お金のために付き合ってきただけ。それが悪いって言うの？」

「悪くはないけど、男として、和久さんが可哀想になってきた」

「何を甘いこと言ってるのよ」

「俺は甘ちゃんだから、若いうちに躓いたんだよ」

「いくら払えば引き受けてくれる？」

「何も殺すことはない。もしもあんたが、奴の悪事の証拠を握ってるんだったら、田熊に渡せばそれですむ。窮地に立たされた時のために、奴の首根っこを押さえられるような証拠を集めてたんだろう？」

「あの人、用心深いから、私ごときに、弱味を握られるようなことはしない」

「でも、あんたにはよく秘密を話してるじゃないか」

「あなたの話ぐらいよ、私にしたのは」

「へーえ、俺は余程、和久に気に入られたんだな」

「あの人、すごく嫉妬深いの。あなたの前だと私の態度が違うって言い出してね」

「それは光栄だな」

「図に乗らないでよ」凜子が吐き捨てるように言った。「悪いけど、あなたのような男、私のタイプじゃない。確かに和久は、あなたを気に入ったのよ。気に入ると、あの人、焼き餅（もち）を焼くの。私に息子がいること知ってるわよね」

影乃は黙ってうなずいた。

「父親は、和久の経理担当をしてたのよ。彼の家は小さなヤクザの組で、欽州連合に潰されたの。彼を拾ったのが和久よ。でも、数年後に事故で死んだわ」

「あんたは事故ではないって思ってるんだね」

「そうよ。和久が誰かに命じて殺させたの、私を手に入れるために。経理を任せてたから追いだすわけにはいかないでしょう？　だから殺ったのよ」

「証拠あるのか」

「ないわ。でも、私には分かるの」

影乃は軽く肩をすくめた。

「私とあなたの繫がりは、ほとんどないと言っていいわよね。五千万でどう？」

「蔵主喜一郎、伏見……の不正融資事件は知ってるよな」

「ママの仕事のひとつは新聞や雑誌を読むことよ」

「警察、或いは地検が和久に目をつけてるかもな」

「昨日、ここに来たのは田熊だけじゃなかった。刑事もやってきた」

「どの課の何ていう刑事？」

「名前は針岡。部署は訊き忘れた」

「そのことも和久に教えた？」

「もちろんよ」

「その刑事、近いうちにあの世に行きそうだな」

「まずは買収するんじゃないかしら。警視庁の捜査一課の警部をひとり子飼いにしてるから」

「そいつの名前は知ってる？」

「何でそんなことに興味があるの？」

「俺が、あんたの頼みを訊いた時、そいつがどうでるか知りたいじゃないか」

「引き受けてくれたら教える」

「一億。値引きなし」

「調子に乗らないで」凜子が冷ややかな目で影乃を見た。

「この邸を売れば、そんな金、あっという間に作れる」

「土地も建物も和久のものよ」

「警察が出張ってくると面倒だが、欽州連合はもっと怖いな」

「五千万で手を打って」

影乃は沈んだ顔をし、しばし口を開かなかった。

「アフリカでゲリラとして闘ってきたって聞いてる。怖いものなんかないでしょう？」

「都会に跋扈してる悪い奴の方がずっと怖いよ」影乃は短く笑った。

「大丈夫よ、あなたならやれる」

「半額、前金でなら」

「駄目よ。私の銀行口座を調べられたら困るでしょう。一千万なら今すぐにでも用意できる」

「…………」影乃はしばし黙った。

「お願い。やって。それしか、あの男から逃れる方法はないの」

「俺は和久の日々の行動をよく知らない。あんたが手引きしてくれないとやれないな」

凛子が勝ち誇ったような笑みを浮かべた。「この家に半地下があるの」

「なるほど。そこにＳＭプレイの道具が揃えられてるってことか」影乃は凛子を目でねめた。

「すべて金のためよ」

「見せてもらおうか。プレイルームを」

凛子が腰を上げた。

煙草も吸わず、手袋も取らなかった。立ち上がった影乃は王座をじっと見つめた。髪の毛も落ちてはいなかった。

凜子について廊下に出た。キッチン手前にドアがあった。その下が地下になっていた。急な階段を降りた。

それほど広くはなかった。天井も低く、やっと立っていられるぐらいだった。ベッドが置かれ、梁（はり）には麻縄が吊されていた。棚には手錠やボールギャグ、蠟燭（ろうそく）などの小道具が並んでいて、大きな鏡が壁に取り付けられている。

「たまにはあんたが女王様になることはないのかい？」

「ないわ。ここで殺して。私が目隠しされている時に。そうすれば、私、何も見なかったって言えるでしょう？」凜子はこともなげに言った。

「素っ裸で縛られてるあんたを誰が発見するんだい？」

「支配人が必ず電話をしてくる。午後四時頃にね。夜になっても連絡がつかないと、彼が心配して警察に通報するだろうし、和久の部下も慌てるでしょう」

「覚悟あるんだな。恥ずかしい恰好（かっこう）を人に見られてもいいんだもんな」

「和久と縁を切れるんだったら、一時の恥ぐらいなんてことない」

そう言い残して、凜子は階段を先に上がっていった。

影乃は地下室をしっかりと記憶に留めるために些細（ささい）なところまで見ていた。

「どうしたの？　あなたもＳＭに興味あるの？」

「あんたが縛られてる恰好を想像してたんだよ」

一階に戻ると、凜子は二階に上がっていった。その間、影乃は居間で待たされた。

十分ほどで、紙袋を持って凜子が戻ってきた。

「改めて」

影乃は中をちょっとだけ見た。中にはバッグを仕舞っておくような袋が入っていた。そのひとつを開けてみた。札束が詰まっていた。ピン札ではなかった。

「この家にはいくら隠してあるんだい？」

「これ以上は置いてないわ」

「和久はいつここにひとりで来るんだ」

「それは分からない」

「俺が、毎日店に偽名で電話を入れても、支配人は変に思わないか」

「大丈夫よ。電話はキャッシャーのおばさんが取るから。親戚の名前を使って。浜松に住んでる母が危ないの。だから疑われない」

「和久が死んでも遺産は入らないよな」

「コツコツ貯めた金がある。残りの四千万は、少し待って。すぐに預金を下ろすと怪しまれる」

「信用するしかないな」

「この機会を逃したら、自由になれない」

影乃はそれには答えず、和久と内通している刑事の名前を訊いた。

凜子は素直に答えた。

影乃は一千万円の入った紙袋を持って凜子の家を後にした。

・

「本気なの？」美知子はハンドルに両手をついて、影乃に顔を近づけた。

「早く車を出せ。どっかで一杯やろう。金はたんまりとある」影乃はにかっと笑った。

美知子はイノチェンティをバックさせた。思わずアクセルに力が入り、自分でもびっくりするほど荒い運転だった。

影乃は呆れ顔で美知子を見た。

「うちで飲みましょう」冷静さが戻った後、美知子は口早にそう言った。

用心のため、原宿、東郷神社近くのコインパーキングにイノチェンティを入れ、徒歩でマンションに向かった。

影乃はソファーに腰を下ろすと、紙袋の中身を取り出した。手袋は嵌めっぱなしだった。

影乃がビールを所望したので、美知子も付き合うことにした。

美知子は金が入っている柔らかい袋に目を向けた。有名ブランドのロゴが入っている。

「あなたが、凜子の言われた通りにするとは思わないけど、どうする気？」

「これから考える」

「そのお金、返す気ないの」

「せっかくお恵み下さったんだからもらっておこうぜ」

「駄目よ、絶対」美知子の口調は、子供をしかり飛ばすのに似ていた。

「約束を果たせなかったら返すしかない。だけど、その方法も簡単じゃないな」影乃は袋を元に戻すと、一気にグラスを空けた。「ところで蔵主喜一郎から連絡はないのか」

「まったく。清太郎からも何も言ってこない。まだビールでいい？」

「もう何もいらない」そう言ったきり、影乃は黙りこくってしまった。

美知子はカセットテープをかけた。昔、自分で編集したものだった。

ロバータ・フラックの『キリング・ミー・ソフトリー』が部屋に流れた。

「あなたの目的は和久彦治に制裁を加えることよね。でも、恵理さんの父親を殺した犯人はどうするのよ。これまで聞いた話だと、針岡はお咎めなしってことになる。私、それには納得できない」

影乃はうんともすんとも言わず、煙草をふかしているだけだった。

影乃が引き上げた後も、心が落ち着かず飲み続けた……。

美帆に動きがあったのは、影乃と会った二日後の土曜日の午後だった。

美帆は「特急あさま」に乗り、軽井沢で降りた。

蔵主家の別荘には行かず、駅近くのビジネスホテルに入った。

午後八時前にホテルを出ると、近くのスナックを回り始めた。

影乃の勘は当たっていたのだ。美知子はちょっと悔しかった。

十四　罠に落ちろ

美帆に動きがあった土曜日、影乃は針岡の泊まっているホテルに赴いた。スポーツバッグを手にしていた。

午後から降り始めた冷たい雨は夜になっても止みそうもなかった。

影乃を部屋に招き入れた針岡はベッドに寝転がった。「車を借りて自分のマンションの周りを走ってみたよ」

「妙な連中が監視してたか」

「バンが一台、マンションの出入口が見えるところに駐まってた。江頭が和久に飼われてたとはな」

江頭とは警視庁の捜査一課の刑事で、和久と通じていると凜子が教えてくれた男である。

「ショックか？」

「俺とは違って大人しくて真面目で通ってる奴で、ノンキャリだけど出世コースを歩んでる刑事だから」

「そいつも、人には言えない問題を抱えてるんだろうよ」

針岡はしばし黙り、こう言った。「奴らに見つかったら俺は殺されるな」

「ホテルを取ってやった俺に感謝しろ」

針岡が躰を起こした。「俺の拳銃、返してくれ」

「本職用のものがあるじゃないか」

「そんなもん使えるか。最近、管理が厳しいんだよ。だから返せ」

「時期がきたらな」

針岡がじろりと影乃を睨んだ。「時期？」

「凜子が俺に頼み事をしてきた」

「頼み事？」

「和久を殺してほしいってさ」

「はあ」針岡が天井を見上げた。「で、引き受けたのか」

「まあね」

「なんだ、〝まあね〟って」

「あんたにやってもらうと思ってる」

針岡の顔が歪んだ。「簡単に言ってくれるね」

「和久が死ねば、あんたを付け狙う人間はいなくなるだろう。そして、金が入る」

「いくらで引き受けたんだ」

影乃が、右手の人差し指と中指を立てた。

「二千万か」

「すでに半分は前金でもらってある」

影乃は嘘をついた。金のことでもめたくなかったからだ。

針岡がスポーツバッグに目を向けた。

影乃は手袋を嵌めた手で、スポーツバッグを開けた。

針岡が立ち上がり、バッグに近づいた。

「触るなよ」影乃は中に入っている札束の一部を見せた。「七百万、お前にやる」

「人を殺すんだぜ。いくらなんでも安すぎる」

「谷内殺しでムショにいくことを考えたら高すぎるくらいだ」

「和久にはボディガードがへばりついてる。相当の撃ち手じゃなきゃ、短銃で遠くから仕留めるのは無理だ。そういうのは、ゲリラをやってたことがあるって噂の、あんたの方が得意だろうが」

「ボディガードがいない時にやるから心配はいらない。残りの金が入ったら三百万、さらにあんたの手に入る」

「止めとくよ」針岡が煙草に火をつけ、あっさりと断った。

「あんたに選ぶ権利はない。そのことを頭に叩き込んでおけ」影乃が低くうめくような声で言った。

「………」

「正義を実行し娑婆（しゃば）にいられる。文句ないはずだ」

「あんたは高みの見物か」

「一緒に行くさ。あんたが裏切るかもしれないからな。ともかく、やってもらう」

針岡が長い息を吐いた。「で、いつやるんだ」

「それは追って知らせる。それまでは、ちょろちょろ出歩かずに、この部屋でじっと待ってろ」

「いつまで。今だって退屈で退屈で気が狂いそうなんだぜ」

「自分の人生について真面目に考えてると、すぐに時間が経つさ」

針岡は視線を窓に向けた。虚（うつ）ろな目だった。大きく開いた口から煙草の煙がゆるゆると立ち上った。

「ところで、あんたのワルサーだが、どこで手に入れた」影乃が訊いた。

「昔、暴力団員から取り上げたものだが、何でそんなこと訊く」

「武器の出元から足がつく場合があるじゃないか。俺の拳銃を使え」

「その銃にこそ前があるんじゃないのか」

「大丈夫だよ」

「この間、ちらりと見たがあれはS&W　M459だよな」

「それがどうかしたか？」

「東雲東運河で起こった銃撃戦の時に使われた銃と同じだな」

影乃が不敵な笑みを口許（くちもと）に浮かべた。「だったら？」

「やっぱり、お前、あそこにいたんだな」

「同じ銃だとしたら、三年前、渋谷で起こった強盗殺人事件に使用された銃だ。単なる強盗事件じゃなくて、欽州連合と白州会の抗争に関係がある。そう教えてくれたのはあんただ。だったら却って都合がいいじゃないか。あんたが使ったなんて誰も思いはしないから」

「まあな」

「ついでに俺を殺ろうなんて考えるんじゃないぜ。俺が死んだらお前は娑婆にはいられない。そういう段取りになってる。肝に銘じておけ」

針岡は真っ直ぐに影乃を見つめた。口は開かない。

影乃は針岡を一瞥（いちべつ）し、別れの挨拶もせずにバッグを手にすると部屋を出た。

週明けの夜、クラブ『リュミエール』に電話を入れた。

凜子と密会した翌夜から毎晩、電話をしたが、凜子の話し振りから、和久が家にくる予定はないことが分かった。

　しかし、その夜は違っていた。

「……ついに亡くなったの。で、お通夜はいつ？」凛子はしめやかな声で言った。

「今、奴はクラブに来てるのか」

「そうよ。だから、お通夜には顔を出せないけど、本葬には出ます……。一時ね。分かりました」

　つまり、日が変わった午前一時に和久が凛子の家に来るということらしい。

「確かなんですね」

「必ず参ります」

　すぐに準備を整え、針岡のホテルに向かった。この間と同じようにスポーツバッグを持っている。

　細かい雨が降っていた。

　電話もせずにやってきたことに針岡はびっくりした様子だった。

「大人しくここにいてくれてよかった」

　針岡の人相が変わっていた。ヒゲは伸びっぱなしで、顎の下辺りまで毛で被われていた。

「今夜か」針岡がぼそりと言った。

「午前一時に和久は凛子の家に来る予定だが、早くなるか遅くなるかは分からない。だから近くに車を駐めて待機しててくれ」

「一緒に来るんじゃないのか」

「近くまでは一緒に行くが、俺は、和久と凜子が家に入る前に中で待つ。別行動した方がリスクが少ない。俺は地下室に隠れてる。地下室に通じる階段はキッチンにある」

「お前、ピッキングできるのか」

「道具は用意してきた」影乃は上着の内ポケットの部分を軽く叩いた。

「和久と女が家に入ってから、どれぐらい待てばいい」

「いい質問だ。すぐには動くな。和久がリラックスしてからがいい。そうだな。一時間待つ必要はないが、三十分以上間をおいてくれ」

針岡は黙ってうなずいた。

「玄関の鍵は開けておくから、二階にいる和久に気づかれないようにして入ってこい」影乃は腕時計に目をやった。

「銃は？」

「車ん中で渡す」

「金を持ってきたか」

「事がすんだら、その場で渡す」

「今、もらいたいね」

「後だ」そう言い残して、影乃は先に部屋を出た。

ホテルの脇道で、針岡が借りた車を待った。十五分ほどで、ブルーバードがやってきた。

雨は降り続いている。

午前零時四十分すぎ。凜子の家の近くに着いた。

日赤の駐車場は使わず、凜子の家からかなり離れた場所に車を駐めさせた。そこからでも、家に入る人物のシルエットはよく見えた。

影乃はS&Wを針岡に渡すと、車を降り、凜子の家に向かった。開錠に少し手間取ったがドアは開いた。中に入ると鍵を閉めた。

二階のバスルームの隣がウォークインクロゼットだった。そこに身を隠した。そして、スポーツバッグから金の入った袋を取り出すと、衣服がぎっしりと吊されている奥に隠した。凜子の金を受け取ると、何かあった時に面倒なことになる可能性もある。リスクはできるだけ避けておくに越したことはない。

午前一時十八分、ドアが開く音がした。

「寒いわね、暖房入れなくっちゃ」凜子の明るい声が聞こえた。

ふたりは一旦、居間に入ったが、すぐに足音がした。飲み物を用意しに凜子が席を立ったようだ。トイレを使う音も聞こえた。

凜子と和久が家に入って二十四分がすぎた。足音が重なるようにして廊下に響いた。

和久と凜子は地下室に向かったらしい。

さらに二十分以上、影乃はウォークインクロゼットでじっとしていた。

ワルサーを握り、一階に降り、玄関ドアの鍵を開けた。そしてキッチンに入った。地下室から漏れ聞こえてくる音に、影乃の頬がゆるんだ。

女の呻き声とムチの音。

「よがれ、もっと」和久のべたつくような湿った声がした。

地下室に通じるドアには鍵はかかっていなかった。ドアノブをそろそろ回し、階段を降りていった。

電気が煌々と点されていた。

凜子は素っ裸で、大きく股を開き、前屈みに立っていた。吊されてはいなかった。が、天井の梁にかけられた縄が、無毛の股間に深く食い込んでいて、つま先立ちの状態だった。後ろ手に縛られている。足枷、ボールギャグ、そして目隠しがされていた。そして、乳房にも縄がかかり、乳首には鈴がぶら下がっている。

和久は白い褌姿だった。胸は縄がかけられるぐらいにだらりとしていた。ぶよぶよの醜い躰である。

「尻を振れ」

凜子が言われた通りにした。

「鈴の音が聞こえん！」

凛子が乳房を左右に揺らせた。口から涎が垂れている。

「顔を上げろ」

凛子が顎を突き出した。

和久の動きが止まった。階段に人の気配を感じたのだろう。

影乃と目が合った。

和久は肩をそびやかした。奥目が飛び出さんばかりに大きくなっている。金縛りにあったように躰が動かない。

「カメラを持参すべきだったな」影乃が言った。

凛子が何か言おうとしているが、ボールギャグに阻まれて言葉にならない。

なかなかの名演技である。いや、影乃との密約ができていても、やはり、本気で不安がっているのかもしれない。

影乃は階段を降りきった。和久がバラムチを振りかざして向かってきた。

「そこで止まれ」影乃が銃口を向けた。「俺はあんたの味方だ。もうしばらくするとあんたを殺しにくる人間がいる」

「そんなこと誰が信じる」和久の声が上擦っていた。

「本当の話だ」影乃は和久に近づいた。「俺は点数を稼ぐために、知らせにきたんだ。借りは後で返してもらうぜ」

「誰に口をきいてるつもりだ」和久は笑ったつもりらしいが、顔が引きつっただけだった。

「あんたはスーツを着てないと、ただの哀れな爺さんだけど、ママは、この姿がよく似合うね」影乃は凜子に近づき、乳首にぶら下がった鈴を軽く指で押した。

凜子が暴れたものだから、鈴がよく鳴った。

「影乃、何がほしい」

「そういう話は後だと言ってるだろうが。あんたに嵌められた蔵主がヒットマンを雇ったのかもな」

「お前がそいつを殺ってくれるのか」

「俺は知らせにきただけ。あんたが狙われてるんだから自分で始末しろ」

和久が何か言いかけた。

「シッ」影乃が唇に指を当てた。

かすかに足音が聞こえた。和久の躰が震え出した。

地下室のドアが開いた。影乃はワルサーを和久の手に握らせた。恐怖と不安で冷静さを失ったのだろう、和久は抵抗することもなく銃を手に取った。その手が震えて照準が定まらない。

針岡が階段の途中で止まった。「影乃、どういうことだ」

影乃は答えず、和久から離れた。

先に発砲したのは和久だった。一瞬遅れてS&Wが火を吹いた。

和久は足元から崩れながら、無茶苦茶に引き金を引いた。

「クソったれ」針岡が大声でわめき、二発撃った。

一発目が和久の腹に命中した。白い褌がみるみるうちに血に染まった。

もう一発は明らかに影乃を狙ったものだった。影乃は素早く床に転がった。弾は姿見を貫通した。衝撃でガラスが周りに飛び散った。

凛子は躰をよじらせ、呻き声を上げている。

針岡はもう拳銃を握ってはいなかったが、影乃は注意しながら和久に近づいた。

和久の脈は止まっていた。

仰向けに倒れた針岡にはまだ息があった。影乃は針岡の前に立った。

口から血が流れ出していた。それでも目を開き、何か言おうとしている。しかし、言葉にはならない。

「谷内恵理には、犯人が苦しんで死んだって報告しておく」

針岡は、喉の奥から太い声の混じった息を吐いた。洞窟（どうくつ）の奥深くから吹き出てくる風のような音だった。

〝ダーティハリー〟と影乃が名付けた男の生命力には目を見張るものがあった。右手が銃を探していた。

しかし、そこまでだった。針岡の瞼（まぶた）が閉じた。

針岡の脈も止まった。心肺停止状態かもしれないが、すぐに事切れるだろう。針岡のポケットを探り、手帳を奪った。

それから冷ややかな目で、呻きながらもがいている凜子を見つめた。

股縄ぐらいは解いてやろうかと思ったが、止めにした。

このままの恰好で助け出されるぐらいの辱（はずかし）めは受けるのが筋だろう。

一言も口を開かずに、影乃は階段をゆっくりと上がっていった。

呻き声は続き、軽やかな鈴の音が聞こえている。

凜子の家で起こっていることなどつゆも知らない美知子は、影乃が凜子の部屋を出た頃、軽井沢のホテルで眠っていた。

玉置ばかりに監視を続けさせるわけにはいかないので、その日の午後、軽井沢に向かったのだった。

東京は雨だったが、軽井沢は晴れていた。プラットホームを吹き抜ける風が肌を刺すような冷たさだった。

美帆の働いている事務所の話によると、出社するのは火曜日だという。おそらく、美知子が作り上げた架空の人物を月曜日まで探すつもりなのだろう。

玉置とは、彼の泊まっているホテルの部屋で会った。

「僕に任せてくれていいのに」玉置は不満げに言った。「紅葉の盛りだし、僕は静かな場所が好きなんですよ」

「昨日は雨だったって聞いたけど、今日はよく晴れてるわね」

「晴れると一層寒いですね」

「そんな中、長く尾行や監視を続けてると、誰でも集中力をなくすものよ。それに、私自身で美帆の様子を見てみたかったの」

「でも、所長は美帆に顔を知られてます。都会みたいに雑踏に紛れることはここではできません。陽が暮れると、駅の近くだって、電車が着かない限り、歩いている人はほとんどいませんから」

「美帆はこの辺のスナック、全部を回ったわけじゃないんでしょう?」

「すべて回りましたよ」

「それでも諦めずに、軽井沢に滞在してるの?」美知子は薄く微笑んだ。「いくら探しても見つかるはずないのにね」

「彼女なりに目星をつけた店があるようです。昨日もその店に行き、看板まで飲んでました」

「昨日は日曜日でしょう。店、開いてたの？」

「東京と違って地方の街では、そういうことって珍しくないですよ」

スナックの名前は『サロメ』。玉置の調べによると、ママの歳は五十前後。出身は静岡だが、東京でもスナックをやっていたという。

「まさか飯田橋でやってたわけじゃないんでしょうね」

「そこまでは調べがついてませんが、そういう偶然はないと思いますよ」

「ともかく、その店に行ってみるわ。美帆と会ったら、それはそれで圧力になる。後の行動はあなたが調べてよ」

「所長がスナックにいる間、僕は美帆の泊まっているホテルを見張ってます」

玉置も美帆もレンタカーを借りていた。玉置はカローラ、美帆はスターレット。

美知子は、玉置と同じホテルに泊まることにした。自分の部屋で一休みしてから、玉置に買ってきてもらった駅売りの弁当を食べた。玉置を素敵なレストランにでも連れていってやりたかったが、ふたりでいるのを誰かに見られるのを避けたかったのだ。軽井沢は狭い街である。美帆と出会ってしまうこともあり得る。

スナック『サロメ』に入ったのは午後九時頃だった。美帆の姿はなかった。思ったよりも広い店で、若い女の子が五人ほど働いていた。まだ客はまばらで、奥のボックス席の男の客がマイクを握っていた。歌っているのは中島みゆきの『悪女』。かなり歌がうまい男だった。

ママがどの女かはすぐに分かった。小顔の瘦せた女だった。

ママに挨拶をされた。女ひとりの客は珍しい。好奇心を持っているのは明らかだった。

そのママと話すことなど何ひとつない。仕事できたが、ホテルにいても退屈だからふらりと寄ったとだけ言った。

美帆は現れない。何度か店の電話が鳴ったが、玉置からではなかった。

美帆はどこにも出かけずホテルにいるらしい。わざわざ軽井沢にまできてホテルの部屋にいる。ちょっと変である。

午後十時半すぎ電話が鳴った。若いホステスが美知子のところにきた。玉置からの連絡だった。

「美帆は旧軽銀座の奥に車で行きました。見つかる危険があるので、途中で尾行を諦めました」

「今どこにいるの？」

「郵便局の前です。そこの公衆電話からかけてます」

「すぐにいくわ」

美知子はタクシーを呼んでもらった。

ものの五分で郵便局の前に着いた。

玉置はカローラから出て、外で待っていた。旧軽銀座の商店街には人の姿はまったくなかった。

「美帆は真っ直ぐ奥に進んだの？」美知子は確認を取った。

「そのようです」

旧軽銀座の奥に橋がある。その向こうは別荘地で、蔵主家の別荘もそこにある。知り合いの別荘が近くにあって寄ったのかもしれないが、ともかく、蔵主家の別荘まで行ってみることにした。

カローラを橋の近くまで移動させ、徒歩で向かった。

玉置は小型の懐中電灯を手にしていたが、美帆に気づかれることも考え、点（とも）してはいなかった。街灯はあるが周りは暗かった。助かったのは月が出ていることだった。

月明かりがこんなに明るいことを改めて知った。

蔵主家の別荘の前に車が駐まっていた。スターレットのようだ。しかし、別荘に灯（あか）りはなかった。

「暗い中で何をしてるんですかね」玉置がつぶやくように言った。

別荘は木立に囲まれていた。周りの別荘も然（しか）り。できるだけ塀を設けないのが、軽井沢の別荘の常識である。

美知子は隣接する別荘地の敷地に入り、蔵主家に近づいた。人の気配はまったくなかった。

裏に回り、さらに蔵主家に近づいた。

灯りがかすかに見えた。小さな光が動いている。一旦見えなくなることもあった。

蔵主家の別荘でのことではない。二軒先の別荘で誰かが何かをやっている。

美知子は腰を屈め、隣の別荘の敷地に入った。そして、問題の建物に目を向けた。

建物の外、ベランダの下辺りで光は動いていた。ほどなく、懐中電灯を持った人間が、その別荘の敷地を出て、小道をこちらに向かって歩いてきた。影から想像すると女である。

美知子と玉置は木陰に身を隠した。

月明かりが一瞬、歩いている人間を浮かび上がらせた。

美帆に違いなかった。

美帆はスターレットに乗り込んだ。そして、次の角までバックさせ、そこで向きを変えて去っていった。

「明らかに変だ」玉置が興奮を抑えたような声で言った。

「美帆の入った別荘に行ってみましょう」

小道に出た美知子は道を急いだ。未舗装の小道はぬかるんでいた。

この辺りの別荘にしては小さい。門柱は浅間石で作られ、建物の外壁にも同じものが使われている。

右の門柱に『売物件』という札がかかっていて、扱っている不動産屋の名前と電話番号が記されていた。左の門柱には表札が出ていた。米川という人物が持ち主だが、売りに出したらしい。

敷地に入り、ベランダの下に向かった。ベランダの下を納戸代わりに使っていたらしく、ガーデンテーブルやチェアー、そして雪掻きの道具、材木などが置かれている。ガーデンチェアーの向こうに、壁に立て掛けられているものが、懐中電灯の光に浮かび上がった。

それはどこにでもある普通の自転車。かなり古いもののようだ。

「玉置君、タイヤを照らして」

美知子はベランダの下の奥まで進んだ。そして、バッグからハンカチを取りだし、タイヤに付着している土を取った。

土は湿っていた。長い間、放置されていた自転車ではない。

玉置もハンカチについた土に触れた。

「ドロドロじゃないですか。美帆が、蔵主家の別荘から今ここに自転車を運んだんですね」

「間違いないわ」

「なぜ?」

美知子は肩をすくめ、立ち上がろうとした。

「痛い！」

ベランダの板に頭をぶつけてしまったのだ。

玉置がくすりと笑った。

美知子は玉置を睨みつけながら、ベランダの下から出た。

「美帆は、蔵主家の別荘においてあった自転車を、売りに出された別荘まで運んだ。何のために」玉置が運転しながら首を捻（ひね）った。

清太郎が使った自転車だったら、話がおかしくなってくる。玉置の疑問が解ければ、一気に事件は解決するに違いない。

「明日、あの物件を扱ってる不動産屋に行ってみましょう」

和久彦治が愛人宅で殺害された事件が報道されたのは、翌日の午後九時すぎだった。

テレビのニュースによると、警視庁刑事部捜査四課の刑事、針岡毅（つよし）と乗っ取り屋で知られる和久彦治が拳銃で撃ち合い、双方が銃弾を受け、死亡した。犯行が行われたのは和久彦治の知人女性宅。その女性は赤坂でクラブを経営していて、オーナーが電話にも出ず、店にも来ないので、不審に思った支配人が自宅に赴いた。そこでふたりの死体を発見した。オーナーは目隠しをされ縛り上げられていたとだけ報じられていた。

影乃はにやりとした。

そのニュースだと、犯人に縛られたように誰もが思うだろう。素っ裸で縛られた凜子の周りで、ふたりの男の躰が腐っていった。甘酸っぱい死臭を嗅ぎながら凜子は何を考えていたのだろうか。

その報道で、影乃は初めて〝ダーティハリー〟のフルネームを知った。

ニュースを見終わった影乃は、美知子の自宅に電話を入れたが不在だった。

受話器を置いた途端、雪永から電話が入った。

「事件のこと知ったよ」

「店が閉まった頃に寄るよ。恵理を呼んでおいてくれないか」

「事情を話すのか」

「話せることはね。今朝、匿名(とくめい)で谷内殺しに関する証拠品について記した手紙を捜査本部に出しておいた。針岡が殺されたから、その手紙の内容を本気で調べるだろう。捜査には時間がかかるだろうが、被疑者死亡で事件は解決すると思う」

割り込み電話が入った。美知子からだった。

「すごいことになったわね」

美知子の声がいつになく緊張していた。

「計画通りに事は運んだ。深夜すぎに、バー『ピアノラ』に恵理を呼んである。来るかい？」

「もちろん行くわよ。あのね、こっちにも大きな展開があったの」

影乃は美知子の話すことを黙って聞いた。

「自転車について警察に知らせた？」

「まだ。十時半に蔵主邸に行く。喜一郎は不承不承、私の申し出を受け入れたわ」

「清太郎と美帆も同席するのか」

「もちろんよ。喜一郎の前で、私、美帆を問いただす。一緒に来る？」

「是非、参加したいね」

美知子は十時半少し前、蔵主邸の前で影乃を待っていた。守衛室には喜一郎から連絡が入っているようで、何も言われなかった。

影乃がタクシーでやってきた。

美知子は影乃を従え、邸内に入った。能面のような執事が現れた。

「影乃様ともお約束が」

「私たち、パートナーよ。いちいちお断りする必要ないと思いますが」

それでも執事は内線電話で喜一郎に連絡を取った。喜一郎はあっさりと受けたらしく、電話はすぐに切れた。

案内されたのはオーディオルームだった。

赤い肘掛け椅子に喜一郎は腰を下ろし、葉巻をくゆらせていた。ビロードのガウンを羽織っていた。

「部屋着で失礼」喜一郎は、落ち着いた調子で美知子に謝った。

ターナーの水彩画が目に入った。素晴らしい作品だと改めて思った。

美知子と影乃は黒革のソファーに腰を下ろした。

「何か飲みますか？」喜一郎に訊かれた。

「いいえ」美知子が答えた。

影乃もいらないと言った。

「ちょうどよかった。影乃さんに連絡をしようと思っていたところだったんです」

「ご用件は？」

喜一郎が影乃から目を逸らした。「和久彦治が銃で撃たれて死んだそうですな」

「らしいですね」

「殺したのは針岡という刑事ということですが、影乃さんとお付き合いがあったんですってね」

「俺よりも深い関係があったのは会長でしょう。針岡のおかげで、金庫破りの件を知り、秘密の書類を別の場所に隠した。俺がここに来なければ、穴吹って犯人は自殺せずにすんだし、事が警察にばれることもなかった。俺は余計なことをしてしまったらしいですね」

影乃の頬に皮肉な笑みが浮かんだ。

喜一郎はそれには反応しなかった。「あの男、あなたにどんなことをしゃべりました？」

影乃が煙草に火をつけ、俯いたままこう言った。「会長に頼まれて和久を殺す。そんなことを言ってましたね」

「馬鹿な！」つんと立った鼻を抜けた嫌な声が部屋を被った。

影乃が顔を上げた。「冗談です」

「君はこんな時にまで人をおちょくるのか」

「影乃さん、失礼でしょう。謝って」美知子が口早に言った。

影乃は素直に詫びた。

「影乃さん、針岡と私の関係、他言しないでほしいんですが」

「しませんよ。何の興味もないですから」

「それを聞いて安心しました。聞いたところによると、明日か明後日、私は逮捕されるらしい。会長職も辞し、後は清太郎に任せるつもりです」

「執行猶予がつくでしょうから、すぐに復帰できますよ」影乃が言った。

「もう歳だから引退も考えてます」

影乃はにっと笑った。

「そろそろおふたりをここに呼んでいただけませんか」美知子が言った。

「重大な話ってことだが、先に私に教えてくれないかね」

「それはできません」

喜一郎の切れ長の目がじっと美知子を見つめた。「美帆が房男を殺したのか」

「そう思われる根拠は？」

「あんたの顔にそう書いてある気がしただけだよ」喜一郎はつぶやくように言ってから、内線電話で執事に連絡を取った。

先に現れたのは美帆だった。

美帆はふて腐れたような顔で、肘掛け椅子に座った。「唐渡さん、どういうことなの？」

「清太郎さんがきたら……」

言い終わらないうちに、清太郎がオーディオルームに入ってきた。

「お邪魔してます」美知子が軽く頭を下げた。

「お久しぶり」

清太郎はにこやかに微笑み、美知子と影乃に挨拶をし、少し離れた場所にあるテーブル席の椅子のひとつを引いた。

沈黙が流れた。

「唐渡さん、どうした。話したいことがあるんだろう」

喜一郎にせっつかれた。

「どこから話せばいいのか、考えてたんです」

美知子は背筋を伸ばし、美帆に視線を向けた。そして、昨夜、軽井沢で目撃したことを先に話した。

美帆は目を逸らし、答えない。

「美帆さん、なぜ、蔵主家の別荘にあった自転車を、最近、売りに出された別荘まで運んだの？」

「嫌な女」美帆は顔を歪め、勢い込んでそう言うと立ち上がった。

「美帆、最後まで話を聞こう」

止めたのは清太郎だった。

「あんたの指図なんか受けないわよ」美帆がいきり立った。

「警察には報告します。でも、その前に、美帆さんから話を聞きたかったの」美知子が穏やかな調子で言った。

「私が房男兄さんを殺したって言いたいの？　あの日、房男兄さんの別荘に行くまで、私は小布施にいた。証人ならたくさんいる」

「房男さんが殺されたのは十月二十日、火曜日だったわね。今日調べがついたんだけど、あなた、前の日の夜、小布施から車でどこかに出かけてる。車種も誰の車だったのかも分からないけど、ロケで一緒だった或る人から聞いたの」

「そんなの見間違いよ」

「大笹街道を通ったとすると二時間半ぐらいで軽井沢に着くわね」

「…………」

「自転車を犯人のために用意しにいったとも考えられるわ」美知子は一歩も引く気はなかった。

「私が清太郎のために？」美帆が笑った。「ありえないでしょう、そんなこと」

「清太郎さんに似た感じに見せかけた第三者に殺させたのかも」

「動機を教えて」美帆は居直ったのか、挑戦的な目で美知子を見つめた。

「残念ながらそれが分からないの」

「正直ね、あなたって」美帆が勝ち誇ったように言った。

「君は、清太郎さんのことを嫌ってたけど、昔は房男さんの方が嫌いだったんだよね」影乃が口をはさんだ。

「好きな人間じゃなかったけど、それだけじゃ殺す動機にはならないでしょう」

「あなた、房男さんの結婚に反対してたわね」と美知子。

「そうよ。あの女、ろくでもない奴だもの」

「なぜ、ろくでもないって分かったの？」

「財産目当ての女に決まってるじゃないの。あなたもそう思ったでしょう?」

「唐渡さん」喜一郎が口を開いた。「警察が取り上げるような証拠は何もないんだね」

「安心なさいました?」

「清太郎が疑われているんだから、どちらに転んでも、蔵主家にとっては同じだよ。もう分かった。そろそろお引き取り願おうか」

「自転車の件、納得できる答えがもらえれば、すぐに引き下がります」

喜一郎が美帆に目を向けた。「どうして、他人の別荘に自転車を運んだんだ」

「この人、嘘ついてるのよ!」美帆の息が荒くなった。「清太郎を見たという人がいるんでしょう? だったら……」

「あなたも見たんじゃないの?」美知子が迫った。

「あれは嘘。私、清太郎なんか見てない。ちょうど、こいつに似た男が電車に乗ろうとしたのを目にしたから、思いついたの。清太郎を犯人にしてやろうって」

美帆が興奮してまくし立てた。

「今、言ったことに嘘はないのね」

「私……」両手で顔を押さえて、美帆が泣き出した。

「殺したのか、房男を」そう訊いたのは父親だった。

美帆は泣きじゃくっているだけだった。

清太郎は肩を落としうなだれた。

影乃が咳払いをした。「清太郎さん、何か言うことないのかな」

清太郎は黙って首を横に振った。

「蔵主グループの裏事情をネタに、会社に入れるように親父さんに迫ったのは本当ですか？」影乃が続けた。

「ええ。でも、脅迫はしてません。ひとつ間違えたら法に触れるような危ないことをやっているし、房男の不正も見つけたので、僕は父にすべてを教えたんです」

「清太郎は嘘はついておらん。私は清太郎に脅かされたことは一度もない。清太郎は自分から会社に入ると言い出したわけじゃない。私が勧めたんだよ」

「僕も戻ってもいいという気になってました。房男が……」

「彼が蔵主グループのガンだった」影乃がさらりと言ってのけた。

「それは言い過ぎだ」喜一郎が不快感を露わにした。「あいつのやり方が杜撰だったのは間違いないがね。清太郎の方が私の跡継ぎに向いている。昔からそう思っておった」

「でも、美帆さんが子供の頃に起こった事件が原因で会長は彼を追いだした」

そう言った影乃に喜一郎は鋭い視線を向けた。「あの時、そうしたのは間違いではなかった」

影乃が目の端で清太郎を見た。「あなたは、どうやって蔵主グループの裏事情を掴んだんですか?」

「人を使って調べさせたんです」

「会社にスパイを送り込んだ?」

「そういう話はしたくないですね。私は昔、トップ屋まがいのことをやってましたからいろいろな手を知ってます」

清太郎に動揺は見られなかった。

「でも、あなたは葉山に引っ込み、静かな暮らしをしていた。それが突然、また蔵主グループの裏を探るようになった。何かきっかけがあったんでしょう?」影乃がさらに清太郎に迫った。

「房男のやっていることを聞いて憤慨したんです」

「誰から聞いたんです?」

「それは言えません。相手に迷惑がかかりますから」

「ひょっとして、あなたのスパイは美帆さんだったたんじゃないんですか?」影乃の口調は落ち着いていた。

この一言に驚いたのは美知子だった。

顔を手で押さえ、うなだれている美帆の表情は分からなかったが、喜一郎の様子は見えた。うろたえてもおらず、驚いた感じもまるでしなかった。

美知子は喜一郎をまっすぐに見つめた。「会長、心当たりがあるんですね」

「美帆がスパイなわけがないだろう」喜一郎が無理に感情を抑えたような調子で言った。

「僕は……」

清太郎が口を開いた途端、喜一郎が、肘掛けに手をつき、躰を前に倒した。「お前は黙ってなさい」

「でも、親父……」

喜一郎の口許に笑みが浮かんだ。「唐渡さん、影乃さん、今の話、聞かなかったことにしてください。悪いようにはしませんから」

美知子が喜一郎を見つめた。「会長、私たちを金で買収できるなんて考えないでください」

「自白が取れても、証拠が薄すぎるから、公判は維持できないな」影乃が淡々とした調子でつぶやいた。「清太郎さんに疑いが向けられたのは、美帆さんの目撃証言があったからですよね。それが嘘だった。すんなりとはいかないってことですよ」

「でも、他にふたりも証人がいるんですよ」と清太郎。

「別荘に昔からあった古い自転車を、誰かが犯行の前日に駅近くに置き、数日後にこっそり別荘に戻した」影乃が続けた。

「それが美帆さんだって言うの？」美知子は唖然（あぜん）として影乃に訊いた。

「清太郎さんは、美帆さんの子供時代の事件は房男さんが捏造したものだと言ってますよね。美帆さん、それって本当だったんじゃないんですか」

美帆は顔を上げたが、背もたれに躰を倒し、口をぽっかりと開けているだけで、質問すら耳に入っていないかのようだった。

美知子は、美帆の態度を見て、影乃の言ったことが当たっているのではと思い始めた。

「房男さんも美帆さんもこの邸に住んでいる。裏話を盗み聞いたり盗聴することは、美帆さんには簡単にできたはずだ。少女時代に起こった事件は、房男さんの嫉妬が原因の作り話だった。何らかのきっかけで、美帆さんは、そのことを知り、清太郎さんを探し、見つけ出した。そして、ふたりは、子供の時の仲を取り戻した。それがいつ起こったかは、きちんと調べ直さないと分からないが、見つけ出した後、密かに葉山で清太郎さんと会ってたんじゃないんですか?」

美帆は表情ひとつ変えず、口も開かない。

葉山でボルゾイ犬を連れていた女が言っていたことを美知子は思い出した。清太郎が若い女と会っていたのを女は目撃している。清太郎と一緒にいたのは美帆だったのではなかろうか。

「とんでもない作り話で、ふたりの仲を裂いた房男さんが美帆さんは憎かった」影乃が続けた。「そんな男が父親の後を継ぐことも我慢ならなかった。美帆さんから話を聞いた清太郎さんも、房男さんに対して憎しみを抱いた。家を追いだされたのは彼のせいだったんですからね。そこでふたりは房男さんを殺す計画を立てた。実行したのは清太郎さん。俺はそう思ってます」

影乃が話し終えても誰も口を開かなかった。

影乃はすました顔で煙草を吸っている。

腕を組み、目を閉じ、黙って影乃の話を聞いていた喜一郎がやっとこう言った。

「清太郎が、犯行当日、軽井沢にいたことを証言したのは美帆だね。普通に考えたらあり得ない話だな」

「そのあり得ないところが、今度の事件のポイントです」影乃は自信たっぷりだった。

「ふたりは仲の悪いことを装い続けることにし、美帆さんが、軽井沢の駅で清太郎さんを見たとわざと言った。その目撃証言によって、警察は清太郎さんを徹底的に調べた。しかし、美帆さんの清太郎さんに対する悪感情が分かって、証言の信憑性に疑いを抱き、物的証拠もないこともあり、逮捕には踏み切れずにここまできた。もしも清太郎さんが逮捕されたら、美帆さんはどんな態度を取ったか。さっき俺たちの前で言ったように、〝あれは嘘だった〟と証言を翻すつもりだったんでしょう。清太郎さんに目をつけた根拠が崩れたことで、警察は一から出直しせざるをえなくなる。刑事たちは、幼稚なお嬢さんに振り回されたことに苛立ちを覚える。そうなると、清太郎はシロだという心理が捜査陣に働く。

そこまでいけば、清太郎さんに当日のアリバイがなくても、彼のことを洗い直すようなことはしないでしょう。一旦、捜査線上から外された清太郎さんが再び、取り調べを受けることはほぼありえない。そして、美帆さんが作り話をしたと分かれば、世間もう清太郎さんを疑うことはなくなる。犬猿の仲とされる兄妹は、このような計略を考え、実行に移したということでしょう」

「でも、自転車に乗った清太郎さんに似た人物を見たという証人がいるわよ」美知子が言った。

「似ているというだけじゃ弱い。あくまで美帆さんの証言によって、警察は清太郎さんに疑いの目を向けたんですよ。わざわざそんな手の込んだことをしたのは、一見、動機がないように見える清太郎さんですが、彼が家を追いだされる原因を作ったのは房男さん。ふたりが不仲だったことはすぐに警察に知れるでしょう。そうなると、跡継ぎを巡る問題も含めて、清太郎さんにも疑いの目が向けられる。だったら、最初から容疑者にしてしまって、後でひっくり返すという手を使い、清太郎さんの嫌疑を晴らそうとした。俺にはそう思えてならない」

「もうひとり、スナックのママが清太郎を見ていると言ってるって話だが」

喜一郎の口調は弱々しい。美帆の味方をしたところで状況を打破できるわけではないのだから。

「その目撃者の話を美帆さんにしたのは私ですが、それを知った美帆さんは不安になり、自分で軽井沢まで出向いて調べた。調べてどうするつもりだったかは分かりませんが、誰なのか突き止めないと気がすまなくなったんでしょう。そして、自転車のことが浮上してきたから、そっちの方も気になり、もしものことを考え、犯行に使われた自転車を蔵主家の別荘から、空き家になっている近くの別荘に運んだ。美帆さんは、自分だけが目撃者でありたかったけど、そうはいかず追い込まれた。影乃さんの仮説が正しいとすると、そうなりますね」

美知子は、第三の目撃者など存在していないことは口にしなかった。警察には教えるつもりだが。

「売りに出されている別荘の持ち主が、自分の家のものではない自転車に気づいたら面倒なことになるね。美帆だってそれは分かってたはずだよ」と喜一郎。

「持ち主は一人暮らしの男で、彼が亡くなってから、唯一の身内である弟が相続した別荘です。その兄弟はずっと会ってなくて、相続人は別荘の存在すら知らなかった、と扱っている不動産屋が言ってました。ですから自転車のことなんか気にもかけないでしょう」

再びオーディオルームが静まり返った。沈黙はさらに重いものとなった。

これまで起こったことが、美知子の脳裏をよぎった。

犯行当日、美知子は清太郎に電話をしている。清太郎は不在だった。清太郎が泊まっていたホテルで会った時、美帆から電話がかかってきた。その後、美知子は美帆に新宿で会っている。あの電話がかかってきた時、清太郎と美帆は咄嗟に演技をした。本当は、誰もいないと思って、美帆は清太郎に電話をしたのかもしれない。

　喜一郎が消えていたパイプに火をつけた。「影乃さんの言ったことは推理の域を出ていない」

「その通りですね。俺は探偵で、刑事じゃない。物的証拠を揃えて、あなたの子供たちをムショに送ることまでやる気はないですよ」影乃は煙草の煙を勢いよく吐きだした。

「先ほども申し上げましたが、私たちに金を積んで、口を噤ませることはできないですよ」美知子がもう一度釘を刺した。「私は、警察にすべてのことを話します」

「ご随意に」喜一郎は静かな口調で言った。

「俺たちの口を封じようなんて馬鹿なことは考えない方がいいですよ。推理の域を出ないにしても、きちんと記録として残し、保管しておきますから」影乃は鋭い視線を三人に向けた。

「私は和久のような人間じゃないよ」喜一郎が短く笑った。

「会社の秘密の内容は知る由もないが、清太郎さんの調べたことがあまりにも詳しくて正確だった。だから、会長は、会社の人間だけではなく、家にいる者たちにも疑いの目を向けた。身内の美帆さんは、使用人よりも圧倒的に制約が少ない。会長はさっき否定したが、美帆さんのことも疑っていたのではないですか？　そして、気づいた。清太郎さんと元の仲に戻っていることに。同じ屋根の下に住むようになった清太郎さんは、美帆さんといつでもこっそり会えたはずです。とは言っても誰かが気づいた可能性はある。それが会長だとは限りませんし、ふたりが結託して房男さんを殺したとまでは考えなかったかもしれませんが」

喜一郎が笑い出した。「君は頭が切れるようだが、切れすぎる人間は困ったことに、とんでもない推論を立て、それに執着する悪しき傾向があるものだ。君の言っていることを立証できるのかね」

「無理でしょう。それに俺はもうこれ以上、蔵主家の問題には触れる気はありません。俺は俺なりの答えを見つけた。それで十分なんですよ」

「君がどう結論づけようが、君の勝手だが、馬鹿馬鹿しい推論に付き合ってる暇は私にはない」

再び沈黙が流れた。

喜一郎がパイプをくわえた。

清太郎が立ち上がった。美知子は清太郎を目で追った。喜一郎も同じだった。影乃は煙草を吸い続けている。

清太郎は美帆の後ろで腰を屈め、腹違いの妹をしっかりと抱き締めた。

美帆は微動だにせず、呆然と前を向いていたが、急に頭を掻きむしり、泣き出した。

「お兄ちゃん、私……」

「いいんだ、何も言わなくて」清太郎が優しく言って、さらに強く美帆を抱きしめた。

喜一郎はそっぽを向いた。パイプが宙に浮いたままだった。パイプが粉々になるかもしれないと思うほど、喜一郎の手に力が入っていた。

「唐渡さん、退散しましょう」影乃が落ち着いた調子で言った。

美知子は不服そうに影乃を見た。清太郎と美帆に、影乃の推理が正しいかどうか問いただしたかったのだ。

「残るんだったら残っていいよ。俺は次があるから」

美知子はやや遅ればせながら、立ち上がると清太郎と美帆に冷たい口調で言った。

「本当のことは警察で話してくださいね」

清太郎はさらに強く美帆を抱きしめ、美帆は相変わらずじっとしていた。

喜一郎がパイプに火をつけようとして、ライターを手に取った。しかし、何度やってもライターの火はつかなかった。

影乃は美知子の車に乗った。

「私、清太郎と美帆の口を割らせたかった」

車が表通りに出た時、ハンドルを握っていた美知子が不満げに言った。

「あの異母兄妹の態度がすべてを語ってた。それでいいじゃないか」

「悔しいけど、あなたが正しかったわね。でも、なぜ、清太郎と美帆が結託してるって考えたの？」

「美帆の態度が過剰すぎたんだよ。昔のことに拘(こだわ)っているにしても大袈裟(おおげさ)だった」

「女って生理的な嫌悪感に対しては、男よりもずっと激しく反応するものよ」

「確かに。だから女である君には見抜けなかった」

美知子の頬に敗北を認める笑みが浮かんだ。

「自転車はあらかじめ用意しておかなければならない」影乃が続けた。「しかも、犯行の直前に。犯行の前日、前々日の清太郎のアリバイはあると思う。その間に美帆が用意した。女の方が化粧や服で誤魔化せるから、誰だかばれずに行動が取りやすい。俺の言ったことがまるで見当違いだったら、美帆はあんな態度は取らず、俺を攻撃してきたはずだ」

美知子は小さくうなずいた。「別荘にあった自転車を使うのが、一番足がつかない。誰が使ってた自転車か知らないけど、目立たない古いものだったから、借りたり買ったりするよりも確かだものね」

「うん」

「これから彼ら、どうするかしら」

「さあね。先に落ちるとしたら清太郎だろうな」

「私もそう思う」

影乃が躰を起こし窓の外に目を向けた。「どこに行くんだい。バー『ピアノラ』に行くんだったら道が……」

美知子がにっと笑った。「車を置きにいくのよ。じゃないとお酒が飲めないでしょう?」

「確かに」

影乃は美知子のマンションの駐車場の前で降りた。ほどなく美知子が表に現れた。

バー『ピアノラ』についたのは午前一時少し前だった。

ドアには〝閉店〟の札がかかっていた。

立て付けの悪いドアを押し開けた。

恵理はすでにきていて、カウンター席で飲んでいた。

奥の席に移動しようと影乃は言った。

美知子はジョニ黒をオンザロックで頼んだ。影乃も同じものにした。

雪永はエラ・フィッツジェラルドのレコードをかけてから、生ビールを二杯手にして席についた。恵理の前に生ビールの入ったグラスをおくと、煙草に火をつけた。

「恵理さん、あんたの親父を殺した人間は死んだ。名前は針岡毅。警視庁の刑事だ」

恵理が目を瞬かせた。「その人のこと、ニュースでやってました。でも、お父さんのことは……」

「これから報じられるだろう。少し時間がかかると思うけど」

恵理は目を伏せた。「なぜ、お父さん、刑事に殺されたんですか？」

美知子が困った顔を影乃に向けた。

恵理が目を上げた。「嫌な話でも事実を知りたいです」

影乃がうなずき、何があったか、どんなものが証拠品となったかを話し、恵理の部屋を荒らしたのも同じ人物だと伝えた。

「お父さん、悪い奴だったのは知ってましたから驚きません。これですっきりしました。悪人の娘という不幸が、歌手としての私を育ててくれるかな。無理か。そうはうまくいかないですよね」

美知子の視線を頰に感じた。何か言いたげである。

谷内が針岡を裏切った動機を恵理に伝えたいのだろうか。

影乃は、谷内が金を必要とした理由を話す気はなかった。

娘のＣＤの売り上げのため。ほろりとする話だが、〝悪人の娘〟だと自覚している女に涙は不要だ。

「犯人が分かり、制裁を受けた。一応ケリがついたな」

雪永の一言は、淀んだ雰囲気に流れを作る役目を果たした。

恵理が立ち上がり、三人に深々と頭を下げた。

「座って。あなたに乾杯する気があったらしましょう」美知子が言った。

「もちろん」恵理が気丈なところを見せた。

乾杯し終わった後、雪永が影乃を見た。「さっきニュースでやってたけど、福石証券の岩見沢、秋田のホテルで首を括(くく)って自殺したそうだ」

「事件性はないのかしら」美知子がつぶやくように言った。

「どっちだっていいじゃないか」影乃が眉根をゆるめた。「蔵主喜一郎の逮捕は明日か明後日だそうだ。不正に関与した福石証券の人間も逮捕されるな」

「どうやって、蔵主の逮捕の時期を知ったんだい」雪永が訊いた。

「本人がさっき言ってたの」答えたのは美知子だった。

「ふたりで組んで、また事件をひとつ解決したってわけだ」

それには影乃も美知子も答えなかった。

恵理が帰ったのは二時少し前だった。

「雪さん、近いうちに請求書を持ってくるからよろしく」

「安くしてくれよ」

「考えておきましょう」

雪永は肩で笑ってグラスを空けた。

雪永が真顔になった。「そうだ。伝えるのを忘れてた。田熊さんから電話が二度かかってきた」

「急用？」

「そうじゃないって言ってた」

田熊に連絡をする必要はない。影乃も疲れ切っていたのである。

「で、和久の事件だけど、どうしてああなったんだい？」

「さあね」影乃は肩をすくめてみせた。

雪永がぐいと躰を影乃の方に寄せた。「ふたりともお前が殺ったのか」

「俺は誰も殺しちゃいませんよ」

美知子がグラスを空けた。「何であれ、初美の仕返しはできたわね」

「彼女に後遺症はでてない？」影乃が訊いた。

「大丈夫みたいよ、今のところは」

雪永が美知子のグラスに酒を注いだ。「もう一度乾杯しよう」

三人はまたグラスを合わせた。先ほどよりも勢いがよかった。

翌々日、蔵主喜一郎、伏見竜之介が証取法違反で逮捕された。

同日、美知子は軽井沢署まで出向き、細心の注意を払いながら、知ったことを警察に教えた。目撃者を捏造したことも話した。

証言をしている間に動きがあった。聴取していた刑事が美知子に言った。

「今しがた、蔵主清太郎が妹を連れて出頭してきましたよ。あなたにはまた煩わしい質問をすることになりますが、よろしくお願いします」

「次回は東京まで来てくださるわね」

「もちろんです」

軽井沢署を出た美知子は建物を見上げた。入念に計画を立て、結託して房男を葬った兄妹が、建物のどこかで別々に取り調べを受けている。美帆だけではなく清太郎も、人生の一番いい時期を獄中ですごすことになるのか。当然の報いとは言え、ふたりと接してきた美知子はちょっと切ない気持ちになった。

東京に戻った美知子は、影乃に連絡を取り、警察に赴いたことを告げた。

「俺のところにも刑事がやってくるな。証言台にも立たなきゃならなくなるだろうし」影乃が溜息をついた。

「しかたないでしょう」

「覚悟はしてるよ」

「ね、正式に私と組まない？」

「止めた方がいい。今回も俺は非合法なことをかなりやった。組んだら、面倒なことに巻き込まれるかもしれない」

「そんなことぐらい分かってるわよ」

「考えておきましょう」

そっけない答えに、美知子はちょっとがっかりした。しかし、おくびにも出さなかった。

「あなたが組みたくなったら連絡して」

「分かった。けど、それとは別にゆっくり飲まないか」

「バー『ピアノラ』以外だったら、どこでもいいわよ」

「雪さんが聞いたらショックを受けるよ」

「あの店、大好きだけど……分かるでしょう?」

「場所はあんたに任せる。俺は不調法で、素敵な店を知らないから」

「任せておいて」

「会うのは、刑事たちが俺に会いにきた後にしよう」

「その方が落ち着くものね」

清太郎と美帆は犯行を認めた。父親が逮捕され、子供たちが殺人犯。マスコミは、一代で財を成した蔵主家の崩壊をこぞって伝えた。美知子のところにも、取材をさせてくれと記者たちがやってきた。

美知子は、探偵として警察以外の方に話をする気はないと、優しく答え、一言も語らなかった。

数日後に出た週刊誌には、唐渡美知子という女探偵の経歴に触れているものもあった。

その週刊誌が発売された日、新しい依頼が入った。或る金持ちの娘が行方不明になったのだ。営利誘拐の可能性もあるが、身代金を要求する電話はないという。

週刊誌に載ったことが客を呼んだのかもしれない。

美知子と玉置は、手分けして十四歳の娘の居所を探すことになった。

同日、福石証券の鶴田がお縄になり、社長が謝罪の記者会見を開いた。

美知子は事件の行方に興味はあったが、頭を切り替え、新しい依頼のために動き回った。

清太郎と美帆が軽井沢署に出頭した翌々日、長野県警の刑事がふたり、影乃の自宅にやってきた。

主な質問の内容は、蔵主家での話し合いのことだった。影乃は包み隠さずに話した。

逮捕された清太郎と美帆は起訴された。これで、自分も証言台に立つことになると思うとうんざりした。

谷内殺しの件についての報道はないが、恵理から捜査一課の刑事がやってきて、針岡のことを訊かれたという知らせがあった。本格的な捜査をやっているのだから、いずれ被疑者死亡で針岡は送検されるはずだ。

和久殺しに使用された拳銃に関する新聞記事が目に留まった。暴力団組員が以前に渋谷での強盗事件で使ったものだと書かれていた。警察は、マルボウだった針岡と欽州連合の関係、そして、東雲東運河での事件との関連性を調べているはずだ。

東雲東運河での事件では、ひとり捕まっている。その男が影乃の顔を覚えていると由々しき問題に発展するかもしれない。気がかりではある。しかし、今更、どうすることもできないので、考えないようにしている。

美知子に電話を入れた。

美知子は新しい依頼の件で動き回っていて不在だった。

「影乃さん、ありがとうございます」電話に出た初美に言われた。

「俺は何もしてない。和久にバチが当たっただけさ」

和久殺害の事件は週刊誌の恰好のネタとなった。愛人の凜子の店の写真を載せ、和久のＳＭ趣味について触れていたものもあった。

電話を切ってすぐまた呼出音が鳴った。

美知子ではなく田熊だった。

田熊とは蔵主家を訪ねてから後、一度電話で話しただけである。

田熊も和久殺しに使用された拳銃のことを気にしていた。

「俺に警察の目が向いたら、田熊さんにアリバイを作ってもらいますよ」

「何とかしてやらんとな。代わりと言っては何だが、いずれは、あの夜のことを詳しく教えてくれるだろう？」

「時効になった後にね。で、田熊さんは今、どうしてます？　骨休め中ですか？」

「私には休みはないよ」

「次のターゲットはどこの誰なんです？」

「或る政治家だが、名前は言えん」

「俺を正式に使ってくださいよ」

「考えておきましょう」

影乃が、雪永と美知子に使った言葉だったので、にやりとした。

「そう言えば、面白いことを聞いたよ。凛子、もう店に出てるそうだ」

「まだ和久に拘ってるんですか？」

「違うよ。ターゲットの政治家が料亭から出てくるのを見張ってた部下が教えてくれた。客を見送りに出てきた凛子を、部下が偶然見たんだ。影乃君、『リュミエール』に今夜、一緒に飲みにいってみようじゃないか」

「田熊さんも嫌なお人ですね」

「来ないのか」

「行きますよ」

影乃と田熊はクラブ『リュミエール』の前で午後九時に落ち合うことにした。

出かける準備をしていた時、美知子から連絡がきた。影乃は、誰とどこに行くかを教えた。

「まだ何かあるの？」美知子が訊いてきた。

「何もないさ。どんな顔をして店に出てるのかひやかしにいくだけ」

「悪趣味ね」

「そっちは今日、時間が作れるのか」

「作れるけど」

「十一時までには躰は空くと思う。どこかで一杯やろうじゃないか」

「いいわよ。凜子の態度、私も知りたいわ」

「悪趣味だっていったくせに」影乃が短く笑った。

「北青山に会員制のバーがあるの。そこにしない？」

「分かった」

店名など必要なことをメモし、受話器を置いた……。

クラブ『リュミエール』の前に先に着いたのは影乃だった。少し離れた場所に立ち、煙草を吸って田熊を待った。

十一月の声を聞いてから、めっきり冷え込むようになった。

影乃の前をトヨタ・カリーナがタクシーに続いて通過した。運転手がちらりと影乃を見た。童顔のロング・ヘアーの若者だった。初美を救い出した後、影乃と初美を助けてくれた田熊の配下の人間に違いなかった。

「遅くなって悪かった」

影乃の背後で田熊の声がした。

「お宅のトヨタ・カリーナを見ましたよ」

「うちは働き者揃いなんだよ」田熊が笑った。目が魚の形になっていた。

クラブ『リュミエール』のドアを引いた。

支配人に挨拶された。何事もなかったような態度である。

店は空いていた。

この間座った奥の席に腰を下ろした。キープしたボトルが運ばれてきた直後、凜子が現れた。落ち着いた卵色の生地に薄赤い縦縞（たてじま）の走った着物姿だった。帯のモミジが艶（あで）やかである。

「いらっしゃいませ」

下げた頭を上げた時、たった一、二秒だが、凜子は影乃をじっと見つめた。

「失礼します。おふたりともお水割りでよろしいかしら」

影乃と田熊は同時にうなずいた。

「ママもどうぞ」そう言ったのは、田熊だった。

グラスに酒が注がれた。

「大変だったですね」影乃が言った。

「ええ」凛子はしおらしく目を伏せた。

「結城だね。いい着物だ」田熊がねめるように凛子を見ながら言った。

「ありがとうございます」

「献杯しなくてはね」田熊が続けた。

凛子は神妙な顔をしてうなずいた。

影乃たちは献杯した。

凛子の頰に笑みが浮かんだ。「で、今日はまた何か？」

「ママの顔を拝みにきたんですよ」影乃がねっとりとした口調で言った。

「嬉しいわ。私はこの通りに立ち直りました。って言うのは強がりですけど、ともかく、店に出ているのが一番、落ち着くんです。和久さんとの思い出もいっぱい詰まっている店ですから」

「和久さんの特別室はどうなってるんです？」

「しばらくは、あのまま。誰も通さないようにしています」

「いっそ霊廟にでもしたらどうです？」

影乃の言葉を凜子は曖昧な笑みで受け止めただけだった。

黒服が凜子を呼びに来た。凜子は客を送りにいったようだ。

「田熊さん、濡れた目で凜子を見てましたね」

「素っ裸を想像してた」

「田熊さんのために写真を撮っておくべきでしたね」

「そうだよ。記念写真は思い出になる」田熊は淡々とそう言って、グラスを口に運んだ。

この間ついたモデル風の女がやってきた。

「しかし、大したもんだなあ」田熊が続けた。

「何が大したもんなんです?」ホステスが明るい声で訊いてきた。

「この店のママのことだよ」

「ああ」女は納得して、事もなげにこう言った。「女は切り替えが早いですからね」

雑談を交わしていると、黒服が影乃に寄ってきた。電話が入っているという。

ここに自分が来ているのを知っているのは美知子しかいない。

果たして美知子だった。依頼された案件で、横浜まで行かなければならなくなった、と美知子は溜息混じりに言った。

「……だから、今夜は会えない。残念だけど」

「分かった。明日にでも電話をくれ」

「ごめんなさい」

「事件、解決しそうなのかい？」

「行方不明の女の子が見つかったの」

「死体で？」

「変な冗談言わないで」美知子がきっとなった。

「明日、電話待ってるよ」

席に凜子が戻っていた。モデル風の女はいなかった。田熊がトイレに立った。

「あなたのおかげ」凜子が小声で言った。

「何の話？」影乃がとぼけた。

凜子が口許を手で軽く塞いで短く笑った。「私、ショックで頭がどうかしたみたい。もうしばらくしたら、私、この商売から身を引くことにしました」

「息子さんと一緒に暮らすの？」

「まだ決めてないけど、私、大学を受験してみようかと思ってるの？」

「はあ。経営学でも学ぶつもり？」

「私、昔から東洋哲学に興味があったの。特に陽明学に。こんな歳だから、受かるはずないですけど、個人教授をつけて頑張ってみるつもり」

田熊が戻ってきた。ママがオシボリを田熊に渡した。そしてまた席を立った。

影乃は凛子が言ったことを田熊に教えた。

「大したもんだ」田熊はまた同じ言葉を口にした。本気で褒めているのは明らかだった。

一時間半ほどいて、影乃たちは『リュミエール』を出た。

田熊が支払ってくれた。

凛子が見送りに出てきて、いつよりも深く頭を下げた。

ややあって、影乃は後ろを振り返った。凛子はまだ店の前に立って、影乃たちを見つめていた。

「田熊さん、これからどうするんですか？」

「もう一軒、クラブに行ってくる」

影乃を誘う気はまったくない。仕事なのだろう。

「君には大変世話になった。君の行き付けのバーに、些少(さしょう)だが礼金がすでに届いているはずだ」

「ありがとうございます」

「また武闘派が必要になったら連絡するよ」

田熊は軽く手を上げ、ネオンが林立する通りを赤坂見附に向かって歩き出した。少し前屈みになっている。長めの髪が、風に揺れていた。

〝ナマズ〟はぬるぬると夜の巷(ちまた)に消えていった。

影乃はひとりになった。タクシーを拾おうと表通りに向かった。

その時、黒車から出てきたヤクザ風の男が影乃の前に立ち塞がった。

黒車の後部座席の窓が開いた。

白髪の面長の男が顔を出した。濃いサングラスをかけていた。

「影乃さんだね」

影乃は口を開かなかった。

男がサングラスを外した。大きくて鋭い目が街灯の光にきらりと光った。右目は義眼のようだ。

「欽州連合の会長、井手郡平です」

「それで？」

「影乃さんの顔をよく見ておく機会に恵まれるなんて嬉しい限りです。一度、ゆっくりお話がしたいですな」井手は名刺を影乃に差し出した。

「あいにくこっちは名刺を切らせてまして」

「いいんだ。あんたの連絡先は知ってる。近いうちに電話をします」

影乃は黙ってうなずいた。

黒車の横に立っていた男が車内に戻った。

井手会長を乗せた車がゆっくりと駐車スペースを離れ、去っていった。

影乃は会長の名刺をポケットに入れると、表通りに出、タクシーを拾った。

これからも生臭いことに巻き込まれそうな予感がした。

井手会長は、自分が暗躍したことを知っていて、何らかの形で罠に嵌める気なのかもしれない。場合によっては罠に落ちてやっても利する時はあるものだ。

影乃は肺の奥まで吸い込んだ煙草の煙を静かに吐きだした。

道玄坂で降りた影乃はバー『ピアノラ』に向かった。

立て付けの悪いドアを開けようとした時、ピアノの音が聞こえた。

マル・ウォルドロンの『レフト・アローン』。

影乃はドアに背中を預け、目を閉じた。

雪永のピアノが影乃の躰にゆっくりとしみ渡っていった。

解説

若林 踏（書評家）

喪われた都市の風景を記憶に留める。藤田宜永『罠に落ちろ　影の探偵'87』とは、そのような思いが込められた小説ではないだろうか。

本書は徳間書店の文芸誌『読楽』二〇一四年一月号〜十五年三月号に掲載され、二〇一七年に同社より単行本として刊行された長編小説である。副題からお分かりになると思うが、本書は藤田が一九八八年に発表した『影の探偵』の続編だ。前作より約三十年の時を経て出された続編だが、物語の舞台は『影の探偵』と同じ一九八七年である。

前作の内容をおさらいしておこう。『影の探偵』は対照的な二人の私立探偵が主役を務める。一人は影乃と呼ばれるモグリの探偵だ。謎めいた過去を持つ影乃は宿無しの生活を送っており、元ジャズピアニストの雪永久が営むバーを事務所代わりの連絡先に使っている。「ともかく、俺の商売は、まともに警察に行けない連中、或いは行きたくない連中の相談事に乗ることなんだ」と本人が言う通り、影乃は堅気の探偵ならば取らないような手段を使って仕事をこなすこともある。半ばアウトローの世界に足に踏み入れている存在なのだ。

もう一人の探偵、唐渡美知子は事故死した両親の跡を継ぎ、私立探偵になった人物である。テレビ番組の公開失踪人捜査の下請け仕事を得て、安定した探偵事務所の経営を行っている美知子だったが、ある晩、自宅マンションで何者かに拳銃で命を狙われる。警察に被害を届け出るのは探偵としての沽券に関わると考えた美知子は、かつて自分の命を救ってくれた影乃に連絡を取る。

時に危険な立ち回りを演じながら影乃が調査を進める一方で、唐渡美知子も地道に狙撃事件の背景を探っていく。異なる資質を持つ探偵が、異なるアプローチで一つの事件に向き合い、協力しながら捜査を進めるという、変型の相棒小説としての側面が『影の探偵』にはあったのだ。

続編『罠に落ちろ』でもそのスタイルは踏襲されている。プロローグの半ばまで内容を紹介しよう。読者の興を削がないために、情報の羅列のようになってしまうがお許し願いたい。まず冒頭で描かれるのは、影乃が雪永久と西新宿にあるマンションの一室に向かう場面である。どうやら影乃は雪永を通じて何らかの依頼を受けて動いているようだが、二人がマンションの一室で発見したのは首から血を流した男の死体であった。影乃は男を殺害した犯人の痕跡を探すと同時に、蔵主グループの会長、蔵主喜一郎の自宅に電話をかける。影乃は電話口の相手に対し、蔵主家に泥棒が入り金庫が狙われることを伝えるが、相手は取り合わない。やむなく影乃は自ら蔵主家へと向かう。

場面は蔵主家へと切り替わり、蔵主喜一郎と対面する唐渡美知子の姿が描かれる。喜一郎は美知子にある調査依頼をしており、その結果を報告するために蔵主邸を訪れていたのだ。そこに〝カゲノ〟という男が「邸の金庫が狙われている」と邸に駆け込んできたことが伝えられる。追い払おうとする喜一郎だが、〝カゲノ〟があの影乃であることを悟った美知子は喜一郎を制し、影乃と会話をさせるように言う。ここで影乃と唐渡美知子は再会を果たすのである。

前作『影の探偵』はスピーディな活劇場面を目玉とした作品だったが、本作でもその趣（おもむ）きは変わらない。影乃と唐渡美知子が再会するまでの過程を描くだけでも、すでに息も尽かせぬシーンの連続で読者の興味を惹（ひ）くのだ。そこに本作では、情報の遅延によるサスペンスの演出が加わっている。先ほどの内容紹介で記した通り、影乃がなぜ蔵主家に泥棒が入ることを知っているのか、美知子が喜一郎から受けた依頼は何なのか、最初のうちは読者に開示されることなく物語が進行していく。このような謎の煽（あお）り方は、第一作から三十年近くの時を重ねる間に作者が培ってきた技法だろう。〈影の探偵〉は作家の熟達を感じられるシリーズなのだ。

また、影乃と唐渡美知子、それぞれのキャラクターの書き分けも前作より深みが増している。影乃は本作でもアウトローの匂いをまとい、限りなく黒に近いグレーゾーンの手段を使って独自の調査を進める。しかし影乃は根っからの無法者というわけではない。モグリの探偵として社会の隅に身を置きながらも、一線を越えた悪党や非道に対しては毅然とした態度を取り、弱い立場の人間に対しては手を差し伸べる。そうした二面性を背負いながら生きる探偵としての影乃がクローズアップされる出来事が本作では描かれるのだ。社会に潜む悪に対して、ちっぽけな個人がいかにして正義を為すか。これは私立探偵小説が抱え続ける重要問題の一つだが、影乃もまたその問題に向き合う探偵の一人だったのである。

一方、唐渡美知子は「堅気の探偵」として、着実に事実を積み上げながら事件の真相に迫る活躍を見せる。美知子のパートは非常にオーソドックスな捜査スタイルで描かれており、終盤では意外な謎解きも待っている。こうした影乃パートと美知子パートのコントラストを明確にさせる事は、本作の狙いの一つだろう。

「国鉄の名称が〝JR〟に変わり、スーパースターのマドンナやマイケル・ジャクソンが初来日した一九八七年」という一文が冒頭にある通り、『罠に落ちろ』では八七年当時の風俗や地名がふんだんに織り込まれている。例えば実際にあった建物を記す時でも（現在の〇〇）というように、過去の風景と現在の姿を読者が頭の中で対置できるような描き方をしているのだ。藤田宜永は「週刊現代」二〇一七年二月二十五日号に掲載されたインタビューで、「まだ地上げの途中で、西新宿なんかは今とけっこう街並みも違っている。僕はもともと昭和以降の現代史が好きで、'60年代や'70年代の住宅地図をたくさん集めているんです。今回ももちろん'87年の地図を見て、建物の名前など間違いがないように注意して書いた。」と述べている。現在では喪われてしまった風景を写し取ろうとする意図が本作にはあったのだ。

藤田が作品に刻み込もうとしたのは風景ばかりではない。在りし日の街に息づく人々の姿を小説に留めておきたいという思いもあったはずだ。シリーズでは度々、バーの電話番号を唯一の連絡先とする影乃にコンタクトが取りづらく、登場人物が嘆く場面がある。携帯電話が普及し、いつでもどこでも居場所が摑める現在とは大違いだが、これは何事にも縛られない自由を持ったハードボイルド・ヒーローが物語の中で活躍できた時代があったことを暗に示している。また、本作には底の読めないブラックジャーナリストの田熊という人物が登場する。独自の人脈を駆使して足で情報を得る田熊のようなキャラクターは、インターネット全盛の現代では浮いてしまうような存在だが、八七年を舞台とした本作ではそのうさん臭さがむしろ魅力となって存在感を放つのである。

こうした現在の視点から過去を振り返る、というのは二〇一〇年代における藤田作品の重要なキーワードになっていた。例えば二〇一四年に『喝采』（早川書房）、一七年に『タフガイ』（同）という二作が刊行された〈浜崎順一郎〉シリーズは、七〇年代前半の日本を舞台にした私立探偵小説である。「ハヤカワミステリマガジン」二〇二〇年七月号に掲載された作家解説において書評家の杉江松恋は、主人公が元不動産ブローカーという設定に着目し、「もし続けられていれば狂騒のバブル期に接続していたのではないか」という指摘を行っている。もしこれが真であるとするならば、八〇年代のバブル末期を描いた〈影の探偵〉シリーズとも繋がるわけだ。藤田の頭の中には、自身の私立探偵小説群を通して現代日本の足跡を描こうとする構想があったのかもしれない。残念ながら藤田は二〇二〇年一月に逝去したため、もうその答えを聞くことはできない。しかし、〈影の探偵〉シリーズに藤田が見た〝狂騒〟の時代と、そこでこそ暴れることの出来たハードボイルド小説のキャラクター達が生きている事は確かである。

この作品は2017年1月徳間書店より刊行されました。
なお、本作品はフィクションであり実在の個人・団体などとは一切関係がありません。

徳間文庫

罠に落ちろ

影の探偵'87

2021年1月15日　初刷

著者　藤田宜永

発行者　小宮英行

発行所　株式会社徳間書店

東京都品川区上大崎三-一-一　〒141-8202
目黒セントラルスクエア

電話　編集〇三(五四〇三)四三四九
　　　販売〇四九(二九三)五五二一

振替　〇〇一四〇-〇-四四三九二

印刷
製本　大日本印刷株式会社

ISBN978-4-19-894621-0　(乱丁、落丁本はお取りかえいたします)